讲不够的中国神怪故事

不可思议的珍宝

许萍萍——编著

庞坤——绘

北京理工大学出版社

BEIJING INSTITUTE OF TECHNOLOGY PRESS

目录

夜光杯

原文

　　周穆王时，西戎献玉杯，光照一室。置杯于中庭，明日水满。杯香而甘美，斯仙人之器也。

——《十洲记》

　　周穆王姬满有八匹可以日行万里的马，他特别喜欢坐着马车游山玩水。向西，周穆王曾到过天山。当时，住在瑶池的西王母隆重接待了他，并和他在瑶池中和歌畅饮，又在天山顶上远眺美景。这次西行，历时两年，周穆王沿路收藏了很多珍贵的宝物。

西戎国听说周穆王喜欢收藏酒杯器皿，就派使者特意前来进献宝物。

那夜正值满月。

在拜见完周穆王后，使者小心翼翼地掏出一只玉杯："国君，此乃夜光杯，在暗夜中会闪闪发光。"

周穆王接过杯子，但见玉色白如羊脂，晶莹剔透，好似平镜一样光滑细腻，握在手中，冰凉中竟透着一丝温润。周穆王不禁点头赞叹道："真是一只好杯子！"说完，令手下的人把宫廷里的烛火全都吹灭。

刹那间，宫廷暗了，夜光杯却泛起银色的微光——在一片黑漆漆的空间，它如皎皎满月，熠熠生辉。所有的人都屏住呼吸，目不转睛地盯着这只神奇的玉杯。渐渐地，光芒四射，小小的杯子像把蓄满的能量都散射了出来，把整个宫廷都照亮了。

"这可真是一只仙杯啊！"

"这只杯子所用的玉石一定是从神仙住的地方采来的。"

"这只玉杯简直像是被施了法术一样，太不可思议了吧。"

宫廷里的窃窃私语声此起彼伏，夜光杯却静默着，继续散发出迷人的光亮，照亮了豪华的廊柱、精美的器物，还有每一个人的身影。

"今天是个满月夜，我们不妨再来领略一下这只夜光杯的奇异之处。"使者说。

众人都来到庭院之中，月光之下。

使者把酒倒入杯中，然后举杯望向月亮。只见玉杯在月光的映照下，变得几乎透明，里面的酒水清晰可见，在与杯壁轻微的碰击下，微微荡漾，如一琥珀色的小池。酒香也在这时候散发出来，醇厚且甘美，人人都有想喝上一口的冲动。

但这杯酒只属于周穆王。

在满月下，在众人的注视中，周穆王嘬了一小口，那陶醉的样子足以表明酒的绝妙。

"好酒，好酒！好杯子！"周穆王一饮而尽。

但是第二天早上，本是空空的夜光杯中盛满了一杯晶莹清澈的水，是夜露？是天水？谁也不得而知，但夜光杯是一只仙杯的说法却被流传了开来。

火齐镜

原文

　　周灵王二十三年起昆阳台。渠胥国来献玉骆驼高五尺，琥珀凤凰高六尺，火齐镜高三尺，暗中视物如昼，向镜则影应声。周人见之如神。灵王末，不知所之。

——《王子年拾遗记》

　　东周，周灵王二十三年时，修建了一座专门用来放置宝物的宫殿。

　　宫殿气派非凡，称为昆阳台。当时渠胥国派了一名使臣来进献宝物以庆祝昆阳台的建成。他一共带来了三件宝物——五尺高的玉骆驼，六尺高的琥珀凤凰，三尺高的火齐镜。

三件宝物中，火齐镜看上去最不起眼，但其实，它是一件魔幻之物。

镜子三尺高，椭圆形，深褐色的古铜边框上，镶嵌着星星点点的珍宝，如同一只只小小的眼睛，神秘地眨着眼，隐约中，似乎还能看到一些古老的文字，忽闪而过。火齐镜镜面平滑如冰，泛着青冷色的光，有时看上去深邃如迷，有时又似寻常。特别是到了晚上，暗夜中的火齐镜光芒四射，让整间屋子耀眼如白昼。又忽地，镜子里的光影流动起来，一会儿映照出蓝天碧海，一会儿人影绰绰，一会儿有飞鸟掠过、红鱼跃起……

镜子的里面，有着另一个世界吗？

但当人们目不转睛地盯着镜面的时候，它又恢复了普通的样子，看不到究竟。

一个雨天，周灵王不知怎的来了雅兴，决定去昆阳台走一走。像往常来到昆阳台一样，他逐个观赏着自己珍藏的宝物。

当他来到火齐镜跟前时，镜面竟然流动起来，起先是黑白的，没多久就有了光彩。周灵王驻足观望，竹林、流水、茅屋、亭台、山林一一在眼前晃过。

"里面有人吗？"周灵王情不自禁地问了一句。

突然，一个诡异的声音从镜子深处传来。不是普通的人声，像是鸟语，可分明又像一阵击石声，短促又高调。

周灵王打了一个激灵。

"究竟是什……什么人在里面？"他一连问了两遍。

但再也没有声音传出来，只有不断变幻的景物在镜面上流动。

不过，每次周灵王来到镜子面前说第一句话的时候，镜子总会回应他，只是，谁都听不明白它说的是什么。

有人说这面火齐镜是通神的宝物，它的每一次回应都是神灵的口谕，懂的人自然会懂。

但也许周灵王听不懂，他身边的人也不明白。没过几年，昆阳台里的宝物被盗，火齐镜也失去了踪影，再也寻不到。

这一年，正是周灵王末年。

王子乔剑

原文

　　王子乔墓在京陵，战国时，有人盗发之。都无见，惟有一剑悬在圹中。欲取而剑作龙虎之声，遂不敢近。俄而径飞上天。《神仙经》云："真人去世，多以剑代。五百年后，剑亦能灵化。"此其验也。

——《世说》

　　王子乔是周灵王的太子，也是王氏"始祖"。王子乔特别喜欢吹笙，他吹的曲子洋洋盈耳，余音缭绕，甚至能引来林中凤凰一起和鸣。一天，一位叫浮丘公的道士听到了王子乔的笙曲，很是喜欢，便把他带到嵩山里。在山中吹笙，曲调更是动听迷人，王子乔也陶醉在自己的笙歌中，

再也不想归
家。就这样，王
子乔在嵩山上一住就
是三十年。三十年之后的一天黄昏，王子
乔在山顶上吹笙，忽然一只白鹤从天边飞来，
停落在王子乔脚下。山下有人往上观望，
发现王子乔骑上白鹤，向远方飞去，
再也不见踪影。

有人说，王子乔成了神仙，住在
了天上，但分明在京陵就有一座王子
乔的陵墓。据说战国时期的一个风黑天
高的晚上，一个身着青衫的盗墓人挖开王子

乔的陵墓，想要偷盗珠宝。可是，当他走进墓穴，点亮油灯时，却发现里面空空荡荡的，哪有什么珠宝和棺木。此时，他发现一把悬挂在墓壁上的宝剑正发出冷蓝的光。这把剑有三尺左右长，剑身用青铜铸成，刀刃看上去锋利无比，秋霜一样泛着白。剑柄处雕刻着似龙似凤的花纹，因离得远，盗墓人并没有看究竟。当他走近一步，想要把宝剑取下来时，那把剑突然闪了一下，耀眼的光芒射向盗墓人，把他的眼睛灼得发痛，盗墓人不禁闭上了眼睛。就在这时候，宝剑发出龙鸣虎叫之声，墓地都被惊得有些摇晃，更不用说那个盗墓人了，只见他吓得浑身发抖，想逃走，却趔趄了一下，跌倒在地上。此刻，宝剑突然飞离了墓壁，掠过盗墓人的头顶，向墓穴外飞了出去。它飞过的时候，扫过一阵寒风，吹得盗墓人浑身发起抖来。

"还……还好这么一个趔趄，不……不然，我的脑袋要搬家了。"盗墓人镇静下来后，想想还是挺后怕的。

自此以后，他再也没有盗过墓。

那宝剑又去了哪里呢？有人说，它飞到天上去了。这把宝剑是代替升仙的王子乔葬入墓地的，称为王子乔剑。宝剑被葬五百年后，也会像它的主人一样升天而去，大概幻化成了一把神奇的仙剑。

越王八剑

昆吾山，其下多赤金，色如火。昔黄帝伐蚩尤，陈兵于此地。掘深百丈，犹未及泉，惟见火光如星。地中多丹，炼石为铜。铜色青而利，泉色赤。山草木皆劲利，土亦刚而精。至越王勾践，使工人以白牛马祠昆吾之神。采金铸之，以成八剑。一名掩日，以之指日则光昼暗。金阴物也，阴盛则阳灭。二名断水，以之划水，开而即不合。三名转魄，以之指月，则蟾兔为之侧转。四名悬翦，飞鸟游虫，遇触其刃，如斩截焉。五名惊鲵，以之泛海，则鲸鲵为之深入。六名灭魂，挟之夜行，不逢魑魅。七名却邪，有妖魅者，见之则止。八名真刚，以之切玉断金，如刻削土木矣。以应八方之气铸之者。

——《王子年拾遗记》

上古时期，济山山系连绵不绝，而昆吾山就在其中。

它不是一座仅仅长着高大树木和低矮灌木丛的普通山，而是一座流着红色泉水，埋藏着各种矿物的宝山。

据说黄帝征伐蚩尤之际，曾带兵驻扎在昆吾山。有一段时日，雨水不降，山上溪水干涸，没有了水来解渴，黄帝和士兵们都干燥难忍，便开始挖地找泉水。但他们没日没夜地挖出一个百丈深的洞，也不曾见到一滴水。

"你们看，那亮晶晶的，闪着光亮的是什么？"一名眼尖的士兵突然停止挖地，指着洞深处。但见一块石头大小的硬物质，在阳光下熠熠闪亮。原来这就是丹矿石。丹矿石能提炼出青色的坚硬的铜，铜能做成各种锋利坚固的兵器。

至此，昆吾山上，常常有人来采矿提炼铜，做成各种器物。

战国时期，越王勾践就派过匠人到昆吾山采矿炼铜，铸成了八把宝剑。

不知是昆吾山自身的奇幻，还是工匠们的手艺绝妙，这八把宝剑一旦铸成，便有了各自的魔幻特色。

第一把剑叫"掩日"。日正当午，掩日一显身，直指太阳，天顿时暗了下来，原来日光在掩日下，也会黯然失色。

　　第二把剑叫"断水"。断水能把水流一劈两半，再也不能同流。

第三把剑叫"转魂"。传说月亮中有一只金蟾,一只玉兔。金蟾和玉兔平时都各自生活,但当宝剑转魂指向月亮时,金蟾和玉兔便会朝向宝剑,以剑身为轴不停转动。

第四把宝剑为"悬翦"。宝剑断水能把水劈开,那么悬翦则是用来对付飞鸟和飞虫的。当鸟和虫子在飞翔的时候碰到悬翦,便会被劈成两段,劈得又快又准。

第五把宝剑为"惊鲵"。宝剑惊鲵在海上出现时,鲸鱼、鲨鱼等海洋生物便会受到惊吓,逃遁到海底躲起来。

第六把宝剑称"灭魂"。据说晚上走夜路时,灭魂剑会让鬼怪不敢近身,甚至会躲得远远的。

第七把宝剑称"却邪"。这把宝剑能驱赶妖魔鬼怪,如果哪家有妖魔作怪,就把剑挂在哪家,一定能驱魔。

第八把宝剑称"真刚"。真

刚剑坚硬无比，用它来切玉断金，就好像在削木头一样轻松。

你一定很好奇这八把宝剑为何如此神奇？也许是因为昆吾山的丹矿石本身就这么奇特，抑或是铸剑的工匠们在铸造中感应八方的精气炼铸而成，使得八把剑具备了魔幻的色彩。

轻玉磬

原文

汉武帝起招仙阁于甘泉宫西，其上悬浮金轻玉之磬。浮金者，自浮水上。轻玉者，其质贞明而轻也。

——《洞冥记》

甘泉宫，是汉武帝时期一个重要的活动场所。西汉元鼎元年，汉武帝在它的西侧造起一座招仙阁。

招仙阁确实如同一座仙境，奇特迷离，它有着玉石砌的墙，翠羽和麟毛编织成的帘，看上去富丽堂皇又充满幻象。每天清晨和黄昏，常常有白色的凤凰、黑色的小龙、

青色的鸟等珍稀动物来光顾。陈设在里面的物件也千奇百怪，有美丽的锦缎、馥郁的香料，更有西王母赠送的细枣——据说用细枣膏来点燃

灯盏，整个招仙阁就会充满神秘的紫光，散发出似有似无的清淡香味，看上去如仙似幻，迷离恍惚。此时，若把悬挂在玉墙上的磬取下来，放到招仙阁院落里的小池中，便会看见它在月色的照耀下发出微光，本是半透明的形状越发通透，沉重的玉身也变得轻巧起来，竟能漂浮于水面，微微荡漾。远望，如一叶小舟，一片柳叶，一枚羽毛……

这爿玉石磬因叩击它的器物不同会发出不一样的声音。在池水中漂浮的它，有时候会被一颗树上掉落的果实击中，发出"咚——"的乐音，先是一声脆响，之后余音缭绕，尾音恰如一道光遁入水底；有时候它也会被鸟飘落的羽毛轻叩，传"嘤嘤"之声，若有若无。更多的时候，它被乐手用小木槌叩击，和着编钟声，令招仙阁周围"金石和鸣"，犹如天籁。相传这个时候，这爿轻玉磬袅袅的余音升至天际，便有了达天通神的魔力。当神仙们听到磬音，像是受到了一次虔诚的、美好的邀约，他们会愉悦地踏音而来，飘落至招仙阁，与汉武帝小酌一杯，或与凰鸟舞上一曲。

有时候，神仙们会带天庭中的奇物异宝赠予汉武帝，西王母的细枣膏便是其中一件，另外还有神女送的玉燕钗等，这些宝物犹如给招仙阁蒙上了一层神秘的仙气，加上轻玉磬的天籁之音，让人不知身处天上还是人间。

吉光裘

原文

　　汉武帝时，西成献吉光裘。入水数日不濡，入火不焦。元凤不道之时服此裘，以视朝焉。

——《十洲记》

　　吉光是一种传说中的神兽，生活在古代的西域。但它到底长成什么样，至今仍是一个谜。有人说它是黄色的神马，有人说它是飞马，也有人说它是白色的，或许是一只狐……吉光作为一种神兽，能活三千年。

　　汉武帝天汉三年的冬季里，时常降鹅毛大雪，天气寒冷难耐，烤了火盆也无济于事。

西域国王便派使者给汉武帝送来一件吉光裘。

吉光裘，顾名思义就是用吉光的皮毛做成的大衣。

既然吉光是一种神兽，由它的皮毛做成的大衣自然有它神奇的一面。

据说这件吉光裘呈金黄色，有雪白的毛领，摸上去顺滑柔软，舒适温润。

汉武帝握在手上时，感觉特别舒服，当场就想试穿一下。但由于吉光裘的皮毛太滑溜，他刚一接手，就不慎掉入了池子中。

"哎呀，真是可惜了。"众人发出一阵阵惋惜声。

但使者却说："不碍事，不碍事，正好借这个意外，让大家见识一下吉光裘的奇特之处。"

"此话怎讲？"汉武帝疑惑地问。

"不用着急打捞，就算在水里浸上五天五夜，吉光裘也不会湿。"使者淡定地说。

"那就不妨让它浸上个五天五夜？"汉武帝发话道，"也好让我见识一下它的神奇。"

就这样，吉光裘一直被浸泡在池水中。

直到第六天早晨，汉武帝吩咐手下人把吉光裘打捞上来。

"大王，吉光裘一丝一毫都不湿，像没有被水浸过一样。"

果真如此？汉武帝接过吉光裘，翻来覆去地看，越看越爱不释手："真是件难得的宝物。"

"它既然不怕被水浸，当然也不怕被火烤。"使者说，"吉光裘就这么神奇，无论多大的火，都不能点燃它。"

还有这等奇特的事？汉武帝想立刻见证吉光裘不怕火烧的奇迹，便吩咐手下的人准备好一只大火炉。

当炉火燃起来的时候，吉光裘被投入火炉中。

果然，它没被点燃，即使火光冲天也一点都烧不着它。

水浸不湿，火点不着，穿上又特别暖和、气派，这样的衣裳哪有人不爱的。汉武帝就经常穿着吉光裘上朝，把它视作珍宝。

连环羁

原文

汉武帝时，西毒国献连环羁。皆以白玉作之，玛瑙石为勒，白光琉璃为鞍。安在暗室中，尝照十余丈，其光如昼。

——《西京杂记》

在古代，骑兵的战斗力相当强悍，马也便成了战场上重要的装备。

汉武帝时期更是养马成风，据说光是官马就有四十万匹之多。汉武帝也特别喜欢马，每得到一匹好马，他就会亲自作诗。他曾给爱马乌孙马写过一首《天马歌》：

太一贡兮天马下。

沾赤汗兮沫流赭。

骋容与兮蹠万里。

今安匹兮龙为友。

相传，这匹乌孙马于敦煌月牙泉中跳跃而出，神骏善驰。一个流放在西北的叫暴利长的人发现了它，并把它进献给了汉武帝。当时正逢汉武帝算卦，得"神马当从西北来"，于是便把这匹恰好这个时候得来的乌孙马当作是仙人所赐的天马，喜爱得不得了。

有一年，西毒国使者进献给汉武帝一个连着马鞍的马络头，也称"连环羁"。

连环羁用玉石制成，勒嚼用的是玛瑙石，橙红中有白色的纹理，马鞍用的是纯白半透明的琉璃玉。相比其他普通的马络头，这个更显得华贵且不僵硬。汉武帝决定把它套在乌孙马上。

棕黑色的乌孙马装上连环羁后，毛色闪闪发亮，越发显得神骏。在场的所有人都被它的飒爽之姿迷住了，甚至没留意它挣脱了缰绳，如箭一样向远方奔去。

尽管汉武帝动用了大量的兵力搜山寻马，也不曾发现它的踪迹。

乌孙马失踪了。

为了马能不惜发动战争的汉武帝痛惜万分，甚至把此次乌孙马的失踪归罪于西毒国使者。

"皇上，连环羁可是个宝物，它在暗夜里会发光，如同白昼，能照亮十丈余地，等天暗下来，我负责帮您把马找回来。若寻不回，您想怎么处置我都可以。"西毒国使者恳请道。

"那就等到天黑找一下吧，我倒要看看这连环羁到底有什么能耐。"

太阳终于落山了，夜幕暗沉下来。

汉武帝等一众人站在最高的楼台上向四周观望。

突然，一大臣叫起来："皇上，西边有亮光。"

大家都向西而望，果然看见不远处的树丛里有一大片银色的光亮，随着天越来越暗，那亮处却越来越耀眼。

"是乌孙马戴的连环羁发出的光亮，它就在那里。"西毒国使者说道。

汉武帝便亲自率兵，去放光的树丛里找回了乌孙马。

"连环羁果然是个宝物，也只有我的乌孙马能配得上它。"一波三折后，汉武帝已经喜欢上了连环羁。

玉箱瑶杖

原文

　　汉武帝冢裏，先有玉箱瑶杖各一，是西胡渠王所献。帝平素常玩之。后有人扶风郿市买得二物，帝左右识而认之。说卖者形状，乃帝也。

　　　　　　　　　　　　　　　　　　——《世说》

　　汉武帝去世后，下葬于茂陵。茂陵里有不计其数的陪葬品，金银、玉器、陶瓷、翡翠、玛瑙、珍珠，应有尽有，极其奢华。据说几万人花两个月的时间也不能搬完里面的珍宝。

就在汉武帝下葬四年后，茂陵被盗墓者挖掘，致使很多陪葬品流落在外。

　　一个清晨，汉武帝在位时的大臣和侍从去办事，路过一个集市小摊时，不禁多看了一眼。这个摊点上的物件琳琅满目，玛瑙酒樽、玉石佩饰、翡翠羽扇、锦缎帘子……看上去都不是平常之物。

　　忽然，大臣看到角落里有一只玉石做的宝箱，特别眼熟，尤其是宝箱中镶嵌着的蓝宝石，正闪耀着冷蓝的光，如夜空中的星星，一闪一闪地亮着。

　　"你看，这不是皇上在世时最喜欢玩的宝箱吗？"大臣疑惑地问一旁的侍从。

　　侍从却一直盯着另一个角落里的一根瑶杖。

　　"这根瑶杖，也是皇上经常把玩在手的呀。"

　　大臣一手握起瑶杖，一手端起宝箱。

　　这两件器物，都用玉石做成。这些玉成色纯净，仔细端详，仿佛能看见嵌在里面的纹理静静流淌的样子。握于手中，凉意过后如有暖流沁入。

　　没错，这两件宝物都是汉武帝的随身之物，由西域的

渠王进献，汉武帝下葬时，瑶箱和玉杖这两样汉武帝生前的喜爱之物，也被陪葬在茂陵。

应该是陵墓被挖掘后，盗墓人把它们贩卖而流散在集市上的吧？当时，大臣和侍从就是这么认为的，他们厉声问小贩："你这玉箱和瑶杖到底是从哪里来的？从实招来。"

小贩一脸无辜地说："我也是买来的呀。前天傍晚，我在扶风郿市上赶集，傍晚时分，天已经快黑了，我也急着赶回家。这时，一个高大贵气的人出现在我面前，他右手握着玉箱，左手托着瑶杖，问我要不要买……"

之后，小贩又翔实地描述了卖主长相。

这让大臣和侍从大惊失色，因为小贩所说的卖主，便是汉武帝呀！

身毒宝镜

原文

汉采女常以七月七日夜，穿七针于开襟楼，俱以习之。宣帝被收，系郡邸狱。臂上犹带史良娣合采婉转丝绳，系身毒国宝镜一枚，大如八铢钱。旧传此镜照见妖魅，得佩之者，为天神所福，故宣帝从危获济。及即大位，每持此镜，感咽移辰。常以琥珀笥盛之，缄以戚里织成，一曰斜纹织成。宣帝崩，不知所在。

——《西京杂记》

西汉初期，每逢七月初七这一天，百子池内便热闹非凡。妃嫔、良娣们有的演奏佛乐，有的用五彩线缠绕成彩色丝绳。到了晚上，她们便去开襟楼穿针乞巧，这个习俗后来一直延续了下来，成为七夕节的一种仪式。相传，太子刘据之妾史良娣心灵手巧，她每年都会去开襟楼结丝绳，有的结成花叶鸟兽的形状，有的结成日月星辰的样子。汉宣帝刘询（史良娣的长孙）出生那年，史良娣曾亲手为他编织了一根五彩的长命缕。

但就在汉宣帝出生后不久，宫廷里发生了一起重大的事件，被称为"巫蛊之祸"。史良娣、史皇孙和王夫人都受到牵连遇害，就连刚出生的汉宣帝刘询也不能幸免，襁褓中的他被关押在郡国府邸设的监狱中。所幸，当时的刘询胳膊上系着祖母亲手织就的宛转丝绳，绳上还绑着一面宝镜。这面宝镜小巧精致，只有一枚铜钱那么大，却不是一面普通的镜子。

相传这面镜子来自身毒国（现在的印度一带），张骞出使西域时得到了这面镜子，返回朝廷后便把他赠与太子刘据。这面镜子不仅能照见狐妖鬼怪，佩戴它的人还可以得到天神的保佑。所以刘询一出生，这面镜子就被系在了他的身上，用以辟邪并获得上天的佑护。

也许宝镜真的会显灵，狱中的刘询遇到了看守大臣邴吉。邴吉是个善良的人，他见不得刘询小小年纪就没有了

至亲的人，且还要遭受牢狱之灾，便请两位女囚犯照顾抚育刘询。

几年后，刘询得以出狱，也因了邴吉的无畏相助。

公元前74年，汉昭帝驾崩，刘询继位，成为汉宣帝。

当了皇帝的刘询叫匠人用上好的琥珀和良竹做了一个精致小巧的匣子，他把宝镜放进匣子，再用一根柔软的丝绳系紧，随身带着。汉宣帝认为，自己之所以在每一个困境中都能化险为夷，定是祖母留下的这枚宝镜和长命缕在佑护他。汉宣帝每每拿出宝镜，便会长久凝视，感慨万分。

据说，这枚身毒宝镜在汉宣帝驾崩后，也不知所踪了。

苏威镜

原文

　　隋仆射苏威有镜殊精好。日月蚀既，镜亦昏黑无所见。威以左右所污，不以为意。他日，月蚀半缺，其镜亦半昏如之，于是始宝藏之。后柜中有声如雷，寻之乃镜声，无何而子夔死。后又有声而威败。其后不知所在。

——《传记》

　　苏威出身于一个官宦之家，隋朝时期，他曾历任要职，是一个非常有才能的大臣。

　　相传他有一面魔镜，用铜铸成。这面镜子呈钟形，镜面光滑，周边刻有青鸾飞舞的花纹，看上去神秘又精致。

镜子从何而来？有人说是西域使者赠送的，有人说是苏威手下的随从送的，也有人说是本地一位制镜的高人铸成的。这位高人制镜无数，有很高的造诣，无论是铸铜，还是上模，都得心应手。如果再遇到特殊的天象，如月全食、日全食，就能制出不寻常的魔镜。

　　苏威得到这面魔镜的时候，并不觉得它和普通镜子有什么不一样。就连遇上日全食的时候，天变得昏暗，魔镜也黯然无光，苏威也觉得那只是天暗了，屋子里也会暗下来，镜子自然也明亮不起来的缘故。直到有一天，出现了月半蚀，天地间半阴半阳，这样的天象难得遇见，苏威不知怎地就想起这面镜子来。他打开藏镜子的柜子，一眼就看见镜子居然和天上的月一样，一半是亮的，一半是暗的。"果然如他人所说，这是一面魔镜呀。"苏威这才相信这面镜子的不寻常，他便小心地把镜子藏在一个宝盒中。

　　一天黄昏，屋子里静悄悄的，苏威坐在油灯下看书，他的儿子已经在卧房里睡着了。突然，窗外吹来一阵疾风，把油灯吹灭了。接着，屋子里响起一阵轰鸣声，像是天边在打雷，又像是屋子里有什么东西爆裂了。

　　"是镜子啊，是放镜子的宝盒传出来的声响。"苏威

起身打开宝盒，只见一股青烟袅袅地升起，随即就不见了。

"像是有什么预兆呢。"苏威心里咯噔一下。

不久之后，他的儿子苏夔突然死去。

"难道，这面镜子能预测凶吉？"苏威越想越觉得蹊跷。

自那以后，他常常会留意镜子的动静。但凡它发出一点点细微的响声，苏威就会惴惴不安，怕是又会出现什么不测。

几年后，又逢一个昏暗的黄昏。苏威照例在油灯下看书，藏镜子的宝盒忽然又发出一阵雷鸣般的声响。

这一次，竟然预兆的是苏威自己的败落。

自那以后，镜子也消失不见了。

古镜记

原文

　　隋汾阴侯生，天下奇士也。王度常以师礼事之。临终，赠度以古镜曰："持此则百邪远人。"度受而宝之。镜横径八寸，鼻作麒麟蹲伏之象。绕鼻列四方，龟龙凤虎，依方陈布。四方外又设八卦，卦外置十二辰位而具畜焉。辰畜之外，又置二十四字，周绕轮廓。文体似隶，点画无缺，而非字书所有也。侯生云："二十四气之象形。"承日照之，则背上文画，墨入影内，纤毫无失。举而扣之，清音徐引，竟日方绝。嗟乎，此则非凡镜之所同也，宜其见赏高贤，自称灵物。侯生常云："昔者吾闻黄帝铸十五镜。其第一横径一尺五寸，法满月之数也。以其相差，各校一寸。此第八镜也。"（节选）

——《异闻集》）

王度是隋朝时期的一名御史，曾经有个姓侯的奇人送给他一面镜子。这面镜子镜身上的图案显得繁复又规整——镜子的柄上刻有一只麒麟，它蹲伏着，淡定又充满了神秘的气息。镜子的四角分别雕刻着龙、凤、虎、龟；与四角对应的地方有八卦图，中心外延是四方图，龙、凤、乌龟和麒麟各占一方；四方图外是八卦图；八卦外是十二时辰图，即十二生肖；十二时辰外围又有二十四字，对应的是二十四节气。据说，四方、八卦和十二时辰图在平时都能看得清清楚楚，但最外圈的二十四字图要把镜面朝着太阳时，才能呈现出来。

这是一面不同寻常的镜子。在暗室，它能发光，照亮几丈之地，并能令宝剑失去光泽。但在朗月之下，它又会被月亮吸走光华，变得暗淡。

有一天，王度在朋友程雄家借宿，遇见一位叫鹦鹉的婢女。当时，王度正拿着镜子在照，没想到婢女远远地看见镜子，就吓得发抖，嘴里还喃喃自语："我不能待在这里了，我得离开。"王度觉得蹊跷，便问询原因，鹦鹉才道出实情。原来她是一只生活在华山府君庙附近的千年老狸猫，常幻化成人形惹事端，正被府君追捕。她在逃的过

程中，被
一户姓陈
的人家收为
养女，之后
又嫁到一户柴姓人家，
但因为过得不太顺意，她就逃走了。
辗转几年后，被一个粗暴的男人带到
程雄家做婢女。

"你的镜子会显灵，如果我被它一照，就会现
出原形，但我不想这样。"婢女鹦鹉对王度恳求道：
"你能不能给我办一桌酒菜，让我再享受一次人间
的美味当我喝醉的时候，便会自然死去。"

王度答应了她，便把镜子藏到镜盒里，又让人办了一桌丰盛的酒席，并亲自给鹦鹉敬酒。

当她喝得酩酊大醉时，果然化成了一只老狸猫，倒地而亡。

大业九年的秋天，王度任县令的衙门大厅前，有一棵粗壮的枣树，大概有几百年了。这棵枣树一直被王度之前的县令们祭祀，如若不这样，便会遭受灾难。大家纷纷猜测，这棵枣树上，一定有精怪在作祟。一天晚上，王度把镜子挂在枣树上，想试试镜子能否照出一些东西来。到了子夜二更时分，突然从枣树梢头传来一阵"噼里啪啦"的巨响，王度被响声惊醒。他赶紧下床来到院中，但见枣树周围雷电交加，风雨倾盆，但其他地方的天却是晴朗的。这样的怪象一直延续到天亮才停止。王度再次来到院落中，这时候，他看见枣树下躺着一条红尾紫鳞绿头白角的巨蛇，额头上还有一个明显的"王"字，看上去狰狞又凶猛，但已经没有了生息。巨蛇的身上有很多伤痕，王度猜想是被半夜里的雷电击打而致。

"不祭祀便会有灾难，原来是这条巨蛇在作怪呀！"王度收起宝镜，叫人把蛇运到城门外火化。他又令手下掘掉枣树，只见枣树根部有个洞穴，在深入土地时逐渐增大，里面有蛇盘踞过的痕迹。

"一定得把这个洞穴填实，不让妖孽再来作怪。"从此之后，院子里就平静下来了。

王度的宝镜除了能照妖，还有许多不同的灵验事件，它也帮助了很多人脱离险境。"天下的珍奇宝物，不会长久地留在凡间。"正如庐山上一位隐士所说的那样，王度的这面宝镜在隋炀帝大业十三年的七月十五日那天，突然发出一声悲鸣，声音由渺远而变成犹如龙吟虎啸般响亮，半天之后才止息。

"怕是宝镜不见了？"王度猜想着打开藏镜的匣子，果然，匣子已空，宝镜不知去往何处。

青龙剑

原文

　　唐开元中，河西骑将宋青春骁果暴戾，为众所推。西戎尝岁犯边境，青春每临阵，必独运剑大呼，执馘而旋，未尝中锋镝。西戎惮之，一军咸赖焉。后吐蕃大北，获生口数千。军帅令译问衣大虫皮者，尔何不能害之。答曰："但见青龙突阵而来，兵刃所及，若叩铜铁，以为神助将军也。"青春乃知剑之灵。青春死后，剑为瓜州刺史季广琛所得。或风雨后，迸光出室，环烛方丈。哥舒翰镇西凉，知之。求易以他宝，广琛不与。因赠之诗曰："刻舟寻已化，弹铗未酬恩。"

——《酉阳杂俎》

唐玄宗开元年间，西北吐蕃等少数民族部落三番五次侵犯中原。当时，河西有个骑兵将领叫宋青春，他每次都会被派去迎战入侵者。

　　宋青春在当时威名远扬，只要一提起他的名字，大家都会流露出钦佩之意，尤其他手下的将士，更是以他为傲，而西戎入侵者则是闻"宋"丧胆。

　　因为，宋青春每一次出征杀敌，都率先骑马冲进敌军，他一边用洪钟般的声音怒吼，一边疾风般地挥舞着他的宝剑。此刻，宋青春的周围只有舞剑时的旋风，这风声如有神力一般，把所有射过来的箭和杀过来的刀一一挡在外面。每一次战后，宋青春都会把战死敌军的左耳割下来，但他却毫发无伤。也因为宋青春的缘由，去出征的军队把西戎部落打得落花流水，胜利而归。

　　一天，有人问一个披着虎皮衣裳的俘虏："宋青春将军在冲入你们的阵营时，到底有怎样的威力，让你们不敢近身伤害他，却反而害怕他呢？"

　　只听俘虏回答道："你不知道宋将军手中握着的那把剑，是有神力相助的吗？他每次挥着宝剑杀过来时，我们眼前就会出现一条青龙，那龙威力无比，好似铜墙铁壁般

把我们的刀剑挡落，甚至砍断。这让我们如何能伤到宋将军的一丝一毫呢？"

听俘虏这么一说，宋青春才知道自己的宝剑竟然能够通灵。他久久凝视着这把剑，长条形的刀刃是青灰色的铁打磨的，剑柄上的护圈也是同一色的铁皮，和普通的宝剑也没什么两样。两片硬木合成的剑鞘，由五个铜环圈住固定，每个铜环上都刻有花纹，形态不一。

"到底是什么地方能让我的宝剑有如此大的神力呢？"宋青春翻来覆去地看了几遍后，终于发现剑鞘靠近护手的铜环两边，各雕刻着一条矫健雄浑的青龙。

"他们说我挥宝剑时，就会有青龙出现，原来这青龙就藏在这里呢。"宋青春抚摸着剑鞘中的龙身，觉得神奇，因而也更珍惜这柄宝剑了。

宋青春去世后，青龙剑落在刺史季广琛手里。听说，这把宝剑会在风雨后发出耀眼的光芒，这光芒能照亮一丈远的地方。

水心镜

原文

　　唐天宝三载五月十五日，扬州进水心镜一面。纵横九寸，青莹耀日。背有盘龙长三尺四寸五分，势如生动。玄宗览而异之。进镜官扬州参军李守泰曰："铸镜时，有一老人，自称姓龙名护。须发皓白，眉如丝，垂下至肩，衣白衫。有小童相随，年十岁，衣黑衣。龙护呼为玄冥。以五月朔忽来，神采有异，人莫之识。为镜匠吕晖曰，'老人家住近，闻少年铸镜，暂来寓目。'老人解造真龙，欲为少年制之，颇将惬于帝意。'遂令玄冥入炉所，扃闭户牖，不令人到。经三日三夜，门左洞开。吕晖等二十人于院内搜觅，失龙护及玄冥所在。"（节选）

——《异闻录》

唐玄宗天宝三年的五月，扬州府进献给皇上一面圆形的水心镜。

镜子约九寸大，在日光的照射下，闪出耀眼的光芒。唐玄宗看到镜子的背面刻着一条栩栩如生的龙，龙身正好沿着镜边一圈，龙眼威力有神，龙爪飞舞，龙鳞密布，如一张银色的渔网。

"这条龙，像真的一样呀！"唐玄宗握着镜子感叹，"是一面不同寻常的镜子。"

进献镜子的扬州参军李守泰说："皇上好眼力，这面镜子在铸造的时候，确实不一般呢。"

"此话怎讲？"唐玄宗问。

李守泰便对唐玄宗说起一件奇特的事：

今年五月初一，当我们在铸造这面镜子的时候，一位白发银须穿白衣的老者带着一个十岁左右穿黑衣的小童突然造访。老者唤小童为"玄冥"。这一白一黑，一老一小，看上去不是一般的普通人，当地的人也都没有见过他们。老者对铸镜匠吕晖说："我们就住在附近，听说你们要铸镜子，一是来看看，二来呢，我想为你们的镜子铸造一条

真龙。镜子若献给皇上，一定会令他喜欢。"

老者说完，就和小童一起来到放镜炉的院子里，关好所有的门窗，叮嘱任何人不得进内。这样过了三天三夜后，庭院左边的门洞突然打开了。吕晖等铸镜人进去一看，却不见了老者和小童的身影，镜炉前有一封用小篆写的书信。

信中写道："镜子中铸就的真龙长三尺四寸五分。三，是天地人三才；四，为春夏秋冬四季；五，即金木水火土五行。你们造镜时，镜中心应该呈现明月珍珠的形状，镜子长宽各九寸，意为天下九州的分野。这面镜子若铸成，可以辟邪，照见万物。正因为当朝皇帝圣明通达，我才助力造镜。"

吕晖看完信后，就把院中的镜炉迁移到扬子江船上，并于五月五日午时开始铸镜。本是晴朗的天在开始铸镜时突然变脸，江水高涨，足有三十多尺，浪涛翻滚中时有龙啸声声，像是万人吹奏着笙簧，能传到几十里之外。这可真是少有的怪异景象呀！

唐玄宗听李守泰说完铸镜故事后，便吩咐手下把水心镜单独放置，好生珍藏。

天宝七年间，天下大旱，三月到六月，久久不下雨。

唐玄宗便亲自登临龙堂，祭祀祈雨，求了多次却未果。昊天观的法善道长说："贫道听说祈雨时，面对的龙要像真的一样才会有感应。无论是画的龙绣的龙还是刻的龙，只要有一个地方和真龙相似九分，祈雨时才会通灵。皇上这次祈雨没有成功，怕是龙堂上画的龙和真龙相差甚远的缘故吧。"

唐玄宗便请臣子们带着法善道长去皇宫内搜寻和真龙相似的龙像。当看到水心镜时，法善道长随即上奏："皇上，水心镜的背面有条真龙啊！"

于是，又一场祈雨开始了。顷刻间，只见两道白色雾气从殿堂上方降下来，当靠近水心镜中的龙身时，龙鼻处也喷出了白雾，袅袅升至殿堂房梁。两股来自不同方向的白色雾气相融，随即弥散，让整个大殿如处云深处，简直像个幻梦般的仙境。渐渐地，京城上空也是云雾缭绕。刹那间，雷声隆隆，大雨倾盆而下。相传这场雨一直下了七天才停止。因了这场雨，当年秋天，百姓喜获丰收。

原文

　　唐天宝中，有陈仲躬家居金陵，多金帛。仲躬好学，修词未成，携数千金，于洛阳清化里，假居一宅。其井甚大，常溺人，仲躬亦知之。以靡有家室，无所惧。仲躬常习学不出。月余日，有邻家取水女可十数岁，怪每日来于井上，则逾时不去，忽坠井而死。井水深，经宿，方索得尸。仲躬异之。闲日，窥于井上，忽见水中一女子。其形状少丽，依时样妆饰。以目仲躬，凝睇之际，以红袂半掩其面微笑，妖冶之姿，出于世表。仲躬神魂恍惚，若不支持。乃叹曰："斯为溺人之由也。"遂不顾而退。后数月炎旱，此井水不减。忽一日水竭。清旦，有人叩门云："敬元颖请谒。"（节选）

——《博异志》

陈仲躬是唐玄宗天宝年间的一个书生，家住金陵，家境富裕。因他想求得功名，便来到东都洛阳，花几千银子租了一间房子关门学习。

曾有旁人告诉他，庭院里的一方井曾淹死过很多人。但陈仲躬并不害怕，他每天关门读书，非常用心。有一天，邻家一个十多岁的小女孩来井里打水，好久了也不见她离开。

陈仲躬觉得蹊跷，便走出书房来到井边，却发现小女孩已经被淹死了。

"她为什么会掉下去呢？"陈仲躬很是疑惑，便又把头探到井口，想看个究竟。

但见井里突然出现一个容貌姣好的女子，正朝他莞尔一笑，很是迷人。

"天下怎会有如此美貌的女子啊！"陈仲躬痴痴地望着，一时回不过神来。但马上，他就清醒过来："掉入井里的人，怕都是这样被诱惑的。"

陈仲躬赶紧回到屋子里，怕再看下去，他也会和小女孩一样坠到井中。

这口井的井水一年四季都满盈盈的，即使遇到炎热的夏天，也不会干涸。但就在小女孩死去几个月后，井水突然干涸了。

凌晨时分，陈仲躬听见一声轻微的叩门声，他打开门一看，只见小女孩淹死那天出现在井中的美丽女子，正笑吟吟地望着他。

"我叫敬元颖，并不是你认为的杀害小女孩的人。这口井是汉朝绛侯周勃住到这里来时凿的，当时就住进了一条龙。这条龙是洛阳五条毒龙之一，专门吃人血。据我所知，它已经吸食了三千七百多个人的血了。我在掉入井中那天起，就身不由己地被毒龙使役，诱人入井，供它吸血。但这不是我想做的，所以很痛苦。"井中女子坐下来，继续说道："昨天所有的龙被东皇天一神召唤，又因毒龙犯了罪，正受到惩罚，几天之后才能回来，所以井水才会干涸。我想求您趁枯井期，把我从井里打捞上来，让我脱离这个身不由己的苦海。我将会报答你，只要你能想到的事情，我一定会想办法去做到。"

敬元颖说完，就不见了踪影。

第二天，陈仲躬便派了一个淘井的人下到井里捞取，但见井中除了一些污秽的淤泥，并没有什么物件。直到最后，才发现一枚七寸左右的铜镜。镜子左边刻有太阳，右边刻着月亮，青龙、白虎、朱雀和玄武排列其中。还用二十八个蝌蚪文，写着镜子铸就的日子和地址——维晋新公二年七月七日午时于首阳山前白龙潭。推算下来，这竟是一枚千年古镜。

想来，这个叫敬元颖的女子就是古镜的化身了，陈仲躬把镜子擦拭得干干净净后，放进一个精美的匣子，点上香敬奉。

当晚一更过后，敬元颖来见陈仲躬："恩公，我原本是春秋晋国时期师旷铸的第七面铜镜，贞观年间，被一奴婢失手掉落在这口井里，又被井中的毒龙控制。今日，万分感谢恩公把我从淤泥中解救出来，得以重见天日。我还有一事请求，望恩公明日一早便搬离此地。"

陈仲躬疑惑地问："这么匆忙地搬离这里，恐怕一时半会儿找不到其他的落脚之地。"

敬元颖说："恩公放心吧，我会安排好一切的。你要做的是尽快搬出去。"

第二天早上，陈仲躬刚收拾好东西，便听到有人来敲门。原来是新的主人要住进来了。一起进来的还有帮陈仲躬搬家的杂役。中午时分，陈仲躬和他的行李稀里糊涂地被杂役带到了立德坊的一个宅院里。杂役取出一纸递给陈仲躬："房租已经有人交了，这是房租契约，你安心住下就是。"

三天后，陈仲躬听说他原来的住处不知什么原因已经轰然倒塌。

而陈仲躬的新住处，安静宜读书。科举考试时，他成绩优异，连连中举，一生都尊贵富有。

宝剑

唐符载文学武艺双绝，常畜一剑，神光照夜为昼。客游至淮浙，遇巨商舟舰，遭蛟作梗，不克前进。掷剑一挥，血洒如雨，舟舸安流而逝。后遇寒食，于人家裹秬粽，粗如桶，食刀不可用，以此剑断之讫。其剑无光，若顽铁，无所用矣。古人云："千钧之弩，不为鼷鼠发机。"其此剑之谓乎。

——《芝田录》

唐朝的符载不仅仅是个文学家，也是一个武功了得的人。

他有一把宝剑，剑鞘金色，嵌着晶莹的宝石，剑刃极薄，闪着银色的光芒，在漆黑的夜里，剑身发出的亮光会把周围照亮。符载很喜欢他的这把宝剑，时常把它佩戴在身上，每一次走夜路，都会用宝剑来照明探路。

有一天，符载坐船出游到淮浙一带，当时正值初夏，本是平静的水面突然晃荡起来，天气也变得阴沉，像是有风吹来，但又不觉一丝凉意。水击打船只的声音却愈来愈响，如雷鸣，如击鼓。符载放眼望去，发现远处一只满载货物的大商船正剧烈摇晃着，像是船底下有什么东西在翻滚。

"是不是遇到了水怪？"符载的随从有点害怕地说，"咱们还是掉头返回吧。"

"不，去看看到底发生了什么。"符载作为一个文武双绝的人，才不会被什么水怪吓走。

符载的船只向商船驶去。只觉水面越来越不平静，船身颠簸得更厉害了，随时都会有翻船的可能。

"原来是一条蛟龙搅得水面波涛汹涌。"符载手中握着宝剑，并不害怕。

"救命呀，救命呀！"商人向符载呼救。

只见符载一把拔出宝剑，向蛟龙身上连刺三剑。霎时，龙血喷洒出来，染红了江水。

"感谢恩公的救命之恩啊。"等水面平静下来时，商人连连拜谢。之后，便驾着船继续赶路。

有一年四月，符载借宿在一户人家。正逢寒食节，这户人家便用秬黍包起粽子来。粽子个大，有水桶般粗，需要分块食用。但家里的刀太小了，切割起来不方便，符载便拔出宝剑，帮忙去割。不曾想，这把能刺蛟龙的宝剑在割了粽子后，不再锋利，也不再发光了，就如一块废铁般无用。

这正如古人所说：有千钧之力的箭弩，是不能用来射鼷一样的小鼠的。

想来，符载的这把宝剑只有用在适合的地方，才能显示出它的独特和威力。

破山剑

原文

　　近世有士人耕地得剑，磨洗诣市。有胡人求买，初还一千，累上至百贯，士人不可。胡随至其家，爱玩不舍，遂至百万。已克明日持直取剑。会夜佳月，士人与其妻持剑共视，笑云："此亦何堪，至是贵价。"庭中有捣帛石，以剑指之，石即中断。及明，胡载钱至。取剑视之，叹曰："剑光已尽，何得如此。不复买。"士人诘之，胡曰："此是破山剑，唯可一用。吾欲持之以破宝山，今光芒顿尽，疑有所触。"士人夫妻悔恨，向胡说其事，胡以十千买之而去。

——《广异记》

有个男人清晨去庄稼地里耕地，当他在犁最后一畦田的时候，突然挖出来一把宝剑。这剑埋在地里有些年头了，剑身上沾满了泥土，剑柄处的金属也已经黯淡，显得陈旧。男人把它带回家，寻思着放在家里，还不如去卖掉换点银子。于是他把宝剑上的泥土擦拭干净，第二天一早就到集市上叫卖。

集市上人来人往，但谁都没有留意男人手中的这把剑。眼看太阳西沉，天色将晚，男人准备收起剑回家。

"且慢！"这时候，男人看见一个像是西北来的外地人向他走来，"让我看看你的这把剑。"

听口音，果然是个胡人。

男人把剑递给他。

胡人翻来覆去地看着剑，一会儿掂分量，一会儿触质感，一会儿又细察剑色。

"一千文钱怎样？"胡人问。

男人摇摇头："不卖。"

"一贯钱如何？"

"不卖！"男人仍摇摇头。

"一百贯呢？"

男人又摇摇头："不卖，我得回家了。"

胡人跟在男人身后讨价还价。

"一百万贯如何呢？"到了男人家里，胡人已经把钱抬高到了一百万贯。

这时候，男人和妻子才答应下来。

胡人打算第二天带钱来取剑。

"你说，这把宝剑有什么特别的地方啊，又不是金，也不是银的，能值这么多钱。"男人和妻子两个人来到月光下，翻来覆去地观看宝剑。

"可能它比较锋利吧。"妻子指着院子东面的一块捣衣石，开起了玩笑，"说不定它能切石头呢。"

男人听后举着剑试着向捣衣石指了指。没想到，"砰"的一声，坚硬的捣衣石立刻断成两截。

"果然不是一把普通的剑。"男人对妻子说，"相比于宝剑的神奇，我们更想要的还是钱。"

第三天，胡人拿钱来买宝剑。但当他看见宝剑时，脸上露出失望之意："为什么剑光没有了呀？"

胡人说："这把宝剑已经没有什么用了，我不买了。"

男人指责他不守信用。

胡人便说出原委："这是一把破山剑，只能用一次。我本想用它来刺宝山，探寻宝物的，但今天一看，它已经失去了光芒，我买去还有什么用？"

男人和女人非常后悔，因为误用破山剑而得不到想要的钱财了。

胡人便留下了十千钱换走了这把无用的破山剑。

湖中镜

原文

　　苏州太湖入松江口。唐贞元中，有渔人载小网。数船共十余人，下网取鱼，一无所获。网中得物，乃是镜而不甚大。渔者忿其无鱼，弃镜于水。移船下网，又得此镜。渔人异之，遂取其镜视之，才七八寸。照形悉见其筋骨脏腑，溃然可恶，其人闷绝而倒，众人大惊。其取镜鉴形者，即时皆倒，呕吐狼藉。其余一人，不敢取照，即以镜投之水中。良久，扶持倒吐者既醒，遂相与归家，以为妖怪。明日方理网罟，则所得鱼多于常时数倍。其人先有疾者，自此皆愈。询于故老，此镜在江湖，每数百年一出。人亦常见，但不知何精灵之所恃也。

——《原化记》

苏州太湖松江口，雨水充足，鱼类繁多，是渔夫们捕鱼的好地方。

　　唐德宗贞元年间的一个夏天，像往常一样，十多个打鱼人摇着小船到松江口去捕鱼。照理说这个地段这个时期经常能捕捞到不少的鱼，但这一天，他们打捞了大半天也不见一条鱼。

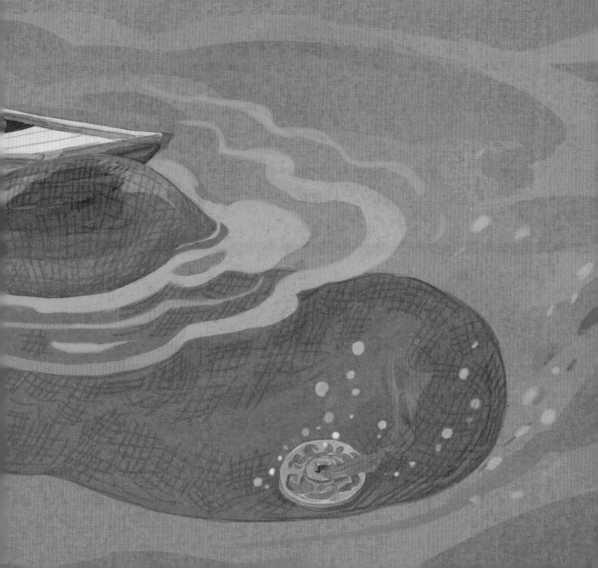

再次撒网后，他们发现网中有面闪闪发光的镜子。

"镜子有啥用，扔回水里吧。"一个打鱼人取出镜子，又扔进水中。

大家把船驶到另一处继续撒网。

网中仍然不见一条鱼，但那面镜子又神奇地出现了。

一打鱼人觉得蹊跷，便拿出镜子左看右看。

只见镜子直径七八寸大小，阳光下的江水在镜中反射出耀眼的白光。

打鱼人随意照了照自己，大吃一惊。只见镜子里的自己，骨头和肌肉都显现出来了，看上去很吓人。当他往下照时，甚至看到了胸腔和肚腹里的内脏。镜子里那一团团血肉模糊、污秽肮脏的东西让他恶心呕吐起来，不久便昏了过去。其他的打鱼人不知道发生了什么事情，也拿了镜子来照。不照不要紧，一照就出事——只见他们一个一个地都被镜子中照出来的五脏六腑吓得呕吐不止，昏倒在船上。

幸亏还有一个打鱼人没有照镜子，他惊慌失措地捡起镜子扔到了江中，坐在船头平息心情。

过了一个时辰左右，昏睡过去的打鱼人一个一个都醒了过来。

"这面镜子十有八九是妖怪变的。"大家议论纷纷，都觉晦气。

但因生计所迫，第二天他们仍然大着胆子摇船去江中捕鱼。

令人幸运的是，他们没有再捞到那面镜子，而鱼却捕得比往常要多得多，都是一些肉质鲜美的肥鱼。

有一打鱼人说道："我觉得自从昨天照了镜子后，腰酸的毛病都好了呢。"

"经你这么一说，我的头疼病也好像消失了呢。"

"我也正奇怪呢，身上的疹子都不见了。"

……

被镜子照过的打鱼人都纷纷说起身上的症状消失的事情来。

一老渔翁在一旁听见了，告诉他们传说中确实有这么一面镜子。

"不过，这面镜子几百年才会出现一次，你们可都碰上好运了！"

神仙求剑

原文

唐郑云逵少时得一剑，鳞铁星镡，有时而吼。常庄居，横膝玩之。忽有一人从庭树窣然而下，紫衣朱帻，被发露剑而立。黑气周身，状如重雾。郑素有胆气，佯若不见。其人因言："我上界人，知公有异剑，愿借一观。"郑谓曰："此凡铁耳。君居上界，岂藉此乎？"其人求之不已。郑伺更良久，疾斫之，不中。斫坠黑气著地，数日方散。

——《酉阳杂俎》

唐朝有个叫郑云逵的人，很小的时候就喜欢宝剑。有一年，他捡到一把一眼看很普通，但越看越非凡的宝剑。

剑鞘上的花纹就像龟甲上的花纹，摸上去凹凸有致，剑刃薄如雪片，灿若星辰，有时候还会发出一阵阵金属的敲击声。

郑云逵非常喜欢它，常常把它佩戴在身边。

一个晴朗的秋日，郑云逵坐在乡下的庭院里把玩宝剑，突然发现院子正中的大树梢头发出叶片摩擦时的"窸窣"声，便抬头望去。只见树上有一位穿着紫色衣袍，戴朱红头巾的人。那人看见郑云逵好奇地望着他，便从高处跳下来，披散的头发随风力搅出一团黑气，使得他的周遭都好似有一团团的黑气在弥漫开来。

郑云逵当时虽年少，却有个豹子胆，他没有理会那个怪人，仍旧玩着手中的宝剑。

"小子，你不害怕我吗？我可不是人间的凡人，而是住在天上的神仙。"紫衣人靠近郑云逵，"听说你有一把神奇的宝剑，今天特意来看看。"

郑云逵说道："你住在天上，应该有很多的宝物，而我的剑只是一块普通的黑铁，这有什么好看的。"

紫衣人说："你就借给我看看嘛，我有宝物也会借给你看的。"

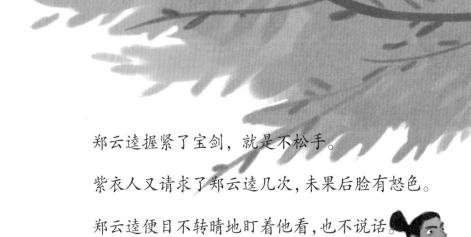

郑云逵握紧了宝剑，就是不松手。

紫衣人又请求了郑云逵几次，未果后脸有怒色。

郑云逵便目不转睛地盯着他看，也不说话。

盯了几分钟后，紫衣人不留意，少年郑云逵突然迅疾地挥动宝剑砍过去。宝剑没有砍中紫衣人，但在一瞬间，紫衣人消失了，一团黑乎乎的气团飘落在地上。

这黑气团没有一下子散去，好几天后才渐渐地消失了。

方丈竹

原文

唐润州甘露寺僧某者道行孤高，名重江左。李卫公德裕廉问日，常与之游。及罢任，以方竹杖一枝留赠焉。方竹出大宛国，坚实而正方，节眼须牙，四面对出，实卫公之所宝也。及再镇浙右，其僧尚在。公问曰："前所奉竹杖无恙否。"僧对曰："已规圆而漆之矣。"公嗟惋弥日。

——《桂苑丛谈》

处于匈奴西面的大宛国出产一种方竹，它们有挺拔直立的枝干，最高可达八米。成竹的竹竿看上去是四方形的，四个面相对，和普通的竹子不一样。竹子的每一个节上，长着一圈归整的"小刺"，像是短短的根须从竹节处冒了出来，非常俏皮可爱。但这种方竹并不多见，而且它不像普通的竹子劈成竹篾后质地柔韧，可以编织竹器，它是脆的，一弯就会折断。所以方竹除了可以用来欣赏，最适合做成手杖。

唐朝的宰相李德裕就曾拥有过一根方竹手杖。

他曾到浙西任职，在甘露寺里结识了一名僧人。这位僧人虽然显得孤僻，但很有智慧，悟道也高。李德裕跟他很投缘，就常常一起结伴同游。

有一次，李德裕要去浙西出差，便和僧人来道别。临走的时候，他便把这根来自西域的方竹手杖赠予僧人。

僧人接过手杖，但觉握着时，和普通手杖不一样，便寻思着要怎么让它显得和普通手杖那样，握起来圆润又滑溜。

于是，他拿来一块石头，磨起手杖来。

他细细地打磨，一周后才把手杖上有棱的地方磨圆了。

"这下好了，和我以前的手杖摸上去感觉差不多了。"僧人觉得很满意。

他又找来一罐油漆，用刷子给手杖涂上了一层绿色的漆。这种颜色可没有竹子本身的绿那么自然，看上去绿得有点假。

李德裕出完公差后回来，又去甘露寺拜访僧人。

聊着聊着，李德裕问："那根手杖用起来还好吧？"

僧人笑着说："好着呢，我把它磨了一下，又漆了一层油漆，用起来更舒服了。"

僧人说完就取来了手杖。

李德裕看到自己曾经很喜爱的手杖变了样，顿时觉得有点心塞，要知道，他珍惜的本是手杖原来的样子呀。

自此以后，李德裕再也没有来过甘露寺，大概他觉得僧人与他本不是同路人。

玉马

原文

宋顺帝升明中，荆州刺史沈攸之，厩中群马，辄踯躅惊嘶，如似见物。攸之令人伺之，见一白驹，又绿绳系腹，直从外来。围者具言，攸之使人夜伏枥边候之。俄而见白驹来，忽然复去。视厩门犹闭，计其踪迹，直入阁内。时人见者，咸谓为怪。检内人，唯爱妾冯月华臂上一玉马，以绿丝绳穿之。至夜，辄脱置枕边，至夜有时失去，晓时则还。试取看之，见蹄下有泥。后攸之败。不知所在。

——《宣室志》

沈攸之是南北朝时期宋朝荆州的一名刺史，他家的马厩里养着一群马。这些马虽然毛色各异，但每一匹马都健壮神骏，都是难得的好马。

可不知道为什么，一连几天，马厩里总是会传来马的惊叫声，不只一匹，很多马都在发出这样的惊叫，像是看见了什么神秘的东西，又像是遭到了什么碰触，总之有点不寻常。

沈攸之便让养马人日夜守在马厩里，查个究竟。

这一天，养马人就候在马厩门口，一动都不动地观察着动静。但从晨起到日暮，除了一些鸟飞来飞去，一只野兔路过，并没有发现什么稀奇之事。

他便安心地回到厨房里去用了晚餐。

当月亮升起来的时候，他便又返回马厩。

正在这时，只见一只肚子上系着绿丝绳的白色小马驹跑进了马厩，引来众马的一声声惊叫。小白马在马厩里哒哒哒奔跑了一圈后，突然又跑出了马厩。养马人揉了揉眼睛看马厩的门，明明是关着的呀，而且关得紧紧的，连门缝都没有。

养马人便去把奇事告诉了沈攸之。

沈攸之吩咐下人搜寻小白马。大家查看小马路过的痕迹，断定马是从沈攸之居住的小楼里跑出来的。

沈攸之便又命令大家搜查小楼。

但天亮时，也没看到小马
的身影。

用早餐时，沈攸之和
小妾冯月华说起了小白马的
事。冯月华突然将起衣袖给
沈攸之看："老爷，莫非你们所说的小白马
就是我佩戴的这只吗？"

沈攸之久久凝视着小白马，简直和养马人描述的一模一样：长短不过两寸，肚子上系着绿丝绳……

"我每天晚上会把白玉马取下来放在枕头边。怪不得有几个晚上我醒来时看不到它，等第二天早上，它却又好好地待在老地方。我还以为是我眼花，或者半夜晃神呢。"冯月华说。

"这是一匹有灵性的马，你要好好珍惜。"沈攸之说。

但自从那天起，小白玉马再也没有在马厩里出现过，也没有在冯月华的枕头边消失过。

据说沈攸之家道败落时，冯月华的小白玉马也消失了。

琵琶槽

原文

　　唐太尉卫公李德裕，尝有老叟诣门。引五六辈舁巨桑木请谒焉，阍者不能拒之。德裕异而出见，叟曰："此木某家宝之三世矣。某今年耄，感公之仁德，且好奇异，是以献耳。木中有奇宝，若能者断之，必有所得。洛邑有匠，计其年齿已老，或身已殁。子孙亦当得其旨。设非洛匠，无能有断之者。"公如其言，访于洛下，匠已殂矣。子随使而至。玩视良久曰："可徐而断之。"因解为二琵琶槽，自然有白鸽，羽翼嘴足，巨细毕备。匠料之微失，厚薄不中，一鸽少其翼。公以形全者进之，自留其一。今犹在民间。水部员外卢延让，见太尉之孙，道其事。

——《录异记》

一天，唐朝太尉李德裕府上，来了一位白发白眉的老人。

太尉家的守门人本来想把他拒之门外的，但当他看见老人身后还有两个抬着一段巨大桑木的挑夫时，马上就跑去禀报太尉。

李太尉出来见老翁。

老翁拱手作揖后说明来意："这段巨大的桑木是我太祖留下的，到我这里已经有三代了。如今我也老了，说不定什么时候就会离开尘世。听说您是一位仁德又有才的大官，深得民心，而且还喜欢世间奇特之物，思来想去，便决定把这段桑木赠予您。"

"感谢您的厚爱，我倒是挺喜欢这段桑木的。"李太尉摸着桑木赞道，"真是稀有之材！"

老翁说："这段桑木确实不普通，若用好的匠人来雕琢，能使它产生奇迹。但若请平庸之人来调理它，便看不出它的价值。"

李太尉问："老伯是否有认识的高超工匠？"

老翁将了将胡须说道："老朽倒是认识一位洛阳的巧

匠，不过那已是多年前了，怕这位巧匠年事已高，也许已经不在人世。但有可能他的子孙们继承了手艺，也可以试试让他的后代去雕琢。"

于是，老翁便告知李太尉木匠的大概住址。

第二天，李太尉便按照老翁所说的地点去寻访匠人，果然不出老翁所料，老木匠已于多年前去世，他的儿子已经传承了父亲的手艺。

李太尉便把老匠人的儿子召到府上，叫他用桑木做两

台琵琶槽。

小木匠经过反复的观察和测量后，精选出纹理走向一致的两截木料。

在一次次的雕琢和打磨中，

两台琵琶槽终于制作完成。

李太尉也看出了老翁所说的奇迹，只见每一台琵琶槽都有一只羽翼丰满、小嘴精巧、足爪精细，正展翅飞翔着的白鸽，这两只白鸽不是人工雕琢上去的，而是木纹理自身带的。若让一般的木匠来制作琵琶槽，怕是真的不能找到这精妙之处。

只是有一只琵琶槽中的白鸽终究因为小木匠技艺的不娴熟而缺了一只翅膀，不过这个小瑕疵并没有什么大碍，李太尉还是挺满意的。

后来，李太尉把有完好白鸽的那台琵琶槽进献给了皇上，而有小瑕疵的那一台留在自己身边。据说，这台琵琶槽，至今还留在民间呢。

微型纸笔

原文

　　唐丞相令狐绹因话奇异之物，自出铁筒，径不及寸，长四寸，内取小卷书于日中视之，乃九经并足。其纸即蜡浦团，其文匀小。首尾相似，其精妙难以言述。又倾其中，复展看轻绢一匹。度之四丈无少，秤之才及半两，视之似非人世所。返报，太守惧。追叟欲加刑，叟曰："乞使君不草草，某知书，褚辈只须此笔。乞先见相公书迹，然后创制。"太守示之，叟笑曰："若如此，不消使君破三十钱者，且更寄五十管。如不称，甘鼎镬之罪。"仍乞械击，俟使回期。太守怒稍解，且述叟事。云："睹相公神翰，宜此等笔。相府得之，试染翰甚佳。"复书云："笔大可意，宜优赐匠人也。"太守喜，以束帛赠叟而遣之。

——《芝田录》

唐朝丞相令狐绹有一次邀了朋友们在家小聚，当大家聊到世间奇异之物时，令狐绹便去书房拿了一只铁制的圆筒。筒身刻有龙凤之花纹，显得精致且大气，但筒身只有四寸长，直径也不到一寸。

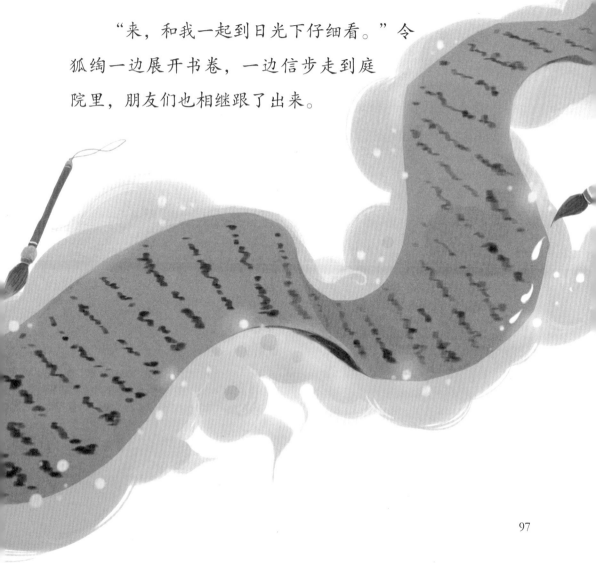

“里面藏着什么宝物呢？”友人问。

丞相笑而不答，只见他打开
筒盖，用右手食指和中指小心地
夹出来一卷微小的书。

“世间果真有这么小的书卷吗？怕是只有三言两语
吧。”一位朋友说。

“来，和我一起到日光下仔细看。”令
狐绹一边展开书卷，一边信步走到庭
院里，朋友们也相继跟了出来。

令狐绹把书对着日光，招呼大家一同观看。

"居然是一部《九经》！"一位友人惊呼起来，"而且看上去一字都不落。"

"没错，这是一部完整的《九经》。"令狐绹说，"虽然字挤得像首尾相连似的，但精妙无比。"

大家欣赏了书卷上的小字后，又回到了厅堂。

"还有一件宝贝呢。"令狐绹把铁筒倒扣在桌子上，咚咚敲了敲筒底，只见从里面倒出来一小匹绢帛。令狐绹把绢帛展开，请来仆人量了量长度，居然和普通绢帛一样，有四丈长。又称了称重，却只有半两。这两件宝物小巧精美，是人间珍品。

唐朝另有一名宰相叫褚遂良，他也是一位有名的书法家。有一次，他弄丢了自己心爱的笔，便吩咐太守去笔匠那里制笔。

太守来到一位老匠人处，说明来意，让他制作一支褚遂良喜欢的笔。

老匠人看了褚遂良的书法真迹后，对太守说："我知道该怎么制作适合宰相用的笔了，如果他不称心，我甘愿受到在油锅中煎炸的惩罚。"

没过几天，老匠人已经制作出一支毛笔来。

褚遂良用笔写了字后，很是赞赏，他回信给太守说："我特别喜欢用这支笔书写，请你一定要赏赐这位笔匠。"

太守收到信后也挺开心，就赠送给了老匠人五匹布帛。

香炉

原文

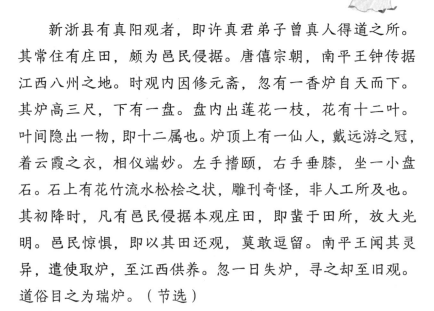

　　新浙县有真阳观者，即许真君弟子曾真人得道之所。其常住有庄田，颇为邑民侵据。唐僖宗朝，南平王钟传据江西八州之地。时观内因修元斋，忽有一香炉自天而下。其炉高三尺，下有一盘。盘内出莲花一枝，花有十二叶。叶间隐出一物，即十二属也。炉顶上有一仙人，戴远游之冠，着云霞之衣，相仪端妙。左手撑颐，右手垂膝，坐一小盘石。石上有花竹流水松桧之状，雕刊奇怪，非人工所及也。其初降时，凡有邑民侵据本观庄田，即蜇于田所，放大光明。邑民惊惧，即以其田还观，莫敢逗留。南平王闻其灵异，遣使取炉，至江西供养。忽一日失炉，寻之却至旧观。道俗目之为瑞炉。（节选）

——《玉堂闲话》

真阳观，位于新浙县境内，相传晋朝仙人许逊真君的弟子曾真人曾在这里修道成仙。唐僖宗年间，真阳观附近的庄田被村民们侵占，真阳观的房屋也受到了破坏，当时镇守江西八州的南平王钟传下令修缮真阳观。

有一天，空中突然掉下来一只三尺高的香炉。香炉有个底盘，盘中开着一朵纯白色的莲花，莲花周围，莲叶田田，共有十二片，鼠、牛、虎、兔、龙、蛇、马、羊、猴、鸡、狗、猪各居一片莲叶，显得热闹非凡。再看香炉的顶部，一位着云霞裳、戴远游冠的仙人左手撑着脸，右手扶着膝，坐在一个雕刻着松、竹、水波、桧木等图案的小石盘上。这些纹理图案融汇得巧妙极了，不似人间之物。

香炉中的仙人自降落在真阳观后，便去附近的庄田里现身，浑身散发出光辉，使得那些霸占田地的农夫看见后惊恐万分，再也不敢私占庄田了。

南平王钟传听说此事后，就派了使臣来到真阳观，让他取走这只香炉，供养到江西。

但香炉来到江西后不久，便不胫而走。南平王派了众人去寻找香炉的下落，却得知它又回到了老地方真阳观。

自此，南平王再也没有打香炉的主意。而真阳观当地

的道士和百姓，都认为香炉是会给人间带来吉祥和如意的仙炉，便纷纷前来朝拜。

丞相公孙偓全家在搬迁途中路过真阳观，也来一睹仙炉的全貌，丞相还亲自为它题过诗。

有一次，盗贼们来真阳观想偷走香炉，但平时只有六七斤重的香炉，四五个盗贼一起搬，仍岿然不动，盗贼们从此打消了这个念头。

这只香炉就这样镇守在了真阳观中，再也没有挪动过。

桃核杯

原文

　　伪蜀词人文谷，好古之士也。尝诣中书舍人刘光祚，喜曰：今日方与二客为约，看予桃核杯。文方欲问其由，客至。乃青城山道士刘云，次乃升宫客沈默也。刘谓之曰："文员外亦奇士。"因令取桃核杯出视之。杯阔尺余，纹彩灿然，真蟠桃之实也。刘云："予少年时，常游华岳。逢一道士，以此核取瀑泉盥洗，予睹之惊骇。道士笑曰：'尔意欲之耶。'即以半片见授。予宝之有年矣。"道士刘云出一白石，圆如鸡子。其上有文彩，隐出如画，乃是二童子，持节引仙人，眉目毛发，冠履衣帔，纤悉皆具。云："于麻姑洞石穴中得之。"沈默亦出一石，阔一寸余，长二寸五分。上隐出盘龙，鳞角爪鬣，无不周备。云："于巫峡山中得之。"文谷一日尽睹此奇物，幸矣。

——《野人闲话》

五代时期，蜀国有位词人叫文谷，他不仅爱好诗词，也是一位古玩收藏家。文谷有个朋友叫刘光祚，官职为中书舍人，他也爱好古玩。

　　有一天，文谷去刘光祚家做客，正好遇见刘光祚的其他两位友人，一位是城山道士刘云，另一位是升宫客沈默。

　　刘光祚把友人介绍给彼此后，取出一只杯子来。

　　只见这只杯子有一尺多宽，杯身上的花纹金光闪闪，灿烂夺目，但它其实是用蟠桃的核做成的。

　　"说起来，这只杯子还有一个故事呢。"刘光祚开始娓娓道来，"那还是在我的少年时期，有一个夏天，我去游华山，半路上遇见一位穿黄袍的道士，正在用蟠桃核舀水洗脸，我当时觉得很奇怪，便停下了脚步。没想到道士问我，'你想不想要这个桃核，要的话，我送半爿给你。'你们看，就是这只桃核杯呀，我都珍藏了好多年了。这只杯子，说也神奇，用它来饮水，甘甜又滋润呢。"

　　"好杯好杯！"文谷笑称道。

　　这时候，道士刘云也取出一件宝物来——一枚如鸡蛋模样的白石。

这枚白石并不是纯白的，它的上面有浅浅的花纹，看上去就像一幅灵动的山水画。但你若仔细观察，会发现那画中有两位长相相似的童

子，手中握着竹制的符节，正在给一位仙人做向导。无论是童子还是仙人，他们的五官毛发、衣履鞋袜都描摹得清清楚楚。

刘云说："这是我在麻姑洞里的一个石穴中捡到的，当时觉得不是人间之物。"

"我也有一颗石头呢。"站在一旁的沈默从怀里掏出一颗一寸宽、二寸五分长短的石头来。

大家轮流看，发现石头上隐隐地现出一条盘龙来。尽管看得不是很清楚，但龙鳞、龙角、龙爪、龙鬣却都很逼真，惟妙惟肖。

"这颗石头，我是在巫峡山中捡到的。"沈默说。

"又是一颗奇特的石头。"文谷说，"今天我可真走运，在这么短的时间里观赏到三件稀有的宝物，真是太荣幸了。"

凤车

原文

　　汉宣帝尝以皂盖车一乘，赐大将军霍光，悉以金铰饰之。每夜，车辖上有金凤凰飞去，莫如所，至晓乃还，守车人亦见之。南郡黄君仲，于北山罗鸟，得一小凤子，入手便化成紫金。毛羽翅宛然具足，可长尺余。守车人列云，车辖上凤凰，常夜飞去，晓则俱还。今晓不还，恐为人所得。光甚异之，具以列上。后数日，君仲诣阙，上金凤凰子。帝闻而疑之，以置承露盘，倏然飞去。帝使人寻之，直入光家，至车辖上，乃知信然。帝取其车，每游行，辄乘之。故嵇康《游仙诗》云，翩翩凤辖，逢此网罗"是也。

——《齐谐记》

汉宣帝时，大将军霍光曾得到过皇帝的大赏——一辆黑色的盖蓬车。霍光很珍爱这辆车，就用黄金把车装饰得雍容华贵，特别是车轴上的金凤凰，雕刻得栩栩如生。一天晚上，看护这辆车的车夫看见车轴插销上，飞起一只金色的凤凰，凤凰从一寸大小逐渐变大，当变得和普通凤凰差不多大时，就在空中盘旋了三圈，之后向远方飞去。车夫望着它，直到看不见踪影为止。

第二天早晨，正在打盹的车夫感觉有一阵清凉的风吹过，便一个激灵醒来了。这时候，他发现金凤凰正从空中飞下来，停落在车轴插销上，刹那间就还原成本来的样子。

之后的每一天，凤凰都是夜晚飞出去，清晨又飞回来。

但是有一天，车夫没有等到凤凰归来，车轴的插销上只剩下凤凰的轮廓。

"禀报霍将军，那辆盖蓬车车轴插销上的金凤凰每天晚上飞出去，第二天早晨都会回来，但是今天都过去这么久了，它还没有回家，恐怕是被人捉住了吧？"

霍光还是第一次听车夫说起凤凰的事，觉得奇怪，便去禀告汉宣帝。

　　过了几天，一个叫黄君仲的南郡人，来到宫中拜见汉宣帝。

"皇上，这是我前几天在一个山林里捕捉到的金凤凰，你看它，金光闪闪的，像是用金子做成的。"黄君仲说着递上了金凤凰。

汉宣帝随手把金凤凰放到了承露盘中，没想到，凤凰趁机飞了起来，飞出了宫外。

"快去给我捉住！"汉宣帝一声令下，旁边的侍从纷纷去找寻了。

但他们回来禀告汉宣帝："皇上，凤凰一直飞，飞到霍光家的马车车轴上，现在已经镶嵌在插销上了。"

果然有这么神奇的事吗？

汉宣帝把车取了回来，以后每一次出行，他都指定用这辆车。

听说嵇康曾为这车提过诗：翩翩凤辖，逢此网罗。

　　南康雩都县，跨江南出，去县三里，名梦口。有穴，状如石室。旧传尝有神鸡，色如好金，出此穴中，奋翼回翔，长鸣响彻。见之辄形入穴中，因号此石为鸡石。昔有人耕此山侧，望见鸡出游戏。有一长人，操弹弹之。鸡遥见，便飞入穴。弹丸正著穴上石，径六尺许，下垂蔽穴，犹有间隙，不复容人。又有人乘船，从下流还县，未至此崖数里。有一人，通身黄衣，担两笼黄瓜，求寄载之。黄衣人乞食，船主与之盘酒。食讫，至崖下。船主乞瓜，此人不与，仍唾盘内，径上崖，直入石中。船主初甚忿之，见其入石，始知神异。取向食器视之，见盘上唾，悉是黄金。

——《述异记》

　　梦口是一个地名，处在南康境内的雩都县。相传梦口有块巨大的岩石，直径有六尺左右，看上去像一间石砌的房子。岩石底部有个岩洞，洞口虽然只有一个人的巴掌那么大，但看起来像是"石头房子"的一扇门。

曾经有一只金色的公鸡住在岩洞中，每天清晨，它会从洞里飞出来，停落在旁边的一棵榉树上啼鸣。公鸡的声音清脆响亮，且充满了韵律，方圆几里之外的村民都能听见。有村民觉得好奇会循着公鸡的叫声寻来，但是公鸡一听到人的脚步声，就会警觉地飞进岩洞中。大家只能看见公鸡金色的身影在洞里晃来晃去。

一天黎明，岩石附近的农田里，有一农夫早早地在耕种，突然，他听见一阵"扑棱扑棱"的声音，抬头一看，竟是一只全身金黄的公鸡，在做飞翔的游戏。

农夫大气都不敢出，就那样静静地望着公鸡在两棵树之间飞来飞去。

这时候，来了一位身负弓箭的人，足足有两米高。他拉开弓，瞄准公鸡射了一箭。幸亏公鸡动作迅速，早就飞进了岩洞中。

自此，岩洞中有只神鸡的事在方圆几百里传开了。

一天，有人乘舟从下流回县城的途中，一个全身穿着金黄衣服的人，挑着两筐和他衣服颜色一样的黄瓜，请求搭船，船主爽快地同意了。黄衣人上船之后，便说自己肚子饿了，想吃点东西，船主热情地拿出酒菜来招呼黄衣人吃。吃着吃着，便到了梦口山崖，黄衣人要下船了。船主问："能不能留下几个瓜让我尝尝呀。"黄衣人居然不同意，还向空盘中不停地吐唾沫，吐完后头也不回地走上山崖，向岩洞中走去。船主见状，气愤极了，刚要破口大骂，却见挑着黄瓜的黄衣人隐身进入了岩洞里。

船主惊奇地回到船上，发现刚才黄衣人吐在酒食器皿中的唾沫全都变成了黄金。

"原来黄衣人就是传说中的金鸡呀！"船主喜滋滋地想着，"今天可真走运，遇到了一位仙人。"

金银和棒槌

　　张奋者，家巨富，后暴衰，遂卖宅与黎阳程家。程入居，死病相继，转卖与邺人何文。文日暮，乃持刀，上北堂中梁上坐。至二更竟，忽见一人，长丈余，高冠黄衣，升堂呼问："细腰，舍中何以有生人气也？"答曰："无之。"须臾，有一高冠青衣者，次之，又有高冠白衣者，问答并如前。及将曙，文乃下堂中，如向法呼之。问曰："黄衣者谁也？"曰："金也，在堂西壁下。""青衣者谁也？"曰："钱也。在堂前井边五步。""白衣者谁也？"曰："银也，在墙东北角柱下。""汝谁也？"曰："我杵也，在灶下。"及晓，文按次掘之，得金银各五百斤，钱千余万，仍取杵焚之，宅遂清安。

——《列异传》

有个叫张奋的富豪，突然之间家道中落，不得不变卖老宅求得一些过日子的银两。他把老宅卖给了一个姓程的黎阳人。不知什么缘由，程家人一住进老宅便厄运连连，家里人不是病就是死。

程家人对老宅心生恐惧，就把它转卖给了邻居何文。

何文是个胆大的人，他明知老宅接二连三地发生过不吉利的事，却一点都不在意。

搬进去的那天晚上，何文不睡觉，举着一把锋利的刀坐在北堂的房梁上，想要看看到底是何方人士在作怪。

前半夜，什么事情都没发生。但是到了二更时分，何文看见一个一丈高的人，穿黄袍戴高帽出现在屋子里。

"细腰，这屋子里怎么会有生人的味道？"那人问。

"没有闻到生人的味道呀。"被唤作细腰的人回答道，但何文并没有看见他。

"细腰，这屋子里怎么会有生人的味道？"这时候，来了一位穿蓝袍戴高帽子的人，问了同样的问题。

"没有闻到生人的味道呀。"细腰又回答道。

没过一会儿，来了一个戴高帽穿白袍的人，问了细腰

同样的问题。

"没有闻到生人的味道呀。"

黄袍人、蓝袍人、白袍人同时消失不见，何文却依然坐在房梁上，直到天亮才跳下来。

"细腰，刚才穿黄袍的人是谁？"何文问。

"着黄袍的人是金子呀，他就埋在厅堂西面墙下。"细腰回答道。

"细腰，刚才穿蓝袍的人是谁？"何文又问。

"着蓝袍的人是铜钱呀，他就埋在厅堂之前，离井边五步路的地方。"细腰又回答道。

"细腰，刚才着白袍的人是谁？"何文问。

"着白袍的人是银子呀，他埋在东墙北角的柱子下。"

"那细腰又是谁呢？"最后，何文问。

"我是一个棒槌，就在灶坑下面。"细腰说。

何文按照细腰所说的，依次在厅堂西面的墙下挖出了金子，在厅堂前井台边挖出了铜钱，又在东墙北角挖出银子来。

何文随后想了想，去灶坑下取出棒槌，直接用火把它烧掉了。

从那以后，这座老宅开始清静起来，何家其乐融融地住了好多年。

金缶

　　进士李员，河东人也，居长安延寿里。元和初夏，一夕，员独处其室。方偃于榻，寐未熟，忽闻室之西隅有微声，纤而远，锵然若韵金石乐，如是久不绝。俄而有歌者，其音极清越，泠泠然，又久不已。员窃志其歌词曰："色分兰叶青，声比磬中鸣。七月初七日，吾当示汝形。"歌竟，其音阒。员且惊且异。朝日，命家童穷其迹，不能得焉。是夕，员方独处，又闻其声，凄越且久，亦歌如前。词竟，员心知为怪也，默然异之。如是凡数夕，亦闻焉。后至秋，始六日，夜有甚雨，隤其堂之北垣。明日，垣北又闻其声，员惊而视之，于北垣下得一缶，仅尺余，制用金成，形状奇古，与金之缶甚异。苔翳其光，隐然有文，视不可见，盖千百年之器也。（节选）

——《宣室志》

唐朝元和年，有一位叫李员的进士，他本是河东人，长期定居在长安延寿里。

一个夏夜，晚风也不能逼走酷热，李员独自在卧室里辗转反侧，不能酣眠。半夜时分，困得不行的他正要睡去，忽然听见向西而来的一阵轻微声响。他猛地一惊，困意随之消失。只听那声音是有曲调的，若有似无，仿佛从很远很远的地方飘来。再听，又如轻轻叩击金石的声音，带着规整的韵律，像在为谁伴奏。李员正这么想着的时候，一阵清脆悠远又迷离的歌声传来："色分兰叶青，声比磬中鸣。七月初七日，吾当示汝形。"意思是：我的颜色和秋天时分的兰草叶子并不相同，我的声音却和石磬声相当。等到七月初七的这一天，我会向你显示出我真实的模样。唱罢，轻叩金石的乐曲声也随之消失。李员觉得这事很不寻常，就起床向发出歌声的西南角寻去，但什么也没有发现。第二天早晨，他叫来仆人，把事情经过说了一遍，然后两人一起又去寻找，但找了几圈仍然无果。

当天晚上，叩击声和歌声又在同一时间同一地方响起来，唱的也是同一首歌，只是这次的时间更为长久。

"真是怪异呀！"李员觉得这一定不是普通人在歌唱。

　　叩击声和歌唱声日复一日地在同一时段想起，李员竟然有些习惯了这声音，每晚都睡得很踏实。直到秋天，一场接连下了六天的冷雨把李员家厅堂的北墙冲倒，那声音的来龙去脉才浮现出来。

　　李员在那轰然倒塌的北墙下，看见青苔覆盖着一个打击乐器——缶。这个缶其实和普通的缶很不一样，它是用纯金做成的，比一般的缶要小很多，但上面布满了密密麻麻的字。李员左手拿起金缶，右手轻轻地叩击起来，只听那声音能传得很远。

"老爷，你看这金缶上还刻着许多字。"仆人说。

李员细细端详着金缶，认为它可能有千百年的历史。再看那小篆体的字，原来是东汉时期崔子玉的座右铭：毋道人之短，毋说己之长。施人慎勿念，受施慎勿忘……

自那以后，金缶就为李员所拥有，但他始终不知道它的来历和制作年份。

金蛇

　　开成初，宫中有黄色蛇，夜则自宝库中出，游于阶陛间，光明照耀，不可擒获。宫人掷珊瑚玦以击之，遂并玦亡去。掌库者具以事告。上命遍搜库内，得黄金蛇而玦贯其首。上熟视之，昔隋炀帝为晋王时，以黄金蛇赠陈夫人，吾今不知此蛇得自何处。左右因视额下，有阿麽字。上蹶然曰："果不失朕所疑，阿麽即炀帝小字也。"上之博学敏悟，率多此类。遂命取玻璃连环，系蛇于玉虪之前足。其后竟不复有所见，以虪食蛇也。

——《杜阳杂编》

　　唐文宗开成初年的夏天，皇宫里每天都会出现一条金黄色的蛇。

这条蛇白天不现身，只有在晚上的时候，才从宫中的藏宝库中缓缓地爬出来。它沿着台阶一级一级向下爬，再右转穿过一片小树丛……蛇身蜿蜒如一条纤细的金绸带，若有月光，它甚至会闪出耀眼的金光。

一天晚上，一个正要去后宫的宫女看见了金蛇，她害怕得不知该怎么办，就一边逃一边叫一边把手中的珊瑚玦向蛇扔过去。宫女没有听见珊瑚玦掉在地上的声响，却听到了一声轻微的"噗"。

"我一定是把珊瑚玦扔在蛇身上了，不知那蛇伤到没？"宫女想，但她不敢回头望。

半路上，她遇见了一个侍从，便把遇见蛇的事告诉了他。侍从不怕蛇，他说："你别怕，和我一起去把珊瑚玦找回来。"

可是他们没有见到蛇，也没有看见珊瑚玦。

"这蛇会不会是精怪呀，珊瑚玦一定是被它带走了。"侍从说。

这件事情被掌管藏宝库的人知道了，便去禀报皇上。皇上下令搜索藏宝库，不能放过一寸一毫之地。

众人搜寻了整整一天后，终于在天快要暗下来的时候，发现了头上顶着珊瑚玦的一条黄蛇，从藏宝库中放黄金的柜子抽屉里爬出来，缓缓地爬到地面上，完全无视周围的人。

"快来人，捉住它！"皇上命令道。

"我曾经听说过，当初隋炀帝还是晋王的时候，送给陈夫人一条黄金做的蛇，不知道现在这条蛇存放在哪里？和这条真的蛇会不会有什么瓜葛？"皇上说完便在存放黄金的抽屉里查找起金蛇来。

"捉住了捉住了。"一侍卫把蛇递上来。

皇上接过蛇，从蛇头到蛇尾，仔仔细细地观察了一遍，并没有发现什么异常。就在他想要把蛇处理掉的时候，突然看见蛇头额角上刻着两个微小的字，细细一看，才认出是"阿麽"两字。

"阿麽是隋炀帝的小名啊！"皇上说道，"这条蛇果然就是隋炀帝送给陈夫人的金蛇，时隔多年，都成精了。"

皇上叫人拿来一条琉璃链，把蛇和玉猪绑在一起。

第二天，蛇便不见了。自此之后，大家也从未再见过这条黄金蛇。据说，是玉猪把它吃掉了。

玉龙子

原文

　　唐天后尝召诸皇孙，坐于殿上，观其嬉戏。因出西国所贡玉环钏杯盘，列于前后，纵令争取，以观其志。莫不奔竞，厚有所获。独玄宗端坐，略不为动。后大奇之，抚其背曰："此儿当为太平天子。"因命取玉龙子以赐。玉龙子，太宗于晋阳宫得之，文德皇后常置之衣箱中。及大帝载诞之三日，后以珠络衣褓并玉龙子赐焉。其后常藏之内府。虽其广不数寸，而温润精巧，非人间所有。及玄宗即位，每京师僭雨，必虔诚祈祷。将有霖注，逼而视之，若奋鳞鬣。开元中，三辅大旱，玄宗复祈祷，而涉旬无雨。帝密投南内之龙池，俄而云物暴起，风雨随作。（节选）

——《明皇杂录》

唐太宗曾在晋阳宫获得一枚玉龙子。这玉龙子不过几寸长，但玉色温润，质地晶莹，纹理清晰且透着一股神秘的气息。当时，文德皇后把它珍藏起来，传了一代又一代。

武则天时期，唐天后召见了所有皇孙。

她坐在大殿正中，看皇孙们在一旁追闹玩耍，心情很愉悦，便派人去拿了西方国家赠送的稀奇珍宝，让皇孙们喜欢什么就拿什么。

这些珍宝中有玉环、宝钏、陶钵、瓷杯、铜盘等，它们分散摆放，琳琅满目。当时，天后也想以皇孙们对物品的喜好来判断出他们各自的志向。

"孩子们，你们喜欢什么，就拿什么吧。"天后一声令下，皇孙们便蜂拥而上，抢夺起珍宝来。

但坐在一旁的小唐玄宗却平静地坐着，看其他兄弟姐妹们抢夺珍宝。

天后便觉得唐玄宗是个很不一般的孩子，将来一定会成大事。

"去把玉龙子给我取来。"天后吩咐道。

臣子们赶紧去捧了宝贝来。

天后把唐玄宗叫到身边，给他看玉龙子。

只见唐玄宗眼睛一亮，似乎在说"我喜欢
这件宝贝"。

"喜欢就送给你吧，这可是用上好的玉石做成的龙。
你看这龙，活灵活现的，像是能呼风唤雨一样。"天后说道。

唐玄宗谢过天后，把玉龙子小
心地收藏起来。

没想到，这个玉龙子正
如天后所说的那样，能呼

风唤雨。话说唐玄宗即位那年，京城里久旱不雨，唐玄宗随即想到了玉龙子。他对着玉龙子虔诚地祈祷，希望京城能下一场酣畅淋漓的雨。这时候，玉石做成的龙突然变得生动活泛起来，唐玄宗甚至能感觉到龙鳞和龙须在微微摆动。不一会儿，风起雨落，下了个痛快。

开元年间，又逢大旱，唐玄宗对着玉龙子祈愿，可是这一次，十多天后仍不见一丝雨滴。唐玄宗便把它放到兴庆宫的龙池里，说也奇怪，玉龙子一碰到水就显灵了，顷刻之间，电闪雷鸣，大雨滂沱。风雨之后，唐玄宗想要把玉龙子从水池里捞起来，但怎么都找不到了。

有一年，唐玄宗游西蜀，到达渭水时需渡河，一行车马便停下来在水边休憩。有个侍卫在清洗时，从沙子里捞出一个玉龙子来。唐玄宗看见了竟然惊喜地流下泪来，"这正是我的宝贝玉龙子啊！"唐玄宗把玉龙子放在留宿的屋子里，只见整间屋子都被照亮了。

可惜，不久后，玉龙子被盗，落在了宦官李辅国手中。李辅国把玉龙子藏在柜中，不曾想几天后，柜子里突然传来一阵轰鸣声。李辅国赶紧打开柜子一看，玉龙子竟然消失不见了。

软玉鞭

原文

　　德宗尝幸兴庆宫，于复壁间得宝匣，中获玉鞭。其末有文，曰"软玉鞭"。即天宝中异国所献也。瑞妍节文，光明可鉴，虽蓝田之美，不能过也。屈之则首尾相就，舒之则径直如绳。虽以斧锁锻斫，终不伤缺。德宗叹为神物，遂命联蝉绣为囊，碧蚕丝为鞘。碧蚕丝，即永泰元年东海弥罗国所贡也。云其国有桑，枝干盘屈，覆地而生。大者亦连延十数里，小者亦荫百亩。其上有蚕，可长四寸。其色金，其丝碧，亦谓之金蚕丝。纵之一尺，引之一丈。反捻为鞘，表里通莹如贯瑟，虽并十夫之力，挽之不断。为琴弦，鬼神愁，为弩弦，则箭出一千步，为弓弦，则箭出五百步。上令藏于内府。至朱泚犯禁阙，其鞭不知所在。

　　　　　　　　　　　　　　　　——《杜阳杂编》

唐德宗巡视兴庆宫，在一处墙角缝中发现了一个金色的匣子，里面竟然放着一根玉鞭。唐德宗把玉鞭握在手中翻来覆去地看，只见半透明的鞭身，在日光下泛着晶莹的光亮，使它身上的图案灵动起来，本是雅致的花纹竟透出一种灵气俏皮之美。

"软玉鞭！"唐德宗发现鞭尾写着"软玉鞭"三个小字，便轻轻地读出声来。

"皇上，我知道它是天宝年间，外国使者送来的宝物，没想到被您找到了，这可是缘分呐！"一个臣子说。

"好鞭，我喜欢！"唐德宗把玩起玉鞭来。他惊喜地发现玉鞭弯曲时，柔韧得能首尾相接，而让它还原时，就像用墨斗量过一样笔直。

当即，唐德宗就下旨让宫女们赶制一个锦囊，还特别强调要用薄如蝉翼的上好锦缎来制作。

"还有，找一些金蚕丝做鞭梢。"

说起金蚕丝，不得不说起弥罗国的那株大桑树。

相传东海的弥罗国，长着一株盘根错节、匍地而长的巨大的桑树，这株桑树连绵几十里，蔚为壮观。

桑树枝叶间，常年生长着蚕。这些蚕和普通的蚕不一样，它们是金黄色的。长到四寸长时，蚕会吐出碧绿色的丝线，这种丝线被当地的人们称为金蚕丝。

用这种蚕丝做鞭梢，可见唐德宗对软玉鞭的喜爱之深。

一周之后，软玉鞭就有了金蚕丝缠绕的鞭梢和一个上好的绸缎锦囊，这让它看起来仿佛有了更为巨大的神力。

也的确如此。听说软玉鞭本是一尺长短，但用力拉伸，它就能延长到一丈左右；鞭梢细如丝弦，但若十人合力拉扯，也不会断。曾有宫女用软玉鞭的鞭梢弹奏宫廷曲，只听乐音缠绵，如泣如诉，凄美得连鬼神都会显愁容。

有一次，唐德宗用鞭梢当作弩弦，拉弓射箭，箭程竟能达一千步远。

软玉鞭的神奇令唐德宗分为珍惜，就把它珍藏在内府中。但在唐德宗时期，朱泚引发泾原兵变，那软玉鞭也不知所踪。

玉猪子

原文

　　执金吾陆大钧，从子某，其妻常夜寝中，闻有物啁啾斗声。既觉，于枕下揽之，得二物，遽以火照，皆白玉猪子也。大数寸，状甚精妙。置之枕中而宝之。自此财货日增，家转蕃衍，有求必遂，名位迁腾。如此二十年。一夕忽失所在，而陆氏亦不昌矣。

——《纪闻列异》

　　唐代执金吾陆大钧有个侄子，因不知其名，我们暂且叫他陆某。

　　陆某有个妻子，与人为善。她的院子里养着好看的花草，不时有兔子、老鼠、野猫等来光顾，她也常常善待它们。

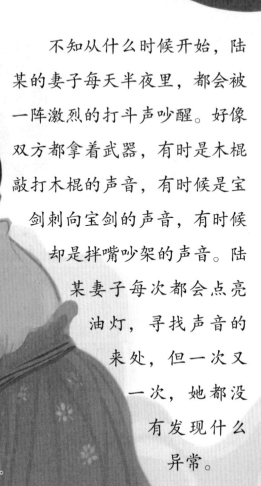

不知从什么时候开始，陆某的妻子每天半夜里，都会被一阵激烈的打斗声吵醒。好像双方都拿着武器，有时是木棍敲打木棍的声音，有时候是宝剑刺向宝剑的声音，有时候却是拌嘴吵架的声音。陆某妻子每次都会点亮油灯，寻找声音的来处，但一次又一次，她都没有发现什么异常。

有一天，陆某的妻子干了很多琐碎的家事，到了傍晚时分，觉得有点累，就和衣躺下睡着了。真是奇怪，这天晚上她没有被屋子里异样的声音吵醒，一觉睡到了天亮。

　　就在她醒来想要穿衣的时候，突然摸到了两个冷冰冰、硬邦邦的东西。

　　陆某妻子定睛一看，却原来是两只用玉雕琢成的小猪。

两只小猪五寸大小，身子胖嘟嘟的，看上去简直一模一样。但若仔细分辨，会发现一只小玉猪的尾巴是卷着的，另一只小玉猪的尾巴是垂着的。

　　"你们是猪兄弟，还是猪姐妹？晚上吵架打斗的是你们俩吧？你们怎么会在我的屋子里？"陆某的妻子特别想知道小玉猪的来龙去脉，便和它们不停地说着话。但无论她怎么问，怎么说，小玉猪们一点反应都没有。

　　陆某的妻子便把两只玉猪放进枕头中，像宝贝一样把它们珍藏起来。

　　没想到，这两只小猪竟然是招财猪和如意猪。这户人家的日子因为有了两只小猪，无论做买卖还是种田地都会有意想不到的收获，日子过得越来越富裕兴盛，所有的大事小事也是顺风顺水。直到二十年后的一天晚上，陆某的妻子感觉枕头像是瘪了许多，便用手去触摸玉猪，却只摸到一枕棉絮，两只小猪不知去向。自那以后，陆家渐渐地衰败了。

消暑招凉珠

原文

燕昭王坐握日台，时有黑鸟白颈，集王之所。衔洞光之珠，圆径一尺。此珠色黑如漆，而悬照于云日，百神不能隐其精灵。此珠出阴泉之底。泉在寒山之北，圆水之中。言波澜常圆转而流。有黑蚌，飞翔而来去于五山。黄帝时务成子游寒山，得黑蚌在高崖之上，故知验矣。昭王时，其国来献。王取珪璋水，洗其泥沙而叹曰："悬日月已来。"见黑蚌生珠，已八九千回。此蚌千岁一生，珠渐轻细。昭王常怀握此珠，当盛暑之月，体自轻凉。号曰消暑招凉珠焉。

——《王子年拾遗记》

在寒山的北面，有条圆水河，这里的水日复一日循着圆的轨迹而流淌，相传是一条神奇的河。河里生长着一种黑蚌，贝壳漆黑如墨，有一圈一圈的环形纹理，也如圆水流淌的轨迹一样。

黑蚌看上去跟普通的河蚌并没有什么不同，只是相传黄帝时期，务成子在寒山游览的时候，曾经得到过圆水中的黑蚌。当时，他坐在寒山顶上小酌，天空中突然飞来一个黑色的东西，像黑鸟，却没有翅膀。它落在一块山岩上，务成子捡起来一看，原来是一个黑蚌。他掰开蚌壳，发现里面有一枚闪闪发亮的珍珠。举起珍珠向着日光，务成子霎

时发现周围有一些鬼魅的影子在晃动。

燕昭王时期，圆水附近的国家曾经来进献黑蚌。燕昭王听说过黑蚌的传说，很是器重这件宝物。他取来珪璋里的水，亲自把黑蚌洗得干干净净。

"黑蚌如若产出珍珠，那我就会像拥有了太阳和月亮一样富足！"燕昭王感叹道。

一个夏天的黎明时分，天已微微发亮，燕昭王坐在握日台上赏风景。小风吹起，几只黑色的大鸟在燕昭王头顶一圈一圈地盘旋飞翔。这些黑鸟的脖颈处有一圈白羽，端庄中便有了俏皮的模样。

太阳很快就升起来了，燕昭王觉得有些闷热，正想离开握阳台回屋的时候，最大的那只黑鸟突然停落在他身旁的栏杆上，从嘴里吐出一粒直径足有一尺长的珠子。这颗珠子浑身漆黑，但在日光下闪闪发亮，仿佛里面充盈着许多神秘的事物。

"这一定是黑蚌孕育出来的珍珠。"燕昭王把它拿在手中，只觉得手掌心里涌起一丝凉意，让有点燥热的他倍觉舒适。

“这珍珠还有消暑的作用啊！”燕昭王喜欢极了。

这一年夏天，他随身带着这颗珍珠祛暑，还给它取了别名——"消暑招凉珠"。

青泥珠

则天时，西国献毗娄博义天王下颔骨及辟支佛舌，并青泥珠一枚。则天悬颔及舌，以示百姓。颔大如胡床；舌青色，大如牛舌；珠类拇指，微青。后不知贵，以施西明寺僧，布金刚额中。后有讲席，胡人来听讲，见珠纵视，目不暂舍。如是积十余日，但于珠下谛视，而意不在讲，僧知其故，因问故欲买珠耶？胡云："必若见卖，当致重价。"僧初索千贯，渐至万贯。胡悉不酬。遂定至十万贯，卖之。胡得珠，纳腿肉中，还西国。僧寻闻奏，则天敕求此胡。数日得之，使者问珠所在，胡云："以吞入腹。"使者欲刳其腹，胡不得已，于腿中取出。则天召问："贵价市此，焉所用之？"胡云："西国有青泥泊，多珠珍宝，但苦泥深不可得。若以此珠投泊中，泥悉成水，其宝可得。"则天因宝持之。至玄宗时犹在。

——《广异记》

西蕃有个国家曾经送给武则天三件宝物，它们分别是西方广目天王的下颌骨、辟支佛的舌头和一枚青泥珠。

武则天把如胡床般大的广目天王的下颌骨与青色若牛舌般大的辟支佛舌头挂在城墙上，百姓们纷纷前来观看，觉得神奇。而如拇指一般大小的青泥珠，武则天却认为太过普通，便送给了西明寺的一位和尚。这个和尚也不知道青泥珠的来历，就顺便把它镶嵌在金刚像的脑门上。

在和尚给僧侣和施主们讲经的时候，有位胡人也前来听讲。

但他一落座，便目不转睛地望着金刚像上的青泥珠。一连十几天，胡人都是这个样子，根本没有听经的心思。

一天，和尚讲完经，径直走到胡人身边问："施主，我发现你根本就不是来听我讲经的，难道是想买下这颗青泥珠？"

胡人说："我倒是想买，但不知您愿不愿意卖？"

胡人又补充道："如果长老肯卖的话，我愿意出重金。"

和尚说："一千贯钱卖给你吧。"胡人爽快地答应了。

和尚忽然改口道："一千贯少了点，你看一万贯如何？"

没想到胡人又爽快地答应了。

和尚诧异地取下青泥珠，翻来覆去地看
呀看，看了好几遍，只觉得这颗珍
珠如豆那么小，颜色也不
鲜艳，质地也不纯
粹，一点都不入
人的眼。可为
啥偏偏让胡
人如此器重？

最后，胡人以
十万贯钱，买走了这枚青泥珠。为了不
让青泥珠丢失，更为了不让外人知道这件事，胡人
剖开左腿上的肉，把珠子藏了进去。

一天，胡人正要出门，一个唐朝使者突然出现在他面前。

使者说："你是不是得到过一枚青泥珠，它现在在
哪里？"

胡人说："真是不巧，青泥珠已经被我吞到肚子里了。"

"那就让我剖开肚子见证一下。"使者说着拔出宝剑。

胡人害怕了，用颤抖的声音说："使不得，使不得，珠子在，在我的腿上，我这就把它取出来。"

说完，胡人就把青泥珠从腿里取了出来。

使者带着胡人和珠子去见武则天。

"听说这枚珠子被你重金购买，是有什么缘由吗？"武则天问。

"在我们西蕃，有个青泥湖，湖中遍布着值钱的珍珠，但湖底的淤泥很深，没有人能够捞到珍珠。但是，只要把这枚小小的青泥珠投入湖水中，淤泥都会化成清澈的湖水，这样一来，就容易捞到珍珠了。"胡人回答道。

"原来如此！"武则天当即就赎回了青泥珠。

据说，到了唐玄宗时代，这枚青泥珠还好好地保存着。

龙女宝珠

原文

　　咸阳岳寺后，有周武帝冠，其上缀冠珠，大如瑞梅，历代不以为宝。天后时，有士人过寺，见珠，戏而取之。天大热，至寺门易衣，以底裹珠，放金刚脚下。因忘收之。翼日，便往扬州收债，途次陈留，宿于旅邸。夜闻胡斗宝，摄衣从而视之。因说冠上缀珠。诸胡大骇曰："久知中国有此宝，方欲往求之。"士人言已遗之。胡等叹恨。告云："若能致此，当有金帛相答。今往扬州，所债几何？"士人云："五百千。"诸胡乃率五百千与之，令还取珠。士人至金刚脚下，珠犹尚存，持还见胡。胡等喜抃。饮乐十余日，方始求市。因问士人所求几何，士人极口求一千缗。胡大笑云："何辱此珠？"与众定其价，作五万缗。群胡合钱市之。及邀士人，同往海上，观珠之价。（节选）

——《广异记》

武则天时期，一个男人来到咸阳岳寺游玩，发现了一顶陈列在柜子里的帽子。

　　这是一顶周武帝时期的布帽子，有四个角，便于佩戴。和其他帽子不一样的是，这顶帽子的正中间镶有一颗银光闪闪的珍珠，晶莹温润。男人觉着好看又好玩，就把珍珠取了下来，拿在手中搓揉把玩。他一边玩一边继续逛寺庙，忘了把珍珠放回到帽子里。

直到要回家了，他才发觉珍珠还在手中。这时候，天有点闷热，他便把珍珠放到外衣口袋里，随即又脱掉了衣服放在旁边金刚像的脚下。

因为急着回家，他连衣服都忘了拿。

第二天，男人去扬州办公事，晚上便留宿在陈留客栈。吃过晚饭后，他看见一群胡人正在院子里玩斗宝消磨时间，便走过去看。

在闲聊中，男人说起前一天在岳寺游玩时看到的那颗珍珠，没想到有胡人惊喜地叫起来："我们听说过周武帝帽子上的珍珠，它可是件珍稀宝物，我们这次来中原，就是为了找它呢。"

另一个胡人问："你知道它现在在哪里吗？"

男人说："恐怕是找不到了，我忘记把它放回原处，随衣服丢在金刚的脚下，怕是早被路人捡走了。"

"不管有没有被别人捡走，我们都想让你再回去找找看。一切费用都由我们来出。"胡人说。

"但我这次到扬州，是来收债的。"

"多少钱？我们帮你出。"其中一位像头目的胡人说。

胡人很快就掏出钱来给男人，并催他赶紧上路去寻找珍珠。

男人便连夜赶路回咸阳岳寺，令他惊喜的是，衣服还在金刚脚下，珍珠也还在他的衣服口袋里。

当胡人们看到珍珠后，要男人说一个价格把它卖给他们。

"那就一千缗吧。"

"你也太小看这颗宝珠了，我们出五万缗怎么样？"胡人说。

"这么多？"男人觉得太不可思议了，这样一颗不起眼的珍珠，竟然值这么多钱。

"不妨让我们带你到海边去见识一下，为何这颗宝珠这么珍贵。"一位年长的胡人说。

"我当然想去见识见识呀。"

胡人们便带着男人来到了东海。他们在海边支起一口银锅煎煮醍醐，接着把珍珠投入金瓶，再放到银锅里和醍醐一起煮。珍珠和醍醐一起煎煮了七天七夜后，海边突然浩浩荡荡地来了数百人，带队的是两位银发银须的老人。

除了老人，其余人都担着珍贵的宝物，数量之多，令人咂舌。

"我们想用这些宝物换你的珍珠。"其中一位老人说。

但胡人不同意。

过了几天，他们又拿来了更多的宝物，但胡人还是不答应。

男人奇怪地问："这到底是一颗什么样的珍珠？"

胡人说："这颗珍珠有两位龙女在守护着，非常金贵，你看到的老人是两位龙女的父亲，他们舍不得女儿干这苦差事，就来赎珍珠。"

"我才不稀罕宝贝，我只想要过不凡的生活。龙女和珍珠煮制成的醍醐膏才是我想要的。"胡人说完，把膏涂在脚底。说也奇怪，胡人涂完膏后，竟然在水面上行走起来，如履平地。

"我先走了！你们若要回家，就把剩下的醍醐膏涂在船上，会一路顺风的。"胡人如飞一样地在水面上滑行，之后便不见了踪影。

再说男人和其他胡人把剩下的醍醐膏涂到船沿上，船果然如那个胡人所说，顺利地把他们一一送回了家。

金象将军

汝南岑顺字孝伯，少好学有文，老大尤精武略。旅于陕州，贫无第宅。其外族吕氏，有山宅，将废之，顺请居焉。人有劝者，顺曰：天命有常，何所惧耳！卒居之。后岁余，顺常独坐书阁下，虽家人莫得入。夜中闻鼓鼙之声，不知所来，及出户则无闻。而独喜，自负之，以为石勒之祥也。祝之曰："此必阴兵助我，若然，当示我以富贵期。"数夕后，梦一人被甲胄，前报曰："金象将军使我语岑君，军城夜警，有喧诤者。蒙君见嘉，敢不敬命。君甚有厚禄，幸自爱也。既负壮志，能猥顾小国乎。今敌国犯垒，侧席委贤，钦味芳声，愿执旌钺。"顺谢曰："将军天质英明，师真以律。猥烦德音，屈顾疵贱。然犬马之志，惟欲用之。"使者复命。顺忽然而寤，恍若自失，坐而思梦之征。（节选）

——《玄怪录》

岑顺，字孝伯，是汝南人。他有才又好学，更精通战略。

但是岑顺穷得连房子都没有，就借住到外祖父家废弃的一间屋子里。

当时，很多亲戚劝他不要住在那儿，怕屋子里有不洁之物。

"这有什么好怕的？"岑顺一住便是一年。

第二年春天的一个晚上，岑顺坐在书房里看书，突然听见一阵击鼓声由远而近地传来。

他站起来想要去看个明白时，声音忽然又消失了。

又是一个晚上，岑顺做了一个奇怪的梦——有个身披甲胄的人对他说："我们的军队要守城，半夜里会有鸣锣声，敲鼓声、喧哗吵闹。多亏您不介意，还赞扬了我们。现在，我们的国家正在被敌国侵犯，金象将军说您精通战术，令人敬佩，想要您来统率我们的军队，你看行吗？"岑顺回答道："金象将军智慧过人，却这么器重像我如此卑微的人，我甚感荣幸。看来我想要亲历战场的志向，马上就要实现了呢。"

"那好，我这就去禀告金象将军。"

那人话音刚落，岑顺就醒了，但他整个人如同丢了魂一样，恍恍惚惚的。

这时候，屋里屋外想起了一阵号角声和鸣鼓声，像是战争就要开始。门扉和窗户被风吹开，帘子飞扬起来。岑顺霎时看见几百名只有寸把高的骑兵披着金黄色的坚硬铠甲，擎着兵器，迅疾地散布在屋子里，又很快摆成云阵。

直看得岑顺又惊又怕，不过没一会儿，他就镇定下来静静地观望。

　　"传金象将军的文书！"一个小兵突然来到岑顺的脚边，递上一纸文书，只见文书中写道："因我们的疆土临近匈奴，这几十年来，战争一直不曾停止过。但将军年事已高，军队也渐渐衰弱，敌兵却在变强。听说您文武双全，很有智谋远虑，虽然你是阳间的人，本不该来打扰您。可天那国和北山贼联手想要在今天半夜里向我们开战，在如此严峻的局势下，我们恳请您来统率我们的军队，希望您不要害怕我们是阴间的人。"

　　岑顺接过文书并点头应允。半夜时分，只听四面八方传来号角声、战鼓声。东墙下的天那君和西墙下的金象军随着鼓点排列成阵，军旗随吹进墙洞来的风猎猎招展着，双方斗志昂扬。战马随着鼓声的强弱和快慢亦趋亦止，徒步的小卒向前疾行，接着战车也隆隆驶近……鼓声越发急促，两军终于开战厮杀起来。几个回合后，天那军战败，兵将们抱头鼠窜，大王向南跑，兵卒们向西逃。只见大王躲进一个捣药的小臼中，瞬时变成了一座金色的城堡。岑顺看得"呀"地惊叫了一声。

这时，一个骑马的小兵递给岑顺一封书信，上面写着："无论在阴间还是在阳间，很多事情老天自有安排。就像刚才的战事，只一会儿时辰，胜负已分明。你认为呢？"

"金象将军不仅长得威武，还足智多谋，如能读懂天书一样，谋划自己的战事。"岑顺答道。

从那天起，金象将军常常派人给岑顺送来金银珠宝，还摆宴邀约他一起吃山珍饮美酒。

但有一天，岑顺的亲戚来看他，发现他面黄肌瘦，像是得了重病一样。

亲戚问缘由，岑顺闭口不说。直到酒醉后，他才把所遇之事说了出来。

第二天，家人趁岑顺不在屋里的时候，找了一把铁锹挖土。挖着挖着，突然挖出来一座古坟，只见砖砌的坟内有许多陪葬物件，除了铠甲金盔、瓷器陶钵，还有一副完整的棋盘，将帅兵卒车马刀剑，样样齐全。家人把所有的东西都拿出来，并烧毁了棋盘，填平了土坑。

岑顺也从混沌中清醒了过来，变得和以前一样健康了。

毛笔

原文

元和中，博陵崔珏者，自汝郑来，侨居长安延福里。常一日，读书牖下。忽见一僮，长不尽尺，露发衣黄，自北垣下，趋至榻前，且谓珏曰："幸寄君砚席。可乎？"珏不应。又曰："我尚壮，愿备指使，何见拒之深耶？"珏又不顾。已而上榻，跃然拱立。良久，于袖中出一小幅文书，致珏前，乃诗也。细字如粟，历然可辨。诗曰："昔荷蒙恬惠，寻遭仲叔投。夫君不指使，何处觅银钩。"览讫，笑而谓曰："既愿相从，无乃后悔耶？"其僮又出一诗，投于几上。诗曰："学问从君有，诗书自我传。须知王逸少，名价动千年。"（节选）

——《宣室志》

唐朝元和年间，一个叫崔珏的读书人侨居在长安延福里，他本是博陵人，在此居住已有好几个年头了。

一个满月的晚上，崔珏在窗下读书，树影摇晃着，令他心神不宁。

突然，他感觉屋子里有一道黄色的光在穿梭，像是什么小动物。说是硕鼠吧，却没有那么明艳的颜色。说是野兔吧，倒也少见。

也许是一只黄鼠狼吧。当时崔珏就是这么认为的，所以他也没太在意，继续看他的书。

直到屋内发出一阵"窸窸窣窣"的声音，然后又是一阵轻微的喘息声，崔珏才停止看书，环顾起屋子来。

并没有什么呀。这时候，他发觉衣角似乎被人扯了一下，低头一看，竟然发现一个长不过一尺的小小人。

小小人穿着一件黄色的衣服，披散着长长的头发，扬起头望着崔珏。

"我想要住到你桌子上的砚台里，可以吗？"黄色的小人问。崔珏一时还反应不过来这究竟是怎么回事，所以没吱声。

小人又说："你看，我长得还是很不错的，也有很好的精力，应该能帮你不少忙。"

说完，他一蹦一蹦地跳到桌子上，弯下腰把长长的散发伸到砚台里。

可崔珏还是无动于衷。

"我还有宝物呢，你看了一定会喜欢。"小人说着从袖筒里掏出一轴书卷来。

他把书卷摊开，露出几行像小米粒那么大的字。

崔珏俯身一看，原来是一首诗。上面写着："昔荷蒙恬惠，寻遭仲叔投。夫君不指使，何处觅银钩。"

崔珏笑着说："我明白了，原来你是一个小笔精。但你为什么愿意跟着我呢，若真的跟着我，你可别后悔呀。"

人就又从另一袖筒中拿出一卷诗放在茶几上。崔珏俯身一看，见上面写着："学问从君友，诗书自我传。须知王逸少，名价动千年。"

"可惜我没有王羲之的笔力和技能，即使拥有了你，又有何用啊？"崔珏叹道。

小人便又吟了一首诗："能令音信通千里，解致龙蛇运八行。惆怅江生不相赏，应缘自负好文章。"

崔珏听罢，便和小人开起了玩笑："只可惜你没有五种颜色呀。"

小人听崔珏说完后，马上从桌子上跳下来，迅疾走到北面的墙角里。原来那儿有个洞，他钻进洞里，一会儿就消失了。

第二天，崔珏请家中的仆人把小人钻过的洞挖深挖宽，却挖出来一支精致的有黄色笔杆的毛笔。

"和昨晚看到的小人简直一模一样啊。"崔珏用砚台磨好墨，用这支笔写起字来。

是一支好笔！崔珏一连好几天都在用这支毛笔写字，说不定哪一天，黄衣服的小人又会出现在他面前。可是，一个多月过去了，什么事情都没有发生。

破钟

原文

　　吉州龙兴观有巨钟，上有文曰："晋元康年铸。"钟顶有一窍，古老相传，则天时，钟声震长安。遂有诏凿之，其窍是也。天祐年中，忽一夜失钟所在，至旦如故。见蒲牢有血痕并焄草，焄草者，江南水草也，叶如薤，随水浅深而生。观前大江，数夜，居人闻江水风浪之声。至旦，有渔者，见江心有一红旗，水上流下。渔者棹小舟往接取之，则见金鳞光，波涛汹涌，渔者急回。始知蒲牢斗伤江龙。

——《玉堂闲话》

　　晋元康年间，钟匠们铸了一口巨大的铜钟，放在吉州龙兴观。这口钟的钟纽（即钟顶部悬挂的部分）是一只蒲牢。

　　传说中龙有九子，第四个龙子叫蒲牢，常年住在海边。

蒲牢虽为龙身，但它长得比其他龙要小，胆子也不大。蒲牢最害怕的是海洋中的庞然大物——鲸鱼，每次有鲸鱼出现，他就会害怕地大叫，叫声响彻天际，震耳欲聋，甚至能把鸥鸟惊落。钟匠们正因为蒲牢鸣叫声洪亮的特点，常常会把铜钟的钟纽做成蒲牢的样子，好让钟声也达到最响亮的程度。更有意思的是，钟匠们会把敲钟的木杆制成鲸鱼，仿佛鲸鱼一出现，钟上的蒲牢就会复活，而钟声也会变得更加洪亮。

但在武则天时期，龙兴观的这口钟，却因响彻云霄的钟声过于刺耳，让长安城每天都处于噪声中，听得让人心烦。武则天便命令铜铁匠把钟敲破，好让它的声音变得小一点。于是，两个铜匠开始叮叮当当地敲打这口钟，但实在因为铜太过坚固，他们只在钟的顶部敲出一个洞来，好好的一口钟就成了"破钟"。

相传天祐年间，一个风声很大的晚上，打更人从钟楼走过时，发现钟消失了。

这可是一件不得了的事，打更人叫醒龙兴观的人，让他们一起来见证钟的消失。大家都觉得不可思议，这么硕大的一口铜钟，不会是普通人能搬得动的，那究竟是谁掳走了这口钟？

更令人蹊跷的是，天亮的时候，打更人再次路过钟楼，却发现钟又回到了老地方，好像从未消失过一样。

他又把大家都叫了过来，一起见证失去又回来的钟。

"你们看到没，钟纽上那只蒲牢的身上缠着茑草。"一个穿灰袍的人仰头指着钟说道。

"真的有茑草呢，那是一种水草，水越深，它就越细长。"另一个人说，"你们有没有发现，蒲牢腿上好像还有血迹呢。"

大家循着他的手指望过去，果然看到了一抹血痕。

几天后，住在江边的人们一到深夜，就会听见如江水

拍打河岸的声响，但又比以往的拍打声要大得多，听起来总是觉得奇怪。这让他们联想起龙兴观的那口消失又回来的钟和那钟纽上缠着焦草带着血痕的蒲牢。

一天早晨，一个渔夫去江中捕鱼，远远地看见一杆红色的旗漂在水面上，他划着小船想去打捞，却看见旗的周围波涛汹涌，有金色的鳞片在翻滚。渔夫赶快掉转方向逃回了岸上。据说，大钟上的蒲牢每天晚上都会跳入江水中，把江龙咬伤。

木偶

　　武德初，有曹惠为江州参军。官舍有佛堂，堂中有二木偶人，长尺余，雕饰甚巧妙，丹青剥落。惠因持归与稚儿。后稚儿方食饼，木偶引手请之。儿惊报惠，惠笑曰："取木偶来。"即言曰："轻素自有名，何呼木偶？"于是转盼驰走，无异于人。惠问曰："汝何时物，颇能作怪？"轻素与轻红曰："是宣城太守谢家俑偶。当时天下工巧，皆不及沈隐侯家老苍头孝忠也。轻素、轻红，即孝忠所造。隐侯哀宣城无常，葬日故有此赠。时素圹中，方持汤与乐夫人濯足，闻外有持兵称敕声。夫人畏惧，跣足化为白蝼。少顷，二贼执炬至，尽掠财物。谢郎持舒瑟瑟环，亦为贼敲颐脱之。贼人照见轻红等曰：'二明器不恶，可与小儿为戏具。'遂持出，时天平二年也。"（节选）

——《玄怪录》

曹惠是唐高祖武德初年时期的江州参军。有一天，他在官府的佛堂里看见两个穿红着绿的小木偶人。虽然木偶表面的颜色有些已经斑驳，但不难看出它们被工匠们雕琢得很是精致，那灵巧的模样也很惹人怜爱。

　　曹惠想着家中的孩子一定会喜欢这样的木偶人，便把它们带回了家。

　　果然，看见木偶人，曹惠的小孩喜欢得不得了。

　　第二天，曹惠家的仆人给了小孩一个米饼吃。小孩刚"嘎嘣"咬下一口，就听见两个不同的细小的声音传来："我也要吃，我也要吃。"

小孩循着声音的方向看去，并没有发现什么人。难道是……他揉了揉眼睛，看见两个小木偶正眼睁睁地望着他手中的米饼，嘴里还在叫着"我也要吃，我也要吃"。

小孩很吃惊，忙跑着去告诉曹惠。

曹惠赶来的时候，正好看见两个木偶一个在跑，一个在追。

"木偶，你们究竟是从哪个朝代来的，怎么会说会跑？"

穿绿衣的木偶说："我们是宣城太守谢朓的陪葬木偶丫鬟，我叫轻素，她叫轻红。当时，谢朓的好友沈隐侯沈约家有个仆人叫孝忠，他是个难得的能工巧匠，几乎天下所有工匠的手艺都比不过他，我和轻红就是孝忠做出来的。沈约哀痛谢朓年纪轻轻就被诬陷而死，就让我们一起陪葬。"

"这么说来，你们现在应该在墓穴中，可又怎么会出现在官府的佛堂里？"曹惠问。

"虽然我们在墓地里，可生活和人间可是一样的。"轻红说，"那是东魏孝敬天平二年的一个晚上，我们正在侍候夫人洗脚，忽然听见外面有武器的敲打声和人的吆喝声。夫人特别害怕，就化成了一堆白色的骷髅，我们也还原成了木偶的样子。两个盗墓人举着火把闯进来，他们抢走了一些值钱的东西。临走时，其中一个盗贼看见了我们，他说："木偶人，小孩会喜欢的。"就这样，我们被盗墓人从墓穴里拿了出来，在人间历经多年，辗转了很多地方。这不，现在又被你带到了这里。"

"你们想不想获得自由？"曹惠问。

"若你能帮我们重新上漆，我们便会成为庐山山神的夫人。到时，我俩一定会重重答谢你。"轻素和轻红说。

曹惠第二天一早就请来一个手艺高超的漆匠，为两个木偶人修复"外套"，她们重新焕发了神采，变得美丽可人。

到了晚上，木偶轻素和轻红便不见了踪影。

后来，曹惠去祭拜庐山山神，果然在神像边看见了轻红和轻素。

曹惠也因此官运亨通，过着荣华富贵的生活。

灯火

原文

　　进士杨祯，家于渭桥。以居处繁杂，颇妨肄业。乃诣昭应县，长借石瓮寺文殊院。居旬余，有红裳既夕而至，容色姝丽，姿华动人。祯常悦者，皆所不及。徐步于帘外，歌曰："凉风暮起骊山空，长生殿锁霜叶红。朝来试入华清宫，分明忆得开元中。"祯曰："歌者谁耶，何清苦之若是？"红裳又歌曰："金殿不胜秋，月斜石楼冷。谁是相顾人，褰帷吊孤影。"祯拜迎于门。既即席，问祯之姓氏，祯具告。祯祖父母叔兄弟中外亲族，曾游石瓮寺者，无不熟识。（节选）

　　　　　　　　　　　　　　　　　——《纂异记》

　　进士杨祯，原本住在繁华闹市长安渭水桥附近，吵吵闹闹的市井之音令他静不下心来看书，有碍学业的提升，他便到昭应县石瓮寺的文殊院里借读。这个地方绿荫环绕，如入无人之境，杨祯便能安心读书。

一天晚上，四周静谧，杨祯如以往那样点灯夜读。突然，一阵小风把油灯吹得不住地摇晃。接着，他听见一阵凄婉的歌声传来："凉风暮起骊山空，长生殿锁霜叶红。朝来试入华清宫，分明忆得开元中。"

"谁在门外唱歌？"杨祯掀开帘子走出去，看见门外有一位着红衣裙的姑娘，十七八岁左右，容貌秀丽动人，正朝他走来。

"金殿不胜秋，月斜石楼冷。谁是相顾人，褰帷吊孤影。"红衣姑娘一边袅娜漫步一边继续吟唱。

杨祯把她迎进门小坐。

红衣姑娘问过杨祯的姓名后，便把杨祯的祖父母及叔伯兄弟等亲族一一道来，就连杨祯也不知晓的家族旧事，她也如数家珍般熟悉。

"难道，你不是人间女子，而是一个鬼魂？"杨祯狐疑地问。

"这世上哪来什么鬼魂？"红衣姑娘说。

"那你难道是女狐？"

　　"听说被狐狸近身、魅惑的人，一定会有不幸的事发生。你看我像是来祸害你的狐狸吗？"

　　杨祯好奇地问："但我看你不像人间普通的姑娘呀，你能告诉我你是谁吗？"

　　红衣姑娘说道："我的先祖是燧人氏，长明公是我的第十四代祖先，他们对人类都有很大的功绩。开元初年，唐玄宗造华清宫，修朝元阁，又建了长生殿，而这座石瓮寺也是唐玄宗在那个时候用剩余材料建造的。不过原先寺内只有东殿堂，当西殿堂建成后，我便被封为西明夫人。"

"西明夫人？"

红衣姑娘继续说道："我在这里所做的事，就是把铁等金属锻造成兵器，或炼制成钟或摆件。当然，我还可以把生的食物用烹炙手法烧熟，让夜不再暗沉，甚至也能让山峦起火，烧毁原野。"

杨祯越听越觉得稀奇："姑娘莫非是？"

红衣姑娘微微一笑，只说道："听闻你是一个喜幽僻的人，今日便前来会会。如果能日日与你见面，那可真是三生有幸了。"

杨祯点头接纳了红衣姑娘。

就这样，每天晚上，她都会来和杨祯会面。

半年后杨祯有事回老家，他的奶娘问起杨祯在石瓮寺的生活如何，家童便把红衣姑娘的事告诉了奶娘。

奶娘很诧异，就亲自来到石瓮寺，偷藏在佛堂下，想要弄明白红衣姑娘到底是什么人。

那天天亮之前，奶娘看见红衣姑娘从杨祯的房里出来后，径直走进了西殿堂，当红衣姑娘走近佛像前，突然消失不见了，而殿堂里升起了一盏灯，那烛火就和姑娘的衣服一样明艳红火。

"这姑娘原来是一盏灯啊！"奶娘壮着胆子走过去，吹灭了灯。

从此之后，红衣姑娘再也没有在石瓮寺出现过。

图书在版编目（CIP）数据

讲不够的中国神怪故事：套装全5册 / 许萍萍, 俞亮编著；庞坤等绘. — 北京：北京理工大学出版社，2023.5

ISBN 978 - 7 - 5763 - 2254 - 5

Ⅰ. ①讲… Ⅱ. ①许… ②俞… ③庞… Ⅲ. ①儿童故事 - 作品集 - 中国 - 当代 Ⅳ. ①I287.5

中国国家版本馆CIP数据核字（2023）第061643号

出版发行 / 北京理工大学出版社有限责任公司
社　　址 / 北京市海淀区中关村南大街 5 号
邮　　编 / 100081
电　　话 / (010) 68914775（总编室）
　　　　　 (010) 82562903（教材售后服务热线）
　　　　　 (010) 68944723（其他图书服务热线）
网　　址 / http://www.bitpress.com.cn
经　　销 / 全国各地新华书店
印　　刷 / 保定市铭泰达印刷有限公司
开　　本 / 710毫米×1000毫米　1/16
印　　张 / 59　　　　　　　　　　　　　　　　责任编辑 / 徐艳君
字　　数 / 440千字　　　　　　　　　　　　　文案编辑 / 徐艳君
版　　次 / 2023年5月第1版　　2023年5月第1次印刷　责任校对 / 刘亚男
定　　价 / 228.00元（全5册）　　　　　　　　责任印制 / 李志强

讲不够的中国神怪故事

山水田园里的精怪

许萍萍——编著

闫威——绘

北京理工大学出版社

BEIJING INSTITUTE OF TECHNOLOGY PRESS

目录

江陵姥

原文

　　江陵赵姥以沽酒为业。义熙中，居室内忽地隆起，姥察为异。朝夕以酒酹之。尝见一物出头似驴，而地初无孔穴。及姥死，家人闻土下有声如哭。后人掘地，见一异物蠢然，不测大小，须臾失之。俗谓之土龙。

——《渚宫旧事》

　　东晋义熙年间，江陵有个赵老太太，每天早出晚归，去离家不远的集市上卖酒。

　　这一天，老太太卖酒回家，已经近黄昏。

　　她把没有卖完的酒放入酒窖后，转身向卧室走去。

"吱嘎——"，她推开房门，没走几步，就趔趄了一下。

"奇怪，地上像是有什么东西拱起来了。"

此时，夜幕已经降临，灯还未点着，她俯身看地面，并没有发现什么异常。但不知道为什么，她总是感觉脚下有什么在扭动。

也许是累了吧。老太太直起身，敲了敲背。

这时候，她的儿子点了油灯走进屋子，忽然惊呼起来："哎呀，地面怎么拱起来了呢？"

这时她才相信刚才的感觉是真的。

"许是地底下藏着什么生灵吧？"她一边说，一边又俯下身去看。

但此时，地面恢复了原样，平平整整的。

"真是奇怪呀！"儿子说道，"明明刚才是拱着的，这会儿倒是没发现有什么异样了。"

这天晚上，她睡在床上，辗转反侧，老是想着拱起之后又恢复原样的地底下到底有什么。是鼠？是蛇？是兔子？都不像，应该是一种神秘的灵怪吧？她越想越觉得蹊跷，甚至惴惴不安起来。忽然，一个小小的像驴脑袋一样的东西从地面钻了出来。

"哎呀！"她叫出声来。怪物急速地钻入了地底下，不再现身。

第二天一大早，老太太便去地窖的酒瓮里倒了一碗酒，把它洒在怪物钻出来的地面上，并祈愿家里一切平安。

傍晚时分，她从集市上回来，又用同样的方式给"灵怪"敬献了一杯酒。

从此以后，她每天早晚都会把酒洒在地面上，敬献给"灵怪"。

直到十年之后老太太去世。

话说去世那天，她的家人们突然听见地底下传来一阵隐约的哭声，声音凄凄惨惨，像是在为死去的老太太哀哭。

家人们有点惊讶，又有点害怕，想看看到底是谁在里面哭泣。于是他们拿了锄头把地挖出一个坑来。忽见一条长着驴头，身子又像蛇的怪物游了出来。它游向转角，游出屋子，转瞬就不见了。从此，它再也没有在家里出现过。

听说这种怪物也叫土龙，或称蛇鳗。

家人认为，土龙之所以为老太太哭泣，是因为它这么多年一直被她敬重，心中念着这份恩情。

李靖行雨

 原文

　　唐卫国公李靖，微时，尝射猎灵山中，寓食山中。村翁奇其为人，每丰馈焉，岁久益厚。忽遇群鹿，乃逐之。会暮，欲舍之不能。俄而阴晦迷路，茫然不知所归，怅怅而行，因闷益甚。极目有灯火光，因驰赴焉。既至，乃朱门大第，墙宇甚峻。扣门久之，一人出问。靖告迷道，且请寓宿。

——《续玄怪录》

唐朝的卫国公李靖，在还没做官之前，独自一人住在山里，以打猎为生。山里热情的人们对李靖都很照顾，常常送他一些吃的和用的，这让李靖的小日子过得也有滋有味。

　　有一天，李靖去打猎，遇见了一群鹿，他便拿起了箭跟随着鹿前行。不知不觉中，鹿不知所踪，他也迷失了方向。李靖茫然地找着回家的路，但直到天黑也没结果。

　　正在他不知所措时，抬头忽见前面出现了一户人家。

　　这户人家看上去院门奢华，墙头高大，像是富贵人家。但李靖觉得蹊跷，这荒山野岭中，怎么凭空会出现这样一户人家呢。但事不宜迟，他走上前去，敲响了院门。

　　来开门的是一个奴婢模样的女子，她迟疑了一下问道："请问公子有何事？"李靖便告诉她自己迷路了，是否可以借宿一晚。

　　婢女进屋去禀告主人。过了没多久，只见一个穿着淡雅端庄，面容温润的五十多岁妇人走了出来。婢女向李靖介绍道："这是龙夫人！"李靖便行了礼。

　　龙夫人说："今天我的儿子们都不在家，本是不方便请你留宿的。但这里山高路窄，天色已晚，你又迷了路，

实在不忍心拒绝你，且进来住一晚吧。"李靖非常感激，随即行礼感谢。

半夜里，李靖正睡得迷迷糊糊，忽然听到一阵急促的敲门声。他开门一看，只见龙夫人神色焦虑地站在门外。

"李公子，实在是不好意思，这么晚了还来打扰你。"龙夫人对李靖说道，"我们本是龙族，这个地方是龙宫。就在刚才，我们接到了去人间行雨的天符，但今晚我的两个龙子没有回来，联系不上他们。如果不及时行雨的话，会遭到天庭的重罚。"

情急之中，龙夫人便想到了李靖。她说："还望李公子今天能帮我的忙，代替我的两个儿子去人间行雨。"

李靖回答说："我是一个凡人，怎么能做得了这样的事呢？但如果真能帮上忙，我倒是挺乐意的。"

"今晚有两处云层，共一万里左右的路程需要行雨，你只要按照我的吩咐去做就好了。"龙夫人令人牵来一匹青骢马和一个盛雨的小瓷瓶。

她对李靖说："你骑上马，它会随意跑动。当马发出嘶鸣声时，你就从小瓷瓶中取出一滴雨水来，把它滴落在马鬃上。请记住，一滴就足够了，不能多。"

"好的，我明白了。"李靖说完，就骑上了青骢马。

马驮着李靖升上了天空，来到云层之上。当马发出嘶鸣声时，李靖就取出一滴雨水，滴在马鬃上。

没多久，他发现来到了自己居住的小山村上空。

"就让我多滴几滴水吧，我们的小山村已经干旱好久，庄稼都要被枯死了，正好下场大雨，这也算是我对乡亲们的一次报恩吧。"李靖早就把龙夫人说的话抛在脑后，他一边想一边把雨水一滴滴地滴到马鬃上，一连滴了二十滴。

但正是因为他的这个善意，小山村被水淹了，龙夫人也得到了天庭的惩罚。

原来，天上的一滴水，就是人间的一尺水啊。

李靖追悔莫及，但也无能为力。

好在龙夫人不记他的仇。

后来，李靖做了大官，并且指挥军队平息战乱，立下了盖世大功。

柳毅传书

原文

　　唐仪凤中，有儒生柳毅者应举下第，将还湘滨。念乡人有客于泾阳者，遂往告别。至六七里，鸟起马惊，疾逸道左。又六七里，乃止。见有妇人，牧羊于道畔。毅怪视之，乃殊色也。然而蛾脸不舒，巾袖无光。凝听翔立，若有所伺。毅诘之曰："子何苦而自辱如是？"妇始楚而谢，终泣而对曰："贱妾不幸，今日见辱于长者。然而恨贯肌骨，亦何能愧避？幸一闻焉：妾洞庭龙君小女也，父母配嫁泾川次子。而夫婿乐逸，为婢仆所惑，日以厌薄。既而将诉于舅姑。舅姑爱其子，不能御。迨诉频切，又得罪舅姑。舅姑毁黜以至此。"言讫，歔欷流涕，悲不自胜。又曰："洞庭于兹，相远不知其几多也。长天茫茫，信耗莫通，心目断尽，无所知哀。闻君将还吴，密通洞庭，或以尺书寄托侍者，未卜将以为可乎？"

——《异闻集》

唐朝高宗仪凤年间，湘南有个叫柳毅的书生进京赶考，结果没有考中，便落寞地自行赶路回家。到了泾阳郊外，他路过一片荒凉之境，只见四野人迹渺渺，寂静得有点让人害怕。

　　忽然，他的马不知为何受到了惊吓，飞快地载着他疾奔五六里路。等马停下时，他看见附近的一棵大树下，有个容貌清秀、美丽迷人的牧羊女在放羊。

　　牧羊女穿着粗简，满脸凄苦，像是发生了什么不幸的事。柳毅担心地问道："不知姑娘遇到了什么发愁的事，小生或许能帮上点忙。"

　　牧羊女听到柳毅诚恳的问话，又见他文质彬彬的模样，便收起戒心，哭着向他道了原委。

　　原来，牧羊女是洞庭龙王的三公主，早几年嫁给了泾川龙王的二儿子。本以为嫁了个好人家，但没想到她丈夫不仅常常去外面寻欢作乐，对龙女还非常粗暴，常常拳打脚踢。她的公公婆婆也宠溺儿子，对媳妇不闻不问，甚至还把她赶到郊外放羊。

　　放羊的时候，龙女一个人常常悲从中来，格外想念自己的父母。可洞庭湖路途遥遥，回不去又传递不了书信，不知如何是好。

柳毅说："姑娘别着急，我就是从洞庭那边来的，现在正要回那里去，你有什么需要我帮忙的，尽管吩咐好了。"

龙女说："那就麻烦您帮我带封信回家。洞庭湖南岸有一棵巨大的橘子树，你到了之后换一身衣服，然后叩击三下树干，便有人会从河里出来，带你到龙宫去。"柳毅毫不犹豫地答应了。龙女便从怀里掏出一封信来，拜了拜后小心地交给他。

柳毅接过书信，便和龙女告别了。当他回头看时，只见龙女和她的羊都已经不见了。

柳毅风雨兼程地往家赶，终于在一个月后回到了家乡。

但他并没有回家，而是径直向洞庭湖奔去。

在洞庭湖的南岸，果然有一棵高大的橘树，柳毅换了一身衣裳后，在树干上敲了三下。

突然，湖面上出现了一个虾兵，他问柳毅有什么事，柳毅便说是来来拜访龙王的。

虾兵让柳毅闭上眼睛，带他去了龙宫。

当柳毅睁开眼的时候，已经来到了一个富丽堂皇的宫殿里。

他拜见龙王后，便掏出信来。

龙王和夫人见了信，悲愤交加，恨不得立马就去把龙女带回来。

龙女的叔叔钱塘龙王更是个暴脾气，当他知道侄女的遭遇后，不由分说地飞出宫去，找泾川龙王和儿子算账去了。来到泾川，钱塘龙王杀死了龙女的丈夫泾川龙子，马上就带着龙女回家了。

龙王夫妇见到女儿，感慨万分，连忙吩咐虾兵蟹将们摆设喜宴欢迎龙女归来。

钱塘龙王在宴会上提出让柳毅和龙女成亲，但柳毅是个正人君子，他虽然心里喜爱龙女，但不想他们以报恩的形式让龙女做他的妻子，便拒绝了。其实龙女也是喜欢他的，只是因为矜持而没有挽留。

就这样，柳毅回到了人间娶妻生子，过起了普通人的生活。

但龙女却对他念念不忘，拒绝了龙王为她联姻，一直单身过日子。当柳毅的妻子去世后，龙女便化身卢氏，叫人托媒和柳毅成了婚。柳毅觉得妻子长得很像龙女，但又不敢确定。直到他们的孩子满月那天，卢氏对他说："不知相公是否记得当年的龙女，我便是。"于是，龙女便把自己这几年来的相思之情诉说给柳毅听，柳毅也向她道出了原委。从此两人更加相亲相爱。

因龙族有一万年的寿命，柳毅便也成了神仙。后来，他和妻子一起生活在龙宫里。

水獭扮龙

释玄照修道于嵩山白鹊谷，操行精悫，冠于缁流。常愿讲《法华经》千遍，以利于人。既讲于山中，虽亘寒酷热，山林险邃，而来者恒满讲席焉。时有三叟，眉须皓白，容状瑰异，虔心谛听。如此累日。玄照异之。忽一旦，晨谒玄照曰："弟子龙也，各有所任，亦颇劳苦，已历数千百年矣。得闻法力，无以为报，或长老指使，愿效微力。"玄照曰："今愆阳经时，国内荒馑，可致甘泽，以救生灵。即贫道所愿也。"三叟曰："召云致雨，固是细事。但雨禁绝重，不奉命擅行，诛责非细，身首为忧也。试说一计，庶几可矣。长老能行之乎？"

——《神仙感遇传》

16

玄照是一位在嵩山白鹊谷修道的和尚，因在修行上有很高的造诣，许多人都会慕名前来听他讲授《法华经》。

有一次，玄照发现三个须发皆白的老者，一连好几天都在认真听他讲道。他们每天都坐在同一个位置上，显示出同一种神态——目不转睛。

玄照很是好奇，刚要趁中场休息的时候去问询，但见三位老者先起身作揖："长老，我们本是江中之龙，都有着自己的使命，几千年来，也着实辛苦。但无意中听你讲《法华经》，很是开悟，心身也轻松了不少。为报答您的恩典，我们愿意为您效劳。如若长老有什么需求，尽管吩咐。"

玄照想了一会儿说："这些天来一直干旱，庄稼地里收成少，乡村百里闹起了饥荒，如果你们能动用法力，下一场大雨，就最好不过了。"

三位老者面露难色："下雨对我们来说不是难事，但实不相瞒，什么时候下多大多长时间的雨，都听上天的指令。如果我们擅自呼风唤雨，就是犯了杀头之罪。"

玄照无奈地摇摇头："既然如此，那就罢了。"

"不过，我们有个主意。"老者说，"长老是否听说过隐居在少室山的处士孙思邈？他道高贤良，仁义德重，如果能得到他的助力，这场行雨之事便可成功。"

玄照问："此话怎讲？"

三位老者说："孙处士虽隐在山中，但他的仁义和贤德造福于世间，被天宫登记在册。如果他能帮忙说好话，那我们下雨的罪行就会被免除。只是要麻烦长老先去和孙思邈处士约定一下。"

玄照说："如果能让百姓们过上安心的日子，我愿意前去会见孙思邈。"

于是第二天，玄照一早就来到了少室山拜见孙思邈。

他诚恳地说明了来意，孙思邈说："尽管我没有什么大的功力和能耐，但非常愿意凭一己之力为百姓们做点事，请长老说来听听。"

玄照便说："有三条龙愿意为百姓们行雨，但因这是违背上天指令的行径，会遭到杀头的处罚。但办法不是没有，行雨之后，他们会躲到您居所后的池塘里，如果有个奇怪的人会来捉拿他们，到时就要请您出面帮忙了。"

孙思邈爽快地答应下来。

玄照便去告知三条龙。

随即，天昏地暗，风雨飘摇，三条龙行起雨来。

这场雨下了整整一天一夜。

雨停后，玄照来到孙思邈的居所。这时，一个长相怪异的人出现了。

只见他来到池子边，不停地念着咒语。说来奇怪，池子里的水随着他的咒语声在渐渐地浅下去，直至干涸。池底出现了一白二黑三只水獭。

"并不是龙呀！"玄照和孙思邈有点惊讶。

怪人取出一条粗长的红绳把水獭绑起来，要带走。

"这位仙人请留步！"孙思邈上前请求道："下雨的事，全是我指使的，和他们无关。请仙人放了他们吧，还望您去和上天请求，免去他们的惩罚。"

怪人不说话，也不点头，径直给水獭们松了绑后隐去。

三只水獭又幻化成了三个老者，他们向孙思邈和玄照致谢，并要报答他们。

孙思邈说："我在山中生活，有吃的穿的，没有什么需求。何况这件事，也是举手之劳，你们不用报答我。"

不图回报的孙思邈深得玄照和三位老者的敬佩，他们再次拜谢后各自离去。

救龙

原文

　　唐建中初，有乐安任顼者，好读书，不喜尘俗事，居深山中，有终焉之志。尝一日，闭关昼坐。有一翁叩门来谒，衣黄衣，貌甚秀，曳杖而至。顼延坐与语。既久，顼讶其言讷而色沮，甚有不乐事。因问翁曰："何为而色沮乎？岂非有忧耶？不然，是家有疾而翁念之深耶？"老人曰："果如是。吾忧俟子一问固久矣。且我非人，乃龙也。西去一里有大湫，吾家之数百岁，今为一人所苦，祸且将及。非子不能脱我死，辄来奉诉。子今幸问我，故得而言也。"顼曰："某尘中人耳，独知有诗书礼乐，他术则某不能晓。然何以脱翁之祸乎？"

——《神仙感遇传》

唐朝建中年间，有个叫任顼的人隐居在乐安一座深山中，常年无人迹。

一天，他正坐在家中读书，突然听到一阵敲门声。

任顼打开门，看见一位拄着拐杖，身着金黄色衣袍的老人。他虽然长相俊朗，但神情很是萎靡不振。

"看您神情憔悴，莫非遇到了什么愁事？"任顼把老者引进屋子，关切地问道。

"您问得正是时候，不然我就要大祸临头了。"老者坐下来说，"其实，我是一条龙，住在离这儿不远的一个大水池中……"

"您慢慢说，若有需要帮忙的，我一定会相助。"任顼给老者倒了一杯水。

"我在大水池中住了好几百年了，最近，有人要置我于死地，但您能帮助我逃离这场祸事。"老者说。

任顼很是纳闷，觉得自己是个凡人，又怎么能帮得上这个大忙呢。

老者说："这件事，不需要法术，也不用功力，您只要帮我说上一句话就可以了。我的家就在西边的不远处，两天之后的清晨，拜托您到我家来。害我的道士那天中午会把我居住的水池弄干，然后吃掉我。您所要做的便是——水池干掉时，大声尖叫'上天有命令，杀黄龙者死！'您说完这句话的时候，水池又会满起来。当然，道士会三番五次地弄干水池，您也得一次一次地这么尖叫。"

任顼点头答应了。

两天之后，天刚蒙蒙亮，任顼就出发了。他一直向西而行，没多久，便看见了一个水池。池水青绿清澈，水波微漾，看得出来是一池好水。

应该就是老者容身的池子了。任顼在水池边找了一块石头，边看书边等待。

中午时分，他感觉本是明媚的日光突然暗淡了，便抬头，只见西边有一朵灰扑扑的云缓缓地飘过来，仔细一看，

24

云上踏着一位身材颀长的道士。

"来了来了！"任顼有点紧张。

道士驾着云飘落在水池边，好像没有看见任顼一样，顾自从宽大的袖筒里取出几张墨色的灵符撒到水池中，顿时，池中的水干涸了，但见淤泥中俯卧着一条黄龙。

"上天有命令，杀黄龙者死！"任顼赶紧大声地喊叫起来，虽然他的声音因紧张而微微颤抖，但池水却立马上涨了。

道士气急败坏地从袖子里又掏出一叠红色的灵符，向池水中抛去，只见红色的灵符在抛出去的瞬间，变成了一朵朵小红云，红云落进水池，池水马上又枯竭了。

"上天有命令，杀黄龙者死！"任顼又大叫起来，这一次，他的声音已经淡定多了。

池水顿时又涨满了。

道士气得一挥袖，把藏在袖筒里的所有灵符都甩到了池子中，池水霎时又干涸了。

任顼紧随着又大声尖叫。终于池水又满起来，而道士却气得直跳脚，破口大骂任顼道："为了吃这条龙，我在十年前就开始了修炼。但今天，却被你一个读书人给搅黄了，不知道你为什么要去救这样一个怪物？"

道士的身上已经没有灵符了，他的法力也消失不见，奈何不了任顼，只得悻悻然地离开。任顼也回到了家中。

到了晚上，他梦见黄龙幻化的老者对他说："如果没有您，我的老命就没了。非常感谢您的救命之恩，老朽也没什么可以报答您的，但想赠予您一颗珍珠，明日您自己来水池边找寻它。"

任顼很快就睡着了。第二天早晨，他又记起这个梦来。于是，他一起床就去水池边找珍珠了。果然在一个草丛里，有一颗闪闪发光的大珍珠，看上去晶莹剔透。

任顼很想知道这颗珍珠的价值，便去广陵市集上叫卖。一位胡人拿起珍珠来看，对任顼说："这是骊龙之宝，可不是人间之物。我愿意用重金买下来。"

于是，胡人花了数千万银子把珍珠买了下来。任顼也因此过上了富足的生活。

琴弦

原文

　　唐元和，故都尉韦宥出牧温州，忽忽不乐，江波修永，舟船燠热。一日晚凉，乃跨马登岸，依舟而行。忽浅沙乱流，芦苇青翠，因纵辔饮马。而芦枝有拂鞍者。宥因闲援熟视，忽见新丝筝弦，周缠芦心。宥即收芦伸弦，其长倍寻。试纵之，应乎复结。宥奇骇，因置于怀。行次江馆，其家室皆已维舟入亭矣。宥故驸马也，家有妓。即付筝妓曰："我于芦心得之，颇甚新紧。然沙洲江徼，是物何自而来？吾甚异之。试施于器，以听其音。"妓将安之，更无少异，唯短三二寸耳。方馔，妓即置之，随置复结。食罢视之，则已蜿蜒摇动。妓惊告众，竞来观之，而双眸瞭然矣。宥骇曰："得非龙乎？"命衣冠，焚香致敬。盛诸盂水之内，投之于江。才及中流，风浪皆作，蒸云走雷，咫尺昏晦。俄有白龙百尺，拿攫升天。众咸观之，良久乃灭。

——《集异记》

韦宥在唐元和年的一个夏天，赴温州任郡守。当时走的是水路，天气炎热，路途遥远，使得韦宥心情很是烦闷。即使沿岸繁茂的树丛绿意葱茏，也不能令他安下心来。

终于有一天晚上，月光皎洁如玉，徐徐凉风吹起，且四周蛙鸣声声，空中萤火闪闪，韦宥顿时来了兴致。他牵马下船，到岸上缓缓骑行。当来到一处浅滩上时，韦宥下马，牵着它去饮水。两旁的芦苇丛高大挺立，有一枝苇秆伏倒下来扑打在马鞍上，韦宥随手就把它扯了下来。就着月光，他发现芦苇秆上居然缠着一根细细的筝弦。他把弦小心地从苇秆上掰下来抻直，足有两寻（一寻为八尺）长短。说也奇怪，当韦宥松手的时候，细弦竟然又自动地蜷曲起来了。

"这筝弦，有些怪异啊，我且拿回去让乐妓弹奏一下。"韦宥把细弦揣到怀里。

第二天，韦宥的家人坐船而行，韦宥却仍在岸上骑行。快傍晚的时候，一家人终于来到了温州的江馆。

韦宥一直记着那根细弦，一到家便找来弹奏古筝的乐妓，从怀里掏出细弦。

韦宥说："不知道这根筝弦为啥会出现在荒滩的芦苇丛里，我觉得它细细的弦做得很精巧，而且摸上去触感也挺不错的，应该是根好弦。不妨弹奏一下试试看。"

乐妓接过筝弦，把它放在筝上试了下长短。只见这弦除了比别的弦短了两三寸，粗细、颜色等都和其他的弦一模一样。

正值晚饭时间，韦宥说："等吃完饭再弹奏吧。"

乐妓便把弦放在一边。

"哎呀，这弦怎么盘起来了呢。"乐妓把它拿起来抻直，但一放下，它又盘拢了。

等乐妓吃完饭要把细弦装到筝上时，忽然发现那根弦如蛇一样摇起尾巴来。

"大家快来看呀，这根弦会动。"乐妓的叫声把众人都引了过来。

"你看，细弦的左端好像有两只眼睛，亮亮的。"一个侍从说道。

这更加引起了众人的好奇，大家都凑近了看，果然看见了弦上的两只小眼睛。

"这……这会不会是一条龙呢？"韦宥吃惊地想。随即，他吩咐下人备好烛台和香炉，进行祷告。另一边，他又请人把细弦放到水桶里，再拎着去附近的江中放生。

"弦"一入江，天空中顿时乌云翻滚，雷声轰鸣，江水也澎湃起来。一会儿，一条足有百尺长的白龙跃出水面，腾空而去，过了好久，才不见了踪影。

史氏子

原文

　　有史氏子者，唐元和中，曾与道流游华山。时暑甚，憩一小溪。忽有一叶大如掌，红殷可爱，随流而下。史独接得，置于怀中。坐食顷，觉怀中冷重。潜起观之，其上鳞栗栗而起。史警惧，弃林中。遂白众人："此必龙也，可速去！"须臾，林中白烟生，弥布一谷。史下山未半，风雨大至。

——《酉阳杂俎》

唐元和年间的一个夏日，大街上被日头烤得火热。史公子便约了几个道士去游华山，山上林木森森，处处都是清凉之地。

中午时分，他们来到一条小溪边，只听溪水淙淙作响，水底卵石清晰可见，溪水的波纹在日光下划着银圈儿。

"是个好地方呀！"其中一个道士提议道，"我们找一处地方坐下来休息一会儿，听听这溪流声，看看这清泉，多好啊！"

他们便寻了有山石的地方坐下来闲聊。

史公子坐在小溪近旁，一伸手就能触到水面。他一边和大家说笑，一边伸手撩着水花。

突然，不知从哪里漂过来一片手掌般大小的红叶，那灵动的样子看上去很讨人喜欢。

"是从哪一棵树上飘下来的红叶呢？"史公子不禁向周围看了看。

但满眼都是碧绿的，苍绿的，黛绿的，嫩绿的树，哪有什么红叶呀。

当红叶漂到史公子身边时，他随手把它捞了起来，觉得做一枚书签很雅致呢。于是，史公子把红叶上的水珠抹干，小心地揣入怀里。

大家一边观赏风景，一边继续闲聊。聊着聊着，史公子感到怀里一片沁凉，像是衣服被水濡湿了。他把手伸入怀里，触到了那片红叶，只觉叶面像是覆上了一层薄冰，滑溜溜，冷飕飕的，就赶紧把它掏出来看个究竟。

红叶仍是手掌大小，仍是红色的一片，但史公子感觉它仿佛在蠕动。再定睛一看，史公子发出一声"呀"的尖叫。只见红叶从叶尖开始，一层层地起了鳞片，像鱼鳞，但又比鱼鳞大。

"不会是龙吧？"当鳞片几乎要覆盖上整片红叶时，史公子害怕地把红叶使劲地扔出去，"它是龙，是龙，我们赶紧离开这里吧。"

话音刚落，只见红叶落地的方向腾地冒出许多白色烟雾，烟雾弥漫开来，布满了整个山谷。

史公子和道士们连滚带爬地往山下逃，刚来到半山腰，一个霹雳划破长空，紧

接着，雨倾盆而下。史公子和道士们发现一条绯红的龙，在他们头顶盘旋了一下后，向天边腾空而去。

蛟母

原文

　　长沙有人忘姓名。家江边。有女下渚浣衣，觉身中有异，后不以为患，遂妊身。生三物，皆如虾鱼。女以己所生，甚怜之，著澡盘水中养。经三月，此物遂大，乃是蛟子。各有字，大者为当洪，次者名破阻，小者曰扑岸。天暴雨，三蛟一时俱去，遂失所在。后天欲雨，此物辄来。女亦知其当来，便出望之。蛟子亦出头望母，良久复去。经年，此女亡后，三蛟一时俱至墓所哭泣，经日乃去。闻其哭声，状如狗嗥。

——《续搜神记》

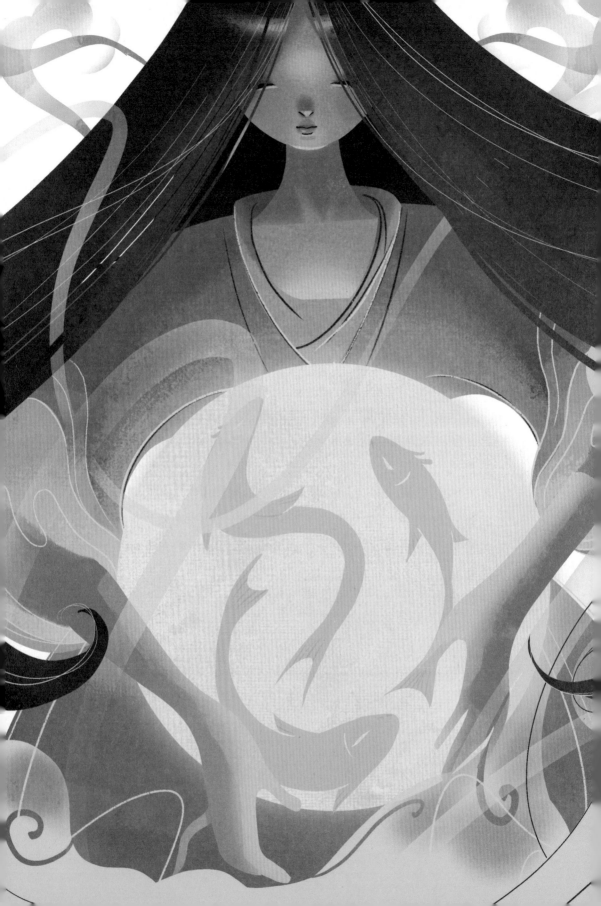

在长沙地区的一个江边，住着一户人家。

这户人家有个女儿，常常到江边去洗衣。

有一天早上，姑娘像往常一样，端着水盆去江边洗衣服。本是晴朗朗的天，在她弯腰把衣服浸入水中时，一下子突然黯淡了——太阳被厚厚的云层遮住，江水也泛起了波纹，只拍得岸边石块啪啪直响。姑娘感觉自己的肚子有种翻江倒海般的绞痛，手中的衣服也漂到了远处。但疼痛只持续了一分钟的光景，便消失了。姑娘把剩下的衣服全都洗干净了才回家去。

过了几天，姑娘发觉她的肚子大了起来，很是害怕。父母也觉得诧异，女儿除了每天去江边洗衣服，几乎很少出门，更不要说有相好的人了，可为什么就怀孕了呢。好在父母很宠爱自己的女儿，让她安心在家里静养，好好地把孩子生下来。

几个月后的一天晚上，姑娘的肚子像上次在江边一样翻江倒海似的绞痛起来，接着，她一连生下三个孩子。

与其说是三个孩子，倒不如说是三条"鱼"，因为他们有尾巴和鳞片。但姑娘和家人一点都不嫌弃他们，还给他们取名为"当洪""破阻"和"扑岸"。

三条"鱼"被他们的妈妈精心地养在澡盆里。直到三个月后，大家才惊觉，这三个孩子原来是蛟龙。当地的人们因此也称姑娘为"蛟母"。

有一天下起了暴雨，蛟龙们突然就不见了。蛟母怎么都找不到他们，既伤心又难过。

蛟龙的外公外婆劝她："这三个孩子本来就要回归大江大河的，那里才是他们生活的地方。"

"但愿他们能好好地活着。"蛟母这才安下心来。

过了几天，天又下起雨来。蛟龙们突然回来了，他们在家门口徘徊许久，才恋恋不舍地离去。

自那以后，每当下雨时，三条蛟龙都会一起回来看望蛟母。蛟母也会在下雨天，守候在门口，等着他们回家。一年之后，蛟母突然死了。有人曾看见蛟母的墓前，三条蛟龙在伤心地哭泣，那声音像狗的嚎叫声，很凄凉。

蛟龙哭了整整一天，才离开墓地。

亭长

　　相传在长沙的山林间，有个小村庄。村庄里常年有老虎出现，当地的村民每天都过得提心吊胆的。

　　有个胆大的村民用竹子做了一个捕兽笼，安放在山野间，想捕捉老虎。

这个村民每天一大早都会去山野里转一转，看看有没有老虎被关在里面。

十多天过去，老虎没捕到，但村民每天都会有收获，有时候是一只山鸡，有时候是两只狐狸，有时候是三只野兔……

这一天清晨，村民又上山去看他的笼子了。

没有老虎，其他的小野兽也挺好的呀。今天，会捕到什么野物呢？最好是一头野驴，好久没有吃到驴肉了；不过，要是一头野猪也行……村民走着想着，开心地笑起来。

但远远地，他看见笼子里关着一个庞然大物，

黄色的皮毛，圆圆的大脑袋。这不是老虎又是什么？

"今天，总算把这只老虎给捕到了！"村民有些害怕，但更多的是兴奋。

"我的笼子做得够结实的，老虎关在里面，又不能把我怎么样。"他犹豫了一会儿后，大步向前走去。

但村民走近一看，发现里面关着的竟然是一个头戴红色高帽，身着黄袍的亭长（古代官职，相当于现在的派出所所长）。

"咦，你怎么会被关在笼子里呀？"村民问。

"你还来问我呢，这个笼子是不是你做的？又是你放在这里的？"亭长很生气，大着嗓门嚷嚷道，"你不觉得它放在这里挡道了吗？昨天晚上县官老爷叫我去办事，我路过这里，本想把笼子挪个地方的，却不知道怎么的就被关进来了。"

原来是这样的呀，但明明笼子没有锁牢，人的手完全可以把笼子的门移开的呀。

村民正觉得不可思议呢，亭长在一旁咆哮起来："还不快把我放出去！"

"啊啊，好的，真是不好意思，不好意思。"村民犹疑了一下后，把笼子的门轻轻移开来。

只见亭长朝村民龇了一下牙后，从笼子里纵身一跃，跳到了草丛里。

那矫健的身影很敏捷。

"怪不得能当亭长，身手真是不错。"村民赞叹道。

但忽地，他发现亭长远去的背影竟然是一只老虎。

村民以为自己眼花了，或是在做梦，便使劲揉了揉眼睛，又用力地掐了一下自己的大腿："没有眼花，也没做梦啊！"

那个远去的背影，确实是老虎呢。

原来这个亭长，是老虎变的呀。村民回到村里，把这件事说给大家听，但几乎没有人相信他。

酋耳

原文

　　唐天后中，涪州武龙界多虎暴。有一兽似虎而绝大，日正午逐一虎，直入人家噬杀之，亦不食。由是县界不复有虎矣。录奏，检瑞图，乃酋耳。不食生物，有虎暴则杀之也。

——《朝野佥载》

　　武则天时期，在涪州武龙县境内的山林里，经常有老虎出入。当地的百姓每到日暮时分，都会早早关紧大门躲在家里，不敢再出去。

但有时候难免会有樵夫和采野果的人迷路，耽误了归家的时辰。这些晚归的人，十有八九会遭到老虎的袭击。跑得快、胆子大又机智的人会凭借自己的反应能力逃过一劫，安然无恙地回家。但一般的人便不会有这等好运了，他们有的会被老虎撕咬成残疾，缺了胳膊少了腿，有的甚至会丢了性命。因此，武龙县境内的百姓们，没有一家不唉声叹气，愁眉苦脸的。小孩们也不能痛快地玩，就连在自家的院子里待上一小会儿，也要提着一颗心。

时间久了，老虎越来越猖狂，老百姓的生活也越来越谨小慎微。渐渐地，庄稼地开始荒芜，收成减少，老百姓的日子越过越穷，胆子也越过越小。

但生活总要继续，老百姓开始向天祈祷，求得太平。

有一天，村里突然传来一声老虎的吼叫，似乎要把天地都给震动了。

村民们躲进屋子，大气都不敢出。

但也有胆大的，趴在窗口看外面的动静。

只见一只黄斑老虎冲下山来，并不像要觅食，也不似在追赶着什么，倒是像被更强大的野兽在追赶似的，神情

慌张，发出的喊叫也像在哀嚎。

会有比老虎更强大的野兽吗？趴在窗口看的村民心里一惊。

他想得没错，只见老虎的后面，冲下来一只更加庞大的野兽。这只野兽有老虎一样的斑纹，但尾巴似乎更长更有力，身子也比一般的老虎要大上几成。

只见它迅疾地追上了前面的老虎，把它扑倒在地，然后用爪子用力地拍打老虎，直到让它没有了气息。

大野兽并没有把老虎吃掉，而是默默转身离开了。

一周之后，山林里出现了一大堆老虎的尸体，它们都是被大野兽杀死的。

"这还了得，"村民们议论纷纷，"之前是老虎，现在又来了比老虎更凶猛的野兽，让我们怎么过日子呀。"

但有樵夫说，他曾经遇见过大野兽，可那野兽很温柔，一点都不攻击人。

另有一个采野果的村民也说遇见过大野兽，并不害人呢。

这件事情传到了宫廷，大臣们赶紧查看《祥瑞图》，发现里面就有对这种像老虎的野兽的描述。原来它是酋耳兽,只饮夜露喝山泉,从来都不吃生物,但他喜欢攻击老虎。

这可真是一种神兽呀,它给我们带来了福气!当地的百姓听说后,都纷纷感谢它,有的还把它做成泥塑,供奉起来。

虎妇

原文

　　唐开元中，有虎取人家女为妻，于深山结室而居。经二载，其妇不之觉。后忽有二客携酒而至，便于室中群饮。戒其妇云："此客稍异，慎无窥觑。"须臾皆醉眠，妇女往视，悉虎也。心大惊骇，而不敢言。久之，虎复为人形，还谓妇曰："得无窥乎？"妇言初不敢离此。后忽云思家，愿一归觐。经十日，夫将酒肉与妇偕行，渐到妻家，遇深水，妇人先渡。虎方褰衣，妇戏云："卿背后何得有虎尾出？"虎大惭，遂不渡水，因尔疾驰不返。

——《广异记》

唐朝开元年间，有个小山村，住着寥寥落落的几户人家。

一天，山村里来了一个陌生的高大男子。他穿着一身黄色的衣服，显得很贵气。小山村很贫穷，从来都不曾看到过穿得这么体面的人。

男人走进一户茅舍，那里住着三口人——一对老夫妇和他们的女儿。

男子先要了一杯水喝，然后又帮两位老人砍树劈柴，力气大得惊人。男子在临

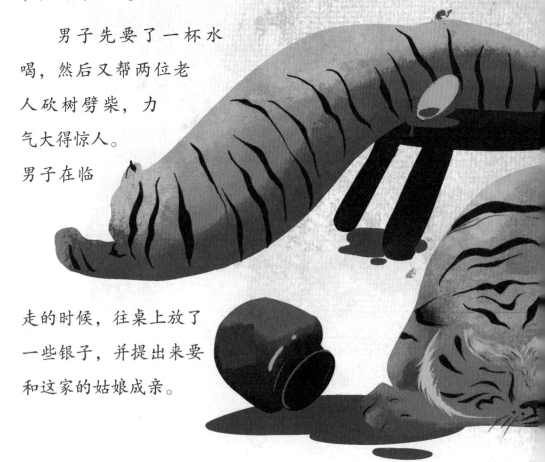

走的时候，往桌上放了一些银子，并提出来要和这家的姑娘成亲。

老夫妇觉得这个人力大又
勤快还这么有钱，女儿跟着他一定
不会吃亏，就答应了。姑娘自己也比较
满意。于是七天后，男子就来小山村把姑
娘娶走了。

男子的家离姑娘家不算远，但在深山中，附近几乎没有人家了。

姑娘嫁过来后，每天纺布喂鸡，虽然有点寂寞，但也安心。不知不觉，两年过去了。在这两年中，不曾有人来串过门。

但这一年春天的一个早晨，丈夫说："今天家里有两位客人来拜访，但他们和普通的人不太一样，你就待在里屋，别出来看。"

妻子点点头。

中午时分，客人果然来了。他们自己带了酒菜来，一进屋，便和丈夫畅饮起来。没多久，屋子里响起了呼噜声。

"莫非他们都喝醉了吧？"妻子觉得好奇，就偷偷地向外张望。

这一瞧不要紧，却吓得妻子差点昏倒过去。

只见外屋的地面上，躺着三只大老虎。

妻子想起丈夫天天穿着一身黄衣，原来是老虎的缘故呀。

这时候，三只老虎醒过来，马上又变成了人的模样。

客人走后，丈夫问："你是不是偷看到了什么？"

"没有，没有，我就待在里屋绣花，哪有工夫来看你们喝酒。"妻子不慌不忙地说道。

第二天，妻子说："我想我爹娘了，这两年来，我一次都没有去看过他们，不知他们过得可好？"

丈夫说："过几天我们去看看吧。"

十天后，丈夫备好了酒肉，便和妻子一起去丈人家了。

一路上倒也相安无事，但快到丈人家的时候，前面突然出现了一条小河。

妻子说："河水不深，趟过去就可以了。"

于是，她先下河，慢慢地走到了对岸。

丈夫脱下外套，也要下水。

"呀，我怎么看见你身后有一条老虎的尾巴呢，看上去怪吓人的。"妻子在河对岸大声叫起来。

她的老虎丈夫听见妻子这么一叫，有点慌张又有点羞愧，便转身往深山里跑去。

从此之后，妻子一直住在了娘家，她的老虎丈夫再也没有来找过她。

山魈

原文

　　山魈者，岭南所在有之，独足反踵，手足三歧。其牝好傅脂粉。于大树空中作窠，有木屏风帐幔。食物甚备。南人山行者，多持黄脂铅粉及钱等以自随。雄者谓之山公，必求金钱。遇雌者谓之山姑，必求脂粉。与者能相护。唐天宝中，北客有岭南山行者，多夜惧虎，欲上树宿，忽遇雌山魈。其人素有轻赍，因下树再拜，呼山姑。树中遥问："有何货物？"人以脂粉与之，甚喜。谓其人曰："安卧无虑也。"人宿树下，中夜，有二虎欲至其所。山魈下树，以手抚虎头曰："斑子，我客在，宜速去也。"二虎遂去。明日辞别，谢客甚谨。其难晓者，每岁中与人营田，人出田及种，余耕地种植，并是山魈，谷熟则来唤人平分。性质直，与人分，不取其多。人亦不敢取多，取多者遇天疫病。

——《广异记》

传说在古时候的岭南地带，有一种叫山魈的动物。它们只有一只脚，而且长得很奇怪，脚后跟在前面，脚趾在后面。人们把公山魈称作"山公"，母山魈称作"山姑"。

　　山魈们一般容身在树洞中，它们会用木块作屏风和慢帐，像是把自己与外界隔离开来一样。无论是野果、谷物还是鱼类野货，山魈们都喜欢吃，因此它们从来都不用为吃的东西发愁。当地的人们在和山魈的接触中，还发现了它们的喜好——公山魈喜欢金钱，母山魈喜欢脂粉。因此，走山路的人往往会随身带着一些钱币和脂粉，当遇到公山魈，他们就掏出钱币来，当遇到母山魈，他们就掏出脂粉来。不然的话，公山魈和母山魈会给人带来麻烦。但若送给它们喜爱的东西，它们便会护佑人。

　　话说唐天宝年间，有个北方人路过岭南，怕在晚上遇到老虎，就想到树上去睡。这时候，他遇见了一只母山魈。北方人早就听说过山魈的事，出门时身上便特意带了钱币和脂粉。

　　"山姑！"北方人叫道。

　　"啊，你有好东西要送给我吗？"山姑问。

　　北方人从怀里掏出一盒香气浓郁的脂粉来："听说山

姑喜欢脂粉，今天特意带在身上。"

母山魈喜欢得不得了，便对北方人说："爬到树上睡觉不太安稳，你还是放心地睡在地上吧，我会保护你的。"

北方人就安心地睡下了。

午夜时分，来了两只凶猛的大老虎，它们是来觅食的。

山魈猛然从树洞里跳出来，靠近老虎，摸它们的头。山魈说："我的老虎兄弟，睡在地上的人是我朋友，你们还是赶快离开这里吧，不然会吓着他。"

两只老虎点了点头，马上就离开了。

北方人一觉睡到大天亮，都不知道夜里发生的事。

他起身向山魈告别，山魈说："谢谢你的脂粉，我很喜欢。"

在岭南，山魈还是村民们的合作者。据说，他们一起耕种粮食，村民们只要提供土地和谷物的种子就行了，而犁田播种、除草灭虫、施肥收割等劳作都是山魈们完成的。当稻谷成熟的时候，村民们只要来领走属于他们的一半粮食就可以了。山魈们从来都不多拿一粒稻谷，村民们也一样。

因此，岭南的百姓和山魈，是友好的合作伙伴。

老虎报恩

原文

唐建中初，青州北海县北有秦始皇望海台，台之侧有别浟泊，泊边有取鱼人张鱼舟结草庵止其中。常有一虎夜突入庵中，值鱼舟方睡，至欲晓，鱼舟乃觉有人。初不知是虎，至明方见之。鱼舟惊惧，伏不敢动。虎徐以足扪鱼舟，鱼舟心疑有故，因起坐。虎举前左足示鱼舟，鱼舟视之，见掌有刺可长五六寸，乃为除之。虎跃然出庵，若拜伏之状，因以身蹭鱼舟。良久，回顾而去。至夜半，忽闻庵前坠一大物。鱼舟走出，见一野豕脂甚，几三百斤。在庵前，见鱼舟，复以身蹭之。良久而去。自后每夜送物来，或豕或鹿。村人以为妖，送县。鱼舟陈始末，县使吏随而伺之。至二更，又送麇来，县遂释其罪。鱼舟为虎设一百一斋功德。其夜，又衔绢一匹而来。一日，其庵忽被虎拆之，意者不欲鱼舟居此。鱼舟知意，遂别卜居焉。自后虎亦不复来。

——《广异记》

唐朝建中年间初期，秦始皇建在青州北海县县北的望海台附近有一个别汊泊，打鱼人张鱼舟就住在河畔的一间小草房里。

一天凌晨，突然小草房里跑进来一只大老虎。当时张鱼舟睡得正酣，大老虎怕吵醒他，就一声不响地坐在地上。直到天快亮的时候，张鱼舟醒过来。起先，他以为屋子里有个人影，但仔细一看，却发现是只老虎。

"哎呀！"张鱼舟吓得半死，躲进被窝里，大气都不敢出。

但他感觉老虎在轻轻地碰触他。

"也许有什么事吧？"张鱼舟发觉老虎碰他的动作不是很用力，就试探着把头伸出来。

只见老虎举起左脚给张鱼舟看，原来它的脚底下扎了一根五六寸长的尖刺。

张鱼舟慢慢地靠近老虎，颤抖着手帮它把刺小心地拔了出来。

"我帮老虎把刺拔出来，它不会趁机吃了我吧？"张鱼舟的心仍然提到了嗓子眼里，害怕地望着老虎。

老虎却开心地在屋子里蹦跳了一会儿，然后回到张鱼舟身边，单腿跪地，像是在谢恩。

好一会儿工夫，它才站起来，离开了草屋。

又到了半夜，张鱼舟被一个响亮的"扑通"声惊醒。他赶紧开门走出去，只见月光下，躺着一头足有三百斤重的大肥猪，老虎甩着尾巴向张鱼舟走来，亲热地蹭了下他的腿，之后就离开了。

张鱼舟明白过来：大肥猪是老虎送来给我吃的呀。

自那以后的每一天晚上，老虎都会给张鱼舟送来好吃的。

张鱼舟的邻居们知道了这件事，就以为张鱼舟是个妖怪，想赶走他，便把他送到了衙门里。张鱼舟便把老虎报恩的事说与县令听，县令当天晚上就派人守候在张鱼舟家，想证实一下张鱼舟说的是否属实。

二更时分，老虎果然又来了。这次，他给张鱼舟送来了一头麋鹿。县令知悉后，便把张鱼舟放了。

有一天，张鱼舟设了一百一斋功德，以感念老虎的报恩。晚上，老虎又来了，它给张鱼舟带来了一匹雪白的绢布。

没过几天，张鱼舟打鱼回来，发现自己的草房子被拆除了。他认为这一定是老虎不想让他在此地住下去了，便搬了家。

从此之后，老虎再也没有出现过。

牛斗

原文

九真牛里牛，乃生溪上。牛里时时怒，共斗，即海沸涌。或出斗岸上，家牛皆怖。人或遮捕，即霹雳。 号曰神牛。

——《异物志》

有一天晚上，住在九真附近的人们突然听见一阵打斗声，还有澎湃的浪涌声，犹如翻江倒海般，声势浩大。

"下暴雨了呢。"有人从屋子里走出来看，可分明月色很好，能望见远处的山峦。

但震耳的打斗声和浪潮的奔涌声越来越响。

村民们以为发生了什么可怕的事，纷纷从屋子里跑出来，向山顶逃去。

当他们靠近九真的那条溪水时，发现声音正是从那里传来的。胆大的村民一定要去看个究竟，便朝溪边跑去。

只见月光下，水浪翻滚，白花花的一片。再细看，发现水里有东西在扑腾。

"牛，是牛！"有人看清楚了，大声叫起来。

这些牛到底是哪里来的，谁都不知道。

自那以后，这些牛三天两头地在水中打斗，那打斗声总是令村民们胆战心惊，恐怕有什么不幸降临。但很多天过去，倒也相安无事，渐渐地，村民们也就习惯了牛斗。

春天的时候，村民们开始忙碌起来，他们牵着自家耕牛去田间犁地。

有一天正当午，溪水中的牛又开始打斗起来，那打斗声震天响，好久都不停歇。因为习惯了牛在水里打斗，大家也都不放在心上，人和耕牛都顾自忙碌着。但不久之后，有五六头牛爬上岸，跑到田间疯了一样地横冲直撞，继续打斗。正在犁地的耕牛们被吓得四处逃窜，村民们急坏了，又惊又怕，去追赶他们的耕牛。但这一天，没有一头牛被追回来。

"把水里的这些牛宰了吧。"一位村民气急败坏地说。

没想到有很多人都同意这么做。

一些身强力壮的村民拿来绳子和棍棒，去水中捕牛。

捕捉的过程还挺顺利的，只要拉住牛角，牛就乖乖地不动了，任凭村民捆绑、拖拉。

但村民一旦把牛拖上岸，晴空就会亮起闪电，紧接着，霹雳声声，永不止息。直到把牛重新放回水中，闪电和雷鸣才会停止。

　　"这些都是神牛啊，捕捉它们，是要受天谴的。"从此以后，村民们再也不敢捕捉溪水中的牛了。

穆王八骏

原文

周穆王即位三十二年，巡行天下，驭八龙之马。一名绝地，足不践土；二名翻羽，行越飞禽；三名奔霄，夜行万里；四名越影，逐日而行；五名逾辉，毛色炳耀；六名超光，一形十影；七名腾雾，乘云而趋；八名挟翼，身有肉翅。遍而驾焉，按辔徐行，以巡天下之域。穆王神智远谋，使辙迹遍于四海。故绝地之物，不期而自报。

——《王子年拾遗记》

西周周穆王姬满是个充满了传奇色彩的君主，他不仅建有能通天神的招仙阁，藏有数不尽的奇珍异宝，还特别喜欢良马，甚至能为了寻得一匹好马而不惜发生一场战事。

周穆王几乎收集了天下最具有奇幻的马，其中有八匹被称为"八龙"的马，各有各的特色，深得周穆王的喜爱。这八匹马颜色各不相同，有如火般的纯红色，如夜般的纯黑色，如雪般的纯白色，还有青紫、青黄、灰白、鹅黄色以及红黑相间色。这八匹马如果一起站在山间草地上，就像

绿毯上缀着锦簇花团，斑斓又迷人。

每一匹马都有两个名字，除了以颜色来命名的名字，还有以速度来命名的。

比如"绝地"。这匹马跑起来的时候，四条腿凌空，根本就不着地、不沾土，如风般一闪而过。

称为"翻羽"的这匹马，在驰骋的时候，曾有人见过它能追赶上前面的飞鸟。

"奔霄"，是一匹在夜间一口气能奔跑三万里的马，长长的一晚跑下来，也不会觉得疲累，第二天仍精神抖擞。

"越影"，一直能追着太阳驰骋不休。

"逾辉"，奔跑起来的时候，毛色会闪闪发光，像因极速而摩擦出的火花。

"超光"驰骋的时候，因飞速而闪现出十个光影来，看得人眼花缭乱。

"腾雾"，顾名思义，这匹马能驾着云奔跑，如在天上飞行。

还有一匹马叫"挟翼"，据说它长着一对翅膀，就像传说中的飞马，跑起来的时候，更是神速，非一般的马能够超越的。

周穆王即位三十二年时，曾经齐驾八匹马，在天下巡行游历，车辙踏遍了东西南北的疆域，并开始了中原和西域的往来交流，甚至民间有了周穆王拜见西王母的传说。

舞马

　　玄宗尝命教舞马四百蹄，分为左右。各有部，目为某宠某家骄。时塞外亦有善马来贡者，上俾之教习，无不曲尽其妙。因命衣以文绣，络以金银，饰其鬃鬣，间杂珠玉，其曲谓之倾杯乐者数十回，奋首鼓尾，纵横应节。又施三层板床，乘马而上，施转如飞。或命壮士举一榻，马舞于榻上，乐工数人立左右前后，皆衣淡黄衫，文玉带，必求少年而姿貌美秀者，每千秋节，命舞于勤政楼下。其后上既幸蜀，舞马亦散在人间。禄山常睹其舞而心爱之。自是因以数匹置于范阳。其后转为田承嗣所得，不之知也，杂之战马，置之外栈。忽一日，军中享士，乐作，马舞不能已，厮养皆谓其为妖，拥彗以击之。马谓其舞不中节，抑扬顿挫，犹存故态。厩吏遽以马怪白。承嗣命棰之，甚酷，马舞甚整，而鞭挞愈加，竟毙于枥下。时人亦有知其舞马者，惧暴而终不敢言。

——《明皇杂录》

唐玄宗认为马很有灵性，它们除了能上战场，一定也可以跳舞。于是，便挑选了四百匹良马，请舞蹈老师教它们跳舞。

舞蹈老师给马取了名字，并把它们分成一左一右两队，每一队马都有老师教舞。在一次又一次的训练中，四百匹马都能听音起舞了。放舒缓的音乐时，它们的舞步很轻柔；当鼓点响起来时，它们就会跳跃奔腾，音乐和舞步都非常合拍。有的马甚至能在高台上飞速旋转，转完后脚步稳稳地站住，一点都不会摇晃。当每一匹马都学会了舞蹈后，唐玄宗会派人给它们穿上高贵飘逸的锦绣衣，并在马头和鬃毛处点缀上金银珠宝，装扮得迷人又不失野趣。舞马们表演时常配的曲子是"倾杯乐"，很长，一共有好几十章，但它们能一口气跳下来，很是精彩。每年的千秋节，舞马都会在勤政楼的戏台上表演舞蹈。

但是后来，唐玄宗去了蜀地，舞马也一匹匹地分散到了各地，再也组合不起来了。

安禄山曾经看到过舞马跳舞，很是欣赏，便去买了几匹回来养在家中，有空的时候会让它们舞上一曲，放松一下心情。

这些舞马几年后被唐朝的割据军阀田承嗣要去了，他不知道这是跳舞的马，就把它们混在战马中，养在马棚里，当作战马来用。

有一天晚上，军营里举行宴会，乐手弹奏起了"倾杯乐"，这些马一听到熟悉的音乐就控制不住地跳起舞来。士卒们以为它们着了魔，便拿起棍棒拍打它们。但舞马在训练的时候也经常这样被打，以为是自己跳得不够好，于是越打越跳得起劲。士卒们也就打得更加起劲，想让它们停止舞动。其实，在士卒中，有人听说过舞马的事，也猜到了这些马有可能就是舞马，但他们害怕田承嗣的残暴和不近人情，没有胆量站出来替舞马说话。

最后，舞马们终于承受不了伤痛和疲累，倒地而死。

两马对骂

原文

汉广陵杨翁佛听鸟兽之音，乘蹇驴之野，田间有放眇马，相遇，鸣声相闻。翁佛谓其御者，彼放马目眇。其御曰："何以知之？"曰："骂此辕中马曰蹇，此马亦骂之曰眇。"其御不信，使往视之，目果眇焉。

——《论衡》

汉朝，有个叫杨翁佛的广陵人，很喜欢听山林中鸟兽的叫声，于是把家搬到了山林里。

他盖了两间茅草屋，早起闻鸟唱，晚间听兽叫。

杨翁佛日复一日、年复一年地很用心聆听大自然的声音。渐渐地，他居然能根据鸟兽叫唤的长短、高低、轻重等音，来读懂它们的语言。

有一天，一只山雀飞落在杨翁佛的草房顶上，唧唧啾啾叫个不停。

杨翁佛听着听着偷偷地笑起来。原来山雀说的是："哎呀，这家可真穷，一点吃的都没有，要是能找到一粒小豆子也好呀。"

杨翁佛便轻手轻脚地走进屋子，从一个小布袋里拿出一把豆子，撒在院子里。

小山雀看见了，欢快地飞下来啄豆，啄一粒叫一声。

那一声是表示感谢呢。

有一次，杨翁佛骑着一头小毛驴来到郊外。田野里，有匹马在吃草。没过一会儿，一辆马车从田埂西边跑过来。赶马人骂骂咧咧地说着："你这匹瘸马，吃得倒不少，却一点用处都没有，跑起来一颠一跛的，快要把我颠下车了。"

赶马人话音刚落，只听见在吃草的马"咳儿咳儿"地叫起来。它一叫，拉车的马也回应着："咳儿——咳儿——"。两匹马叫个不停，像是在吵架一样。

其实，骑在驴子上的杨翁佛早就听出来了。吃草的马在学赶马人说的话："你这头瘸马，吃得倒不少，却一点用都没有，跑起来一颠一簸的，快要把你的主人颠下车了。"

拉车的马在回应它："你这头瞎马，眼睛看不见，话也不会说吗？你看你，别把石头当草吃到肚里去。"

杨翁佛哈哈笑个不停。

赶马人问："什么事情这么好笑呀？"

杨翁佛就把两匹马互相斗嘴的话讲给赶马人听，赶马人不相信，认为是杨翁佛编出来的。

　　杨翁佛跳下驴子，对赶马人说："我们一起过去见证一下，那匹马是不是瞎了眼。"

　　于是，杨翁佛和赶马人一起走过去看吃草的马，果然发现它的左眼是瞎的。

　　赶马人这才相信了杨翁佛。

聪明犬

原文

晋太和中，广陵人杨生者畜一犬，怜惜甚至，常以自随。后生饮醉，卧于荒草之中。时方冬燎原，风势极盛。犬乃周匝嗥吠，生都不觉。犬乃就水自濡，还即卧于草上。如此数四，周旋蹂步，草皆沾湿，火至免焚。尔后生因暗行堕井，犬又嗥吠至晓。有人经过，路人怪其如是，因就视之，见生在焉。遂求出已，许以厚报，其人欲请此犬为酬。生曰："此狗曾活我于已死，即不依命，余可任君所须也。"路人迟疑未答。犬乃引领视井，生知其意，乃许焉。既而出之，系之而去。却后五日，犬夜走还。

——《记闻》

太和年间，有个广陵人叫杨生，有一次，他在野外发现了一只瘦弱的流浪小狗，便把它带回家养了起来。杨生一个人住，有了小狗的陪伴，生活好像快乐了很多。杨生照顾小狗也像对待自己的孩子一样无微不至。

有一天，杨生带着小狗去酒馆里喝酒，喝着喝着杨生就醉了。回家的时候，当他们路过草地时，杨生再也支持不住，躺下来睡着了。

半夜时分，小狗发现不远处的草丛着火了，当时风刮得很大，眼看着火就要烧过来了。小狗拼命叫着，想唤醒杨生。但无论它怎么叫，怎么扯杨生的衣服都无济于事，杨生仍如一堆烂泥一样躺着。眼看火光越来越近，小狗赶紧跑到附近的水塘里，把自己的毛弄湿，在杨生周围打起滚来。这样一共跑了无数个来回，杨生周围的草地被小狗滚得湿漉漉的，火终究没有燃起来。等杨生醒来知道了这件事后，特别感激，对小狗的感情也越来越深了。

之后又发生了一件事。杨生和小狗一起走夜路，当云层把月亮遮住的时候，地上一片漆黑，杨生不小心掉进了井里。狗不停地在井边狂叫，想让路过的人来解救。但它一直叫到天亮，也不见一个路人。小狗继续狂吠不止，终

于走来一个路人，发现了枯井里的杨生。

"好心人，请你救救我吧。"杨生仰着头对路人说，"我会酬谢你的。"

路人看了看旁边的小狗，对杨生说道："我不要其他的报酬，只要你的这只小狗。"

杨生说："除了狗，其他的报酬我都可以答应你。这只小狗和我相依为命，我把它看得比生命还重要。它也一样真诚地待我，甚至还救过我的命。"

那人犹豫了，似乎得不到小狗，就不愿意救杨生。

小狗见状，很是担忧。它趴到井栏处，俯看着杨生，好像在对他说着什么。杨生忽然就明白了小狗的用意。他便答应路人把小狗作为报酬。

路人很快找来一根绳子，把杨生从井里拉上来，然后牵着小狗走了。

五天后的一个晚上，杨生听见了一阵熟悉的抓门声。

"是我的小狗回来了呀！"杨生打开门一看，果然是他日思夜想的小狗呢。

狗变祖先

原文

司空东莱李德停丧在殡，忽然见形，坐祭床上，颜色服饰，真德也。见儿妇孙子，次戒家事，亦有条贯。鞭朴奴婢，皆得其过。饮食既饱，辞诀而去。家人大小，哀割断绝，如是四五年。其后饮酒多，醉而形露，但见老狗，便共打杀。因推问之，则里中沽酒家狗也。

——《论衡》

司空东莱人李德有一天突然离世，家人非常悲痛，但人死不能复生，也只能先节哀办丧事了。

李德下葬的那一天，天一直阴着。突然，有人听见灵堂里传来一阵呼唤，像是在叫李德儿子的名字。再仔细一听，那声音是李德的，直叫前来吊唁的亲友甚至李德的家人们都吓得起了鸡皮疙瘩。

"是我，李德，我又活过来了。"李德说着，走下祭床，出现在家人们面前。

大家都吓了一跳。

"爷爷，你又活了呀！"还是李德的小孙子打破了这个吓人的场面，欢快地叫起来。

李德点点头："爷爷命硬，没有死成。"于是，他对儿子媳妇说，"我活过来了，你们难道不高兴吗？"

李德的儿子和媳妇这才回过神来，招呼亲友们留下，说是要办个喜宴。

"快拿我的衣服来，帮我换掉这身寿衣。"李德吩咐丫鬟道。

可能丫鬟还在惊吓中没有缓过神来，她战战兢兢地给李德拿来了一身脏衣服。

李德大怒，要罚丫鬟三鞭子。

"看来真的是我家老爷呀，我们以前做错事情，他都

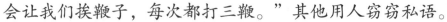

会让我们挨鞭子，每次都打三鞭。"其他用人窃窃私语。

李德复活的事就这样传开了。但令人奇怪的是，每次李德酒足饭饱后，都会离开家，也不知去哪里过夜。等第二天吃饭的时间，他又会回来。每当家人问起，李德就会生气，渐渐地，也就没人过问了。

这样过去了快五年。有一天，李德家里有贵客临门，儿子和媳妇做了非常丰盛的一桌菜。大家吃吃喝喝，说说笑笑，气氛非常好。李德也一次次地续杯，喝得烂醉如泥，躺倒在地上。

忽然，孙子叫起来："爷爷怎么变成了狗！"

果然，地上躺的是一条老狗，而李德不见了。李德儿子认出来，这条老狗是巷子里一户卖酒人家养的。

原来，这五年来家里吃吃喝喝的李德，竟然是一条老狗呀。李德的家人又气又伤心，把老狗赶了出去。

月氏羊

原文

月氏有羊大尾，稍割以供宾，亦稍自补复。有大秦国，北有羊子，生于土中。秦人候其欲萌，为垣以绕之。其脐连地，不可以刀截，击鼓惊之而绝。因跳鸣食草，以一二百口为群。

——《异物志》

相传在古时候，出现过一些奇异的羊。

比如月氏国的大尾羊。

这种羊除了尾巴巨大，和其他羊并没有什么两样。在月氏国，有些寻常人家就养着这样的大尾羊。相传有一天，一个月氏国的村民家里来了一位稀客，但当时村民家里没有好的下酒菜来招待客人，情急之中，他看见了家里的羊。村民觉得，羊的尾巴这么大，割下来一点做个下酒菜应该也没什么大问题，于是便把刀磨快，快速切下来一截羊尾巴梢。说来也奇怪，羊好像一点都觉不出痛苦，甚至伤口的血滴了几滴后便神奇地止住了。村民当时也没在意，开心地煮了一个红烧羊尾给客人当下酒菜。几天过去，村民无意间看到羊的尾巴居然恢复如初，就像没有被切割一样。他有点不相信，再次切下羊尾做了一次菜。过了几天，羊尾果然又长了出来。这可真是一个伟大的发现。渐渐地，一传十，十传百，大尾羊的尾巴割下来之后马上就会再生的消息传遍了月氏国，大家都纷纷效仿，割下羊尾做菜，滋味好着呢。

还有一种羊生活在大秦国之北。

据说这种羊不从母羊肚子里出生，而是在土壤里孕育生长的。

有个外乡人曾到过出产这种羊的地方，他当时因为赶路步履匆匆。途中，他看见不远处很突兀地出现了一面石砌的围墙，像个大仓库。围墙旁边围满了当地的村民。

他疾走几步上前问道："这围墙里围着什么吗？是猎物？还是藏着的粮食？"村民告诉他，围墙里有一群小羊要出土了。

外乡人觉得好笑，小羊应该从母羊肚子里生出来，哪有出土的小羊。

村民打量着外乡人："你是外地来的，不知道我们这里的羊是从土里萌生出来的倒也情有可原。"

听他这么一说，外乡人很是惊讶："你们这里真的有从土里生出来的羊啊？"

村民说："围墙里围的就是将要从土里生出来的羊，足足有一百只。如果不把它们围起来，它们就不会很顺利地钻出来。"

这时候，外乡人看见两个村民抬着一个大鼓放在围墙外面，随即就"咚咚咚"敲打起来。

外乡人一脸惊愕地望着和他说话的村民。

"小羊的脐带连着土壤，但是不能用剪刀把它剪下来，也不能用刀切割下来，只有鼓声能让小羊受到惊吓，它们在挣扎的时候，脐带才会自然脱落。"村民告诉外乡人。

原来是这样啊！正在这时，只见一群小羊从围墙的门洞里跳出来，跳到附近的草丛里吃起草来，足足有一百只呢！

　　这可让外乡人大开了眼界。

人变羊

原文

万寿年中，长安百姓李审言忽得病如狂，须与羊同食。家人无以止，求医不效。后忽西走，近将百里，路傍遇群羊，遽走入其内。逐之者方至，审言已作为一大羊，于众中不能辨认。及家人齐至，泣而择之。其一大羊，乃自语曰：“将我归，慎勿杀我。我为羊快乐，人何以比？”遂将归饲养，以终天年。

——《潇湘录》

万寿年间，有个叫李审言的人，和家人一起住在长安郊外的小村庄里。

李审言家养着一只羊，他有时候会去山脚下割羊草给羊吃，有时候会牵着羊到郊外的草地上放羊。日子一天天地过去，羊也一天一天养胖了。

李审言看着很喜欢，常常想着，我要是一只羊那该多好啊。

有一次，他看羊吃草，竟然看得入迷了。只见羊津津有味地吃着鲜嫩的草，发出"吧唧吧唧"的声响，真让人垂涎欲滴呀。李审言忍不住拂下身去，拔了一棵鲜嫩的草，像羊一样咀嚼起来。啊，真是美味呀。李审言觉得，他从来都没有吃到过这么鲜美的食物。于是，他吃了一棵又一棵青草，停都停不下来。

吃晚饭时，李审言对家人说："我已经吃过草了，不想吃饭了。"

一连几天都这样。家人挺担心李审言的身体，就带他去看病，大夫配了一些草药，让李审言早晚一次煎煮着吃，但李审言怎么都咽不下去。

自那以后，李审言天天都会牵着羊一块儿到郊外的草地上，和羊一起吃青草。其他村民看见了，都说李审言着了魔，变成了疯子。

有一天傍晚，李审言本来好好地待在院子里的，不知道为什么突然撒开腿向西奔跑。他的爸爸和哥哥看见了，赶紧跑去追。李审言一直朝西跑，越跑越快。跑了有百里远时，他看见前面有一群正在吃草的羊，便跑过去来到它们身边。就在刹那间，李审言突然也变成了一只羊。这时候，他爸爸和哥哥也赶到了，但李审言已经融入了羊群。家人分不出哪只羊是李审言变的，又急又难过，便伤心地哭起来。

"你们别哭，把我带回家吧。"突然，他们听见羊群中最大的那只羊说，"但你们要把我当作一只羊来养着，不许杀我。"

那只羊又说："我喜欢做一只羊，羊活得很快乐，人是无法和羊比的。"

李审言的爸爸和哥哥听了，马上把"羊"带回了家。他们像养真正的羊那样，每天牵着他去吃草，直到"羊"自然地死去。

大鼠

原文

西域有鼠大如狗，中者如兔，小者如常大鼠，头悉已白，然带以金枷。商贾有经过其国，不先祈祀者，则啮人衣裳也。得沙门咒愿，更获无他。释道安昔至西方，亲见如此。

——《异苑》

古代的西域，生活着一些奇怪的老鼠，这些老鼠大的如狗，中等大的像野兔般大小，即使最小个儿的鼠也有普通大老鼠那么大。这些老鼠身上的毛和普通老鼠般为灰黑色，但是脑袋上的毛却是雪白的，脖颈处的毛为金色，远远看去，就像带着一条金项链。

这些老鼠胆子很大，不怕人，常常在村口，路边现身。

有一天，一个商人路过西域，他正走上一条羊肠小道，突然窜出来两只大老鼠，它们跑到商人身边，不停地啃噬着他的衣裳。商人穿着一件奢华的毛皮大衣，冷不丁被老鼠咬，很是气恼，他用力地想甩开老鼠，却一点用都没有，老鼠像钉子一样钉在了他身上。商人又抬起脚踹老鼠，但也未果，而且老鼠好像一点都不怕疼，继续顽固地攀在他身上，撕咬着衣服。商人开始害怕起来，大声呼救着。这时候，赶过来一位村民，他看见老鼠，赶紧下跪叩头，很虔诚的样子。老鼠这才松开了口，跑到一边去了。

村民对商人说："你不知道，我们这儿的老鼠是神鼠，人看见它们首先得跪拜，不然的话就会像你一样，被啃噬衣服。"

商人明白了，在之后的行程中，他每遇到老鼠就跪拜，果然没有再被咬衣服。

秋天来临，西域田野中的庄稼都成熟了，村民们都会在收割前拿些供品供奉老鼠，不然它们就不会让村民顺利收割。有个村民不信这个，顾自带着农具要去收割玉米，但他刚要采摘，老鼠们就跑出来，把他团团围住，吱吱大

叫。村民无法收割，便回家了。第二天天还没亮呢，村民存着侥幸的心理，再一次来到田地里。没想到老鼠就像候在那里一样，又跑过来围着他吱吱叫。村民这次只好妥协，回家带了果品等物件，摆放在田里祈愿，老鼠们和他一样合拢两只前爪，像是在帮村民一起祈愿。事后，老鼠散去，村民也能如愿收割庄稼了。

猫

　　猫目睛，旦暮圆，及午，竖敛如线，其鼻端常冷，唯夏至一日暖。其毛不容蚤虱。黑者暗中逆循其毛，即若火星。俗言："猫洗面过耳，则客至。"楚州谢阳出猫，有褐花者。灵武有红叱拨及青骢色者。猫一名"蒙贵"，一名"乌员"。平陵城古谭国也，城中有一猫，常带金锁，有钱，飞若蛱蝶，土人往往见之。

　　　　　　　　　　　　　　　　　　——《酉阳杂俎》

　　古时候有一户人家，养着一种动物。在早晨和晚上，它的眼睛瞪得滚圆，但到了中午时分，就眯成了一条线。没错，它就是猫。猫的主人是个有趣的人，经常逗猫玩，在长年的接触中，他发觉他家的这只黑猫身上从来都没有

过跳蚤和虱子。如果在晚上倒着将猫身上的毛，像是有火星在闪烁。主人还喜欢伸手去抚触猫的圆鼻头，感觉冰冰凉凉的，但若是到了夏天，猫鼻子会暖和起来。

有一天，主人正在逗黑猫玩，本来玩得兴致很高的猫突然停下来，用爪子洗起脸来，当它把爪子举到耳朵上时，突然家里来客人了。猫主人赶紧去迎接，发现来的是稀客，且是少年时的好友，两人即刻便续起旧来。

之后又有一次，当猫洗脸，把爪子举到耳朵上时，家里居然又来了客人。猫主人很是奇怪，不知这是巧合还是猫确实有这样的预兆呢？于是，当他在逗猫之际，如若发现猫洗起脸来，爪子举过耳朵时，便会立即开门去看看，是否有客人来。神奇的是，每一次都很灵验。猫的主人觉得猫这么有灵气，就更喜爱它了。

其实，很多古人都喜欢猫。听说古时候的猫有很多雅致的别称，比如狸奴、衔蝉等。猫品种繁多，也有根据猫的颜色和形态来命名的。比如上身黑色，四脚白色的猫，人们称它为"踏雪寻梅"；除了尾巴尖是白色，其余都是黑色的猫称"墨玉垂珠"；其他如"滚地锦""狸花"等。

当时，楚州谢阳县有很多猫是褐色的，灵武有红色和青骢马一样颜色的猫，它们分别叫"蒙贵"和"乌员"。平陵城古谭国城里，人们经常会看见一只有金钱斑花纹的猫，脖子上套着一把金锁，跑起来如蝴蝶般轻巧，也经常会卧于花篱下、绣榻间，看上去富贵美丽又慵懒，不知这样的猫古人又会怎么给它起名呢？

猪怀象

原文

　　后唐长兴中，徐州军营将烹一牝豕。翌日，将宰之。是夕，豕见梦于主曰："尔勿杀我，我之胎非豕也。尔能志之，俾尔丰渥。"比明，忘而宰之，腹内果怀一小白象，裁可五寸，形质已具，双牙灿然。主方悟，无及矣，营中汹汹咸知之。闻于都校，以纸缄之，闻于节度使李敬周。时人咸不测之，亦竟无他。

——《玉堂闲话》

　　后唐长兴中期，驻扎在徐州军营中的士卒已经有好长一段时间没吃到野味了。这一天，天气晴朗，几个年轻的士卒在午后带了弓箭来到附近的山上打猎，但半天连一只野兔都不曾看到。正当他们失望而归时，半路中突然遇见一头母猪。

不用射箭，三两个士卒直接就把野猪给围堵了。只是这头母猪看上去很羸弱疲惫的样子，士卒们毫不费力地就用绳子把它捆绑起来，扛到了军营里。

天色已晚，大家都觉得第二天开荤才更有意思，就打算把母猪养上一晚，等明天一大早再杀也不迟。

母猪就养在临时搭建的一个草棚里，是士卒甲去喂的它。

当他提着饲料往槽里倒的时候，母猪突然不停地哼哼起来，士卒甲也没在意，倒完饲料就回去睡觉了。

半夜时分，他突然做起梦来，梦见的就是白天捕捉的那头母猪。

只见母猪对他说："你们明天想吃了我吧？可我还是请求你们，千万别杀我。我的肚子里怀着一个孩子，并不是一头小猪，而是一头小象，我要把它生出来。只要你不杀我，我就会让你过上富裕的生活。"

母猪说完，就离开了。士卒甲梦醒后也没在意，觉得这只是一个梦而已，世上哪有猪怀上小象的事情呢。而且

第二天早上，他早已把做梦的事忘得一干二净了。

士卒甲和其他士卒找来一把刀，在石头上磨了磨，就开始杀母猪了。当他们剖开母猪的肚子时，真的发现了一头只有五寸大的小象。小象已经成形，蜷曲在母猪肚里，露出两颗小小的尖牙。士卒甲这才记起昨晚的梦来，他望着母猪和小象，后悔不迭。

但一切都来不及了。士卒甲把梦告诉了旁边的人，很快整个营地都传开了。士卒们认为这头母猪一定不同寻常，也许是头神猪，就这样把它杀害了，或许会遭报应，所以都不敢吃猪肉。

很快半年过去了，军营里倒也太平，并没有发生什么不吉利的事情。

这头怀小象的母猪也渐渐地被大家淡忘了。

蹊鼠

北方层冰万里，厚百丈，有溪鼠在冰下土中，其形如鼠，食草木，肉重千斤，可以作脯，食之已热。其毛八尺，可以为褥，卧之却寒。其皮可以蒙鼓，声闻千里。其毛可以来鼠，此尾所在鼠聚。今江南鼠食草木为灾，此类也。

——《神异录》

冬天的北方，天气特别寒冷，随处可见厚厚的冰层。

在一个小村庄里，有位樵夫的妻子刚刚生产，产妇和小婴孩都需要解决温饱问题，但樵夫望着空空荡荡四面漏风的家，不知道该怎么办。邻人告诉他，在不远处的大河冰层下，据说生活着一种巨大的老鼠，也叫蹊鼠。蹊鼠浑身都是宝，它们的皮、毛、肉都能派上用场。如果能去捕捉一只回来，那这个冬天就能有滋有味地过了。

第二天，雪霁日出，樵夫伙同三个邻居，裹上厚厚的破皮袄，戴上旧皮帽，出发去找蹊鼠了。

他们先后凿开了好几处冰层，但都没有发现蹊鼠的痕迹。

正在沮丧时，突然，樵夫听见冰层下传来一阵"吱吱"声，大家眼前一亮，赶紧动手快速地凿起冰来。

冰窟窿越来越大，越来越深，突然，一只巨大的老鼠拖着笨重的身子钻出来。

"快点，快捉住它！"樵夫和邻人们迅猛地甩开绳子，刚好套在了正要逃走的蹊鼠头上。蹊鼠挣脱不了，樵夫和邻人敏捷地靠近蹊鼠，把它牢牢地捆绑起来，并使出浑身的劲把它拖出了冰窟窿。

"都说蹊鼠有千斤重，看来是真的呀！"一位邻居很惊讶，"我以为是别人说说而已。"

四个人再也搬不动硕鼠了，樵夫提议："我们不妨就在这里把它给解决了吧。"

于是他们取出柴刀和斧子，花了半天时间，把蹊鼠给杀了。

四个人平分了蹊鼠。

樵夫回到家，准备了一大锅蹊鼠肉给妻子补身体。剩下的肉他分了点儿给邻居老太太，还有一部分腌制成了腊肉。据说蹊鼠肉不用烧制，入口就已是热的了，味道鲜美，很是可口。

蹊鼠的毛细腻柔软，而且厚实，摸上去非常暖和。但樵夫的妻子用蹊鼠毛做了一床小花被盖在孩子身上时，孩子竟然哇哇大哭起来。原来用蹊鼠毛制成的被褥，会越盖越冷。樵夫把所有的毛都扔到了旷野里，转瞬之间，跑来一大群黑乎乎的老鼠。原来，附近的老鼠闻到蹊鼠毛的味道，会跑出来聚集在那儿。

樵夫回到家，用蹊鼠皮给孩子做了一个拨浪鼓。拨浪鼓敲起来的声音特别清脆、好听，哇哇大哭的孩子只要听到鼓声，就会变得很安静。

蹊鼠确实浑身都是宝，但之后，当樵夫和邻居们再次去老地方捕捉蹊鼠时，发现冰层下已经空空的，蹊鼠们不知搬到哪里去了。

唐鼠

原文

唐鼠形如鼠,稍长,青黑色,腹边有余物如肠,时亦脱落。亦名"易肠鼠"。昔仙人唐昉拔宅升天,鸡犬皆去,唯鼠坠下,不死而肠出数寸。三年易之,俗呼为唐鼠。城固川中有之。

——《异苑》

西汉时期,郡吏唐公昉负责管理官轿、马车等车辆。这个官职虽然看似清闲,但因当时老鼠为患,常常咬坏车内的坐具、布帘等物件,让唐公昉很是头疼,恨不得把满城的老鼠都赶尽杀绝。

后来，唐公昉因德才兼备，为乡村们做了许多有利的事，如修建唐公渠等，让蜀地的神仙李八百很是钦佩，便收了唐公昉为徒弟，授予他一些通鸟语、意移物的神功。西汉末年的一天早上，唐公昉一家正在屋子里用膳，突然刮来一阵巨大的旋风，风卷起唐家的屋子和屋子里的主人、妻女、仆人和鸡鸭猫狗，升仙而去。半空中，唐公昉突然看见令人生厌的家鼠也在，很是排斥，便挥了挥衣袖，把老鼠给拂下了云层。

这只老鼠在半空中一直往下坠，坠落到地面上时，虽然保住了性命，但有一截肠子流了出来，怎么都塞不回去。

不能跟主人一起升天成仙，老鼠孤单地留在人间。它想，一定是因为自己常常用牙齿咬坏主人家的床单、鞋履、布帛，才让主人这么痛恨自己。

想着想着，老鼠就很后悔，把肠子都悔青了。同时，它也很想悔过自新，做一只正直的老鼠。于是，每隔三个月，老鼠就会换一次肠子，当作重生的自己。但每一次，它都改变不了自己作为一只老鼠到处咬东西的坏毛病。

据说在城固县北，湑水河边，至今还生活着一种像家鼠一样皮毛青黑，但肚子上露着一截肠子的老鼠，当地的人们叫它"唐鼠"或"拖肠鼠"。

在民间，人们也往往用"唐鼠易肠"的典故来讽刺那些想要改过，但仍然一成不变的口是心非的人。

不死鸟和鼠小人

原文

　　李测开元中为某县令，在厅事，有鸟高三尺，无毛羽，肉色通赤，来入其宅。测以为不祥，命卒击之。卒以柴斧砍鸟，刀入木而鸟不伤，测甚恶之。又于油镬煎之，以物覆上，数日开视，鸟随油气飞去。其后又来，测命以绳缚之，系于巨石，沉之于河。月余复至，断绳犹在颈上。测取大木，凿空其中，实鸟于内，铁冒两头，又沉诸河，自尔不至。天宝中，测移官，其宅亦凶。莅事数日，宅中有小人长数寸，四五百头，满测官舍。测以物击中一头，仆然而殪，视之悉人也。后夕，小人等群聚哭泣，有车载棺，成服祭吊，有行葬于西阶之下，及明才发。测便掘葬处，得一鼠，通赤无毛。于是乃命人力，寻孔发掘，得鼠数百，其怪遂绝，测家亦甚无恙。

——《广异记》

唐朝开元年间，有个县令叫李测。有一天傍晚，他的府上突然飞来一只大鸟。

这只鸟降落在院子最高的那棵树上，停留了一会儿后，鸟又飞进李测家的厅堂里，把李测吓了一大跳。

只见这只鸟有三尺高，浑身没有羽毛，露着恐怖的肉红色皮肤，看上去狰狞又可怕。李测觉得不吉祥，赶紧吩咐手下的人驱赶它，但是怎么都赶不走。

李测便让人拿来棍棒和斧头扑打，但根本就伤不到它。

"来人哪，快把这只鸟捉来放进油锅里煎！"李测气急败坏地嚷嚷道。

厨房里的用人们有的来捉鸟，有的起了油锅。他们把鸟捉住后，放进油锅里炸，一连炸了几天。当李测吩咐用人打开锅盖时，不料鸟根本就没有死，它很精神地扑着翅膀飞了起来，飞到屋外，向空中飞去。

李测终于松了一口气，以为鸟就此远走高飞，不会再来了。

但没过几天，李测又在厅堂里发现了这只鸟。

"来人哪，快把鸟捉住，用石头绑着沉到河底去。"李测大叫。

士卒们赶来，用结实的绳子把鸟捆绑住后，丢到离李府百里远的大河中。

李测终于过上了没有鸟儿来骚扰的安稳日子。

但没想到一个月后，这只鸟还是飞回来了，它的脖子上甚至还留着一截绑它的麻绳。

到底该拿它怎么办呢？李测冥思苦想了一个时辰后，吩咐手下取来一根粗壮的木头，并把它凿空，把鸟塞进去，然后在木头的两边用铁丝牢牢地箍紧，不留一点缝隙。鸟儿起先还扑腾着，渐渐地就没有了声息。李测便让人再次把它沉到河底。

终于，鸟没有再来过。

不久之后，李测的官职发生了变动，不再任县令。

新官上任没几天，李测家中不断有祸事发生。有一天晚上，他竟然发现屋子里涌进来四五百个寸把高的小人，他们布满了李测家的桌子、灶台、地面……几乎让家人们无法落脚。李测赶紧举起一根棍子，敲打他们，其中有一个倒地死了，其他小人慌忙逃窜。

第二天晚上，小人们又来了。不同的是，这次他们穿着不一样的丧服（像是人间办丧事时按不同辈分着装），聚在一口棺材前悲伤地哭泣。棺材由一辆车拉着，缓缓向西边走去，小人们也跟着一边哭一边走，直到天亮，棺材被埋葬在李府西面的台阶边，小人们才散去了。

李测吩咐人去挖棺材，没多久，挖出来一只死老鼠，就像之前的那只鸟一样，这只老鼠没有毛，浑身露着肉红色的皮肤。紧接着，他们又挖出来四五百只小老鼠。李测让人把这些老鼠统统都扔到了郊外。从此之后，李家终于太平了，再也没有发生过不祥之事。

鼠骑士

原 文

建康人方食鱼，弃鱼头于地，俄而壁下穴中，有人乘马，铠甲分明，大不盈尺，手执长槊，径刺鱼头，驰入穴去，如是数四。即掘地求之，见数大鼠，鱼头在旁，唯有箸一只，了不见甲马之状。无何，其人卒。

——《稽神录》

魏晋南北朝时期，南京建康县有个渔民，顿顿都有鱼吃。

每次，渔夫吃完鱼后，会把鱼头、鱼刺扔在地上，没过多久，地上的鱼头和鱼刺就会消失不见。

渔夫一点都不觉得奇怪，他总是认为这些鱼头和鱼刺被附近的野猫叼走了。

这样也好啊，省得屋子里老鼠为患。渔夫就仍然天天吃鱼，天天把鱼头扔到地上。

有一天中午，渔夫用四条新鲜的小鲫鱼给自己煮了一碗鲜鱼汤，像往常一样，他把吃剩的鱼头随手扔到地上。

刚要起身时，渔夫忽然发现墙洞中跑出来一个身影，定睛一看，原来是一个全身披着金黄铠甲的小小人，高不

过一尺，手中紧握着一杆长矛，正骑在一匹小小的马上。渔夫惊讶地望着他，只见小小人用长矛刺中鱼头，一挑起来就马上返回了墙洞里。

渔夫蹲下身往墙洞里张望，但里面漆黑一片，什么都看不见。

"可能是我眼睛花了呢。"渔夫使劲揉了揉眼睛，又看了看地上。但分明，四个鱼头只剩下了三个。

渔夫正要收拾碗筷时，墙洞中的小小人又骑马出来了，像刚才一样，他熟练地用长矛刺中鱼头，使劲一挑，就把鱼头挑上了马背，迅疾地跑进墙洞中。

渔夫索性就站在那里，想看看那小人还是否出来。

结果，没多久，小小人又骑马出来，挑起第三个鱼头。

直至把四个鱼头全都拿回洞里，小小人才没有再一次出来。

渔夫却来了兴致，他蹲下来，向墙洞里不停地张望，虽然里面漆黑一片，但是有欢快的笑声传出来。

"我倒要看看，墙洞里是不是住着传说中的小人国。"渔夫并不害怕，他找来一把铁锹，挖起墙洞来。洞越挖越深，越挖越大，终于，渔夫看见了一堆大老鼠，老鼠的旁边放着鱼头还有一根筷子，但分明就没有铠甲、马匹和小小人。渔夫又不停地挖呀挖，直到天黑了才作罢。

过了几天，渔夫突然不明不白地死去，不知是否和这些老鼠、鱼头、小小人有关？

伏狮

原文

魏武帝伐冒顿，经白狼山，逢狮子，使人格之，杀伤甚众。王乃自率常从健儿数百人击之。狮子哮吼奋迅，左右咸惊汗。忽见一物从林中出，如狸，超上王车轭上。狮子将至，此兽便跳于狮子头上，狮子即伏不敢起。于是遂杀之，得狮子一子。此兽还，未至洛阳三十里，路中鸡狗皆伏，无鸣吠者。

——《博物志》

东汉时期，曹操带兵征伐匈奴，路过一座白狼山。

白狼山中林木森森，常有凶猛的野兽出没。

一天中午时分，他们刚吃完午饭，忽听得一声吼叫，震得山林都为之一颤。

远远地，他们看见一头饥饿的狮子站在山崖上，看见人群，便迅疾地俯冲下来，吓得士兵们四散逃窜。

没多久，就有一批士兵被狮子咬伤咬死，损失惨重。

曹操很是痛惜，亲自率领余下的士兵去攻打狮子。但望着突奔而来的人群，狮子一点都不惧怕，反倒是士兵们被它震天的咆哮声和凶残的撕咬状吓得半死，冲到半路后又都返回，再也没有胆量靠近。

这可如何是好？曹操正愁眉不展时，突然看见矮树丛中跳出来一只奇异的长得像狐狸像狗又像兔子的野兽，虽然身子矮小，但身手敏捷。只见它径直向曹操的马车跑去，然后爬上车。此刻，狮子正在向曹操奔过来，眼看着就要袭击到他。那只小兽突然一蹿，蹿到了狮子的头顶上。

原本勇猛凶残的狮子，竟然吓得颤抖起来，脚步都站不稳了。只听"咚"的一声，它最后趴在了地上，一动也不动。曹操命令士兵们赶紧把狮子拿下，并杀死了它。

再看那只如狐狸一样的小兽，又坐回了曹操的车上，不慌张也不嚣张，就那样安静地坐着，无视身边那么多人。

曹操觉得它像是自己的救星和福星，便把它供养起来。战争结束后，小兽也被曹操带回了洛阳。

奇怪的是，一路上无论是鸡还是狗，看见小兽，都会惊恐地伏倒在地上，不敢动，也不敢鸣叫，就和之前那只狮子一样。

古书上有记载，说这种像狐狸像狗又像兔的动物称"犰"。犰在传说中有两种说法：一种认为它是出没于北方的野兽，要吃人；另一种说法是，犰为神兽，也是龙的儿子，喜欢守望，喜欢视察皇帝的生活。据说天安门城楼前和城楼后的华表上分别有两只石犰，城楼前的石犰叫"望帝归"，城楼后的石犰叫"望帝出"。同样都是监视皇帝的行动，但它们的分工截然不同，城楼前的犰的工作是催出门在外的皇帝赶紧回宫料理政事，城楼后的犰则是催久居宫中的皇帝出宫视察民情，真有意思！

通天犀

原文

　　通天犀角，有一白理如线者。以盛米，置群鸡中。鸡欲往啄米，至辄惊却，故南人名为骇鸡也。得真角一尺，刻以为鱼，而衔以入水，水常为开。方三尺，可得息气水中。以其角为叉导者，将煮毒药为汤，以此叉导搅之，皆生白末，无复毒矣。

——《抱朴子》

　　相传古时候，有一户农夫住在山脚下，他们的屋子旁边有条大河，河岸上鲜草肥美，但也有丛生的荆棘和荒草。

有一天，他看见一只浑身黑色，壮得像猪，腿却如象般粗的野兽，正在荆棘丛中咀嚼着什么。再看，发现它的嘴边都是被荆棘划破的伤痕，有血丝正在渗出来，但它并不觉得痛苦，又张开大嘴咬了一口浑身长满刺的植物，津津有味地吃起来。农夫觉得很奇怪，明明旁边就有鲜嫩的草，为什么它偏要去吃不能入口的荆棘呢。

这时候，来了一位老者，他对农夫说："这是犀牛，但又不是普通的犀牛，它叫通天犀，你看它的角——"

农夫这才看清楚通天犀的三只角，分别长在头顶、额角和鼻子上。

"这是您养的犀牛吗？为什么不阻止它吃荆棘？"农夫问。

"我可没有能力去驾驭一只灵兽，只是我听老一辈的人说起过通天犀，它们只吃毒草和有刺的植物，以自己的身体来试毒。它们所摄入的食物会贯通到它们的角上，聚成一种能通灵的气脉，有解毒的功效，能为人治病。老一辈的人说，通天犀，有着难能可贵的牺牲精神呢。"老者说，"我也是今天第一次看到这种犀牛，见它专吃荆棘，不吃鲜嫩的青草，便断定它就是通天犀了。"

"那今天可真幸运。"农夫说道。

老翁点了点头，继续向农夫说道："关于它的犀牛角，还有更为神奇的地方。你看到它角上的那条白色花纹了吗？据说这条居于犀牛角中间的白线，能让水分开，也会令鸡看见后吓得不敢进食。"

正在这时候，农夫和老翁发现通天犀突然之间没了身影，也不知去了哪里。

但是荆棘丛中，有一只犀牛角。

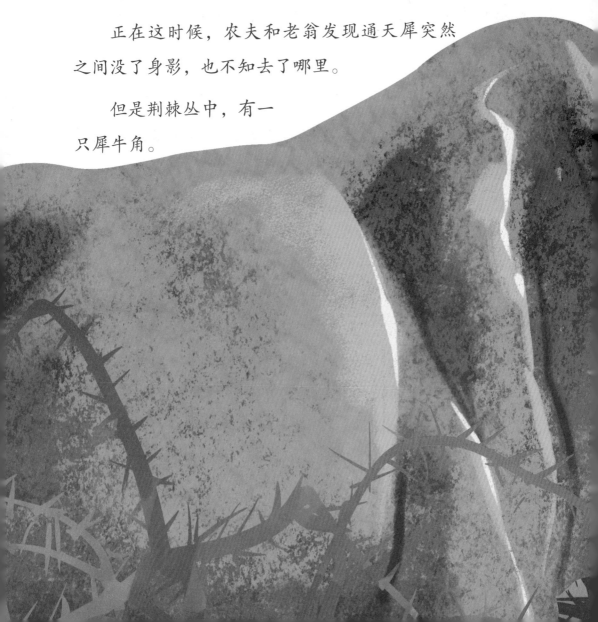

"你说今天幸运，可真没错呀。"老翁示意农夫去把犀牛角捡起来，"一定是那通天犀留给你的礼物。"

农夫问："难道您不要？"

老翁说："我已是快入土的人了，而且孤家寡人一个，要它做什么？"

农夫把犀牛角捡起来，和老翁两个人一起试着劈水、吓鸡、化毒，还真灵验呢。

从那以后，老翁和农夫也成了忘年交。

象牙

　　阆州莫徭以樵采为事，常于江边刈芦，有大象奄至，卷之上背，行百余里，深入泽中，泽中有老象，卧而喘息，痛声甚苦。至其所，下于地，老象举足，足中有竹丁。莫徭晓其意，以腰绳系竹丁，为拔出，脓血五六升许。小象复鼻卷青艾，欲令塞疮。莫徭摘艾熟捼，以次塞之，尽艾方满。久之，病象能起，东西行立。已而复卧，回顾小象，以鼻指山，呦呦有声，小象乃去。须臾，得一牙至，病象见牙大吼，意若嫌之，小象持牙去。顷之，又将大牙。

——《广异记》

阆州有个樵夫叫莫徭，常年在江边山间以砍柴割芦草为生。有一天，他正要上山砍柴，突然被一只疾奔而来的小象卷上了象背。小象驮着莫徭向前飞奔，莫徭在象背上颠簸不止，却吓得发不出声音来呼救。这样行了有百里多路，莫徭感觉小象的速度渐渐地慢下来，然后停在一个大水塘边。

莫徭这才发现水塘的浅滩处，躺着一头年老的象，它好像得了什么重病似的，不停地呻吟着，看上去非常痛苦。

小象示意莫徭走进水塘。这时候，老象举起了左足伸过去。莫徭看见它的足底下扎着一根小竹子，扎得很深。

"看来小象背我来此，是让我来给老象拔竹的呀。"莫徭不再害怕和紧张了，他慢慢靠近老象，取下腰中缠着的绳子，绑在竹子上，然后牢着绳子用力一拔，竹子便拔了出来，伤口处流下了许多脓血。小象用鼻子去卷附近的艾草，想敷在老象的伤口上，但因为鼻子不灵活，总是采得很少。莫徭见状，帮忙去采艾草敷于老象伤口处。过了一会儿，老象能慢慢地侧过身来。它望着小象，用鼻子指了指山，并发出一声长啸。小象似乎明白了老象的用意，向山林中跑去。不一会儿，它卷了一个象牙回来。但老象见了，似乎不满意，大吼了一声。小象又飞奔回了山中，顷刻，又带回来一个大象牙，送给莫徭。它还给莫徭采来一些果子充饥，等莫徭吃饱后，驮着他回家了。但是到了半路上，小象突然又往回跑。莫徭有点纳闷，等回到大水塘，他才明白了小象是回来拿他遗落的柴刀的。这让莫徭很是感动。小象把莫徭送回后，用脑袋蹭了蹭他的身子，很是不舍的样子。过了好久它才低低地发出一声吼叫，转身回去了。莫徭一直望着它远去的背影，直到它消失在拐角处。

莫徭带着大象牙来到洪州，卖给了一个胡人。后来象牙七转八转地来到了官府里，府君要把象牙献给皇上。胡人说，这象牙中藏着两条龙，很是珍贵。象牙被带到皇宫后，天后叫人剖开象牙，果然见到两条龙。她问询了象牙的来历，知道这是樵夫莫徭的，就把他叫进宫来，对他说："你本是贫贱之人，不便随身带有钱财。"遂命令大臣每年给莫徭五千银两，直至他老去。

蛟

原文

　　《月令》："季秋伐蛟取鼍，以明蛟可伐而龙不可触也。"蛟之为物，不识其形状。非有鳞鬣四足乎？或曰，虬蜧蛟蝹，状如蛇也。南僧说蛟之形，如马蟥，即水蛭也，涎沫腥粘，掉尾缠人，而噬其血。蜀人号为"马绊蛇"。头如猫鼠，有一点白，汉州古城潭内马绊蛇，往往害人。乡里募勇者伐之，身涂药，游泳于潭底，蛟乃跃于沙汭，蟠蜿力困，里灌噪以助，竟毙之。

——《北梦琐言》

　　古代天文法《月令》中有记载："季秋伐蛟取鼍，以明蛟可伐而龙不可触也。"说的是九月，正值秋季，有人会在江中捕杀鳄鱼和蛟，但是捕龙的传说和故事却从来都没有在哪里记载过。这就说明蛟是可以捕杀的，但龙却不能随便捕捉。

但蛟是什么？却没有人看见过，不知道它到底长得什么样。因此，蛟的形态都是老百姓想象出来的，每个地方都有对蛟的不同说法。

有的人认为蛟生活在江河中，但是它不像鱼，没有鱼鳞，也没有鱼鳍，当然更没有鬃毛和胡须了。至于它有没有尾巴，有没有四条腿，也不确定。

有的人认为，蛟长得像虬龙，雄的有龙角，雌的没有角。也有的说，蛟和龙的区别在于，蛟有龙鳞，看上去就像密密麻麻的珍珠，它的身子长得像鱼，尾巴却像蛇一样蜿蜒盘曲，如同蛟（是古代传说中的一种黑色神蛇），能呼风唤雨。

但在南方，对蛟又是另一种说法。曾经有个和尚说，蛟并不像龙和蛇长得那么大，那么长，它只如水蛭般大小，全身有黏质的滑腻腻的涎沫，散发出难闻的腥味。蛟一旦叮上人的皮肤，就会像水蛭一样吸食人的血液。

而有蜀人说蛟其实就是"马绊蛇"，常常出没于四川、云南一带。马绊蛇看上去长得像条蛇，如龙般巨大，有一个似鼠非鼠、似猫非猫的脑袋，头顶布满了星星点点的微小斑纹。当它游动时，就仿佛屋子被搬离了一样，沉重而缓慢。马绊蛇在水里游过时，水中会出现肮脏的黏液，这种黏液也会散发出难闻的腥味，使人不敢靠近。

传说汉州的一个古城中，有个很深的水潭，水潭里就生活着这样一条马绊蛇，人们都非常害怕它。村庄里的族长便招募胆量和力气都超大的男子去杀死它。有个壮小伙接下了这个任务，他浑身上下涂满了药水，跳入潭底驱赶蛟，蛟

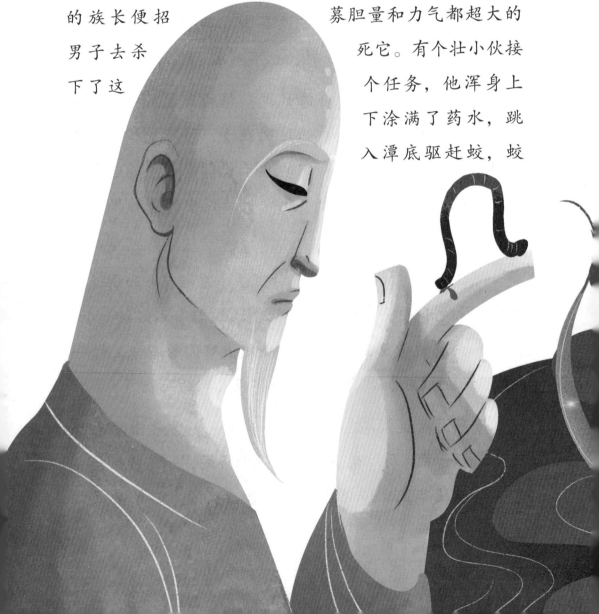

闻到药味，就已经晕头转向了，没过多久，便被壮小伙逼到了岸上。其他村民都跑来助力，拼命地用棍棒击打蛟，终于过了一个时辰后，蛟被杀死了。

但到底蛟长得什么样，各个地方的说法仍然不一致。说到底，蛟也只是一个传说吧。

白猿

原文

　　越王问范蠡手战之术。范蠡答曰："臣闻越有处女，国人称之。愿王请问手战之道也。"于是王乃请女。女将北见王，道逢老人，自称袁公，问女曰："闻子善为剑，得一观之乎？"处女曰："妾不敢有所隐也，唯公所试。"公即挽林杪之竹，似桔槔，末折堕地。女接取其末。袁公操其本而刺处女，处女应节入之三。女因举杖击之。袁公飞上树，化为白猿。

——《吴越春秋》

　　有一次，越王向范蠡讨教剑术，范蠡说："听闻越国有一个少女，精通剑术，我可以把她请来，让越王领略一下她的身手。"越王很感兴趣，便派人去山林中请姑娘出山。

姑娘接到旨令后，就上路了。林间只闻欢快的鸟叫声和呼呼的风声，没有一个人影。姑娘在行至一个竹林间时，突然听见头顶有沙沙声，抬头一看，只见一位老翁正俯瞰着朝她笑。

姑娘正在疑惑时，老翁纵身从竹叶间跳下来，身手之轻盈，堪比壮小伙。

"我是袁公，就住在这附近，老早就听说姑娘的剑术高超，今日便想领教一番。"袁公躬身向姑娘行了礼。

姑娘连忙还礼，说道："小女并没有袁公说得那样玄乎，但看您老倒是身手不凡，一定有更高超的技艺，不妨让小女见识一下。"

袁公听姑娘这么一说，迅疾攀上了一根竹子，然后双脚一蹬竹竿，便把竹子挽了下来。袁公掰去竹子末梢，丢在地上，手中只留竹子中段。只见他伸出竹节向姑娘刺去。好在姑娘早有防备，躬身捡起地上的竹子末梢，躲过这一刺。袁公紧接着又挥起竹节朝姑娘刺过来，姑娘哪是好惹的，她一躲一闪，却冷不丁地又一击，刺向袁公。眼看着竹子末梢就要碰到袁公的前胸了，姑娘又赶紧收了回来。

　　"姑娘不愧有人们口口相传的好身手，老翁这厢见识了。"袁公刚客气地施完礼，突然又把竹子刺向了姑娘。这下姑娘也不客气了，只把袁公逼得步步后退，直到没有了退路。

忽然，袁公向上飞起来，停落在一棵大树上。

姑娘抬头一看，已不见袁公，只见一只浑身雪白的猿猴，龇着牙朝她笑。

原来，袁公是一只白猿呀。

姑娘怕耽误时辰，并不久留，去山下拜见越王了。

紫狐

原文

　　旧说，野狐名紫狐，夜击尾火出，将为怪，必戴髑髅拜北斗，髑髅不坠，则化为人矣。刘元鼎为蔡州，蔡州新破，食场狐暴。刘遣吏主捕，日于球场纵犬，逐之为乐。经年所杀百数。后获一疥狐。纵五六犬，皆不敢逐，狐亦不走。刘大异之，令访大将家猎狗及监军亦自夸巨犬至，皆弭环守之。狐良久缓迹，直上设厅，穿台盘，出厅后，及城墙，俄失所在。刘自是不复命捕。道术中有天狐别行法，言天狐九尾，金色，役于日月宫，有符有醮日，可以洞达阴阳。

　　　　　　　　　　　　　　　　　　——《酉阳杂俎》

相传唐朝时期，蔡州刚刚被攻占下来，刘元鼎就上任去当刺史。由于之前经常发生战乱，导致蔡州郊外的村民纷纷搬家，呈现出一片荒凉景象，这也导致了荒草丛里狐狸扎堆，曾一度出现了狐患。刺史刘元鼎便放出所有的猎犬，率领官吏们去捕捉狐狸。猎犬在野地里撒腿狂奔，以追捕狐狸为乐。这一年，刘元鼎和他的手下一共追杀了一百多只狐狸。

有一天，荒草丛里突然出现了一只浑身长满疙瘩的狐狸。刘元鼎放出六只凶猛的猎犬去追捕。但奇怪的是，所有的狗都在原地纹丝不动，狐狸也不跑不躲，就那样静静地看着人群，看着猎狗。刘元鼎想，也许是这些猎犬看见狐狸的疙瘩有点害怕，不敢上前追捕，就吩咐大将军把他的大猎犬放出来。可是，大将军的猎犬也和其他的狗一样，站在原地望着狐狸，怎么都不敢靠近。而那只狐狸，却在众目睽睽之下，穿过废墟和草丛，来到城墙下，突然消失不见了。

刘元鼎这才意识到，他们遇见的是一只狐妖。

相传，有种狐妖也叫紫狐，在漆黑的夜里甩尾巴，尾部会像放烟花一样冒出美丽的火光来，人们认为它们已经是成妖的狐狸。有时候，紫狐会在夜晚找来人的尸骨戴在头上，然后朝着北斗七星的方向不停地叩头。如果它们在叩头的时候，人骨没有掉下来，即会变成人的模样，混到人群中来。

紫狐的传说在坊间有很多，有的说它们幻化成人后，会在夜晚直接穿墙进入民房，有时候拿点喜爱的东西，有时候让人受点小惊吓，也有变成女子的狐狸，喜欢上人间男子的传说。

还有一种狐妖是金色的，有九条尾巴，也叫九尾狐，相传在日月宫中当侍从，能通天达地，具有幻术。

自从刘元鼎认为自己碰到了狐妖后，再也没有带着官吏去荒野捕捉过狐狸。

兔骨

原文

司农卿杨迈少好畋猎，自云："在长安时，放鹰于野，遥见草中一兔跳跃，鹰亦自见，即奋往搏之。既至无有，收鹰上鞲。行数十步，回顾其处，复见兔走。又搏之，亦不获。如是者三，即命芟草以求之，得兔骨一具，盖兔之鬼也。"

——《稽神录》

古时候，司农少卿杨迈小时候生活在乡间，他非常喜欢在田间地头抓捕小兽。杨迈养着一只目光敏锐，爪子锋利的老鹰，每次出去打猎，他都会带着老鹰。

杨迈曾对友人说起过这么一件事：有一年夏天，旷野里杂草疯长，时不时会有狐狸、野兔等小兽出没，他便三天两头带着心爱的老鹰去打猎。

一天早晨，天刚蒙蒙亮，他和老鹰就出发去旷野了。晨风的吹拂下，长至膝盖的荒草像一片海，泛着一层层的"绿浪"。忽然，远处有只兔子向东跳跃而去，杨迈正要招呼老鹰追逐，没想到老鹰也看见了兔子，没等杨迈放飞，它便自行展翅飞起来，追赶兔子。但是它刚飞到兔子的近旁扑过去时，却发现兔子忽然没了踪影。老鹰在空中忽高忽低地盘旋了几圈后，也没找到兔子。

杨迈也觉得很奇怪，这兔子究竟去哪儿了呢？他唤回老鹰，继续向兔子逃跑的方向走去。

"瞧，兔子，它在那里！"杨迈指着不远处的草丛。老鹰又猛然地飞起来，向兔子追去。可是，和刚才一样，眼看着就要被老鹰扑到时，兔子又不知逃到哪里去了。杨迈和老鹰向四周张望，只看见风儿吹拂下的荒草，在晨曦

中轻轻
晃动，哪有
兔子的痕迹呀。

再找找看吧。他们继
续向东行走，走了有十米左右
的路程时，兔子又出现在他们眼前。
老鹰更加迅速地追过去，可是它再一次扑
空了，兔子遁入草丛，又不见了。

老鹰以前捕捉兔子，都是第一次就成功的，像今天
这样三番五次地失败，可是从来都没有过呀。杨迈觉得奇
怪，便叫来几个小伙伴一起割草。

"快看，这里有一堆骨头。"其中一个小伙伴叫起来。

大家都围拢去看，果然发现一堆白色的骨头。看得出
来，这是一堆兔子的尸骨。

为什么兔子转瞬就不见了，为什么老鹰一次又一次地追捕都会扑空，原来这兔子，分明就是一只兔子鬼呀。杨迈这才恍然大悟。

鹿拜师

原文

　　嵩山内有一老僧，结茅居薜萝间，修持不出。忽见一小儿独参礼，恳求为弟子，僧但诵经不顾。其小儿自旦至暮不退，僧乃问之曰："此深山内，人迹甚稀，小儿因何至？又因何求为弟子？"小儿曰："本居山前，父母皆丧，幼失所依，必是前生不修善果所致。今是以发愿，舍离尘俗，来求我师。实欲修来世福业也。"僧曰："能如是耶？其奈僧家寂寞，不同于俗人。志愿虽嘉，能从道，心惟一乎？"小儿曰："若心与言违，皇天后土，自不容耳，不惟我师不容也。"僧察其敏悟，知有善缘，遂与落发。

——《潇湘录》

在嵩山，隐居着一位老和尚，他常年在草房子里修道，很少出门去。

有一天清晨，他听到一阵敲击门扉的声音，很轻，但很有节律："咚，咚咚；咚，咚咚。"

老和尚打开门，发现一个小童站在那里。

"您好师父，我是来向您拜师的。"小童尊敬地朝老和尚一拜。

但老和尚什么都不说，摇摇头关上门又顾自去念经了。

黄昏时分，老和尚打开门想去摘些野菜做一顿晚饭，却看见小童仍然站在门外。

看见老和尚，小童再次跪拜道："师父，您就收下我吧。"

"这儿山高水远，人烟稀少，方圆百里都没有人家，你是怎么找到这里的？"老和尚终于开口问道，"又为什么想着要拜我为师？"

小童说："家父和家母都不在人世了，我一个人住在这座大山前面的村庄里。这几天我总是在想，一定是我前世做了什么错事，才会导致今生无依无靠。找您拜师修道，是想现在修道积德，好让来世有福报。"

老和尚说："修行不是容易的事，你要耐得住寂寞，更不能因苦累半途而废。"

小童坚定地说："我会说到做到，如果分了心，不光神明不乐意，师父您也一样可以惩罚我。"

老和尚觉得小童求道心切，而且态度诚恳，便答应了收他做徒弟，并当即就给他剃了发。

小童自从做了老和尚的徒弟，每天都很勤奋，学得也认真，一有不懂之处，便会问老和尚，甚至有的时候，小童分析问题的思路比老和尚都要清晰。这令老和尚非常赞赏，觉得自己没有看错人。

就这样，一晃过了好几年。有一年秋天，山风呼呼地吹着，草木凋零，山林中已是萧索一片。老和尚忽听小童在山顶吟诗："我本长生深山内，更何入他不二门。争如访取旧时伴，休更朝夕劳神魂。"吟诵完毕，又对着天空长啸一声。过了一会儿，不知从哪里跑出来一群欢快的小鹿，他们围着小童奔跑了一圈。小童的眼睛里有泪花，但更多的是欢乐。只见他脱下僧袍，就地变成了一只鹿，跑进鹿群中，飞快地跑远了。

老和尚揉揉眼睛，叹了口长气："唉，原来是只鹿呀！"不过，他并没有觉得遗憾。这头小鹿一直以人类小童的模样，印刻在老和尚心中。

鹿马

洮阳县东有华山，去县九十里，回跨峙堞，峰岭参差。昔有人因猎，见二鹿，其一者霜毛纯素，照耀山谷；一者五彩成文，焕烂曜日。猎人惊其奇异而不射。前行数里，见二人诃责云："使君何来，不见二马耶？"答云："唯见双鹿。"曰："吾为虞帝所使，至衡山，与安丘道士相闻。君所见鹿，是吾马也。"

——《录异记》

洮阳县的东部有一座华山，离县城约九十里远。这座山的山峰参差不齐，远看就像城墙上部的矮墙，凹凹凸凸的。听说这座山上有很多肥美的小兽，深得猎人们的欢心，每一次，他们都会有很大的收获。

一天，一个经验丰富的猎人来到华山上打猎。他敏锐的眼眸扫过树丛灌木，隐约觉得附近有什么在眼前一晃而过。

但仔细看，却又不见踪迹。

"真是狡猾呀，也许是只狐狸吧。"猎人收回弓箭，准备换一处地方。

但就在这时，他发现了一只奇怪的鹿出现在不远处的一个橡树林里。只见它浑身雪白，除了眼睛黑白分明，其他地方几乎看不到杂色。在这白鹿的映衬下，周围的树丛、灌木、荒草都像是披上了一层皎洁的月光，闪闪发亮。

猎人缓缓地举起弓箭，对准白鹿的胸膛想要射击。但忽然，他感觉白鹿散发出的光芒刺痛了眼睛，心突地咚咚跳起来。这可是在以前从来都没有过的呀，这也许是头神鹿呢。猎人想到这里，就放下了弓箭，决定不再射杀。白鹿望了他一眼，转身离去了。它离开的背影像束闪电，白得耀眼。

猎人还没缓过劲来呢，突然眼前又出现了一头鹿。但这头鹿和刚才那头白鹿截然不同，它全身是彩色的，如太阳散射出的七色光，璀璨夺目。猎人非常吃惊，他甚至觉得自己像是在梦中，或是闯入了神秘的仙境般不可思议。彩色的鹿和猎人对视了三秒钟的光景后，也如白鹿一样转身遁入了树丛中。

猎人遇见神鹿，再也无心打猎，他茫然地向前走去。

当他来到一处高岗时，发现两位道士在聊天。

其中一位看见猎人，问道："你从哪里来，看到我的马了吗？"

猎人说："没看见马，倒是看到一头白鹿和一头七彩的鹿。"

道士说："那可不就是我的两匹马吗？虞帝派我来这儿和安丘道士见面，就是我的两匹马驮着我来的。"

猎人这才记起来，他看见的"两头鹿"，分明就没有长"鹿角"呀。

他很惭愧，当了这么多年的猎手，连"马""鹿"都认不清。

狸尾

原文

　　句容县麋村民黄审，于田中耕，有一妇人过其田，自畦上度，从东适下而复还。审初谓是人，日日如此，意甚怪之。审因问曰："妇数从何来也？"妇人少住，但笑不言，便去。审愈疑之，预以长镰伺其还，未敢斫妇，但斫所随婢，妇化为狸走去，视婢，但狸尾耳。审追之不及。后人有见此狸出坑头，掘之，无复尾焉。

——《搜神记》

　　句容县麋村，有一大片田地，村民黄审每天清晨都会去地里劳作。

　　一天清晨，黄审像往常一样来到田间，忽然看见两个陌生的女子远远地走来。走在前面的女子穿着一身黄色的衣裙，紧随其后的女子也穿着一身黄色的衣裙，但颜色比前面的那个女子的要深。看得出来，前面的女子应该是主人，后面跟随着的是个丫鬟。

两个女子从黄审身边经过，也不打招呼，顾自向东边走去。黄审起先也没在意，只认为她们也许是过路人。

中午时分，两个女子忽然又从东边走了回来，仍然一声不响，仍然慢吞吞地低着头。

第二天，第三天，黄审都能在同一时间看见她们从西向东走去，又从东向西返回。

第三天，当女子再次从西边走来，路过黄审所在的田地时，黄审忍不住问道："请问，你们是哪里人？为什么每天都会路过这里？"

两个女子停下脚步，朝他笑了笑，一声不吭地走了。黄审望着她们俩的背影，开始胡思乱想起来。

"她们会不会是什么东西变的呀？早先听前辈们说过，这里曾出现过妖孽怪物，它们会一声不响地就把人身上的钱财掠走，有时候甚至会令人大祸临头。哎呀，如此说来，我岂不是要遭殃了吗？"

黄审越想越害怕，也不劳作了，赶紧想要逃回家。可偏巧这时候，两个女子又从东边返回了。黄审正在想七想八，没有留意两个女子，直到她们走到他身边时，他才惊觉。

　　惊恐的他赶紧举起手中的镰刀，向他近旁的丫鬟砍去。

　　只见前面的女子忽然变成了一只狐狸，一溜烟地逃入了附近的洞穴。

　　黄审看见地上有一根蓬松的狐狸尾巴，颜色就和丫鬟身上穿的衣服一模一样。

　　"原来丫鬟只是根狐狸尾巴呀！"黄审这时候已经不再害怕了，继续干起他的农活来。

后来，有人发现洞穴里经常有狐狸出没，便拿了铁锹来挖洞，果然挖出来一只没有尾巴的狐狸。

野兽开会

　　唐中书令萧至忠，景云元年为晋州刺史，将以腊日畋游，大事置罗。先一日，有薪者樵于霍山，暴疟不能归，因止岩穴之中，呻吟不寐。夜将艾，似闻有人声，初以为盗贼将至，则匍匐伏于林木中。时山月甚明，有一人身长丈余，鼻有三角，体被豹韡，目闪闪如电，向谷长啸。俄有虎兕鹿豕，狐兔雉雁，骈匝百许步，长人即宣言曰："余玄冥使者，奉北帝之命，明日腊日，萧使君当顺时畋猎。尔等若干合箭死，若干合枪死，若干合网死，若干合棒死，若干合狗死，若干合鹰死。"言讫，群兽皆俯伏战惧，若请命者。

——《玄怪录》

唐朝时期，有个砍柴人在傍晚下山时，突发疾病，回不了家，就找了一个山洞留宿。

凌晨天还没亮时，他突然听见有人声。

"也许是山贼吧。"砍柴人爬起来，朝洞外看。

借着月光，他发现一个身材颀长，穿着豹皮，鼻子呈三角，目光炯炯有神的人，站在山谷中，向天长啸。不一会儿，从山间跑过来一群动物，砍柴人仔细看了一下，有虎、猪、犀牛、狐狸、兔子、山鹿、山鸡、大雁等。

"各位听好了，我是来自玄冥的使者，明天晋州的刺史萧至忠要来这里围猎。你们这些动物分别会遭到箭射、抢击、网套、棒打、狗咬、鹰捕，总之，全都会在明日被杀。这是玄帝让我来传达的，希望你们有个心理准备。"

顷刻间，砍柴人听到一阵哀嚎。

突然，老虎和山鹿跪拜在使者脚下，请求道："明日，虽然是我们命定的死期，但还是恳请使者想想办法，救救我们吧。"

使者说："这也不是我能说了算的。不过，东谷有个严四兄，他足智多谋，你们可以去找他帮忙出出主意。"

玄冥使者说完便带着动物们朝东而行。此刻，砍柴人的病已经好了很多，便也偷偷地跟随而去。

东谷的一个山角处，有草房，只见一个头戴黄冠、身穿虎皮的人正在睡觉，听到屋子里有动静后，便醒了过来。

玄冥使者和他打了招呼后，动物们都纷纷下跪。

老虎和山鹿请求道："听闻您智慧过人，今日有事相求，还望恩公能帮我们出出主意。"

接着，它们向黄冠人讲明了情况。

黄冠人说："我听说萧刺史虽然喜欢打猎，但也非常体恤别人。如果明天能刮风下雪，他定不会让手下的人去打猎。你们只要能让雪神滕六下雪，风神巽二刮风，就可以免死了。"

"那怎样才能让雪神降下雪来，风神刮起风来呢？"老虎问道。

黄冠人说："雪神滕六喜欢音乐，正好索泉家有个歌姬，演奏歌唱样样精通，你们只要把这个歌姬送给滕六，他明天就会给你们降雪；而风神巽二喜欢饮酒，如

有美酒奉上，他也会给你们刮风。"

两只狐狸上前说道："这两件事情就包在我们身上吧。"说完，它们就各自去办事。

黄冠人和玄冥使者便趁机叙起旧来。

只一盏茶的工夫，两只狐狸就一只带来了貌美如花的歌姬，一只捧来了两坛美酒。

黄冠人把歌姬和美酒分别放入两只大口袋中，并用红笔画上灵符。然后他念起了咒语，两只口袋缓缓地飞上天去。

砍柴人害怕被他们发现，偷偷地回家去了。

第二天，果然下了整整一日的大雪，刮了整整一日的大风，萧刺史没有办法出门打猎了，动物们也都得救了。

狼狈为奸

原文

　　狼大如狗，苍色，作声诸窍皆沸，髀中筋大如鸭卵，有犯盗者熏之，当令手挛缩。或言狼筋如织络小囊，虫所作也。狼粪烟直上，烽火用之。或言狼狈是两物。狈前足绝短，每行常驾两狼，失狼则不能动。故世言事乖者称狼狈。

——《酉阳杂俎》

　　古时候，有狼和狈之说。狼，皮毛呈青黑色，身体纤瘦，但比狗大。狼嚎时，仿佛七窍都在震动，但声音悲怆。狼大腿中的筋络像一只丝织的小口袋，也像虫子的巢穴，它还有一个神奇的功效：测盗。据说只要有盗贼靠近狼群，狼大腿上的筋络就会痉挛，盗贼的手也会在同一时间抽动起来，使他不能得逞。狈的形态如狼，但是前腿短小，不能独自行走，要趴在狼的身上才能行动。不过狈很有智慧，常常给狼出谋划策，所以狼和狈总是待在一起，或觅食或袭击敌人。

相传临济西边地带，有个狼群。一天，暮色降临，有个农夫急匆匆地独自赶路回家。不知怎地，一声乌鸦的鸣叫令他心跳加剧，感觉似有什么大祸要临头一样，便慌慌张张地加快脚步小跑起来。

　　他的预感没有错，前面有十多只狼正虎视眈眈地等着他呢。农夫看见狼群，吓得不知所措。情急之下他看见不

远处有一个草垛，便不顾一切地跑过去，使出浑身力量爬到了草垛顶上。这时，狼群也围了过来。但农夫爬得太高了，它们够不着，只能不停地围着草垛转圈圈。这时候，狼群中的两只狼突然转身跑进一个洞穴。不一会儿，它们背着一只老狼跑出来。到了草垛下，老狼用嘴叼出草垛底部的草茎。众狼也纷纷效仿，像老狼一样，把草垛底部的草抽离出来。草垛的根基松散了，开始摇晃起来，农夫吓得直哆嗦。眼看着草垛要塌了，正在这危急关头，来了一个经验丰富的猎人。他拉开弓箭，射中了一只狼，狼群开始混乱起来。猎人再次射箭，一连射杀了五六只狼。剩下的狼赶紧落荒而逃，跑进了狼窝中。

再说那只老狼，因行动不便，被落在了草垛下。猎人把吓坏了的农夫救下来，对他说："你看到的这只老狼其实是狈，它前腿很短，要搭在狼的身上才能行动，把它留在这里也无妨。你赶紧回家吧，我要去端狼窝。"猎人说完直接杀进了狼窝。

相传，猎人一共射杀了百余只狼。

图书在版编目（CIP）数据

讲不够的中国神怪故事：套装全5册 / 许萍萍，俞
亮编著；庞坤等绘. — 北京：北京理工大学出版社，
2023.5

ISBN 978 - 7 - 5763 - 2254 - 5

Ⅰ.①讲… Ⅱ.①许… ②俞… ③庞… Ⅲ.①儿童故
事 - 作品集 - 中国 - 当代 Ⅳ.①I287.5

中国国家版本馆CIP数据核字（2023）第061643号

出版发行 / 北京理工大学出版社有限责任公司
社　　址 / 北京市海淀区中关村南大街 5 号
邮　　编 / 100081
电　　话 / (010) 68914775（总编室）
　　　　　 (010) 82562903（教材售后服务热线）
　　　　　 (010) 68944723（其他图书服务热线）
网　　址 / http://www.bitpress.com.cn
经　　销 / 全国各地新华书店
印　　刷 / 保定市铭泰达印刷有限公司
开　　本 / 710毫米×1000毫米　1/16
印　　张 / 59
字　　数 / 440千字
版　　次 / 2023年5月第1版　　2023年5月第1次印刷
定　　价 / 228.00元（全5册）

责任编辑 / 徐艳君
文案编辑 / 徐艳君
责任校对 / 刘亚男
责任印制 / 李志强

讲不够的中国神怪故事

神秘奇妙的梦境

俞　亮——编著

梁慧怡——绘

北京理工大学出版社
BEIJING INSTITUTE OF TECHNOLOGY PRESS

目录

周昭王

原文

　　昭王即位三十年，王坐祇明之室，昼而假寐。忽白云蓊郁而起，有人衣服皆毛羽，因名羽人。王梦中与语，问以上仙之术。羽人曰："大王精智未开，求长生久视，不可得也。"王跪而苦请绝欲之教。羽人乃以指画王心，应手即裂。王乃惊悟，而汗湿于衿席，因患心疾，即却膳撤乐。移于旬日，忽见所梦者来，语王曰："先欲易王之心。"乃出方寸绿囊，中有药，名曰续脉丸补血精散，以手摩王之臆，俄而即愈。王即请此药，贮以玉缶，缄以金绳。以之涂足，则飞天地之外，如游咫尺之内。有得服之，后天而死。

——《王子年拾遗记》

西周时期有个君王，姓姬，名瑕，是周朝的第四任君主，他的太爷爷，是大名鼎鼎的周武王姬发。

作为皇室成员，周昭王从小便享尽了荣华富贵，等到他正式继承了王位，天下都握在了他的手里，想要的应有尽有。但是，如果说在现实世界中，还有什么是他得不到的，那就只有传说中的"长生"了。长生不死，寿与天齐，这对每一个君临天下的统治者都是梦寐以求的诱惑。只可惜，还没有听说过哪一个君主求到了长生，包括周昭王在内。

时光飞逝，转眼间，距离周昭王继位已经过去了三十年。活到他这个年纪，身体自然比不了年轻时。有一天白天，正在处理朝政的周昭王突然觉得有些困乏，就在宫殿里临时小睡了一下，连衣服都没有脱，很快便进入了梦乡。

　　周昭王睡得正香呢，忽然，他的梦境里出现了大朵像棉花一样的白云，漂亮极了。"这是祥瑞之兆呀，可能会有好事发生呢！"看到这种情景，昭王不由得在心里想道。

　　这时候，神奇的事情发生了，仿佛有仙人听到了他内心的声音，只见一个人影衣袂翩飞，腾云驾雾，从云中飘然而来，转眼间已经落在了他的眼前。这个人样貌出尘，全身缀满了羽毛，就叫他"羽人"吧。

此时的周昭王，喜悦之情溢于言表，这也难免，他心心念念的长生，此刻也许就在眼前！眼前这神秘的羽人，怎么看都不像凡尘中人，而与那传说中的神仙一模一样，十有八九掌握着成仙的秘密！

仙人难遇，机会难求，趁此大好时机，周昭王立即谦卑地开口询问："这位仙人，我是周朝的君主，如果可以的话，请求您教授我修炼成仙之术吧！"

羽人微微一笑，不疾不徐地回道："大王，您的精神智慧尚未开化，想追求长生不老，是不可能的。"

周昭王一听，先是大失所望，继而转念一想："不对，这拒绝之话还尚有回旋的余地呀，仙人说我尚未开化，但只要我断俗绝欲，潜心修炼，勤加努力，总有一天可以顿悟、智慧大开的吧！"

于是，周昭王话锋一转，继续向羽人求教绝欲苦行、远离红尘俗世的法门。羽人仿佛早已看穿了他的心思，微笑着不说话，只是抬起手，在昭王心脏的位置隔着衣服轻轻划了一下。但令人惊异的是，昭王竟然"看到"自己的心脏，顺着他手指比画的方向，直接一分为二地裂开了！

"啊！"周昭王从梦中惊醒。幸好只是一场梦，周昭王暗自思忖，摸摸胸口，仍是惊魂未定，只感觉自己满身大汗，汗水把衣服和席褥都浸湿了。

此后，不知是受了惊吓还是什么别的原因，周昭王患上了心疾，苦于病痛，变得清心寡欲起来，不吃不喝，连对平日最爱的音乐也没了兴趣。

这样没滋没味的日子过了十天，那梦中的羽人又突然出现在了周昭王面前。还没等周昭王发问，他便直截了当地告知了来意："这次我来，是为了给大王换一颗心。"然后，他拿出了一个绿色的小药囊，告诉周昭王，这里面装的药，名为续脉丸补血精散。接着，羽人用手沾了药，将之涂抹在了周昭王的前胸上，不消片刻，周昭王感到自己的心疾已经痊愈了，全身上下有种说不出来的畅快。

"这可真是仙药啊！"周昭王狂喜，立即向羽人求此仙药。这次，羽人倒没有故弄玄虚，十分爽快地把仙药赐予了周昭王，然后就消失不见了。

周昭王得到仙药后，视若珍宝，嫌弃原先的药囊太过寒酸，便换了美玉制做的药瓶来盛放仙药，并用混有金线的绳子来捆扎封口。

这仙药，不仅可以药到病除，还有更奇妙的效用：将药粉涂在脚上，可以腾云驾雾，轻易地就可以飞向万里高空，云游天际如同在地上随便走几步一样简单。

周昭王长时间服用这种药，活了很长时间才去世，虽然没有得到长生，但比起普通人，已经是极其长寿了。

夫差

原文

　　吴王夫差夜梦三黑狗号，以南以北，炊甑无气。及觉，召群臣言梦，群臣不能解。乃召公孙圣。圣被召，与妻诀曰："以恶梦召我，我岂欺心者，必为王所杀。"于是圣至，以所梦告之。圣曰："王无国矣！犬号者，宗庙无主；炊甑无气，不食矣。"王果怒，杀之。及越兵至，王谓左右曰："吾无道，杀公孙圣，汝可呼之。"于是三呼三应。吴卒为越所灭。

——《越绝书》

　　想必大家或多或少都听过勾践卧薪尝胆的故事，这里要讲的，是勾践灭掉吴国之前的故事。可故事的主角并不是勾践，而是他的敌人——吴王夫差。

话说有一天晚上，吴王夫差睡着后做了一个梦，这个梦十分奇怪：梦中有三只黑狗不停地在汪汪叫，声音一会儿从南边传来，一会儿又到了北边。还没等夫差搞清楚这三只黑狗的方位，他的眼前突然又出现了一个蒸饭的甑，却不见有炊烟升起。

　　夫差醒来后，对他做的这个梦感到十分困惑：虽然这个梦看着毫无逻辑可寻，但是，本王乃是一国之君，我做的梦必然有着特别的意义，说不定就是上天给我的预示呢！就是不知道这会是好兆头还是坏兆头呢？

　　于是，第二天他便立刻召集大臣们叙述了这个怪梦，并下令大臣们为他解梦，可是，大臣们听完后面面相觑，都露出一副无可奈何的为难神色。夫差见谁也解释不了怪梦，十分失望。这时，他突然想到，也许还有一个人能为他解梦！

　　这个人叫公孙圣，也是吴国人，他性情十分耿直，遇事直言不讳，不会谄媚，有时候甚至还会顶撞夫差。所以夫差并不太喜欢他，这次召集大臣们也就没有叫他。

　　不过听说这个公孙圣十分擅长占梦之术，也许他能解梦呢？死马当活马医，先叫他来试试吧！夫差心想着，便令人去寻公孙圣。

这边，公孙圣得到夫差因为要解噩梦才召见自己的消息，心头一惊，暗叫一声不好：按我这直率的性子，若是如实向大王陈述这噩梦的含义，只怕是凶多吉少了！

可是时间紧迫，他只得唤来自己的妻子，眼睛含着热泪与她诀别："吾妻，大王因召我去解噩梦，这绝不是好事，可是你也知道，我是个不会说谎的人。所以，我这一去怕是要惹来杀身之祸了……你……"说到此处，他声音颤抖，已经是泣不成声。

势不容缓，最后公孙圣只得擦干了眼泪，迈着沉重的步伐来到了殿前。

这边，吴王夫差等得是又着急又焦虑，一直在殿内反复踱步，他一见到公孙圣，立刻将自己的梦又叙述了一遍。

这公孙圣还真是个精通释梦的神人，他刚听完，便立刻明白了这个梦的预示，还真个是不祥之兆！他毫不犹豫地开口道："大王，这是亡国之兆！黑狗叫，说明国家没了主人；灶台没有烟火，说明国家没了粮食。这些都是国家覆灭的征兆呀！"

公孙圣的话音刚落，夫差果然大发雷霆。公孙圣这一番话，夫差不仅没听进去，甚至在他看来，这无异于是诅咒！于是，他毫不犹豫地下令处死了公孙圣。

公孙圣死后没多久，越国对吴国发起了攻击，越兵一路势如破竹，眼看就要攻陷吴国的国都了。这时，夫差才相信了公孙圣的预言，他后悔地对左右大臣说："哎，我真是个昏君，我不该杀公孙圣啊！公孙圣这么神通广大，说不定可以死而复生拯救吴国，你们快试着唤他出来吧！"

大臣们听完，连着呼唤三次公孙圣的名字，那公孙圣果然应答了三声，可是却没有现身。最后，越国灭掉了吴国，公孙圣的预言全都实现了。

汉武帝

原文

> 汉武帝梦大鱼，求去口中钩。明日游昆明池，见一鱼衔钩，帝取钩放之。三日，池滨得明珠一双。
>
> ——《三秦记》

在我们中国传统的道德体系中，有着"滴水之恩，当涌泉相报"的理念。今天，我们就来讲一个与感恩有关的故事。

故事的主角，是鼎鼎大名的汉武帝刘彻，他十五岁登基，在位五十四年，统治期间，在政治制度、经济、思想文化、疆域等方面都有着突出的成就，可以说是中国历史最有建树的帝王之一。

汉武帝到了晚年，也许是衰老带给了他恐惧，抑或是不愿接受凡人必有一死的命运，沉迷于巫术和神仙之事，对祥瑞征兆十分敏感。

有一天夜里，汉武帝梦见了一条硕大的鱼，这条鱼通体雪白，身上细密的鳞片闪着银色的光。不过，他发现这条大鱼似乎有些异样，一直在痛苦地翻滚着身体。

他定睛一看，原来鱼嘴处被一只锋利的鱼钩刺穿了。接下来，更令他惊讶的事情发生了，大鱼竟突然口吐人言，向他哀求道："陛下，求求您，帮我把这鱼钩取下吧！"

汉武帝听了这话，还未来得及动手，却突然从梦中醒了过来，此时天光已大亮，已经是次日清晨了。这天，是刘彻计划游历上林苑的日子。

虽然汉武帝对昨晚的梦百思不得其解，但他还是按照计划出宫前往上林苑游乐。上林苑中有一处水景，名叫昆明池，水清岸绿，鱼翔浅底，景致非常优美，所以十分受汉武帝的喜爱。这天，当他像往常一样在池水边观景时，忽然发现岸上有一条上了钩的白鱼，正在扑腾着。

此情此景，汉武帝立刻联想到了昨夜的梦，这难道就

是梦的指示？宁可信其有，不可信其无！汉武帝迅速地在脑海中做了决定，于是他将这条白鱼嘴上的鱼钩取了下来，然后把鱼放回了昆明池中。那鱼儿一入水，很快便恢复了生机，向池水深处游去了。

汉武帝本当只是做了一件善事，没有想到的是，这事竟然还有后续。

三天之后，他接到侍卫的报告，在昆明池边，有人捡拾到一对硕大的明珠。

异宝忽现天下，其中必然有缘由，汉武帝一下子就想到了那条颇有灵性的大鱼！想来，这珠子应该是大鱼为报恩所赠吧！

待夜明珠送到后，汉武帝细细地观察着，他自负揽尽天下珠宝，可是他的收藏中没有一对珠子能比得上这对明珠的：珠子饱满圆润，闪着莹白色的光芒，待到夜间，室内无须点灯，珠光便可照亮整个屋子。

司马相如

原文

　　司马相如，字长卿。将献赋而未知所为，梦一黄衣翁谓之曰："可为《大人赋》，言神仙之事。"赋成以献，帝大嘉赏。

——《西京杂记》

　　俗话说"日有所思，夜有所梦"，意思是人在白天的思考或愿望，有时候会在晚上梦到，下面这个故事就与之有关。

　　汉武帝时期，有个文人叫司马相如。他是个野心勃勃的人，一心想做大官。但是事与愿违，他的仕途不是很通顺，他总觉得怀才不遇。也许是没有压力就没有动力，司马相如想到了一个捷径：献赋！

那什么是献赋呢？就是向帝王进献自己撰写的文章，以期博取帝王的赏识与任用。

"如果我能写一篇令皇帝赞叹不已的文章，那飞黄腾达便是指日可待的事了！"司马相如在心中畅想着。

不过，最关键的问题也随之而来，该写些什么才能让皇帝喜欢呢？司马相如绞尽脑汁，怎么也想不出来。

这天，司马相如又构思了一整天，可仍旧不知道如何下笔。"唉，这一步登天的捷径，果然不好走啊！"他自言自语道，揉了揉自己发酸发胀的眼睛。不知不觉睡意袭来，他便伏在桌上打了个盹儿。

梦里，司马相如不知怎么的，走到了一片大雾中，放眼望去白茫茫一片，宛如云端的仙境。走着走着，他远远看到了一个身穿黄衣的老者，便小心翼翼地走近一探究竟。

还没走几步，明明中间还有一段距离，那黄衣老者却倏忽而至，一下子就到了司马相如面前。只见这黄衣老者须发皆白，但身姿挺拔，看起来气质出尘。

　　"我这是遇到仙人了？"他心想着，十分激动，便想躬身行礼，没成想，却被老人稳稳托住了臂膀。

　　老人慈祥一笑，说道："先生不必多礼。听闻先生文思枯竭，特来相助！"老人讲起话来声如洪钟。

　　司马相如受宠若惊，连忙谢道："确是如此，感谢仙人指点！"然后眼含期待地望着黄衣老人。

　　这黄衣老人拍了拍司马相如的肩膀，神秘地说道，"接下来的经历，你可得记好了！"然后抓住了他的手臂，向上一提。

　　接下来，两人竟双脚离地，凌空飞了起来！两人飞离了白雾，耳边是呼呼而过的风声，脚下的山河大地越来越小，司马相如又紧张又兴奋。

　　飞了一阵，司马相如看到在远处更高的天际，出现了一座巍峨壮丽的宫殿，比起皇宫也不遑多让。

　　"这是……仙宫？"他不禁开口问道。老人却并未接话，只是悠悠地说道："依我看，先生的这篇文章，不如就叫作《大人赋》吧！"说完，他突然推了司马相如一把，司马相如骤然感到一股强烈的坠落感。

　　"啊！"司马相如大叫一声，从梦中惊醒，此时身体还是好端端地坐在椅子上。

　　重新回忆刚刚的梦境，他顿时觉得文思如泉涌，便趁热打铁，依据梦中遇仙人、游仙境的经历，加以创作，一鼓作气完成了文采富丽的《大人赋》。第二天，他连忙将文章进献给了汉武帝。

汉武帝素来喜好神仙之事,《大人赋》正可谓投其所好。果然，汉武帝阅后非常高兴，对司马相如大加赏赐。此后，司马相如也逐渐得到了重用，实现了自己的抱负。

张奂

　　后汉张奂为武威太守。其妻梦帝与印绶，登楼而歌，觉以告奂。奂令占之。曰：夫人方生男，复临此郡，命终此楼。后生子猛。建安中，为武威太守，杀刺史邯郸商，州兵围急，猛耻见擒，乃登楼自焚而死。

——《搜神记》

　　东汉灵帝时，有个叫张奂的人，字然明，是河西敦煌郡人。他自小就十分好学且勤奋，由于出类拔萃，他年少时有幸拜在了当时的大学者朱宠门下，跟随他研习典籍。

　　长大后的张奂不仅善文辞，还有着一腔保家卫国的热血，也许是自小生长在边关的缘故，他常对朋友说，"大丈夫活在世间，应当守好国家的疆土，在边境建功立业。"
后来，他果然在北部边境屡立战功，多次平定叛乱。由于
功勋卓著，皇帝封他做了武威郡太守。

此时的张奂仕途顺利，可以说是春风得意。但突然，
平稳美满的一切由于他妻子的一个梦发生了变化。

这个梦的内容，说给任何人听，都会认为是个美梦：
张奂的妻子梦到皇帝赐给了他一方系着华美丝绸的印信。
皇帝亲赐印信，这代表着无上的荣耀，任谁都会感到欣喜，
张奂的妻子也不例外。接着，她梦到自己兴高采烈地登上
了城楼，并在楼上快乐地唱起了歌。张奂的妻子醒来后，

连忙将这个美梦告诉了自己的丈夫，她坚信，这是一个好兆头。

可是，心思深沉的张奂听了，并没有马上露出欣喜的神色，为谨慎起见，他请来了当地一个有名的术士卜了一卦。那术士占卜完，犹豫着，似乎在斟酌言语，好一会儿才开了口："首先，要向太守和太守夫人道喜呀！"

还没等术士说完，心急的太守夫人就抢着问："先生，这喜从何来呢？"术士连忙回话："夫人有了身孕，还是个男孩，这孩子长大之后也会担任武威太守一职管理此地。"说到这儿，他又露出了犹豫的神色。

机敏的张奂看出了术士似乎有话还未说完，心里忽然生出几分不祥的预感，但他还是温言道："先生似有未竟之语？我夫妻二人都是通晓事理之人，但说无妨。"

术士听罢，咬了咬牙，终于还是将占卜结果一五一十地说了出来："令公子不仅会管理此地，也将死于此地，就陨落在夫人梦中所登临的城楼上！"话尽，张奂夫妻二人已是脸色惨白，他们都没有想到，本以为的喜事竟以这种意想不到的方式收尾。

此后，夫妻二人都对占卜结果避而不谈，这件事成了他们的一个心结。后来，张奂的妻子果然生了一个儿子，张奂给他起名为猛，寓意是希望他做一个勇猛无畏的人。

一晃二十余年过去了，此时已是汉献帝建安年间。朝廷看重张奂在河西一带树立的威名，便也委任他的儿子张猛做武威太守。

此时的汉王朝摇摇欲坠，群雄逐鹿，叛乱四起，张猛也动了雄踞河西的心思。于是，他出任武威太守后不久，便起兵反叛，杀了他的上级——雍州刺史邯郸商。但是，张猛错误地估计了对方的实力，他刚要出城，已得到消息的邯郸商的手下便将他团团包围，困在了城楼上。

双方兵力悬殊非常大，眼见突围已然无望。被俘虏对于张猛来说是莫大的耻辱，甚至在张猛看来荣光比生命更为重要，于是，由于强烈的自尊心作祟，他毅然决然地在城楼上自焚而亡了。

最终，术士的话全都应验了。

郑玄

原文

　　郑玄师马融，三载无闻，融还之。玄过树阴下假寐，梦一人，以刀开其心，谓曰："子可学矣。"于是寤而即返，遂洞精典籍。后东归，融曰："诗书礼乐皆东矣。"

——《异苑》

　　东汉时，有个叫郑玄的人，他自年少时便一心向学，几乎到了手不释卷的程度，还四处向有学识的人请教，仿佛有着问不完的问题。随着郑玄学问的精进，后来在他的家乡，已经没有人能他解答他的问题了。

　　但郑玄仍不满足于此，于是他背井离乡，开启了外出求学之旅，千里迢迢从家乡山东赶往了帝都。机缘巧合之下，他有幸拜了当时著名的儒家大学者马融为师。马融学识渊博，门下弟子众多，郑玄在一众优秀的弟子中，没有了以往耀眼的神童光芒，甚至比起别人差了一大截。

一开始，郑玄想的是勤能补拙，"我比别人多花时间学习，有朝一日总能赶超别人的吧？"于是他没日没夜地读书学习，可是总是不得要领、白费工夫。就这样，三年光阴转瞬即逝，他终于明白，自己是个天赋有限的人！

强烈的挫败感击垮了他，他脆弱的心灵无法承受这一切，于是含着热泪向马融辞别："老师，学生自知天赋有限，在学业上不会有什么成就和进展了，我这就准备返乡了。望您今后一切顺利！"说罢，他向马融磕了个头，然后起身头也不回地拎起行囊走了，来时有多么满怀期待，归时就有多么垂头丧气。

可是，山重水复疑无路，柳暗花明又一村，有时候，事情总会在人意想不到的地方发生转机。在归乡的路上，有一天郑玄走累了，便在树荫下小憩。刚躺下不一会儿，

便做起了梦。在以往，他的梦大都是与
学习有关，可这次不知怎的，他的梦中
出现了一个他从未见过的人。还没等郑
玄搞清楚他是谁，这个神秘人突然亮
出了匕首，说时迟那时快，神秘
人手起刀落，向郑玄的心口刺

了过去。

此时的郑玄受了惊吓，呆呆地看着自己的胸口，只见那鲜红跳动的心脏中间，赫然裂了一个大口子。而这个神秘人见到自己造成的创伤，奇怪地笑了起来，似乎很满意的样子。

看到神秘人的微笑，郑玄才反应过来。虽然在梦中他感受不到疼痛，可平白无故有人刺了自己，这仍让他有些害怕。

这时，只见那神秘人伸出手，搭在了郑玄的肩上，似乎有安抚的意思，然后开口说道："你别怕，我不是坏人，也不是普通人，我刺你一刀，其实是在帮你呢。"他声音轻柔，话语也十分有说服力，一下子就使郑玄紧张害怕的心平静了一些。

"你说刺我是为了帮我？这天下哪有这样的道理？"虽然郑玄放松了一些，可他还是有一肚子的疑问。

那人又是神秘地一笑，仿佛已预料到他有此一问，慢条斯理地说道："我见你一直勤奋学习，可总也不开窍，于是来帮你把心窍打开。"言毕，那人便化作一缕青烟消失了。

那人消失后，郑玄也蓦地从梦中醒来。他一醒来，顿时觉得耳聪目明，以往困惑不解的问题，现在再想都有了答案。

"这真是天助我也啊！"郑玄狂喜，又燃起了学习的希望，立马就踏上了返程的旅途。马融看到郑玄折返回来，虽有不解，但也没说什么，挥了挥手让他留了下来。

没过几天，马融就发现了郑玄惊人的转变。以往，郑玄不能说是个榆木脑袋，但也算不上绝顶聪明，可这几天，郑玄对于他所教授的内容一点就通。又过了一阵，郑玄已经精通了所有典籍，而且也不需要他人的讲授了，于是，已经脱胎换骨的郑玄再次向马融辞别返乡。

这次，郑玄可以说是志得意满，学成荣归故里。马融看着郑玄远去的背影，捋了捋自己的胡子，不无感慨地对身旁的弟子说道："这个郑玄可了不得，不仅继承了我的学问，在他的家乡山东，儒家学术思想也要靠他去发扬、传授呢！将来，他一定能超越我，成为一代大家！"

这番言论，可以说是老师对学生的最高评价了，后来郑玄果然应了马融的评价，成为一代大儒。

许攸

原文

　　许攸梦乌衣吏，奉漆案，案上有六封文书，拜跪曰："府君当为北斗君，明年七月复有一案，四封文书，云：陈康为主簿。"觉后，适康至，曰："今来当谒。"攸闻益惧。问康，康曰："我作道师，死不过作社公；今日得北斗、主簿，余为悉矣。"明年七月，二人同日而死。

　　　　　　　　　　　　　　　　　　——《幽明录》

　　许攸是东汉末年的一位谋士，他仕途顺畅，年纪不大便已身处高位，是个显赫一时的人物。

　　这天，许攸在处理完一天繁忙的事务后，像平常一样熄灯睡觉。睡着后，一个身穿黑衣的小官进入了他的梦乡。

这个小官手捧一张盛放着六张文书的漆木盘，"扑通"一声便跪在了许攸脚下。作为一个高级官吏，这种场景对许攸来说再寻常不过了，是他工作日常的一部分。

"这难道就是日有所思，夜有所梦？哎，最近的事务确实繁多！连做个梦都不让我歇着啊！"许攸心想着，然后抬手示意那小官起身。

这时，令他意想不到的事情发生了。那小官未起身，而是用一种奇怪的语调说："大人，这是明年七月册封您为北斗星君的文书，请大人领命！"

许攸听完，神色一变，暗叫一声不好。原来，当时民间流传着一句俗语："南斗注生，北斗注死。"这北斗君就是能决定人的死期的神仙。机智如许攸，一下子就明白了这当中的深意："如今我还活着，这小官的意思其实是，我的寿命将尽，而且死后会成为那北斗君！"这六张文书，在许攸眼里，哪是什么册封的文书啊，明明就是阎王爷的催命书！

许攸不禁悲从中来，两行泪水滚滚落下。那小官也不管他的反应，自顾自地又说道："这里还有四张文书，您的好友陈康将被封为主簿，来辅佐您。"

话刚说完，瞬间许攸从梦中惊醒，发现此时天光乍破，窗外传来了鸡叫声。新的一天开始了，而昨夜的梦历历在目，许攸心有余悸，身体还在微微抽搐。

"咚咚咚"，突然传来了敲门声，"这么一大早，这是谁啊。"许攸嘀咕着，起身穿好外衣，然后打开了门。

来人竟是陈康！许攸本来将信将疑，此时心头一震，心想："完了，果然我二人死期将至！"

"哈哈哈，许兄别来无恙啊，我今日专程来看看你。"什么也不知道的陈康笑着说道。

许攸回过神来，连忙请陈康进屋坐下。二人坐下之后，许攸思索片刻，对陈康一五一十叙述了昨晚的梦，说完，一脸担忧地望着他。

没想到的是，陈康听完不但一点不害怕，还笑嘻嘻地说道："关于我死后的事，我之前问过道士，那人说我也就能当个土地公。但按你的梦来讲，你是北斗神君，我是辅佐你的仙官，依我的才能，我这其实是高攀了呀！"那话音里竟然还藏着几分窃喜。

许攸的心态与他正相反，他割舍不下凡俗中拥有的一切，十分畏惧死亡。二人话不投机，于是不欢而散。

时间一晃而过，到了第二年的七月份，许攸与陈康在同一天去世了，果然应了那黑衣小官的预告。

　　想来，在冥界，他们应该一人做了北斗神君，一人做了主簿。

周宣

　　魏周宣，字孔和，善占梦。或有问宣者："吾梦刍狗。"
宣曰："君当得美食。"未几，复有梦刍狗，曰："当堕
车折脚。"寻而又云梦刍狗，宣曰："当有火灾。"后皆
如所言。其人曰："吾实不梦，聊试君耳！三占不同，皆验，
何也？"宣曰："意形于言，便占吉凶。且刍狗者，祭神
之物，故君初言梦之，当得美食也。祭祀即毕，则为所辗，
当堕车伤折。车辗之后，必载以樵，故云失火。"

——《魏志》

　　三国时期，魏国有叫周宣的占梦高手。他占卜之术十
分精准，没听说有失手的时候，于是平日来求他解梦的人
络绎不绝，简直快要把他家的门槛踏破了。

　　这天一大清早，天刚亮，便有一个人来求见周宣。周宣迷迷糊糊地穿戴好衣冠，请那人进门来。

　　平常来求占卜的人大都是火急火燎、忧心忡忡的样子，可这个人进来后，却什么话也不说，眼睛一直在上下打量周宣。

　　被人一直盯着看，周宣心有不悦，便率先开了口："您所来何事？"

　　那人挠了挠头，犹犹豫豫地回答道："我……我梦见了刍狗（用稻草扎成的狗），不知何解？"

　　周宣掐指一算，说道："这是好事，您将要享受一顿美食。"那人听罢，向周宣一拱手，便告辞了。

　　过了几天，那人又来找周宣，又说梦到了刍狗。这次，周宣略微思索了下，说："您最近坐车出行时，会从车上摔下来摔坏脚。"那人也奇怪，一般人听了都会紧张起来，可他却一副不以为然的样子。

又过了一阵，那人步履蹒跚着又来了，腿脚似乎受了伤，说是又梦到了乌狗。这次，周宣一脸郑重地说道："这个梦说明您家最近会失火。"那人听了，脸色立马紧张了起来，最后满怀心事地走了。

后来，周宣听说，那人家里果然如他所说的着火了。经过此事，来找周宣的人更多了，以至于他快要应付不过来了。

没想到的是，那个三次梦到乌狗的人又登门拜访。那人提着许多礼物，而且他的神态谦卑了许多。

一见面，他竟然先对周宣鞠了三躬道歉：原来，他根本没有梦到过乌狗！

"我连续三次欺骗您说我梦到了乌狗，实际上是想试试您占卜的水平如何，三次占卜的结果不同，没想到，您说的话竟然都应验了！这是为什么呢？"他语气抱歉地说道，眼神中带着好奇和试探，紧张地注视着周宣。

周宣并没有露出吃惊或者意外的表情，仿佛一切尽在他的掌控中，他不紧不慢地说："你的话语中会透露出你的潜意识，也可以此来占卜吉凶。"

　　他见那人还是一副迷惑的样子，继而又解释道："刍狗是用来祭祀的物品，既然是要准备祭祀，那肯定要有丰盛的祭品食物，所以第一次我说你会吃到一顿美食；第二次你再来，祭祀此时应该已经结束了，那么刍狗也就没了用处，会被丢弃在路边，便会被过往的车碾压，所以我说你会摔伤脚；第三次，刍狗既然是草编的，那还可以拿来当生火的燃料，所以我说你家里会失火。"

　　说罢，周宣挤了挤眼睛，一脸得意。那人听得已经目瞪口呆，满脸崇敬和钦佩，从此逢人便说周宣是个"活神仙"。

邹湛

原文

邹湛梦一人拜，自称甄仲舒，求葬。湛觉，思之曰：舍西瓦土中人也。乃取葬之。复梦其人来拜谢。

——《晋书》

　　汉字，是一种表音又表意的文字，因此，渐渐地，占卜者们开始通过对文字进行拆解离合，来昭示吉凶祸福，或者对现象进行解释。西晋时期，有个叫邹湛的人，便是这方面的行家，十分擅长拆字和测字。

　　不过，您可别以为邹湛只会这些玄之又玄的东西，其实他本人才学兼备，少年时便很有名。邹湛入朝为官后，因为颇有才能，深受当时朝中重臣羊祜的赏识和器重，从而官路亨通。

邹湛当了几年官后，也有了些积蓄，他便琢磨着用这些钱买一处气派的新宅院。他心想，这样不仅自己和家人住起来更舒适，与朋友同僚往来也不至于让自己丢了面子。

挑来挑去，邹湛选中了城西的一处宅子，地方宽敞，有十几间房子，周围环境也比较清幽。

迁新居，邹湛准备了宴席，叫上了一群好友来到新宅院，一起庆祝乔迁之喜。既然是宴席，酒必不可少，众人开怀畅饮，一直聊到了后半夜。勉强送走了朋友后，喝得醉醺醺的邹湛倒头就睡。

没想到，一进入梦乡，邹湛就觉得仿佛进入了另一个世界。在他的视野中，这是一个一团漆黑的空间，在这里，他感到自己神色清明，思维清晰，毫无醉意。

邹湛正觉得奇怪呢，忽然，一阵轻盈的脚步声传来。接着，他看到一片漆黑中，出现了一小团亮光，只见一个白衣男子，周身泛着微微白光，缓步向邹湛走来。

那人见了邹湛，竟然"扑通"一声跪了下来，声音哀婉地说道：“邹大人，小人有事相求，请大人应允！”

邹湛十分惊奇，心思百转，缓声说道：“你姓甚名谁？所求何事？先起身说清楚吧！”说着，伸手扶起那人。

那人满脸愁容，说：“我姓甄名仲舒，恳请大人为小人收敛尸骨！”说完，还没等到邹湛再继续询问更多信息，那人就消失了。邹湛也从梦中悠悠转醒，他抬头从窗户向外看去，此刻仍是夜晚，明月高悬空中，一切静谧极了。

“看来我只是小睡了一下啊。”他心想。此时，有一缕凉风正从窗户外吹过，被风一吹，邹湛仅有的几分醉意瞬间就没了，他便开始细细思考起刚才的梦境。毫无疑问，那人是一缕幽魂，只是，他为何突然向我求助？而且，他只告知了我姓名，却并未言及埋骨之地。

邹湛左思右想，不知不觉已到了天亮时分，一声鸡鸣将他的思绪拉回了现实。又是新的一天，现实中还有许多事情等待邹湛去处理，他暂时将梦中的事抛在了脑后。

过了一些日子，有人来请他拆字占卜。他忽然灵光一闪，想到了那男鬼的名字——“甄仲舒”，也可拆解重组。

甄仲舒三字拆开：

甄——西瓦土

仲——人中

舒——舍予

重新排列，那不就是"家舍西面瓦土中的人"！

他转念一想，家舍难道指的是我的新宅院？自己的新宅院西边的确是有一堆残砖旧瓦……莫非……想到这里，他立刻派人去宅院西面查看。不一会儿，那人就传回话来，说在砖瓦下面发现了一具骸骨。

事情到这里便清晰了，不知道是何原因，那男子死在了那片废墟中，无人替他收尸，便只能做个孤魂野鬼。古人都讲究入土为安，想来，应是留着这样的执念，他的魂魄原来才徘徊着不肯消散吧。想明白了一切，邹湛不禁感慨万分，令人将那具尸骨收敛好厚葬了。

当天夜里，那男子又出现在了邹湛的梦里。与上次的满面愁容不同，这次，那人脸上带着明显的喜悦与解脱之情，他冲着邹湛遥遥一拜，然后说道："多亏大人的帮助，小人心愿已了，离别前特地来感谢大人的恩情！"说罢，他便消失了。

苻坚

原文

　　苻坚将欲南伐，梦满城出菜，又地东南倾。其占曰：菜多，难为酱也。东南倾，江左不得平也。

——《梦书》

　　魏晋南北朝是中国历史上一段混乱的时期，西晋曾短暂地统一过全国，但不久后便灭亡了。西晋灭亡后，东晋朝廷偏安于江左一隅，群雄逐鹿中原，纷纷建立政权，称为十六国时期。

　　我们这篇故事的主角，就是十六国前秦政权的君王苻坚。苻坚是个有雄心壮志的人，他励精图治，前秦在他的带领下，逐渐壮大，全盛时期几乎统一了北方地区，与在

南方的东晋形成了南北对峙的局面。

但是，志在天下的苻坚并不满足于此，他的下一步目标便是渡江消灭东晋。于是，踌躇满志的苻坚便开始着手准备，一共调集了近百万士兵，不日便准备出兵攻打东晋，迫不及待地想要实现自己统一中国的理想。

眼看出征的日子快要到了，苻坚突然做了一个十分诡异的梦。在他的梦境中，无数青菜忽然从地下长了出来，很快就长满了全城各处，目之所及都是绿绿的一片。并且，脚下的土地突然猛地向东南方向倾斜，苻坚猝不及防，脚下不稳，身体不禁向地面倒去。而就在苻坚要摔倒之际，他从梦中惊醒。

出征在即，自己却做了这样一个奇怪的梦，不知预示着什么呢？苻坚想了半天，也没想出个所以然来，于是叫人请来了城中一位有名的占梦师。

没等多久，占梦师很快就应召前来。符坚一五一十地叙述了自己的梦。占梦师听了，沉吟了一会儿，面露难色，试探着地道："大王，有些话……小人有些话不知当讲不当讲……"

符坚听了，心里一凉：看来这是个坏兆头啊！但他表面上却未露出异样的神情，神色如常地说道："无须顾虑，如实讲来吧！"

于是，占梦师回答道："酱料是酱，是烹调食物的灵魂，青菜多了，酱就不好掌握，'酱'又与'将'同音。所以，城中长满青菜意味着将卒难为，出兵会缺乏善战的将领。"他喘了口气，继续解释道："东南方向，正是东晋朝廷之所在。您梦到大地向东南方向倾斜，这是说难以平定东晋啊。"

说罢，他小心翼翼地看着符坚的脸色，生怕他迁怒于自己。然而，他不知道的是，符坚求胜心切，这些预兆无法阻碍他攻打东晋的步伐。果然，符坚挥挥手让他下去了。

"人定胜天，此战兵力悬殊，我方必胜！"符坚攥紧了拳头，暗暗在心里说道，决定仍然按照计划挥师南下。

不日，双方交战，晋军人数少于前秦，按常理来讲前秦军队应该是势如破竹。可惜天意弄人，不可思议的是东晋竟然以少胜多打败了前秦，前秦军队溃不成军。

战败后，前秦的国力迅速衰退，别说平定东晋了，符坚本人不久后就在兵变中被杀了，北方地区又再度回到了分裂的状态。这一战，可以说是引起了一系列连锁反应。

看到这一切，那占梦师唏嘘不已，但也无可奈何。

贾弼

原文

河东贾弼为琅琊参军，夜梦一人，座鼍大鼻闭目，请曰："爱君之貌，换君之头，可乎？"梦中不获已，遂被换去。觉而人见者悉惊走。还家，家人悉藏。自此后能半而笑啼，两手足及口中，各题一笔书之，词翰俱美。

——《幽明录》

　　东晋时期，山西有个叫贾弼的人，在琅琊王府中当幕僚。贾弼才能平平，但也算兢兢业业。如果要说他有什么过人之处，那就是他的长相了，剑眉星目并且身材伟岸，是位远近闻名的美男子。

他未成婚时，来给他说媒的人简直快要把他家的门槛给踏破了。

贾弼成家后，夫妻二人很快便有了孩子，体会到了为人父的喜悦。他在琅琊王府里虽不得重用，但也乐得闲适自在。家庭与事业都十分稳定，贾弼知足常乐，日子过得简单又幸福。

就在贾弼认为将平稳度过自己的一生时，有件怪事发生了。

这天中午，贾弼用过午膳后，像往常一样打算小睡一会儿。没成想，他刚睡着，他的梦中出现了一个面目丑陋的人，这人胡子邋遢，嘴歪眼斜，鼻子很大，还长着龅牙。贾弼从来没见过这么丑的人，他惊呼一声，然后醒了。

他拍拍胸口，"这是哪里的丑八怪啊！毁了我的午睡！"口中念叨着，眉头紧锁。这下也睡不着了，贾弼便又开始继续工作。最近府中事情很多，贾弼很快便将这件事给忘了。

没想到，过了几天，贾弼在午睡时，竟然又梦到了那个丑八怪。这次，那人竟然还向贾弼提出了一个不可思议的无理请求：

"大人，我十分喜欢您俊朗的容颜，我想换您的头，可以吗？"他说话的声音嘶哑，喉咙里像卡着痰一样，听起来让人十分难受。

贾弼心想：这人莫不是脑子有病？竟然能将这种请求如此冠冕堂皇地说出口。

可是，那人虽言语客气，动作却一点都不客气，还没等贾弼开口拒绝，他猛地钳制住了贾弼的双手，然后狠狠将自己的头向贾弼的脸撞去。

"啊！"贾弼大叫着，一下子从梦中惊醒过来，他揉了揉脸，没觉得与平日有什么不同，"实在是莫名其妙！"他嘟囔着。

这时，有一名小吏进屋来呈送公文。他一见到贾弼，就露出了惊恐的表情，然后转身就跑，连公文掉在地上都没顾上捡。

贾弼觉得奇怪，还有一些不安，便匆匆写了个字条告假，快步向家中走去。回家路上，众人纷纷对贾弼指指点点，他越来越觉得害怕，于是加紧了步伐。

终于回到了家中，他长吁一口气，打算把这怪梦和今天的遭遇说与妻儿听。没想到，他的妻儿一见到他，也惊慌地逃进了里屋，还插上了门。

这时，贾弼心里隐隐有了猜测：莫非与那要换脸的丑人有关？于是，他拿过镜子一照，这一看不得了，简直吓得他肝胆俱裂！他原本英俊的面庞已消失不见了，而是变成了梦中丑八怪的那张脸！

贾弼忍不住流下泪来，更让他崩溃的是，他发现自己的脸竟然还是一半笑脸、一半哭脸！

之后，其他人都知道了他奇怪的遭遇，对他十分同情。贾弼自己花了很长时间才接受了这个事实，开始继续生活。回到琅琊王府工作，他发现自己的两只手都可以写字，而且写的文章辞藻华丽，甚至到了才华惊人的程度。

"这也算不幸中的万幸吧！"贾弼只能如此安慰自己。

宗叔林

原文

　　晋阳守宗叔林得十头鳖，付厨曰："每日以二头作臞。"
其夜，梦十丈夫，皂布衣裤褶，扣头求哀。不悟而食二枚。
明夜，又梦八人求命，方悟。乃放之，后梦八人来谢。

——《搜神记》

　　鳖，也叫甲鱼，古人认为它的营养十分丰富，有着滋阴补肾的功效，因此将它视为一种珍贵的补品。我们下面要讲的故事，便与吃甲鱼有关。

　　晋代有个叫宗叔林的人，平时十分注重养生，在饮食方面，更是非常重视食物的营养价值和搭配。

　　最近，宗叔林刚升官做了晋阳郡的太守，有不少新朋旧友纷纷上门向他祝贺。这天清早，有一位老友上门拜访，那朋友一见他，笑呵呵地说道："老朋友，首先要祝贺你升迁啊！这不，我给你带来了一份贺礼！"说着，把一个箱子送给了宗叔林。

宗叔林接过箱子，打开一看，里面竟然是十只还在爬动的甲鱼！

"这？"他有些迟疑。

那朋友哈哈一笑，解释道："老兄，我知道你注重养生，这甲鱼可是我花费了不少钱专门让人从黄河中打捞的，听说吃甲鱼大补呢！"

听了这话，宗叔林十分感动。接着，两人快活地畅聊了许久。晚上，他送走了朋友，然后把甲鱼交给了厨房，吩咐道："我要好好尝尝这甲鱼！从明早的早膳开始，每天用两只甲鱼做成肉羹吧！"说完，他便准备就寝。

宗叔林酣然入睡后，有十个穿着黑衣黑裤的男人出现在了他的梦里。这十名男子将宗叔林团团围住，然后突然一齐跪倒在了他的脚下，像小鸡啄米似地磕头，口中不断地哀求道："郡守大人饶命，郡守大人饶命……"

这边，宗叔林则是一头雾水，他嘴里不说，心里暗道："最近……我也没有什么要处决的人啊……"

但还没等他想明白，便从梦中醒过来了。他伸了个懒腰，然后起床洗漱。等他穿戴好衣冠，早膳已经做好了呈了上来。

隔着屏风，宗叔林便闻到了一股诱人的肉香，令他胃口大开。走近一看，果然是用甲鱼做的肉羹，他迫不及待地坐下大快朵颐。

到了晚上，他又梦到了昨天的黑衣男子们，只不过这次只有八个人。这八个人又是连连磕头，比昨天更为迫切地哀求他饶命。

人数的变化引起了宗叔林的思考，"十个人……八个人……十只甲鱼……我今早吃了两只……莫非？"想到这儿，他恍然大悟，原来是那些甲鱼在给我托梦啊！

第二天一早醒来，他连忙赶到厨房叫停了厨师，把剩下的八只甲鱼放进了附近的河里。干完这一切，他心想："这下应该不会再给我托梦了吧？"

当天晚上，宗叔林又梦到了那八个黑衣人，只不过，这次他们是来向他道谢的！

刘
沙
门

原文

刘沙门居彭城，病亡。妻贫儿幼，遭暴风雨，墙宇破坏。其妻泣拥稚子曰：汝父若在，岂至于此！其夜梦沙门将数十人料理宅舍，明日完矣。

——《搜神记》

如今我们提到"阴魂不散"，会觉得这是个不吉利或者带有贬义的词语。但是，并非所有阴魂不散的鬼魂都是恶鬼，有时候，有些鬼之所以在人间久久地徘徊，是因为这人间还有他们放不下的人，下面这个故事，就与一个徘徊不散的善鬼有关。

话说东晋时，彭城（江苏徐州）有个叫刘沙门的人，他的父母笃信佛教，于是便用佛教中出家修行者的称谓"沙门"给他命名。

刘沙门长大后，也十分虔诚地信仰佛教，相信人有来世，死后灵魂会转世。他虽然不甚富裕，但平日里还是努力地多做善事。到了适婚的年纪，刘沙门娶了一位美丽的妻子。没过几年，两人就有了一个活泼可爱的儿子，一家三口过着平凡但美满的日子。

可是，世事难料，刘沙门不幸得了重病，这病来得又快又急，没过多久他便撒手人寰，留下一对孤儿寡母相依为命。

日子虽然艰难，但还是要过下去，刘沙门的妻子不得不咬着牙坚强起来。她善于针线活儿，便在邻里间接一些缝补的活儿，还去别人家中做帮佣，挣一些辛苦钱，勉强养育着孩子。

　　有一天傍晚，天色突然暗了下来，大片的乌云布满天际，风渐渐大了起来，吹来的都是潮湿的风。

　　"呀，这肯定是一场暴风雨。" 刘氏看着外面晦暗的天色念叨着，连忙将屋子的门窗都死死关紧。

　　果然，不一会儿，伴随着呼啸的风，暴雨倾盆而下。屋内，刘氏紧紧抱着幼子，期待着这场风暴赶快过去。

　　没想到，这雨越下越猛。突然，外屋传来一声巨响，刘氏连忙出去一看，一面墙壁竟然坍塌了大半，屋外的风和雨登时就灌了进来！想来是房屋年久失修，禁不住这么大的风雨。

她看着倒塌的墙壁，种种心酸事也涌上了心头，不禁泪流满面，只觉得万念俱灰。

她的幼子这时也跌跌撞撞地跑出来看，她连忙抱起孩子蜷缩在屋内的角落里。"你父亲如果还在世的话，咱们家怎么会沦落到这种地步？"她哭着对儿子说道。小孩子懵懵懂懂，还不知道发生了什么，看到母亲哭泣，只是贴心地为她拂去泪水。哭着哭着，睡意袭来，母子二人便靠着墙角相拥而眠。

在梦中，朦朦胧胧地，刘氏看到了自己的亡夫，他身后还跟着数十个人。"夫君！"她泪眼婆娑地喊着。刘沙门连忙上前抱住她，两人紧紧相拥。

"是我没用，让你和孩子受苦了！"刘沙门声音沉痛地说道。接着，他又说"我带了一些朋友来修理房屋，别担心，很快就能修好！"

真如他所言，不一会儿，倒塌的房屋就恢复了原样。刘氏知道这是梦，也没在意，她此刻只希望这梦能再长一些，这样就能和丈夫多相处一会儿。

但刘沙门见房屋已修好，便依依不舍地与妻子说："我始终放不下你们啊，所以一直在人间徘徊。现在，我该走了……"说着，便消失不见了。

这时，刘氏也从梦中悠悠转醒，她惊奇地发现，昨夜倒塌的房屋竟然已经修葺一新！与她梦到的一样。

"原来我的梦是真的……沙门在庇护着我们啊！"刘氏想明白了这一切，既欣慰又感慨，又对生活有了希望。

周氏婢

原文

　　陈留周氏婢入山取樵，倦寝。忽梦一女子，坐中谒之曰："吾目中有刺，愿乞拔之。"及觉，忽见一棺中有髑髅，眼中草生，遂与拔之。后于路旁得双金指环。

——《述异记》

　　在中国，有句古话叫"滴水之恩当涌泉相报"。其实有时候，不只人知道感恩，也有知恩图报的鬼呢。不相信的话，就一起来看看下面这个故事吧！

　　话说在陈留郡，有位姓周的女子，自幼家境贫寒，但从小就很乖巧、勤快，善良懂事的她，总是尽自己最大的努力去帮助父母干活。不仅如此，周姑娘还是个热心肠，周围邻里间若有什么她能帮得上的，她总是义不容辞。

等周姑娘年岁渐长，她听说郡里有一大户人家正在招婢女，自己的各个方面都符合条件，于是为了贴补家用，她便自告奋勇去给人家当婢女。那主人见她聪明伶俐，爽快地同意了。

大户人家的婢女虽然收入尚可，但着实不是个容易的差事。周姑娘总是从白天忙到晚上，有时候一天下来连口水都顾不上喝。

一日，主人遣她去山里拾取枯枝当作柴火来烧。刚进山，周姑娘恰好碰到有许多掉落的枯枝，手脚麻利的她迅速收集好了足够的数量，提前完成了任务。

出来之前她已经干了不少活儿，这时十分困倦，她见时间尚早，便想着忙里偷个闲，稍作休息。"哎，回了府又是一连串的活儿在等着我。现在时间还富裕，我就小睡一会儿吧！"她心理盘算着，然后找了一棵树闭眼休息。

不一会儿，周姑娘便睡着了。睡着睡着，忽然，她梦到了一个陌生女子。那女子一身白衣，形容憔悴，似乎十分痛苦的样子。那陌生女子一见到她，就匍匐于地，叩首跪拜。

周姑娘一时愣住了，过了几秒才反应过来，慌忙蹲下身扶那女子。

"姑娘，我的眼睛中有刺，它扎得我好痛啊！求求您帮我把刺拔去吧！"那白衣女子眼睛流着泪，声音哀婉地恳求道，却不肯起身。

周姑娘看了看她的眼睛，发现她双目完好，"你莫拿我寻开心啊！哪里有什么刺的痕迹呀？"周姑娘十分疑惑。

还没等到回答，这梦就结束了。周姑娘只当这是个奇怪的梦，伸了个懒腰准备回府。突然，她的目光被不远处的一个棺木吸引住了，不由自主地走近查看。

走近一看，那棺木中躺着一具骷髅，"啊！"她惊呼一声，紧接着，她发现那骷髅的眼中生了野草。

"莫非是眼前这具骷髅给自己托梦？"她心里猜测着，但不敢确认。不过，宁可信其有，不可信其无，周姑娘还是伏下身，为那骷髅除去了眼中的杂草。做完，她拍了拍手，想着自己能做到的都做了，便转身大步向山下走去。

"哎哟！"走着走着，她突然被地上一个东西绊了一下，低头一看，竟然是两只黄澄澄的金戒指！"我真是好运气啊，竟然捡到了这么值钱的东西！"她想着，喜滋滋地把那两只金戒指收了起来。

后来，她越想越觉得不对劲，金戒指掉在这种地方，着实奇怪。想来想去得出一个结论：这戒指是那骷髅为报拔草之恩所赠！

徐孝嗣

原文

徐孝嗣，字始昌。曾在率府，昼卧北壁下。梦两童子，遽云："移公床。"孝嗣惊起，壁有声，行数步而壁倒，压床。

——《谈薮》

南朝时期有个叫徐孝嗣的人，出身于世家大族东海徐氏。他少年老成，不仅为人处世端庄稳重，而且还很有才学，年纪不大便已在京都中崭露头角。

当时的尚书令王俭见了他之后，称赞不已，还对别人说："孝嗣这少年将来大有可为，依我看啊，他一定能当上宰相呢！"

果然，徐孝嗣入朝为官后，皇帝看他风度翩翩又才学兼备，便对他青眼有加，还下旨为他赐婚，让他迎娶了康乐公主。

最近，徐孝嗣又得到了升迁，负责东宫的军事防卫，领精兵万人，宿卫太子。保卫工作不分昼夜，既重要又辛苦，毕竟保卫的不是别人，是未来的储君啊！

孝嗣作为长官，自上任以来一直兢兢业业，几乎一刻都没有松懈过。别人劝他："你不必如此紧张，毕竟手下还有那么多人呢！"而孝嗣却说："不怕一万就怕万一，要是真出了事，我的责任最大！所以我得时刻防备着啊。"长此以往，他强烈的责任心令他总是十分疲惫。

这天，他起床后感到身体不适，但还是坚持着没有告假。等处理完了手头的公事，他抬头一看太阳，已经过了中午。

午后，强烈的困意袭来。屋内靠北墙放置了一张小床，这是平时他用来短暂休息的。他便去床上和衣躺了下来，准备打个盹儿。

迷迷糊糊地，他梦到了两个孩子，一男一女，长得十分可爱。这两个孩子左一个、右一个拉着他的手，神情急

切地对他喊道："徐大人、徐大人，您快把床移开，火烧眉毛啦！"那声音又细又尖，让徐孝嗣心头一颤，猝然从梦中惊醒过来。

"移动我的床？"他觉得奇怪，不自觉地从床上起身站了起来。这时，他突然听到墙壁有开裂的声音，他大骇，连忙后退了几步。

没退几步，那看起来结实的墙壁竟突然崩塌了，并且恰好压倒在了那张小床上！

看着眼前的景象，徐孝嗣心有余悸，心想，要是没有他们，我这会儿就已经做了鬼喽！

后来，他将这段神奇的经历说给友人听，那朋友说，"想来，是上天爱惜英才，才派金童玉女来救你性命吧！"

江淹

原文

宣城太守济阳江淹少时，尝梦人授以五色笔，故文彩俊发。后梦一丈夫，自称郭景纯，谓淹曰："前借卿笔，可以见还。"探怀得五色笔，与之。自尔淹文章踬矣。故时人有才尽之论。

——《谈薮》

有个成语叫"江郎才尽"，用来比喻人的才华和思想减退。可你知道江郎是谁吗？他又是怎么才尽的呢？一起来看看下面这个故事吧！

南朝时，济阳有个叫江淹的少年，他天分平平，在私塾中，他非常羡慕那些能写一手好文章的同学，于是他加倍学习，十分刻苦。

这天，江淹又学习到了深夜，困意上来，眼皮一个劲儿地打架，终于还是忍不住趴在桌上睡着了。

入梦后，他感觉到有人在拍他的肩膀，抬头一看，一个黑衣男人出现在了他面前。

"你是谁？想干什么？"看到陌生人深夜出现在他家里，江淹有些惊慌，忍不住站了起来。

那人没理会江淹的问题，只是大声说道："我只问你一次，你想不想变得才华横溢、文思敏捷呢？"

江淹闻言，心生疑虑，但不禁脱口而出"当然"。他每日如此努力地学习，就是为了有朝一日能文采飞扬啊。

得到了肯定回答，那黑衣男人从怀中掏出一支笔，塞到了江淹手中。

江淹顿时被手中的笔吸引住了。他从未见过这样的笔，笔杆的质地像玉石又像琉璃，五彩缤纷，耀人眼目，拿在手上触感温润且沉甸甸的。他好奇地询问这笔的来路。

"少年，后会有期！"可那黑衣男人只留下了这一句让人摸不着头脑的话，便凭空消失了。

"梆……梆……梆" 这时，江淹耳中突然听到了清脆的梆子声，骤然打了个激灵。他这才发现，自己还是坐在椅子上，手中也没有什么五色笔。"原来只是一场梦啊！"他有些失望，然后便去床上继续睡觉了。

　　第二天，是私塾考试的日子。江淹原本十分紧张，可一拿起笔，他却感到文思如泉涌，很快便写完了一篇文章。后来，这篇文章受到了教书先生的猛烈夸奖。此后，江淹写出了一篇又一篇令人惊叹的佳作，名声大噪。他也慢慢意识到，那梦并不完全是梦，自己的确变得有才华了。

　　一晃十余年过去了，江淹凭借才学当上了宣城郡的太守。突然有一天，他又梦到了那黑衣男人。

　　这次，那人开口自我介绍："我姓郭名璞，字景纯。"然后开门见山地说道，"之前我借给你的笔，是时候该还了。"说罢，不由分说地伸手向江淹怀中一探，拿出了那只流光溢彩的五色笔。

　　江淹此时想动却怎么也动不了，身体像是被冻住一样，只能眼睁睁地看着他把笔拿回去了。

　　"不要！"江淹大喊着，从梦中醒了过来。可这时一切已成定局。

这之后，江淹写的文章再也没有了从前的那份灵气，别人点评他是"江郎才尽"。只有江淹自己知道，那灵气与才华，不知是何方神灵垂怜他年少勤奋，才短暂地赋予他的，本就难以长久啊！

唐僖宗

原文

　　僖宗自晋王即位，幼而多能，素不晓棋。一夕，梦人以棋经三卷焚而使吞之。及觉，命待诏观棋，凡所指划，皆出人意。

——《补录记传》

　　话说，唐朝有个皇子名叫李儇，是唐懿宗的第五子，被封为了晋王。李儇还年幼时，就展现出了非凡的才能，聪明无比，智商超群。不过，人无完人，若说还有什么能难倒他的，那就只有围棋了。

　　当时，对弈之风十分盛行，尤甚是在世家贵族中，被认为是一种十分高雅的休闲方式，也体现着一个人的才能。

而李儇在围棋上一直不开窍，怎么也学不好，他天性骄傲，所以这也就成了他的一块心病。

后来，懿宗病死，李儇即位，是为唐僖宗。做了皇帝后，李儇更加执着于下围棋，常常观摩棋待诏们下棋，希望学到一些下棋的技巧。所谓棋待诏，就是翰林院中专门陪同皇帝下棋的专业棋手，都是十分厉害的。

一天晚上，李儇就寝后，忽然梦到有一个人拿着三卷棋经出现在他面前。"陛下，您可想成为一个围棋高手？"那人带着神神秘秘的语气问道。

李儇不假思索地答道："那当然了，朕做梦都想着呢！"继而又问，"你是何人？为何出现在朕的梦中？"

那人不语，凌空打了一个响指，那三卷棋经竟突然着了火，不一会儿便烧成了灰。他手捧着灰烬，对李儇说道："陛下，您若将这棋经烧成的灰烬吞下，便可棋力大增！"

李儇狐疑地看着他，但转念又一想：反正这是在梦里，吃了应该也不会有什么真正的损害吧！于是便捏着鼻子将那灰烬都吞了下去。

刚吃完，李儇便从梦中悠悠转醒，此时已经是第二天了。他为了试验这梦的真假，一大清早就下诏让棋待诏们

进宫对弈。

神奇的事情真的发生了。以往，李儇观摩棋局时总是一知半解，可这次，他不仅能迅速心领神会，还能为双方指点招式，有几步还是令人惊艳的"妙手"！

李儇的变化令棋待诏们刮目相看，后来他们私下议论，都认为李儇之前是在故意隐藏实力呢！

而李儇本人则在暗自窃喜，这一切多亏了那奇梦啊！

何致雍

原文

　　何致雍者，贾人之子也。幼而爽俊好学。尝从其叔，泊舟皖口。其叔夜梦一人若官吏，乘马从数仆，来往岸侧。遍阅舟船人物之数。复一人自后呼曰："何仆射在此，勿惊之。"对曰："诺，不敢惊。"既寤，遍访邻舟之人，皆无姓何者。乃移舟入深浦中。翌日，大风涛，所泊之舟皆没，唯何氏存。叔父乃谓致雍曰："我家世贫贱，吾复老矣，何仆射必汝也！善自爱。"致雍后从知于湖南，为节度判官。会楚王殷自称尊号，以致雍为户部侍郎翰林学士。致雍自谓当作相，而居师长之任。后楚王希范嗣立，复去帝号，以致雍为节度判官检校仆射。竟卒于任。

　　　　　　　　　　　　——《稽神录》

唐末有个叫何致雍的人，生长于小商人之家，但他本人却不看重利益，而十分好学，为人温文尔雅，有着读书人的风范和气度。

他成年后，有一次乘船随着自己的叔父出门经商。经过皖口时，天色已黑，他们叔侄二人便把船停泊在了皖口的岸边，打算在船上休息一晚，第二天再继续赶路。

夜里，何致雍的叔叔睡着睡着，梦见一个官吏模样的人骑着马，前呼后拥地在岸边巡视，然后把靠岸的船只和船上的人、货物全都检阅了一遍。

他听见队伍中有人高声喊道："何仆射在此，莫惊扰了他啊！"又有人回应道："明白，我们哪敢惊动他啊！"

醒来后，何叔父觉得奇怪，便问了问附近船只上的人，但他们都不知道何仆射是谁。这时，何叔父见天已经快亮了，便把船只划到了江浦深处，想着方便第二天早上离岸。

没想到，第二天早上，江便忽然刮起了怪风，靠岸的船只全都沉没了，唯有何家的船幸免于难。何叔父惊魂甫定，突然忆起了昨晚的梦，他有了一个大胆的猜测：梦中的官吏和侍从也许是来索命的阎王和小鬼，因为被他们清点过的船只无一幸免！

思及此，他又想到了他们口中的"何仆射"和"勿要惊扰"之语，"这里只有我和侄儿姓何，难道……"他又惊又喜地看向何致雍，然后连忙拉着何致雍的手，向他讲述了昨晚的梦，紧接着语重心长地说道："孩子，我人老体弱，也没读过书，何仆射指的必定是你呀！将来，你一定要好好珍视自己啊！"

何致雍听完将信将疑，不过他本人确实无心经商，而向往仕宦，"若是真的，那真不错啊！"

后来，唐末战乱四起，何致雍为避战乱去了湖南，机缘巧合下当了节度判官。没多久，楚人马殷称帝，建立了南楚政权，何致雍便转投在了他旗下，任户部侍郎兼翰林学士，不过他还是不满足，总觉得

自己能当宰相，为百官之首。

待马殷去世后，其子马希范即王位，取消了帝号。他任命何致雍做了节度判官检校仆射，何叔父的梦果然应验，何致雍成了名副其实的"何仆射"！不过自此以后，何致雍的官职再没有变动过，最后死在任上。

谢谔

原文

　　进士谢谔，家于南康，舍前有溪，常游戏之所也。谔为儿时，尝梦浴溪中，有人以珠一器遗之曰："郎吞此，则明悟矣。"谔度其大者不可吞，即吞细者六十余颗。及长，善为诗。进士裴说为选其善者六十余篇，行于世。

——《稽神录》

　　古时，南康郡有一个叫谢谔的进士，他文采斐然，尤其擅长作诗，而且诗作颇丰，连他自己都数不清一共写了多少篇。

　　可惜的是，谢谔名气却不大，颇有点怀才不遇的意思。有一日，他的好友裴说前来拜访。裴说是个热心肠的人，他见谢谔门庭冷落、无人问津，便动了帮他宣传宣传的念头。

于是裴说自告奋勇地说："谢兄，我来帮你挑选一些佳作，把它们结集成一本诗集可好？这样便于人们阅看呐！"谢谔听了十分感动，连忙把自己的作品都翻找出来给裴说看。

裴说用了十天时间，看完了所有的诗，然后从中选出了六十篇他认为优秀的诗作，与谢谔商量道："谢兄，我选的这六十篇，你可还满意？"

"六十？怎么又是这个数字……"谢谔眉头一皱，口中嘟囔着。

"怎么？这个数字有何不妥吗？"裴说有些不解地问。

谢谔连忙回道："不不，并无不妥，只是我突然联想到了我幼时的一件奇事。"

裴说听了，却突然来了兴致，说道："哦？奇事？我倒是也有些好奇呢！不知谢兄方不方便将这奇事讲与我听听呢？"

谢谔哈哈一笑，爽快地说："当然可以。这件事发生在我幼时。当时我家门前有一条清澈的溪流，我常常在此

游戏、玩

耍。有一天晚上，不知怎

么的，我梦到自己在那条小溪中洗澡，洗

着洗着，有一个人拿着一罐珍珠向我走来。那人对我说：

'孩子，你若把这些珍珠吞下，将来你长大了会变得非常

聪明哦！'我当时也不知怎么想的，对他的话信以为真，

跃跃欲试，不过我看那罐子里的珍珠有大有小，大的我怕

吞下去噎着，就吞了六十颗小珍珠。接着，我的梦就结束了。

裴兄，恰好你今日也选了六十篇诗作，我一下子就想到了

那六十颗珍珠！"

　　听完，裴说啧啧称奇，也觉得甚是奇妙，他激动地说道：

"哎呀，天下竟会有如此巧的事情吗？我猜这两者间一定

有着关联呢！依我看呀，谢兄就要因为这六十篇诗作出名

喽！"接着，他挤挤眼睛，笑着又说，"到时候，你可得

请我喝好酒啊！"

谢谔听了，哈哈一笑，向裴说拱手说道："当然当然！裴兄，那就承你吉言啦！"

后来，谢谔的诗集果然在当时文人间传诵一时，他因此名声大振。

隋炀帝

原文

　　武德四年，东都平后，观文殿宝厨新书八千许卷将载还京师。上官魏梦见炀帝，大叱云："何因辄将我书向京师。"于时太府卿宋遵贵监运，东都调度，乃于陕州下书，著大船中，欲载往京师。于河值风覆没，一卷无遗。上官魏又梦见帝，喜云："我已得书。"帝平存之日，爱惜书史，虽积如山丘，然一字不许外出。及崩亡之后，神道犹怀爱吝。按宝厨新书者，并大业所秘之书也。

——《大业拾遗》

　　隋朝时，隋炀帝杨广下诏营建洛阳城，并以此为东都，与在西边的长安城遥相呼应。隋炀帝一向爱惜书籍，并且酷爱藏书，于是他便在洛阳城内专门修建了一座华丽的宫殿——观文殿，用来藏书和阅读。

洛阳城在隋朝灭亡后，一直被王世充占据着。唐武德四年（621年），秦王李世民带领军队攻破了洛阳城，击败了王世充。

李世民进城后，一边感叹宫殿的奢华，另一边令人清点前朝留下的物件和收藏。后来，有士兵来通报，说在观文殿内发现了许多装饰精美的橱柜，里面装满了书籍，粗略地数了数，一共有八千多卷。

"早听闻杨广藏有很多珍贵的书籍，今日一见，果然名不虚传啊！"李世民看了后大喜，立刻令人将这些书籍装上船，打算顺着运河运到长安。

负责将书装船的将士们中，有个叫上官魏的士兵。装好船的当晚，上官魏做了一个奇怪的梦，他梦到一个帝王模样的男人，威仪十足，对着船只大声叱责："尔等竟然要将朕的藏书运往长安？真是胆大包天！"上官魏当即就吓醒了。

醒来后，上官魏仔细想了想，听他的口气和话语，觉得那人应该就是隋炀帝杨广！"但他已经死去，顶多就是出现在梦里，在现实中什么也做不了啊！我为何要怕他呢！"他在心里安慰自己，然后继续去睡觉了。

运送书籍由府卿宋遵贵监运，计划是先将书从洛阳运到陕州，换一艘更大的船，之后再运到长安。

　　出发那天，天静无风，十分适合航运。宋遵贵看着这好天气，心想，"这一行，应该能顺顺利利到长安吧！"

　　但是，计划赶不上变化，在运输过程中，本来晴朗无云的天空突然变了脸，转眼就乌云密布，电闪雷鸣，紧接着就是一场暴雨。

就这样，谁也没想到，船只突然遭遇了暴风雨，全部书籍都随船沉没了，连一卷都没剩下！消息传回洛阳后，上官魏晚上又梦到了隋炀帝。这次，隋炀帝一副心满意足的表情，喜笑颜开地说道："哈哈哈，我的藏书终于又回到我手上啦！"

上官魏醒来后，感慨万分，他心想，"那暴君杨广虽然死了，但看来上苍仍然垂爱着他，才让书籍沉没的吧！不过，就是可惜那批书籍了，听说全是十分罕见的古籍呢！"

豆卢荣

原文

　　上元初，豆卢荣为温州别驾卒，荣之妻即金河公主女也。公主尝下嫁辟叶，辟叶内属。其王卒，公主归来。荣出佐温州，公主随在州数年。宝应初，临海山贼袁晁攻下台州。公主女夜梦一人，被发流血，谓曰："温州将乱，宜速去之。不然，必将受祸。"及觉，说其事。公主云："梦想颠倒，复何足信。"须臾而寝，女又梦见荣，谓曰："适被发者，即是丈人，今为阴将。浙东将败，欲使妻子去耳。宜遵承之。无徒恋财物。"女又白公主说之。时江东米贵，唯温州米贱。公主令人置吴绫数千匹，故恋而不去。他日，女梦其父云："浙东八州，袁晁所陷。汝母不早去，必罹艰辛。"言之且泣。公主乃移居栝州。栝州陷，轻身走出，竟如梦中所言也。

——《广异记》

话说唐朝中期有位金河公主，她肩负和亲的使命，远嫁碎叶国，碎叶国因此就归附了唐朝。婚后不久，公主和碎叶国国王有了一个女儿。公主之女长大后嫁给了诗人豆卢荣。

待碎叶国王去世后，金河公主独身一人在外，无所依附，便请求回到了唐朝。恰好，她的女婿豆卢荣要前往浙江温州做官吏，金河公主就同女儿女婿一起去了温州。数年后，豆卢荣在任上去世，金河公主母女便在温州相依为命，好在家中积蓄颇丰，足够两人过着富裕的生活。

一晃又是几年过去，到了宝应初年，江浙地区有个叫袁晁的山贼作乱，竟然占领了附近的台州，一时间人心惶惶。

过了几日，有天晚上，豆氏睡着后梦到一个披头散发的人，他满脸血污，看不清楚面容。那人抓住她的手，着急地说道："温州这边将有战乱，你们赶紧离开！否则必将有灾祸！"

"呀！"豆氏吓了一跳，从梦中惊醒。她的心怦怦跳，觉得梦出有因，便连忙去找金河公主说了这个梦。金河公主却没当回事，安慰她道，"你呀，就是白日里瞎想，晚上才会做这种梦。温州距台州尚有一段距离呢，不碍事。而且很快唐军便会平定叛乱的！"

豆氏听了母亲的话，觉得也有一定的道理，便回屋又睡下了。没想到，她刚睡着，又梦到了自己的亡夫豆卢荣！

"吾妻！刚才你梦到的是你的父亲，他现在正在阴间做将军，可以预知未来的事。温州附近马上就要沦陷，他是来提醒你们的！你们一定要遵循他的话，赶紧离开啊！切记不要贪恋钱财等身外之物！性命最重要啊！"

豆氏醒来后，彻底睡不着了，又去找母亲商量对策。没想到金河公主还是不以为然。豆氏见状，也无可奈何。

又过了几日，由于战乱，江东的米价暴增，而温州这边比较安定，物价仍然很便宜，金河公主趁着物价便宜，屯了一些大米，又买了数千

匹绫罗绸缎。她贪恋财物，这下更是迟迟不肯动身逃走了。

眼看战乱逼近温州，豆氏又梦到了自己的父亲，这次他比上次更着急，声音颤抖着说："如今浙东八州，都被袁晁攻陷了。你们如果还不赶紧离开，后果不堪设想啊！"说完，留下了两行清泪。

豆氏醒来也是泪流满面，她下定决心，这次一定要说服母亲。她把梦中之事添油加醋地说了一遍，又动之以情、晓之以理。

终于，金河公主答应举家移居到更远的栝州。但是，搬到栝州后没多久，栝州也被乱兵攻陷了。仓皇之中，金河公主母女俩好不容易逃了出来，性命无忧，但是财物尽失。毕竟在危急关头，性命最重要，哪里还顾得上带着钱财和绸缎？那些财物，想来不是毁于战火，就是被乱军劫掠走了吧。

王诸

　　大历中，邛州刺史崔励亲外甥王诸，家寄绵州，往来秦蜀，颇谙京中事。因至京，与仓部令史赵盈相得。每赏左绵等事，盈并为主之。诸欲还，盈固留之。中夜，盈谓诸曰："某长姊适陈氏，唯有一笄女。前年，长姊丧逝。外甥女子，某留抚养。所惜聪惠，不欲托他人。知君子秉心，可保岁寒。非求于伉俪，所贵得侍巾栉。如君他日礼娶，此子但安存，不失所，即某之望也！成此亲者，结他年之好耳。"诸对曰："感君厚意，敢不从命？固当期于偕老耳！"诸遂备缣币迎之。后二年，遂挈陈氏归于左绵。是时励方典邛商，诸往觐焉。（节选）

　　　　　　　　　　　　　　——《乾𬓛子》

有时，梦境会成真，但有的时候，也不要轻易相信梦里的一切，否则可能会酿成大错！下面这个故事，就是一个反面例子。

话说唐朝时，绵州有个叫王诸的年轻人，由于工作的关系，他经常往来于绵州与都城长安之间。在长安，他结识了仓部令史赵盈，二人一见如故，成为好友。赵盈较王诸年长一些，对他照顾有加。

有一次，王诸在长安办完事，准备当天就返回绵州，此后可能很长一段时间都不回长安了。赵盈知道后，极力邀请他到家中一聚，说要为他送行。盛情难却，于是王诸晚上应邀前往。

两人喝酒畅谈，不知不觉到了半夜。赵盈见酒喝得差不多了，才道出了实情。原来，赵盈想为王诸做媒，而那女子，正是他自己的外甥女。

赵盈说："贤弟，我有一个外甥女，姓陈。姐姐去世后便由我抚养着。我怜惜她聪明过人，便一直想为她寻个好人家。我见贤弟的相貌和为人都十分出众，便想将我这外甥女托付给你啊！"顿了顿，他言辞恳切地继续说道："贤弟，我不敢奢求你娶她为正室。假若你将来要娶正室，只要让我外甥女能平安生活，不至于流离失所，我就满足了！此外，这桩婚事若成了，也能使你我二人的友谊更加牢固啊。"

王诸听了这番情真意切的话，也十分感动，便欣然应允："赵兄真心实意为我着想，我哪有不从的道理啊！"接下来，王诸迅速准备好了聘礼，迎娶了赵盈的外甥女。

两人婚后在长安生活了两年，之后，王诸带着陈氏回到了绵州老家。这时，王诸的舅舅崔励正担任邛州刺史一职，王诸便去探望他。

一见面，崔励就责备王诸到处游荡不着家，接着又开始担心起他的婚事。王诸无奈，便说了迎娶陈氏一事的始末。

没想到，崔励其实是想将自己的女儿嫁给王诸，他说："哎呀，你应该早点跟我说的。不过，我的女儿性格宽厚温和，

你若与她成婚，她一定能善待陈氏的！"王诸还是有些担心陈氏，就回复说回去再考虑考虑。

到家后，陈氏听了，却很支持这门婚事，她说："夫君，妾身别无他求，只要能吃饱、有衣服穿、夫人不责骂我，我就心满意足了！"就这样，王诸与自己的表妹成了亲。结婚后，三人居住在一起，相处得也十分融洽。

过了一阵，崔励的任期将满，即将卸任，他便和自己的儿子崔锵以及外甥王诸商量着，一同搬到江陵，互相有个照应。

于是，他们便计划由崔锵和王诸先行一步，到江陵购置宅院，等宅院整理好之后，崔励和其他的家眷再来。很快，崔锵和王诸就选好了一处房屋，并修葺一新。

奇怪的是，两人搬进去后，晚上睡觉

时同时做起了怪梦。王诸梦到陈氏神情凄凉地哭着说："夫君，我自知身份低微，崔夫人答应让我同你们生活在一起，我十分感激。可没想到啊，她竟然出尔反尔，船行驶到三峡中时，她趁我洗头发时，一把将我推进了激流当中，致使我葬身鱼腹！"

崔锵这边也梦到了陈氏向他诉冤："崔大人，您的妹妹好狠的心啊，让我丧命于三峡中！"

第二天，两人聊天时谈到了这件事，彼此都很震惊，但没有完全相信。可是当天晚上，两人又做了与前一夜同样的梦。崔锵有些惭愧，但还是忍不住为自己的妹妹辩解道："依我妹妹的性格来看，她是不会做这样的事的！这样吧，我们往家中寄一封信，询问一下陈氏是否安好，便能真相大白了！"

信寄出几日后，传来回复说陈氏的确在三峡中溺亡了！二人大惊，连忙赶回了绵州。回去后，崔励也得知了这件事，他们都相信了梦境，认为是崔夫人害死了陈氏。

崔夫人受到指责，百口莫辩，一气之下，她竟然剪发自尽了。一下子，王诸成了孤家寡人，他十分伤心难过，便离家远游去了。

又过了几年，王诸游历到了夏口一带。一日，他忽然在水军兵营中见到一个身材样貌与陈氏都极为相像的妇女，一时间，他的目光久久不能移开。那妇人也注意到了他强烈的目光，便对身旁的侍从说："你去问一下，那位郎君是不是姓王？"那侍从依言照做。

王诸听了，觉得此事不简单，但又不便直接询问，担心再生事端，便托他人婉转探听。后来他得知，那妇人果然是陈氏！

陈氏自述，自己的确曾落水，但并不是被崔夫人推下水的，而是自己不小心。落水后，她被一个名叫梁璨的小官所救。为了报答那人的救命之恩，陈氏便嫁与他为妻，现在，二人已经有两个儿子了。

王储听完后，才意识到自己和舅父、表兄都错怪了崔夫人，甚至还导致了她的死亡！他觉得自己愚蠢至极且罪孽深重，仰天长叹道："梦境误人、梦境误人啊！"之后，他为了赎罪，就出家做了和尚，以乞讨为生。

王方平

原文

　　太原王方平性至孝。其父有疾危笃。方平侍奉药饵，不解带者逾月。其后侍疾疲极，偶于父床边坐睡。梦一鬼相语，欲入其父腹中。一鬼曰："若何为入？"一鬼曰："待食浆水粥，可随粥而入。"既约，方平惊觉。作穿碗，以指承之，置小瓶于其下。候父啜，乃去承指，粥入瓶中，以物盖上。于釜中煮之为沸，开视，乃满瓶是肉。父因疾愈。议者以为纯孝所致也。

——《广异记》

　　古时在太原地区，有个远近闻名的孝子，名叫王方平。

　　他自幼家境贫寒，父母为了生计吃了不少的苦头，等王方平长大后，父母已经是年老体弱、疾病缠身。于是，王方平为了照顾父母，从不出门远游，也甘于清贫。朋友叫他一起外出经商赚钱，他就回绝道："我对那些发财的事不感兴趣。我在家种地，足够糊口，还能侍奉在父母左右，这样我就心满意足啦！"

数年后，王方平的父亲身体每况愈下。王方平急忙请了大夫来看，谁知那大夫看了，连连摇头说道："你父亲此时已经病入膏肓，吃什么药也无力回天了，最多只是再拖延些时日罢了。"

听到这儿，王方平不禁哭了出来，那大夫也有些不忍心，拍了拍他的肩膀，安慰他说："我知道你一片孝心。不过我劝你啊，还是趁早准备后事，到时风风光光地将老人下葬吧！你父亲泉下有知，也会高兴的！"

可王方平还是不肯放弃，他倾尽家财，买了许多珍贵的草药，每日尽心尽力地为父亲侍奉汤药，无分昼夜，几乎是衣不解带地陪在父亲床边。

就这样，一个多月过去了，老人的病情果然如大夫所说的一样，不见好转。这天，王方平心力交瘁，竟然在父亲的病床前坐着睡着了。在梦中，他到了一间黑漆漆的房间里，房间内有两个长着犄角、眼睛是红色的人，一高一矮，

正在窃窃私语。王方平见他们长得十分怪异，心生好奇，就竖起耳朵，想听听他们的对话内容。

这一听可不要紧，原来，他们两个根本不是人，而是地府里的鬼差！而且他们正在谈论的人恰好是王方平的父亲！王方平的父亲寿命将尽，地府便派了这两个鬼差来勾魂索命。

只听高个儿的鬼差说："我打算钻进他的肚子里去。"

矮个儿鬼差问："那你如何进去呢？"

高个儿鬼差嘿嘿笑着回答："那老人的儿子每日都会给他喂粥，我打算藏在粥里，乘他喝粥时，随着粥溜进去。怎么样，我机灵吧！"

他们的对话，王方平听得胆战心惊，一下子从梦中惊醒过来。

"呼……"王方平拍了拍自己的胸口，顺了顺气，然后开始想起了对策。他思来想去，最终决定将计就计。

王方平做了一个底部带孔的碗，又准备了一个瓶子。盛粥时，王方平托着碗底，顺便用手指堵住碗底的孔，又用无名指和小指夹住了瓶子，放在碗的下面。待父亲喝粥时，他突然移开了手指，用那瓶子接住了流出的粥，然后马上用塞子将瓶口塞住。

王方平端详着瓶子，没觉得有什么奇怪的地方。可为了以防万一，他还是将瓶子放进了锅内，加了水蒸煮。待水煮沸后，他将瓶子捞上来一看，只见瓶子中都是像肉一样的物质。

神奇的是，经过了此事，王方平父亲的病竟然痊愈了。人们知道了，都感叹说是王方平的孝心感动了神灵！

张诜

张诜，以贞元中，以前王屋令调于有司。忽梦一中使来，诜即具簪笏迎之。谓诜曰："有诏召君，可偕去。"诜惊且喜，以为上将用我。即命驾，与中使俱出。见门外有吏十余，为驱殿者。诜益喜，遂出开远门，西望而去。其道左有吏甚多，再拜于前。近二百里，至一城，舆马人物喧哗，阗咽于路，槐影四蠹，烟幕逦迤。城之西北数里，又一城。外有被甲者数百，罗立门之左右，执戈戟，列幡帜，环卫甚严，若王者居。既至门，中使命诜下马。诜整巾笏，中使引入门。兵士甚多。见宫阙台阁，既峻且丽。（节选）

——《宣室志》

话说在唐朝贞元年间，有个叫张诜的官员。最近，他的任期将满，即将调任到其他官职上，只不过调令还没有下来，所以他一直很忐忑。

有一天晚上，张说在睡梦中，迷迷糊糊地看到有一个使者在叫他："张大人，快醒醒，皇上有令，要召您进宫呢！"张说一听，十分欣喜，心想，"我只是一个小官，从未见过皇上的龙颜。今日突然召见我，难道是要封我做大官了？"于是，他连忙起床穿戴好衣冠，拿着笏板跟随使者乘马车进宫了。

到了宫墙前，张说见到门外站着十多名仆役模样的人。进了宫门，再往深处走，道路两旁站着两排侍者，做出行礼迎接的姿态。

大约行驶了两百里，他们来到了一座华丽的宫城前，张说看到这里有许多车马行人，熙熙攘攘地往来走动。城的四周还栽种了许多槐树，遮天蔽日的，十分凉爽。向远处一看，距这座城西北方几里的地方，还有一座城池。这座城池由几百位身穿甲胄、手持武器的士兵守卫着。

"看起来像是帝王居住的地方呢。"张说在心中默默说道。不过，还真是让他说中了，马车果然朝着那边去了。到了门前，张说下马后，整理一下衣服，然后跟着使者进了宫。

宫内士兵众多，放眼看去，都是巍峨壮丽的亭台楼阁。他们步行走入了一座高大华丽的宫殿内，一进去，就看到

大殿之中站着百余位手持笏板的官员，都是一副严肃的样子。大殿两旁有数十名佩剑披甲的士兵，还有很多穿着紫红色衣服的侍者。

"这里应该就是皇帝上朝所在的大殿吧。"张诚默念。他偷偷抬头一看，只见大殿正东，坐着一个戴着高冠、身着龙袍的男子，在大殿西边，有一位美丽的妇人与他相对而坐。

果不其然，那侍者拍了拍张诚的背，说："皇上就坐在东面，你快上前去拜见他吧！"听完，张诚赶紧照做，快步走到皇帝面前，跪拜行礼。

等他行完礼，便有一个穿红衣的侍者走到大殿中间，开始宣读任命张诚的谕旨："即日起，张诚将担任治理宫廷内务的要职，切勿使不合法度的事情发生。"

张诚听了，一颗心激动地怦怦直跳，他连忙上前领旨。接着，那侍者又带他去朝见西边端坐之人。

这一切都结束后，张诚的心情久久还是不能平复，他有些紧张地问侍者道："小人从未见过天子，刚才的朝见，我有什么不合礼仪的地方吗？"侍者听了呵呵一笑，回答道："别害怕，皇上待人十分宽厚。"

这时，东边忽然有数百名士兵策马奔来，侍者一看，有些紧张的样子，他对张说说："夜间巡逻的士兵来了，你赶快离开，别犯了禁忌。"说罢推了张说一下，顿时，张说感到天旋地转。

晕眩过后，他慢慢睁开眼睛，才发现刚才的一切都是梦，自己正躺在床上。"这梦实在是太真实了！"他觉得这梦非常奇怪，就没有和任何人提起过。

又过了几天，张说的任命下达了，他被任命为乾陵令，负责管理和守护乾陵。上任那天，张说看着沿途所见的景象，只觉得非常熟悉，仔细一回想，发觉这一切都和自己那晚梦中所见一样！他忽然意识到，武则天皇后和唐高宗正是合葬在这乾陵。

他大吃一惊，暗暗推测道："我那晚梦到的，该不会是唐高宗和武则天皇后吧？他们给我的任命，其实指的是管理自己的陵园？"

又过了几个月，张说有事去了一趟长安。他与几个朋友聊天时说起了这事，那些朋友中恰好有一人收藏有前朝帝后的画像，便拿了出来。张说一看，果然与他梦中见到的人长得一样！

原文

　　吴泰伯庙，在东阊门之西。每春秋季，市肆皆率其党，合牢醴，祈福于三让王，多图善马、彩舆、女子以献之。非其月，亦无虚日。乙丑春，有金银行首纠合其徒，以绡画美人，捧胡琴以从，其貌出于旧绘者，名美人为胜儿。盖户牖墙壁会前后所献者，无以匹也。女巫方舞。有进士刘景复，送客之金陵，置酒于庙之东通波馆，而欠伸思寝。乃就榻，方寝，见紫衣冠者言曰："让王奉屈。"刘生随而至庙，周旋揖让而坐。王语刘生曰："适纳一胡琴，艺甚精而色殊丽。吾知子善歌，故奉邀作胡琴一章，以宠其艺。"初生颇不甘，命酌人间酒一杯与歌。逡巡酒至，并献酒物。视之，乃适馆中祖筵者也。（节选）

——《纂异记》

古时，苏州城八门之一的阊门西边，有一座香火旺盛的寺庙，里面供奉的是此地的开发者泰伯。每逢春秋两季，家家户户都会去寺庙祭拜，人们准备的祭祀用品中，不仅有食物，还有各种纸扎祭品，包括纸人、纸马、纸车等。

有年春天，一户经营金银首饰的商人带着伙计，拿着一幅美人图前往庙中祭祀。画中的美女手拿胡琴，容颜夺目，题名为"胜儿"。商人将这幅美女图挂在墙壁上作为给泰伯的祭品，画一上墙，墙上挂的其他美人图顿时黯然失色。

与此同时，寺庙东边有家旅馆中，有个名为刘景复的进士正在为朋友践行。酒过三巡，醉意上来了，他有些困乏。宴饮结束后，他马上就上床歇息了。

刚睡下，他感觉到有人在叫他，一看，一个戴着紫色帽子的人对他说："刘先生，泰伯有请。"刘景复觉得这名字很熟悉，但一时想不起来是谁，不过还是接受了邀请，跟随那人进了一个寺庙。

一进去，刘景复看到厅堂里宾客众多，中间坐了一个人，应该就是泰伯了。他向众人一拱手，然后也落座了。

泰伯见他来了，举起酒杯向他致意，说道："刘兄，我刚刚得到一个美人和一把胡琴。这女子名唤胜儿，她貌美如花，且琴艺绝佳。我知道刘兄擅长写歌曲，所以特别邀请你来为她作一首胡琴曲。"

刘景复听了，略有不快，心想："这还真是无事不登三宝殿啊。"。但他还是应了下来。接着，酒菜端了上来，他连饮几杯，有了灵感，乘兴作了一首歌，歌曰：

繁弦已停杂吹歇，胜儿调弄逡巡发。四弦拢拈三四声，唤起边风驻寒月。大声漕漕奔湢湢，浪蹇波翻倒溟浡。小弦切切怨飔飔，鬼注神悲低悉率。侧腕斜挑掣流电，当秋直夏腾秋鹘。汉妃徒得端正名，秦女虚夸有仙骨。我闻天宝年前事，凉州未作西戎窟。麻衣右衽皆汉民，不省胡尘暂蓬勃。太平之末狂胡乱，犬豕崩腾恣唐突。玄宗未到万里桥，东洛西京一时没。一朝汉民没为虏，饮恨吞声空咽嗢。时看汉月望汉天。怨气冲星成彗孛。国门之西八九镇，高城深垒闭闲卒。河湟咫尺不能收，挽粟推车徒矻矻。今朝闻奏凉州曲，使我心魂暗超忽。胜儿若向边塞弹，征人血泪应阑干。

刘景复蘸着肉汁草草将歌词写在纸上，呈给了泰伯。泰伯一看，觉得写得十分精妙，就召了胜儿上来拿给她看。两人说说笑笑，非常开心的样子。可是，泰伯身边的侍女看着这一切，却是十分妒忌，脸部扭曲，眼睛直勾勾地瞪着胜儿。

那侍女猛地饮了一大杯酒，然后借着酒意，手拿一个金如意跳起了舞。跳着跳着，她逐渐接近了胜儿。突然，

她趁机拿起金如意向胜儿的头部砸去，砸完后，还做出一副不小心的惊慌模样。

那胜儿头部遭受重击，鲜红的血一个劲儿地从头上流淌下来，星星点点滴在她的衣衫上，十分凄惨。

刘景复见了这种景象，吓了一跳，眼前一黑。再睁开眼时，他发现刚才的一切都是梦境。他这时酒醒了大半，才想起来，那泰伯，其实就是附近寺庙所供奉的神仙啊！

第二天，刘景复按捺不住好奇心，跑到泰伯庙一探究竟。果然，那寺庙中的塑像与梦中的泰伯十分相像，并且他还在墙上看到了胜儿的画像，而且那画还缺损了一块！

邵元休

　　晋右司员外郎邵元休，尝说河阳进奏官潘某，为人忠信明达。邵与之善，尝因从容话及幽冥，且惑其真伪。仍相要云："异日，吾两人有先物故者，当告以地下事，使生者无惑焉。"后邵与潘别数岁。忽梦至一处，稍前进，见东序下，帟幙鲜华，乃延客之所。有数客，潘亦与焉。其间一人，若大僚，衣冠雄毅，居客之右。邵即前揖。大僚延邵坐。观见潘亦在下坐，颇有恭谨之色。邵因启大僚，公旧识潘某耶。大僚唯而已，斯须命茶。应声已在诸客之前，则不见有人送至者。茶器甚伟。邵将啜之，潘即目邵，映身摇手，止邵勿啜。邵达其旨，乃止。（节选）

——《玉堂闲话》

晋朝时，有个官员叫邵元休。与他同朝为官的有一个叫潘某的人，为人忠义豁达，邵元休与他十分投缘，两人常常在一起聊天喝酒。

有一次，两人酒足饭饱后，聊起了神鬼之事，对于人死后的世界以及传说中的幽冥地府，两人都不知真假，并且很好奇。于是，他们开玩笑似的约定：将来，两人中谁先去世了，先去世的人要告诉生者地下世界到底是什么模样，让活着的人不再困惑。

后来，两人因为官职的调动，分别了数年。忽然有一天夜里，邵元休睡着睡着，发现自己来到了一个宴会厅中，

厅堂中坐着几个人，老友潘某也在其中，还有一个威仪十足的大官坐在首席，邵元休连忙向他作揖。

大官请他入席就座，坐下后，邵元休恭谨地开口问道："大人，您与潘某也相识吗？"那大官微微一笑，并没有正面回答，只说："人齐了，可以开席上酒了。"

这时，神奇的事情发生了，转眼酒水和酒器都出现在了众人面前，却不见侍者的身影。邵元休看着自己眼前的酒杯，十分吃惊。

大官举起酒杯，招呼大家喝酒。邵元休拿起酒杯正准备饮酒，却瞥见潘某悄悄在向自己摆手。他立即明白这是让自己别喝酒的意思，便把酒杯放下了。

过了一会儿，大官又叫奉食，与先前一样，热气腾腾的馅饼一眨眼的工夫就出现在邵元休面前。那馅饼香气浓郁，邵元休闻了后食欲大开，忍不住拿起饼来。这时，他又看到潘某给他打手势，阻止自己进食。他有些不解，

但还是相信了好友，把饼放下了。

不一会儿，潘某又以眼神示意邵元休，暗示他离席。邵元休越想越觉得这个宴会很奇怪，也觉得不宜久留，便向那大官称醉告退。潘某这时也开口说道："大人，我与邵元休是旧识，想送送他，可以吗？"

大官点点头，同意了。两人出来之后，邵元休心里隐隐有了猜测，觉得这里可能并非人间，就问潘某道："潘兄，可还记得我们当年的约定？不知这阴间到底是什么样子啊？"

潘某叹了口气，回答道："幽冥地府，其实和人间差不太多，只是事物都有些虚无缥缈，十分让人忧愁啊。"说完，便向邵元休挥手告别。

邵元休从梦中醒来后，为了求证此事，便动身去拜访潘某。到了潘某家，邵元休看到门口挂着白色的灯笼，顿时就心里一凉，一问，才知道潘某果然在不久前去世了。看着潘某的牌位，邵元休眼眶湿润了，在心里默默说道："潘兄！你真是个守约的君子啊！"

朱拯

原文

　　伪吴玉山主簿朱拯赴选，至扬州。梦入官署，堂上一紫衣正坐，旁一绿衣。紫衣起揖曰："君当以十千钱见与。"拯拜许诺。遂寤。顷之，补安福令。既至，谒城隍神。庙宇神像，皆如梦中。其神座后屋漏梁坏。拯叹曰："十千岂非此耶？"即以私财葺之，费如数。

——《稽神录》

　　古时，在玉山县有个名为朱拯的小官，他的主要职责是协助县官管理文书。近来，他的任期要满了，按规定要去扬州参加考试选拔，可能会获得升迁机会，但也可能会被降职。因此，朱拯最近一直惴惴不安，为自己的仕途担心着。

到了扬州，朱拯紧张地完成了考选。考试前，他一直紧绷着神经，待考完后放松下来，只觉得格外困乏疲惫，回到旅店后就睡下了。

睡着后，朱拯梦见自己来到了一间气派的官署中。抬头一看，堂上端坐着一个身穿紫色官服的人，在他旁边，还站着一个穿绿衣服的人，看样子应该是他的属官。

看到朱拯来了，那紫衣人从座位上站了起来，从容地走到朱拯面前，向他行了一个拱手礼。朱拯连忙也恭敬地向他作揖，然后问道："大人，您是何人？"

紫衣官员并没有回答他的问题，而是反问他："你不必知道我是谁，我只问你一句，你想不想升迁呢？"听了这话，朱拯忙不迭地回答说："当然想！我最近日思夜想的就是这件事啊！"

紫衣官员微微一笑，说了句让朱拯摸不着头脑的话："那先生可要给我十两银子哦！"此时的朱拯，觉得眼前的人肯定不简单，没准儿真能帮自己升官呢，于是就满口答应了下来。到这儿，朱拯一下子从梦里醒了过来，想到刚刚梦里的事，他是又紧张又期待。

没过几天，吏部的任命就到了，在附近的安福县，有个县令的空缺，朱拯这次恰好补上了这个缺，真的获得了升迁！

朱拯欣喜若狂，他心想："说不定真的是我梦中的神仙帮了我一把呢！"于是上任后，决定去城隍庙中拜一拜。

这城隍庙地处偏远，朱拯走了许久才到地方。一进去，庙的正中赫然矗立着两个泥塑人像，人像的衣服一紫一绿。朱拯惊讶地发现，这两个泥塑的面目和自己梦中见到的那两个人一模一样。他这才恍然大悟，原来帮自己的正是城隍神！于是连忙跪下叩拜。

拜完，朱拯发现这城隍庙的屋顶漏了个大洞，大梁也朽了，一副年久失修的样子。他感念城隍神对自己的帮助，决定出钱整修这城隍庙。修好后的庙宇焕然一新，而修缮的费用，恰好是十两银子！

朱拯答应城隍神要给的十两银子，原来最后是花在了这里啊！

独孤遐叔

原文

　　贞元中，进士独孤遐叔，家于长安崇贤里，新娶白氏女。家贫下第，将游剑南。与其妻诀曰："迟可周岁归矣。"遐叔至蜀，羁栖不偶，逾二年乃归。至鄠县西，去城尚百里，归心迫速，取是夕及家，趋斜径疾行。人畜既殆，至金光门五六里，天已暝。绝无逆旅，唯路隅有佛堂，遐叔止焉。时近清明，月色如昼。系驴子庭外，入空堂中。有桃杏十余株。夜深，施衾帱于西窗下，偃卧。方思明晨到家，因吟旧诗曰："近家心转切，不敢问来人。"至夜分不寐。忽闻墙外有十余人相呼声，若里胥田叟。将有供待迎接。须臾，有夫役数人，各持畚锸箕帚，于庭中粪除讫，复去。有顷，又持床席牙盘蜡炬之类，及酒具乐器，阗咽而至。（节选）

　　　　　　　　　　　　　　　——《河东记》

话说唐朝贞元年间，长安城崇贤里内，有个叫独孤遐叔的人，娶了一个姓白的女子，一时间是春风得意。可能是福祸相依吧，他在科举考试中却落了榜，独孤遐叔遭受了不小的打击，便与新婚妻子辞别，要到四川一带游历一番，来缓解心情，说最迟一年便能回来。

到了四川，风光绝妙，独孤遐叔玩心大发，竟忘了和妻子的约定，在外游历了两年才想到回家。回家路上，独孤遐叔归心似箭，白天夜里都在赶路，弄得自己疲惫不堪。

有一日夜里，白天赶了一天路，独孤遐叔实在撑不住了，便进了路边的一处佛堂，打算歇歇脚。他放下行囊，心中估算了一下路程："应该明日就能到家啦！"可能是太过兴奋，他到了半夜也没睡着。忽然听到墙外有十多个人在互相招呼，好像是在迎接什么人。不一会儿，又来了几个人，将院落打扫干净后，又拿来了坐垫、托盘、蜡烛、酒具、乐器等物，似乎是在准备筵席。

"这是有贵族要在这里设宴吧。"独孤遐叔嘀咕道。他担心开席后自己被赶走，就偷偷爬到了房梁上。

东西准备好后，不一会儿就来了十几个公子和女郎，他们在宴席上推杯换盏，欢声笑语不断。这时，独孤遐叔

看到有一个女郎不吃也不喝，面容忧伤，显得格格不入，远远看去和自己的妻子非常像。

独孤遐叔很好奇，便从房梁上下来，悄悄潜伏在暗处观察。他仔细看了看那女郎的脸庞，竟发现这是自己的妻子白氏！

这时，坐席中有一个少年站起来对白氏说道："你一个人哭泣，满座人也不痛快，该罚！那就请你歌唱一曲吧！"白氏听了，推辞不过，又想起与自己分别的丈夫，就起身唱了一首哀婉的歌。

众人被这凄美歌声打动，一时间安静下来，只有几个女郎还在悄悄地啜泣。这时只听一个十分突兀的声音说道："胡说！你丈夫明明就在附近，你怎么能说他远在天涯呢？"说罢，一开始那少年便发出了嘲讽的笑声。

独孤遐叔看到妻子被嘲笑，怒不可遏，顺手抄起身边的一块砖头，向那少年掷了过去。只听"砰"地一声，砖头落地，他眼前的人和物竟全都消失不见了。

独孤遐叔一惊，心想："不好！妻子不会出什么意外吧！"便连夜快马加鞭向家中赶去。天明时分，终于到了家门口，独孤遐叔急匆匆地进了家门，侍女见了他，惊喜地说道："您回来了！夫人刚刚从噩梦中醒来，这会儿应该还没有起床呢。"

独孤遐叔听了，连忙去看望白氏，一进屋，只见白氏脸色苍白，大汗淋漓，一副受了惊吓的样子。缓了一会儿，她才开口说道："夫君，我梦到与几个姐妹相约出门赏月，走到金光门外的一个寺庙附近时，不知从哪跑出来十几个恶少，胁迫我与他们一起饮酒吃饭。"接着，她将宴会中的情形叙述了一遍，独孤遐叔心道："果然与我在庙中看到的景象一样。"

白氏泪眼婆娑地看着丈夫，又说道："最后，忽然有一个砖头飞来，打断了宴会，我这才从那噩梦中惊醒。醒来后，就见到你回来了。"

独孤遐叔听完这前因后果，对妻子感到愧疚，非常后悔自己没有如约归来。在这之后，两人再没有分开过。

邢凤

原文

　　和十年，沈亚之始以记室从事陇西公军泾州，而长安中贤士皆来客之。五月十八日，陇西公与客期宴于东池便馆。既半，陇西公曰："余少从邢凤游，记得其异，请言之。"客曰："愿听。"公曰："凤帅家子，无他能。后寓居长安平康里南，以钱百万，买故豪洞门曲房之第。即其寝而昼偃，梦一美人，自西楹来，环步从容，执卷且吟，为古妆，而高鬟长眉，衣方领、绣带，被广袖之襦。凤大悦曰：'丽者何自而临我哉？'美人曰：'此妾家也。妾好诗，而常缀此。'凤曰：'幸少留，得观览。'于是美人授诗，坐西床，凤发卷，视首篇，题之曰《春阳曲》，终四句。其后他篇，皆类此数十句。"（节选）

——《异闻录》

唐宪宗元和年间，长安有个叫沈亚之的年轻人，文采出众，诗词歌赋无一不精。元和十年，他将跟随陇西公到外地去驻军，许多长安的贤士听闻消息后，都想来为他们送行。陇西公是个爱热闹的人，于是临行前，陇西公决定在城中的一座园林内办一个宴会来招待大家。

宾客们坐定后，作为主办者的陇西公，率先打开了话匣子："我年轻时，曾经跟随一个叫邢凤的富家子游历长安，他曾与我讲过他自己一段奇异的经历。今天，我想说与大家来助兴，不知可好啊？"众宾客听了，连忙应和着说愿意细听。

于是，陇西公接着讲了下面这个故事：

事情发生在唐德宗贞元年间，这邢凤是将帅之子，家世显赫，但他本人却一直碌碌无为，贪图玩乐。他在长安城平康坊的南边，花费重金买了一处幽深曲折的豪宅。待收拾好后，他便迫不及待地搬了进去。

有一天白天，邢凤在屋内午睡，忽然梦到一位绝世佳人从西边的屋子款款走出，手拿书卷，边走边吟诵着。那女子斜眉入鬓，梳着高髻，衣服飘逸，装束和妆容都颇有魏晋之风。

邢凤见到如此佳人，心生喜悦，带着笑容问道："不知姑娘从哪里来？为何会出现在我家中呢？"

　　那女子微微一笑，说道："这里明明是我的家呀。其实是你出现在了我的家中。"

　　邢凤换了个话题，继续问："那姑娘你在看什么书呢？"女子答道："我十分喜欢诗歌，所以常常会写上几篇，这便是我自己所写。"说罢欲走。

顺着她的话，邢凤挽留道："姑娘可否再多留一会儿？我想看看姑娘的诗作呢！"听了这话，那女子十分欣喜，便将手中的诗卷递给了他。

邢凤翻开一看，第一首的题名叫《春阳曲》，是一首七言绝句，再往后翻，后面的都是很长的诗文。那女子见邢凤看得认真，提醒他说："公子若要记录的话，只能记第一首！"

于是，邢凤从案头取来纸笔，连忙将第一首诗抄录了下来。这首诗是这样写的：长安少女玩春阳，何处春阳不断肠？舞袖弓弯浑忘却，罗帷空度九秋霜。

邢凤抄完诗，吟诵了一遍，却不太懂诗文中"弓弯"的含义，便向她请教。

那女子掩口一笑，说道，"这是一种折腰如弯弓的舞蹈，从前我的父母让我学过几年。我来为公子展示几个动作吧！"说着站起身来，整理好衣服，打着拍子舞了几步。

舞罢，邢凤已然看呆了。而那女子却低下了头，十分伤心落寞的样子，继而向邢凤辞别。邢凤连忙挽留她，没想到须臾之间她就不见了，邢凤自己也从梦中醒了过来。

醒来后，邢凤觉得自己脑袋很重，昏昏沉沉的，已记不清自己梦到了什么。到了晚上，他准备更衣就寝，在袖中发现了一张纸笺，上面写着一首诗，而且是他自己的笔迹。

他打了个激灵，汗毛倒竖，一下子记起了梦中的经历。陇西公的故事讲完了，大家听得都入了神。在场的许多官员都不禁感叹，这么精彩的故事，如果有人能将它记录下并流传下去就更好了。沈亚之听了也十分有触动，便将这个故事写了下来。

第二天，又有几个客人来拜访，于是大家在明玉泉边聚会。沈亚之已经把邢凤的奇妙经历完整地写了下来，他拿出来给大家传看。众人看了，都啧啧称奇。客人中有一位名为姚合的人，他看完后说道："恰好我有一位朋友，也做过一个神奇的梦，不如我也说来与大家听听？"

此时众人都来了兴致，鼓励他说下去。姚合便讲了他朋友王生的故事：

这王生是太原人，元和初年，他有一日梦到自己身处春秋时期的吴国，他还变成了吴王的侍从。在梦中，他在吴王身边服侍了很久，这期间，他听到宫中有车马行走的声响，还听到了吹箫击鼓的声音，一问才知道，原来是给美女西施送葬的队伍。

果然，吴王悲痛万分，十分怀念西施，当场下令让手下的门客为西施写作挽歌。王生听说了这个消息，突然有了灵感，便主动向吴王献了一首词：

西望吴王阙，云书凤字牌。连江起珠帐，择土葬金钗。
满地红心草，三层碧玉阶。春风无处所，凄恨不胜怀。

吴王看了，非常满意。结果，王生的梦到这里就戛然而止了。他醒来后，对梦中的事情记得很清楚。

沈亚之觉得姚合讲的故事也很精彩，于是提笔又将它记录了下来。

郑昌图

原文

　　郑昌图登第岁，居长安。夜后纳凉于庭，梦为人殴击，擒出春明门，至合大路处石桥上，乃得解。遗其紫罗履一双，奔及居而寤。甚困，言于弟兄，而床前果失一履。旦今人于石桥上追寻，得之。

——《闻奇录》

　　唐朝时，有个叫郑昌图的人，出身于名门望族——荥阳郑氏。郑昌图虽然家世显赫，可一点也没有世家公子的架子，他性情豪爽，为人不拘小节，与人交往，向来是心直口快，有什么话从不藏着掖着。有人喜欢他这直率的性情，但因为郑昌图不懂婉转迂回，也常常因为说话而得罪别人。

最近，郑昌图在科举考试中考中了进士。这对于读书人来讲，是很大的喜事，郑昌图自然十分激动，便想着邀请朋友同窗一起庆贺一番。于是，他在家中设宴，邀请了许多人前来聚会。这些人中，有一个书生恰好今年也参加了科举，可惜没考上。

酒过三巡，郑昌图略有醉意，他对那书生说道："贤弟，你平日若是少去那烟花之地胡混，多在家复习功课，也不至于落榜啊！今后，你要吸取教训，更加努力才是！"

其实郑昌图本是好意，想让那书生收收心、努力学习，可他说出来的话却不那么顺耳，况且还戳中了人家落榜的痛处。于是，只见那书生面色一沉，似有不快，但他也没搭理郑昌图，转身就走了。见状，郑昌图也有些后悔自己话多了。

到了后半夜，宾客散尽，郑昌图在院中的椅子上醒酒纳凉，不知不觉就睡着了。忽然，他感觉有人对自己拳打脚踢，睁眼一看，几个蒙面人正在毒打自己。郑昌图又惊又怕，心想："这伙人到底是什么来路？莫非是我得罪了那书生，他雇人来打我？"他招架不住，哀嚎着痛苦地缩成了一团。

那几个蒙面人打得郑昌图皮开肉绽，又将他五花大绑，架了起来往城门方向走去。走了一会儿，到了一座石桥上，那几个人将郑昌图放了下来，并给他松了绑。

郑昌图这会儿简直吓破了胆，也顾不上问是谁指使的了，绳子一解开他就飞奔了出去，连鞋子掉在桥上都没顾上捡，一路狂奔回了家。

等跑回家中，他忽然眼前一昏，再睁开眼，发现自己躺在椅子上。他一摸身上，发现身上也是好好的，没有半点受过毒打的痕迹。他摸了摸脑袋，心想，莫非刚才只是一场梦？可是突然他发现，自己放在一边的鞋子却不翼而飞！这到底是梦境还是现实啊？

第二天白天，他循着昨夜的梦走到了那石桥上，果然，在桥上发现了自己的鞋子！

后来，郑昌图一直也没搞清楚这件事的前因后果，不过他倒是改掉了口无遮拦的毛病，说话有分寸多了。

韩碻

原文

越州有卢册者，举秀才，家贫，未及入京。在山阴县顾树村知堰，与表兄韩碻同居。自幼嗜鲙，尝凭吏求鱼。韩方寐，梦身为鱼。在潭有相忘之乐。见二渔人，乘艇张网，不觉身入网，被取掷桶中。覆之以苇。复睹所凭吏，就潭商价。吏即揭鳃贯绠，楚痛殆不可忍。及至舍，历认妻子奴仆。有顷，置砧斫之，苦若脱肤，首落方觉。神痴良久，卢惊问之，具述所梦。遽呼吏，访所市鱼处，洎渔子形状，与梦不差。韩后入释，住祇园寺，时开成二年也。

——《酉阳杂俎》

古时，在越州有个叫卢册的秀才，他因为家境贫穷，凑不够路费，所以没有去京城参加进士考试。但他好歹也是个秀才，与普通人还是有所不同，他就在山阴县的一个村子里管理水利设施，与表兄韩碓一家住在一起。

韩碓这个人好吃懒做，而且他自幼就非常喜欢吃鲙鱼，简直到了成瘾的地步，还曾经让自己的下属跑到很远的地方去买鱼。

有一天，韩碓睡下后，忽然感到身边清清凉凉的。睁眼一看，自己竟然在水中！他连忙张口呼救。但是，更令他惊讶的事情发生了，他一张嘴，居然吐出了一串泡泡。韩碓这会儿才发现，自己已经不是人的模样了，而变成了一条鱼！

韩碓在水中自由地穿梭，见到了许多身为人时看不到的景象，一时间，他觉得变成鱼也很有趣。"人非鱼，焉知鱼之乐呀！"他兴致勃勃地想，又与其他鱼类玩耍嬉戏着，不时还将头部探出水面。

忽然，韩碓瞧见两个捕鱼人，撑着小船，冲着河面撒开了网。变成鱼的韩碓来不及躲避，一下子就落入了渔网中，被捞上来扔进了水桶中。

那两个渔夫陆陆续续又捕到一些鱼，直到水桶放不下了才划船走掉。他们提着这些鱼来到了集市上，就地开始叫卖。

韩碓这会儿才感觉到恐惧，"若真有人将我买回去杀了吃了可怎么办啊！"但是，人为刀俎，我为鱼肉，韩碓这会儿也是无可奈何。

这时，他看到曾被指使去买鱼的下属走近，先是往水桶里看了看，接着就和渔夫商量起了价格。韩碓默默在心里祈祷："别选我，别选我……"

但是，世事弄人，两人说好价格后，那渔夫将手伸进水桶，一把将变为鱼的韩碓抓起来，放在了案板上。渔夫猛地用力揭开鱼鳃，用绳子穿过了鱼嘴，交给了韩碓的下属。

此时的韩碓痛苦至极，整个身子乱扭着。随即，他感觉自己被提溜着进了一间房屋，那房屋十分眼熟，紧接着他在房子里看到了自己的妻子和奴仆。原来这是到了他自己的家！

不一会儿，他家的厨子接过了变成鱼的韩碓，然后放在了案板上，开始刮鱼鳞。这对于韩碓来讲，无异于被人扒皮，他感觉好像有千万把刀同时在割自己！这还没完，最后，只见厨子亮起菜刀，手起刀落便向他的头砍去！

"啊！"韩碓大叫一声从梦中惊醒，他的手脚止不住地颤抖着，缓了许久才回过神来。

此事太过离奇，韩碓便去找卢册倾诉了这个怪梦。卢册听了后十分吃惊，为了证实这件事，他马上叫来了那个买鱼的小吏，向他打听买鱼的地方和渔夫的相貌。问清楚后，卢册与韩碓随即去了一趟，结果发现与韩碓梦到的情况一致，分毫不差！

经过此事，韩碓不禁反思，"这是我吃鱼太多的报应吗？"此后，他性情大变，最后竟皈依佛门了。

原文

魏安厘王观翔鹄而乐之，曰："寡人得如鹄之飞，视天下如芥也。"客有隐游者闻之，作木鹄而献王。王曰："此有形无用者也。夫作无用之器，世之奸民也。"召隐游，欲加刑焉。隐游曰："大王知有用之用，未悟无用之用也。今臣请为大王翔之。"乃取而骑焉，遂翻然飞去，莫知所之也。

——《异苑》

常言道，伴君如伴虎，这真不是随便说说，战国时期，魏国有个叫隐游的客卿，就差点因此遭遇不幸！

那到底是怎么一回事呢？这话呀，要从魏国的国君安厘王身上说起。这安厘王是个喜怒无常的人，他高兴时，赏赐给臣子黄金珠宝是常有的事，但他若生起气来，对臣子用刑都是轻的，重则还会令他们人头落地。

有一年春天的某一天，晴空万里，微风习习，安厘王觉得是个好天气，一时兴起要去郊外踏青。到了郊外，安厘王一眼望去，一派草长莺飞的春天景象，顿时觉得心情大好。

这时，天空中忽然传来了鸟叫声。安厘王抬头一看，只见一群大鸟在自由地展翅翱翔。看着大鸟越飞越高，在广袤的天空中无拘无束的样子，安厘王不禁感叹道："寡人若是可以像它们一样，飞翔在天际、傲视人间，那该多好啊！"顿了顿，他又继续说道，"高空中的视野想必极为开阔，若从高空往下看这人间万物，都应该如草芥般渺小吧！"

说者无意，听者有心，前文提到的隐游也跟随安厘王出游了。这隐游十分擅长机关术和幻术，他便想着投其所好，通过制作一个可以飞上天的物件，来讨安厘王的欢心，他在心里畅想着："到时，大王一高兴，肯定会赐我无数财宝，说不定还会封我做大官呢！"

说干就干，隐游闭门在家，花费了不少工夫，终于做出了一个骑上可以飞的鸟形大木雕，献给了安厘王。

谁知，
那安厘王见了，却觉得隐游在
糊弄他："这东西只有形状像鸟，骑上去怎么能
飞呢？"他大发雷霆，当即就要叫人对隐游动刑。

隐游此刻只觉得有口难言，心里有苦说不出。他心想："这安厘王实在是不讲道理，还未检验就先给人下了定论，我还是尽快离开这里吧！"

于是他说："有时看似无用的东西，其实是有用的。大王不信的话，我就骑上飞翔给您看吧！"说罢，他也不等安厘王的反应，迅速地骑上了木鸟。

那木鸟看着笨拙，但是竟真的活动了起来，它抖了抖翅膀，灵活地载着隐游飞了起来。转眼，一人一木鸟就不见了踪影。

安厘王看了，一拍大腿，高兴地说："哎，这可真是神奇啊！待他回来，寡人要好好地赏赐他！"

可是，他左等右等，也不见隐游回来。从此以后，安厘王再也没有见过隐游。

骞霄国画工

原文

　　秦始皇元年。骞霄国献刻玉善画工名裔。使含丹青以漱地，即成魑魅及鬼怪群物之象；刻石为百兽之形，毛发宛若真矣。皆铭其臆前，记以年月。工人以绢画地。方寸之内，写四渎五岳列国之图。又为龙凤，骞蠢若飞。皆不得作目，作必飞走也。始皇嗟曰："刻画之形，何能飞走。"使以淳漆各点两玉虎一眼睛，旬日则失之，不知何所在。山泽人云："见二白虎，各无一眼，相随而行，毛色形相，异于常见者。"至明年，西方献两白虎，皆无一眼。始皇发槛视之，疑是先所失者，乃刺杀之，检其臆前，果是元年所刻玉虎也。

——《王子年拾遗记》

148

话说古代新疆地区，有个名为骞霄的小国，骞霄的国君为了讨秦始皇的欢心，不仅进贡了许多奇珍异宝，还进献了一名擅长玉石雕刻和绘画的能工巧匠。

这个画工名叫裔，秦始皇召见他，问道："听说你有高超的刻画技巧，展示给寡人看看吧！"

裔一拱手，说道："请陛下为我准备颜料吧。"颜料端上来后，裔没有像寻常画工那样用笔作画，而是将墨汁含在口中，大口向地上喷去。结果，地上竟然出现了一群神灵精怪的形象。秦始皇看了，连连拍手称赞，对裔大加赏赐，还将他封为了御用画师。

裔的本领不止于此。他可以在一张一尺见方的画布上，画出四海五岳及各个国家的地图；他还画过龙和凤，栩栩如生，姿态翩然欲飞。

后来有一天，裔用玉石雕刻了两只栩栩如生的老虎，在虎的胸前刻上了完工的日期，进献给了秦始皇。

秦始皇一看，问他："这玉虎为何没有眼睛呢？是你疏忽了吗？"

裔解释道："陛下，小人是故意不画眼睛的。这玉虎若点上眼睛，必会腾空跑走。"

秦始皇听了，十分不屑地说："胡言乱语！雕刻出来的物件，怎么可能会飞走呢！"说罢，他传唤来了另一个画工，令他用纯漆给两只玉虎各点上了一只眼睛。然后还责骂了裔一通。裔十分委屈，但也不敢说什么，只是在心里偷偷地说："您且看着吧！"

　　没成想，十天之后，那两只玉虎果然从匣子里消失了。秦始皇以为是有人将它们偷走了，为此还惩罚了相关的侍从。

　　又过了一阵，据说有一个农夫在山里砍柴时，看到了两只白虎，都缺了一只眼睛，毛色和体型也都和寻常的老虎不一样。

　　到了第二年，西方又有个小国来朝贡，这次进献的是两只白虎。秦始皇到栅栏前一看，惊讶地发现这两只白虎都缺了一只眼睛，他不由得联想到丢失的那两只玉虎，也是都只有一只眼睛。于是，为了验明真相，他便令人将这两只白虎杀了，检查老虎的前胸。果然，这两只白虎的胸前有日期，恰好是裔雕刻玉虎的日子。

　　到了此时，秦始皇才相信了裔所说的话，他马上召见裔，又赐给了他许多财宝。

周眕奴

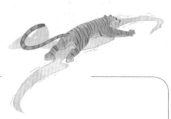

原文

　　魏时，寻阳县北山中蛮人，有术，能使人化作虎。毛色爪身悉如真虎。乡人周眕有一奴，使入山伐薪。奴有妇及妹，亦与俱行。既至山，奴语二人云："汝且上高树去，我欲有所为。"如其言。既而入草，须臾，一大黄斑虎从草山，奋越哮吼，甚为可畏。二人大怖。良久还草中，少时复还为人，语二人："归家慎勿道。"后遂向等辈说之。周寻复之，乃以醇酒饮之，令熟醉。使人解其衣服，乃身体事事祥视，了无异。唯于髻发中得一纸，画作虎，虎边有符，周密取录之。奴既唤醒，问之。见事已露，遂具说本末，云："先尝于蛮中告余，有一蛮师云有此符，以三尺布，一斗米，一只鸡，一斗酒，受得此法。"

——《冥祥记》

曹魏时期，有传言说在湖北寻阳一带的山里，有一群会法术的山民，传说他们可以将人变成老虎的样子。不过，寻阳县中谁也没有见过变成老虎的人。

话说县里有个叫周眕的富户，有一天，他指使家里的奴仆去山中砍柴。这天，恰好这奴仆的妻子与妹妹从村里来探望他，他便说："那你们与我一同去山里吧。"然后卖了个关子，又神神秘秘地说："我还有个奇异的技能要展示给你们！"

到了山中，他们三人齐心协力，很快就收集到了足够数量的枯枝，然后找了个树荫坐下歇息。仆人的妻子贴心地给丈夫擦了擦汗，然后好奇地问道："夫君，先前你说要给我展示奇技，到底是什么呢？"

仆人高深地一笑，说道："那你们可一定要听我的话。现在，你们爬到这棵大树上去，没有我的指示，千万不要下来！"仆人的妻子和妹妹马上听话照做了。仆人见她们爬上了树，一转身钻进了草丛里。

她们两人伏在树上向下看去，又紧张又期待。不一会儿，只听见草丛中传来一阵异常的响动，她们不禁屏住了呼吸。

突然，一只大老虎猛地蹿了出来，那老虎眼睛上翘，

浑身黄色的斑纹，四肢健壮，看着凶猛异常。老虎张开大口，仰天长啸，虎啸顿时震动了山林。树上的二人目瞪口呆，十分惊骇，吓得一动也不敢动，生怕被那老虎发现。

老虎随性自由地在树下奔腾跳跃，过了好一会儿才又回到草丛中。老虎隐去不久，那仆人就从草丛中走了出来。

见状，妻妹二人连忙从树上下来。妹妹慌慌张张地问道："哥哥，刚刚钻进草丛里的，不是你吗？怎么会跑出来一只老虎呢？"

周眄的仆人哈哈一笑，回答道："那老虎就是我啊！我学了一种神奇的术法，可以变成老虎！"接着，他又严

155

肃地说道："这件事，你们可千万不要说出去！"

但是，她们后来还是向同辈人说起了这件事。周眈很快也知道了，他十分好奇，便想着来试验一下，看看是不是真的。于是，他故意给那奴仆喝了十分醇厚易醉的酒。

果然，不一会儿那奴仆就喝得不省人事了。周眈见时机成熟，连忙叫人解开了他的衣衫，想找一找变成老虎的秘密，但是并没有发现异常的情况，只是在那奴仆的发髻找出来一张符纸，符纸上画了一只老虎，两边是些周眈看不懂的符号。周眈觉得这符纸应该就是关键所在，于是偷偷地把符纸上的内容抄录了下来。

等那奴仆酒醒之后，周眈直截了当地盘问他变成老虎的事，那奴仆大吃一惊，但见事情已经败露，无奈之下，一五一十地说出了原委："我原先曾从附近的山民手中买过粮食，与他们交谈时得知有个土著法师会这种法术，我十分想学，就用三尺布匹、一斗大米、一只公鸡和一升酒与那法师做了交换，这张符纸就是他给我的。"

周眈听完后，啧啧称奇，心想那关于山民会法术的传言，果然不是空穴来风啊！

宋子贤

原 文

　　隋炀帝大业九年，唐县人宋子贤善为幻术。每夜楼上有光明，能变作佛形，自称弥勒佛出世。又悬镜于堂中，壁上尽为兽形。有人来礼谒者，转其镜，遣观来生像，或作蛇兽形。子贤辄告之罪业。当更礼念，乃转人形示之。远近惑信，聚数千百人，遂潜作乱。事泄，官捕之。夜至，绕其所居。但见火坑，兵不敢进。其将曰："此地素无坑，止妖妄耳。"及进，复无火，遂擒斩之。

——《广古今五行记》

　　话说隋炀帝大业年间，有个叫宋子贤的幻术师，十分擅长利用光影来进行表演。每当他在夜市里进行幻术表演时，总是有很多人去围观。久而久之，他的名气越来越大，传言也越来越离谱，竟然还有人说他是佛祖转世。

宋子贤一开始不以为意，只是想着，来看表演的人越多，挣得就越多。但时间长了，他总是被簇拥着，不由得有些飘飘然。有了佛祖转世这个流言后，宋子贤心生一计，想趁此机会摆脱街头艺人这个行当，来干些大事。

于是，宋子贤在自己的住所中利用灯光设置了一个戏法，把自己的影子变成了佛陀的形象，然后称自己是弥勒佛出世。果然，许多人看了大为震撼，对宋子贤十分信服。

宋子贤尝到了甜头，又继续利用幻术来增加威信。他先是在家中的厅堂挂起了镜子，来他家拜访的人，看到四壁上出现了各种猛兽的形状。

很快，就有人提着丰厚的礼物前来拜谒，宋子贤把镜子转了过来，哄骗那人说可以从镜子里看到来世的形象。那人一看，镜子中出现了一条蛇，惊慌失色地说道："这是说我来世将变成畜生吗？宋大师，求您解救啊！"

这些都是宋子贤故意给他看的，目的是展现自己的法力。于是，宋子贤装出思考的样子，然后对那人说："这说明你今生有罪孽啊。不过，倒也还有回转的余地，我这就为你祈福。"说罢，宋子贤盘腿打坐，口中念念有词，过了一会儿，他将镜子翻转，让那人来再照镜子，果然，镜子恢复了正常，又显示出了人形。经过此事后，宋子贤声名远扬，远近邻里有几千人都相信他法力无边。

宋子贤看自己信徒众多，便将这几千人聚集起来，密谋发动叛乱、称霸一方。但是，也许真的是有神佛看不惯宋子贤妖言惑众，这件事不知怎么的泄露了出去。

朝廷得知后，立马派人去捉拿宋子贤。夜里，官兵将他的房子团团围住。但是，到了大门口，这些士兵却发现院内都是正在燃烧的大火坑，根本无法进去，便在门口犹豫不前。

这时，领军的军官目光锐利，他心想，既然这逆贼能变出神佛野兽的形象，变个火坑肯定也不在话下吧！于是，他大声对手下说："这个院子里根本就没有什么火坑，你们看到的都是幻术罢了！"说罢，他就带领士兵冲了进去，果然进到院子中，大家发现并没有什么火坑，然后很快就逮捕了宋子贤。

刘靖妻

原文

　　唐蜀县令刘靖妻患。正谏大夫明崇俨诊之曰："须得生龙肝，食之必愈。"靖以为不可得。俨乃书符，乘风放之上天。须臾有龙下，入瓮水中，剔取肝，食之而差。大帝盛夏须雪及枇杷、龙眼子。俨坐顷间，往阴山取雪，至岭取果子，并到。食之无别。时瓜未熟，上思之，俨索百钱将去。须臾，得一大瓜，云："缑氏老人园内得之。"上追老人至，问之，云："土埋一瓜，拟进。"适看，唯得百钱耳。俨独卧堂中，夜被刺死，刀子仍在心上。敕求贼甚急，竟无踪绪。或以为俨役鬼劳动，被鬼杀之。孔子曰："攻乎异端，斯害也已。"信哉！

——《朝野金载》

　　唐朝时，四川有个叫刘靖的县令，他与妻子的感情很好，两人成亲之后从没有吵过架。美中不足的是，他的妻子体弱，近来身体状况更是越来越差，这令刘靖十分苦恼。

最近，刘靖打听得知有个叫明崇俨的官员，医术十分高超，便请他来为自己的妻子诊治。明崇俨应邀前往一看，说："刘夫人这病能治，吃掉龙的肝便可痊愈。"刘靖一听，苦笑道："明大人，这都什么时候了您还开玩笑！我上哪去找龙的肝呢！"

可明崇俨却说："这并不难，您且等着！"说罢，他画了一张符，然后往天上一抛，符纸乘风飞走了。不一会儿，天上传来了"隆隆"的响声，随即，一条龙竟然落在了院中的水缸里！

刘靖目瞪口呆，可明崇俨一点都不意外，他快步走过去，手起刀落将那龙的肝脏割了下来。然后交代刘靖道："将这个煮了给夫人吃下吧！"刘靖立马照做。刘夫人吃了龙肝后，面色大好，不一会儿就能下地走路了，没有一点儿生病的样子。

说起这明崇俨，他不仅擅长医术，而且还精通法术。

有一年盛夏，皇帝忽然想吃冰镇的枇杷和龙眼，明崇俨知道后，就地做法。须臾之间，左手从阴山取来了皑皑白雪，右手从岭南摘来了枇杷和龙眼，然后呈给了皇帝。

经过此事，皇帝明崇俨对十分宠信。有一天，皇帝突然想吃瓜，可此时还不到瓜熟蒂落的季节，侍从们都很为难。皇帝又想起了明崇俨，便召他前来。

明崇俨到了之后说："陛下，这个简单，但我需要一百文钱。"皇上听了，以为他又要变什么法术，就给了他一百文钱。明崇俨拿了钱就出去了，不一会儿，他就手捧着西瓜回来了。

皇帝见他很快就回来了，便好奇地问："这瓜是从何处得来的呢？"明崇俨回答道："我是在缑氏县的一个老人那里得来的。"皇帝听了，便令人把老人叫来询问。

等那老人来了，满脸愁苦地说："陛下，老朽在土里埋了一个瓜，准备进献给您。今天挖开一看，里面的瓜不翼而飞，只有一百文钱了！"皇帝听到这儿就明白了，原来明崇俨进献的瓜是这样得来的。

后来，忽然有一日，明崇俨被仆人发现死在了家中，他的胸前插了一把刀。仆人一开始认为是入室抢劫杀人，便连忙报了官府，可是查来查去却毫无线索。就这样，明崇俨的死因成了一个谜。后来有人猜测说："这明崇俨总是做法驱使小鬼替他办事，说不定是小鬼们不堪忍受，便将他杀了！"

东岩寺僧

原文

　　博陵崔简少敏惠，好异术。尝遇道士张元肃晓以道要，使役神物，坐通变化。唐天宝二载如蜀郡。郡有吕谊者，遇简而厚币以遗，意有所为。简问所欲，乃曰："继代有女，未尝见人，闺帷之中，一夕而失。意者明公蕴非常之术，愿知所捕，瞑目无恨矣。"简曰："易耳。"即于别室，夜设几席，焚名香以降神灵。简令吕生伏剑于户，若胡僧来可执之求女，慎无伤也。简书符呵之，符飞出。食顷间，风声拔树发屋。忽闻一甲卒进曰："神兵备，愿王所用。"简曰："主人某日失女，可捕来。"卒曰："唯东山上人，每日以咒水取人，得非是乎？"简曰："若然，可速捕来。"卒去，须臾还曰："东山上人闻之骇怒，将下金刚伐君，奈何？"简曰："无苦。"又书符飞之。俄忽有神兵万计，皆奇形异状，执剑戟列庭。（节选）

——《通幽记》

唐朝时，博陵郡有个叫崔简的人，他幼时异常聪明，并且痴迷于奇妙的法术。等他长大后，曾经遇见一个叫张元肃的道士，张道士见崔简天资聪颖，就教了他一些可以驱使神物、变幻模样的法术。此后，崔简靠着这些法术帮助了许多人，声名远扬。

　　天宝二年，崔简到蜀郡去游历。一天，有个叫吕谊的人突然拦下了他，向他哀求道："崔真人，我有一独女，突然一夜之间从闺房中失踪了。我知道您本领通天，老朽想请您帮我寻回女儿。这样的话，我死也无憾了！"

　　崔简听了说："这不难，包在我身上。"到了晚上，
他在屋内设了一张香案，在上面点燃了香烛来祈求神灵的
降临。

　　准备好这一切，他对吕谊说道："以防万一，一会儿
你拿着剑藏到门后吧！"接着，崔简拿起毛笔画了一张符，
喊道："去！"那符咒应声而起，飞向了空中。

　　两人等了一会儿，屋外忽然刮起了狂风，将院中的一棵大树都吹倒了。接着，有一个身穿铠甲的士兵走了进来，对崔简说："真人，神兵已经降临，正等候您的差遣。"

崔简命令道："这户人家的女儿丢失了，你们快去将绑走她的人捉来吧！"那士兵回复说："听说只有东山和尚会用符咒捉人，属下猜测应该就是他干的！"

崔简听了，想了下说："你前去查探一番，如果是他的话，就把他捉拿回来吧！"那士兵听完转身就去了，不一会儿，又回来报告说："东山和尚听说您要捉拿他，十分恼怒，要请金刚力士来讨伐您，这可怎么办呢？"

崔简闻言，不屑地笑了笑，说："莫愁，我有神兵相助。"然后又画了一道符，请来了一万多名神兵，这些神兵都长得很奇特，他们拿着刀剑站在院中，严阵以待。

不一会儿，只见从西北方飞来一个高大威猛的大力士，他瞪着眼睛，凶神恶煞地瞪着院子里的神兵。那些神兵此刻都吓得一动不敢动，俯首跪在了地上。

崔简见状，手持宝剑大踏步地走了出来。刚刚还很凶恶的大力士此时见了他，吓得瑟瑟发抖，一转眼就不见了。大力士刚消失，就有个猪头人身的怪物出现了。那怪物虽然是猪头模样，可开口说的却是人言，他说道："崔真人，东山和尚想来拜见您！"

崔简听了，十分傲慢地坐了下来，下令让和尚进来。只见一个穿着紫色僧衣的胖和尚快步走了过来，向崔简一拱手。崔简见了他，大声叱骂道："你这恶贼，竟然绑了良家女子！真是无法无天！"

那胖和尚起初还不承认，拼命地抵赖着。可门口的吕谊挂念着女儿，实在是听不下去了，他手拿着剑，指着胖和尚，威胁他说出真相。

见状，胖和尚只得承认了自己的恶行，他哀求道："大人莫要杀我，我这就将您的女儿还回来！"然后，他对那猪首的怪物打了个手势。

不一会儿，那怪物就托举着一个已经昏过去的女子回来了。吕谊定睛一看，那女子正是他的女儿。见爱女昏迷不醒，吕谊十分焦急。崔简上前看了看，安慰他道："不碍事，用桃木和井水煎成汤，给她服下就会苏醒了。"吕谊连忙照做。

趁这会儿的工夫，那和尚和猪头怪物悄悄溜走了，崔简见人已经找到，也就没再去追他们。

那吕姑娘服下汤水后，悠悠转醒，她见到父亲，"哇"地一声哭了出来，然后哽咽着说了自己的遭遇："那天夜里，我刚刚睡下，就被一个猪头人身的怪物打晕掳走了。醒来后，我已经躺在一间陌生的房间里了。这时，有一个穿紫衣服的和尚走了进来，我问这是何处，他却说是在天上，然后就把我关了起来。"

顿了顿，她擦了擦眼泪，又继续说道："今夜，我听到屋外有士兵骑马的声音，紧接着，那个猪头人身的怪物又来了，对我说崔真人有令，要放我回去。但我回来时，留了个心眼，我在那间屋子的门上用脂粉涂了三个指印，按着这个记号，应该能找到那和尚的住处。"

事情到了这里，已真相大白。吕谊为了感谢崔简救了自己的女儿，为他准备了丰厚的礼品，可都被崔简婉拒了。

过了几个月，吕谊去东岩寺礼佛时，见到一间僧人的房屋上赫然印着三个指痕。他连忙去询问，却得知住在这间屋子里的和尚不久前已经离开了。

太白老僧

原文

大唐中，有平阳路氏子，性好奇。少从道士游，后庐于太白山。尝一日，有老僧叩门，路君延坐，与语久之。僧曰："檀越好奇者，然未能臻玄奥之枢，徒为居深山中。莫若袭轻裘，驰骏马，游朝市，可不快平生志，宁能与麋鹿为伍乎？"路君谢曰："吾师之言，若真有道者。然而不能示我玄妙之迹，何为张虚词以自炫耶？"僧曰："请弟子观我玄妙之迹。"言讫，即于衣中出一合子，径寸余，其色黑而光。既启之，即以身入，俄而化为一鸟，飞冲天。

——《宣室志》

唐朝时，在平阳地区有一户姓路的富裕人家，这家人的小儿子从小就很有好奇心，尤其喜欢神仙法术一类的事物。

路公子年少时，偶然间曾结交了一个道士，那道士须发皆白，穿着普通的布衣，但身姿挺拔，气质超然，有掩饰不住的仙风道骨。路公子见了十分仰慕，便拜他为师，跟随这道士四处云游了几年。几年之后，路公子在太白山中住了下来，以隐士自居，做出一派世外高人的姿态，但是谁都不知道路公子到底学到了什么。

有一天，路公子正在屋内打坐，忽然听到了敲门声。他应声打开了门，只见门外有一个老和尚。那老和尚看着他，说道："我云游到此处，十分疲累，道友可否让我进去讨杯水喝？"

路公子心想："我这里人迹罕至，他竟然能走到这里，想来是我们有缘分吧！"便应允下来，然后为这老和尚倒了茶水，还准备了一些吃食。

二人坐下后，边喝茶边闲聊，内容涉及种种神鬼异事。

路公子还对那和尚说了自己从前的经历，谁知，那和尚听了后竟然说："你所学的都是一些皮毛知识，并没有了解到真正玄妙的法术。你这样住在深山里，也只是虚度光阴罢了。依我看啊，你还不如回家去，骑上骏马招摇过市，当回无忧无虑的富家公子呢！"

路公子听完，觉得此人不俗，激动地说道："听您的话，像是位怀有法术的高人！不知您能否在我面前展示一下呢？"

"年轻人，那我就小小地为你展示一下吧，希望你以后好自为之！"和尚说罢，从口袋中取出了一个盒子，只有一寸多长，泛着乌黑的光。

路公子目不转睛地盯着那盒子，只见那和尚小心翼翼地将盒子打开，一个闪身，自己竟然钻进了这个小盒子里！

看到这里，路公子吃惊地张大了嘴巴。这时，盒子又传来了轻微的响动，他小心翼翼地凑近，忽然，眼前略过一个白影，竟然有一只白鸽从盒子里振翅飞出，很快便消失在了天际中。

"我这是遇到真正的高人了啊！"路公子脱口而出，十分激动。只不过，他左等右等，那盒子却再没了动静。他耐不住性子，将盒子打开一看，里面空空如也。再仔细端详那盒子，也平平无奇，不见有什么异常的地方。

"哎，看来我此生是真的与法术无缘啊！"路公子有些忧伤地感叹着。不久之后，他就收拾行囊回家了，并且再也没有谈论过这些玄妙之术。

原文

　　唐贞元中，扬州坊市间，忽有一伎术丐乞者，不知所从来。自称姓胡，名媚儿，所为颇甚怪异。旬日之后，观者稍稍云集。其所丐求，日获千万。一旦，怀中出一琉璃瓶子，可受半升。表里烘明，如不隔物，遂置于席上。初谓观者曰："有人施与满此瓶子，则足矣。"瓶口刚如苇管大。有人与之百钱，投之，琤然有声，则见瓶间大如粟粒，众皆异之。复有人与之千钱，投之如前。又有与万钱者，亦如之。俄有好事人，与之十万二十万，皆如之。或有以马驴入之瓶中，见人马皆如蝇大，动行如故。须臾，有度支两税纲，自扬子院，部轻货数十车至。驻观之，以其一时入，或终不能致将他物往，且谓官物不足疑者。（节选）

——《河东集》

你知道吗，打劫这件事，有时候不是只能依靠武力，用幻术加智取也可以取得同样的效果。不信的话，一起来看看下面这个故事吧！

话说唐朝贞元年间，扬州城内不知从哪来了一个卖艺女子，她自称叫胡媚儿。她凭借新奇的幻术表演，在城里连演了十多天，引来了不少居民的围观和捧场，每天得到的赏钱多达千万个铜钱。

这天，胡媚儿见看客云集，从怀里掏出了一个透明的玻璃瓶，看容量大约只能装半升水。她把瓶子放在桌上，对观众说道："今天，若各位看官给的钱能装满这个瓶子，小女子就满足了！"

众人一听，都说："这还不简单？"有个男子率先掏出了一百文钱，放进了瓶子里。铜钱投进去后，叮当作响，可透过玻璃瓶子，大家却惊奇地发现铜钱变成了米粒般大小！有人觉得十分新奇，于是掏出了一千文钱装进了瓶子里，可是这次还和上次一样，铜钱又变小了！另一个人不信邪，又拿出了一万文铜钱放了进去，可结果仍和前两次一样。

这时，有个骑着马的富家子觉得很有趣，就豪爽地拿出了二十万钱，结果钱进了瓶子，仍然变成了米粒大小。他看了，连连鼓掌，又说道："既然钱能缩小，那我骑的这匹马，能不能放进瓶子里呢？"说完，他将瓶口凑近马头，只见瞬间，那匹马就被吸了进去，变得与蚂蚁一样大，在瓶子里走来走去。看到这样的奇事出现，大家都惊呆了，然后便七嘴八舌地讨论了起来，有人说是幻术，有人说是瓶子有问题。

过了一会儿，有两个负责押运国库财物的户部官员路过，也停下来看热闹。其中一个官员听说了这瓶子的神奇之处后，不屑一顾地对另一人说道："我看啊，这些都是骗人的把戏。"接着，他上前对胡媚儿说："小娘子，你这瓶子能把这些车和车上的财物都装下吗？"

胡媚儿听了，呵呵一笑，轻巧地答道："只要大人允许，这些都不在话下！"那官员被她一激，立马说："我还真不信了，那你试试看啊！"

胡媚儿等的就是他这句话，她将瓶口一歪，只见车马和财物，一个接一个地都进了瓶子，并且都变成了蚂蚁大小，不一会儿，这些东西竟然都从瓶中消失了。

那两个官员见了，十分惊讶，然后对胡媚儿："眼见为实，这还真是神奇啊！好了，你快把财物放出来吧！"

只见胡媚儿冷笑了一声，随即也跳进了瓶子中消失不见了。

此时两个官员已是目瞪口呆，忽然想起了财物，情急之下赶紧将瓶子摔破了。可是，地上只留下了玻璃碎片，不见了财物和胡媚儿的踪迹！

就这样，胡媚儿不费一兵一卒，只身一人就劫走了百万财物。一个多月后，有人在清河一带见到胡媚儿驾着马车，向东平地区驶去，此时，东平地区恰好被藩镇节度使李师道所占据，不受朝廷的管辖。因此，有人猜测指使胡媚儿劫走国库财物的，就是李师道！

画工

　　唐进士赵颜，于画工处得一软障，图一妇人甚丽。颜谓画工曰："世无其人也，如何令生，某愿纳为妻。"画工曰："余神画也，此亦有名，曰真真。呼其名百日，昼夜不歇，即必应之。应则以百家彩灰酒灌之，必活。"颜如其言，遂呼之百日，昼夜不止。乃应曰："喏。"急以百家彩灰酒灌，遂活。下步言笑，饮食如常。曰："谢君召妾，妾愿事箕帚。"终岁，生一儿。儿年两岁，友人曰："此妖也，必与君为患！余有神剑，可斩之。"其夕，乃遗颜剑。剑才及颜室，真真乃泣曰："妾南岳地仙也，无何为人画妾之形，君又呼妾名，既不夺君愿。君今疑妾，妾不可住。"言旋，携其子却上软障，呕出先所饮百家彩灰酒。睹其障，唯添一孩子，皆是画焉。

——《闻奇录》

话说唐朝有个叫赵颜的进士，十分喜欢书画，简直到了如痴如醉的地步。他的家中藏有许多字画，还经常去画工处搜集新画来扩充自己的收藏。

这天，他又去拜访相熟的画工，那画工一见他，就说："赵公子，今天您来得可真巧啊！我这儿刚完成一幅卷轴画，上面画的是一位绝世佳人。"

赵颜一听，来了兴致。他打开卷轴一看，果然，一位容颜清丽的女子，跃然纸上。赵颜平生从未见过如此出众的佳人，他不禁赞叹道："真绝色也！若她是真人，我赵颜倾家荡产也要娶她为妻！"

那画工听了这话，神神秘秘地说道："其实，我是个神画手，我笔下的人物都有灵魂。这女子名为真真，如果公子您诚心诚意地连续呼唤她的名字一百天，且昼夜不停，真真必定会回应你。等到她开口回答你，你就用丝织品烧成的灰烬倒进酒里，再对着她的嘴唇倒进去，她就会变成活人喽！"

赵颜对画工的话将信将疑，可他实在爱慕真真的容颜，就依法照做了。果然，百日之后，那美人回应了他。赵颜连忙给她喝酒，只见她张口喝下了彩灰酒，缓缓从画中走

了出来。

真真笑盈盈地看着赵颜，言谈举止和常人一样，说道："奴家十分感念公子的召唤，如若您不嫌弃，我愿意做您的妻子，尽心侍奉您一生。"

真真的话正合赵颜的心意，他听了乐得合不拢嘴，忙不迭地说："实不相瞒，我也十分倾慕小姐您！您从画中走出嫁与我为妻，这真是上天的恩赐啊！"然后，他便张罗起了婚事，很快就与真真拜堂成亲了。

婚后，二人过起了甜甜蜜蜜的日子。真真果然如她自己所说的那样，将家中打理得井井有条，赵颜时常感叹："得妻如此，夫复何求啊！"一年后，他们又生了一个儿子，一家三口过着和和美美的生活。

又过了两年，赵颜有个旧友前来拜访他。那人听了真真的事，眉头一皱，断言道："此事太过反常，依我看那女子不是什么正经人，必定是个妖怪！她与你相处得久了，你必遭灾祸！"接着，他拿出了一把寒光闪闪的剑，递给赵颜说："我这是把神剑，专杀妖魔鬼怪。赵兄，为了你的性命，赶快杀了她吧！"

赵颜听了朋友的话，心中产生了动摇，其实他也觉得画中人变成真人这件事有些奇异。思来想去，贪生的念头占了上风，他便暗暗下定了决心，手拿宝剑向卧房走去。

这边，真真刚见到赵颜拿着剑走了进来，一下就全都明白了：她的夫君怀疑她，还要杀了她。她眼中留下两行清泪，哽咽地说道："我本是南岳衡山洞府里的神仙，与世无争，逍遥自在。但不知怎么，被人画下了容貌，就留在了画中。我听到您叫我的名字，不想违背您的心愿，就回应了您。但现在，既然您对我产生了怀疑，要杀我，那我就离开吧！"说罢，她吐出了之前饮下的彩灰酒，抱着两岁的孩子，一闪身就又回到了卷轴画中。

赵颜一看，发现画中赫然多了一个小孩，正是自己的儿子！此时的他追悔莫及，连连扇了自己几个耳光。自那以后，他再也没有娶妻生子，一生都活在了悔恨之中。

图书在版编目（CIP）数据

讲不够的中国神怪故事：套装全5册／许萍萍，俞
亮编著；庞坤等绘. — 北京：北京理工大学出版社，
2023.5
　ISBN 978 - 7 - 5763 - 2254 - 5

　Ⅰ. ①讲… Ⅱ. ①许… ②俞… ③庞… Ⅲ. ①儿童故
事－作品集－中国－当代 Ⅳ. ①I287.5

中国国家版本馆CIP数据核字（2023）第061643号

出版发行／北京理工大学出版社有限责任公司
社　　　址／北京市海淀区中关村南大街 5 号
邮　　　编／100081
电　　　话／（010）68914775（总编室）
　　　　　　（010）82562903（教材售后服务热线）
　　　　　　（010）68944723（其他图书服务热线）
网　　　址／http://www.bitpress.com.cn
经　　　销／全国各地新华书店
印　　　刷／保定市铭泰达印刷有限公司
开　　　本／710毫米×1000毫米　1/16
印　　　张／59　　　　　　　　　　　　责任编辑／徐艳君
字　　　数／440千字　　　　　　　　　　文案编辑／徐艳君
版　　　次／2023年5月第1版　　2023年5月第1次印刷　　责任校对／刘亚男
定　　　价／228.00元（全5册）　　　　　责任印制／李志强

自然风物与志怪传说

讲不够的中国神怪故事

许萍萍——编著

李梓墨——绘

北京理工大学出版社
BEIJING INSTITUTE OF TECHNOLOGY PRESS

目录

杨道和

 原文

晋扶风杨道和，夏于田中，值雷雨，至桑树下。霹雳下击之，道和以锄格，折其肱，遂落地不得去。唇如丹，目如镜，毛角长三尺余。状如六畜，头似猕猴。

——《搜神记》

晋代，有一年夏天，天气特别闷热，每天的午后总会有一场雷电交加的暴雨倾盆而下。

有一天，一个叫杨道和的农夫在田间劳作，下午三时左右，天边突然乌云翻滚，眼看着一场雨就要落下来。杨道和想跑到不远处的小茅屋里躲雨，但走至半路，闪电和雷鸣袭来，紧接着，豆大的雨点便"噼里啪啦"地落下来了。

杨道和只好躲到附近的一棵高大的桑树下。

桑树虽浓荫如华盖，但怎能阻挡得了斜风暴雨？不一会儿，杨道和便淋得如落汤鸡般狼狈。就在这时，一声霹雳从天而降，杨道和害怕地躲避，但他躲到哪，霹雳就跟到哪，还不断地散射出火花，灼得杨道和的腿如火烧一样疼痛。他索性抢起锄头，和霹雳格斗起来。

杨道和在格斗时，因有了一定要胜利的信念而从胆小变得顽强，以从未有过的力量搏击霹雳。三个回合后，他趁霹雳不留意，狠命地把锄头劈了下去。这一下又准又狠，击中了霹雳的胳膊，"咣当"一下，一条火红色的胳膊断裂开来。霹雳已经使不上劲了，落在地上不能动弹。这时候，杨道和终于看清楚了霹雳的真面目：只见他嘴唇

如丹砂般红艳，厚厚的，圆嘟嘟的。眼睛铜铃般大小，闪着耀眼的光芒，杨道和与他四目相对，眼睛像是花了一样，竟好长时间看不清东西，老觉得有镜子般的反射光斑在晃动。大概过了一刻钟，杨道和才恢复了视力，他看见霹雳的头上长着两只三尺多长的角，角上长着绯红色的毛。脸像猕猴，身子看上去像马又像驴，但看久了，又觉得不像马也不像驴了。

等雨霁太阳出来，受伤的霹雳忽然化成了一缕烟雾，升腾而去。杨道和来到自己的庄稼地里继续除草，说也奇怪，刚才击打过霹雳的锄头变得异常锋利，而且使用起来也省力了不少。杨道和很是欣喜，他觉得在遇到困境时，让自己变得强大才是正确的选择。

文净

原文

　　唐金州水陆院僧文净，因夏屋漏，滴于脑，遂作小疮。经年，若一大桃。来岁五月后，因雷雨霆震，穴其赘。文净睡中不觉，寤后唯赘痛。遣人视之，如刀割，有物隐处，乃蟠龙之状也。

——《闻奇录》

　　唐朝金州有个水陆院，水陆院是个寺庙，周围山峦起伏，树木葱茏，很是幽静。

　　文静是水陆院中的一位和尚，与师傅和众师兄弟住在一起，饮清茶、食斋饭，采野果、扫落叶……日子简单却也不失乐趣。

有一年夏天，雷雨频发，寺院里的屋子因长年不修，使得屋外倾盆大雨，屋内小雨滴沥。一天晚上，文净正在窗前读经，忽然一滴雨"啪嗒"落在头顶上，先是沁凉的，随后突然灼热起来。文净伸手去摸，摸到了一个小疙瘩，他没放在心上，换了个地方重新读起经书来。第二天，他的师兄对文净说："你的头上长了个小疮，看上去好奇怪。"文净又用手摸了摸，仍然和昨天晚上一样啊，没大起来，也没溃烂，而且不痛不痒的，没人提醒，他都不记得有这么个小疙瘩了。

日子一天天过去，文净脑袋上的小疙瘩也在无声无息地变化。一年后，竟然长得有桃子般大小了，好在没有疼痛感，文净也不当回事。

五月来临，初夏的雨水又多了起来。一天，文净午休，正酣睡时，下起了雷阵雨。不一会儿，似乎有道闪电直射入文净住的屋子，接着，晴空一声霹雳，炸响了整座山岭。文净脑袋上的疮似乎被雷击穿了，露出一个黑乎乎的小孔来。

"哎呀，好痛，痛死了。"文净突然被痛醒，他抱着脑袋来到禅房，"我头上长疮的地方，是不是破了？有没有流血啊？

有没有化脓啊，快帮我看看呀。"

僧人们都围过来看文净的头。

"你的疮好像被谁用刀划开了。"一个僧人说。

"哎呀，我看见了一个黑洞，里面好像有什么在游动。"另一个僧人说。

靠得最近的那个僧人说："我看清楚了，里面有条蟠龙呢。"

一位老僧走过来，说道："你脑袋上的疮是蟠龙的藏身之地，去年落在你头上的那个雨点就是蟠龙的化身。但雷神能感应到它的存在，所以击穿了你头上的疮，让蟠龙现身。"

"那怎样才能把它赶走呢？"文净痛得快受不了了。

"念经，抄经，直到天明，蟠龙就会在不知不觉中消失的。"老僧说道。

文净听了老僧的话，赶紧忍痛诵读经书并抄写，一夜无眠。

第二天，他脑袋上的疮果然不见了。

霹雳车

原文

　　唐李鄘，北都介休县民。送解牒，夜止晋祠宇下。夜半，闻人叩门云："介休王暂借霹雳车，某日至介休收麦。"良久，有人应曰："大王传语，霹雳车正忙，不及借。"其人再三借之。遂见五六人秉烛，自庙后出，介山使者亦自门骑而入。数人共持一物，如幢，扛上环缀旗幡，授与骑者曰："可点领。"骑即数其幡，凡十八叶，每叶有光如电起。民遂遍报邻村，令速收麦，将有大风雨，悉不之信，乃自收刈。至日，民率亲戚，据高阜，候天色。乃午，介山上有云气，如窑烟，须臾蔽天，注雨如绠，风吼雷震，凡损麦千余顷。数村以民为妖，讼之。工部员外郎张周封亲睹其推案。

　　　　　　　　　　　　　　——《酉阳杂俎》

唐朝，在北都介休县，有个叫李廓的乡民，因一次在送公文的路上耽误了行程，便借宿于晋祠内。

因身处陌生之地，李廓转辗难眠，好不容易就要睡过去时，突听外面传来一阵急促的敲门声。随之，他听见门外有人说："我是介山来的使者，过几天介休王要到介休来收麦子，到时要用霹雳车行一场风雨，恳请你们今晚就把霹雳车借给我们用一下。"

好长时间，没有人应答。介山使者便又说了一遍，语气比刚才更加诚恳了。

"这几天我们都在用霹雳车，不方便外借。"突然，李廓的睡榻旁传出一个声音。李廓四处张望，并不见人。他便趴到窗口观望，但黑漆漆的寺庙里，只感觉得到树影的晃动，其他什么都看不见。

院外的介山使者并没有气馁，又再三请求了几次。李廓暗想，如此诚恳地借车，任谁都会答应的吧。正想着呢，窗外忽然出现了五六处灯火，仔细一看，是几个手拿蜡烛的人，从寺庙的后门走进来，同时，前门有个骑着马匹的人也进来了。

"骑马的人便是介山使者了吧。"李廓猜测着。这时，他又看见一些人抬着插满了金黄色小旗的车子，向那人走去。

"车子给您送来了，请您签收。"有人说道。

果然骑马进来的便是介山使者了。只见他跳下马背，数了数车上的小旗子。

"一共十八面旗子。谢谢了，在下先告辞，等行完雨，我会来送还车子。"介山使者骑上马，拉着车子离开了寺庙。远远看去，那霹雳车上的小旗子在暗夜中一闪一闪的，就像雷雨时的闪电。

李廊回家后，把在晋祠看到的一幕告诉了乡邻们，并让他们趁天晴朗的时候赶紧收割麦子，不然的话，风雨一来，麦子恐怕会遭到损失。

但谁都不相信李廊的话，他只好顾自收割起麦子来。

第二天上午，天仍然很晴朗，但中午时分，介山顶上聚集了很多乌云，远远望去，云层周围像是冒起了烟雾。紧接着，电闪雷鸣，风雨大作，连下了七天七夜。村民到地里一看，麦子都浸泡在水中，已经腐烂发霉。

他们认为李廊一定是个妖怪，便把他告到了衙门里。但县官经过追查和分析，认为李廊所说句句属实，便放了李廊。

欧阳忽雷

原文

　　唐欧阳忽雷者，本名绍，桂阳人，劲健，勇于战斗。尝为郡将，有名，任雷州长史。馆于州城西偏，前临大池，尝出云气，居者多死。绍至，处之不疑。令人以度测水深浅，别穿巨壑，深广类是。既成，引决水，于是云兴，天地晦冥，雷电大至，火光属地。绍率其徒二十余人，持弓矢排锵，与雷师战。衣并焦卷，形体伤腐，亦不之止。自辰至酉，雷电飞散，池亦涸竭。中获一蛇，状如蚕，长四五尺，无头目。斫刺不伤，蠕蠕然。具大镬油煎，亦不死。洋铁汁，方焦灼。仍杵为粉，而服之至尽。南人因呼绍为忽雷。

——《广异记》

欧阳绍是唐朝时期的桂阳人，他因强健善斗曾任郡府武官，因立功无数，在当地很有名气，官也越做越大，后来任了雷州长史。欧阳绍的家便迁往州城城西。在新家的对面，有个很大的池塘，每天晨起的时候和日暮西斜时，池塘上空都会聚集着云气，看上去压抑、晦暗，四野笼罩着阴森森的气息。

相传，住在池塘附近的一些人，会不明不白地死去。大家猜测，这令人恐怖的事件，估计和池塘上的云烟有关。

欧阳绍胆大，即便知道这里的情况，也不退缩。有一天早晨，他请人测量池塘的深度，在旁边开辟出和水池相同面积的一大片洼地，再让大家把池水排空，引流到洼地里。突然间，天边乌云滚滚，雷声阵阵，天地之间霎时暗沉沉的，但闪电如火，不停地划破夜空，直令人心慌忐忑。乡民们急匆匆地躲进屋子里，再也不敢出来。

欧阳绍率领二十多个兵将，围在池边。随着欧阳绍的一声令下，兵将们朝着闪电和响雷处拉弓射箭。但雷电哪有这么好对付的，它们靠近人群，点着了战衣。不惧死亡的兵将们尽管被火球烧伤了身体，仍毫不退缩，继续不停地朝空中射击，使得霹雳声震耳欲聋，响彻天际。雷雨下了一天，欧阳绍和兵将们也战了一天的"雷公"。当暮色四起时，闪电和雷鸣也依次削弱，直至散去。

"快看啊，池塘里的水快要排干了！"随着雷雨的止息，一些村民陆续从屋子里走了出来。

原本深度达十多米的池水经过一天的引流，已经不到一米深浅了，可见池底的淤泥。一些泥鳅和小鱼在局促地蹦跳。

这时候，突然从池底钻出来一条如蚕一样白的蛇，身子足有四五尺长。但左看右看，都不见它的脑袋，分不出哪是它的头部，哪是它的尾部。它慢慢蠕动着的样子，也很像蚕。欧阳绍和他的士兵朝它射箭，一些村民也用石块去击打它，但它不死，身体仍在缓缓蠕动。

"来人，把它抓起来，放到锅里煎炸。"欧阳绍吩咐道。

很快，一个士兵搬来大锅，注满油，点着了火。另有十多个人把池底的白蛇抓起来放进锅里，但油水快烧完了，蛇也不死。

"注入铁水继续煎煮！"欧阳绍下令道，"看它还能熬多久。"

就这样，蛇在几百度的高温下足足煎煮了一个晚上，第二天终于再也不会动了。

据说，欧阳绍把蛇磨成粉吞食，变得力大无比。池塘边的村民们生活得也很安逸了，他们尊称欧阳绍为欧阳忽雷。

王干

原文

　　唐贞元初，郑州王干，有胆勇。夏中作田，忽暴雷雨，因入蚕室中避之。有顷，雷电入室中，黑气陡暗。干遂掩户，荷锄乱击。雷声渐小，云气亦敛。干大呼，击之不已。气复如半床，已至如盘。忽然堕地，变为熨斗折刀小折足铛焉。

——《酉阳杂俎》

　　唐朝贞元年间，郑州有个叫王干的人，平时胆大勇猛，几乎什么都不怕。

　　夏天的一个早晨，他早早地来到田间为庄稼松土捉虫。到了中午时分，突然天色晦暗，乌云翻滚，眼看着就要下雷雨了。

"王干，快回家，不然要淋雨了。"一起劳作的村民们奔跑起来，想在下雨前赶回家。

"淋点雨也不碍事，我得忙完这垄田，你们先走吧。"王干擦了把汗，笑着回道。

于是，田野里就剩下王干一个人了。

一声霹雳在王干头顶炸响，接着滂沱大雨倾盆而下。雨点打得王干脸颊生疼，巨大的风力也让他一时站立不稳。

他抹了下脸上的雨水，望见不远处一间养蚕的小茅屋，就飞快地跑过去躲雨。

王干推开门刚站住脚，只见一团黑乎乎的云气跟了进来。这团云的周围如镶着金边，刺眼夺目，还有烧灼感。云气不停地弥漫开来，小茅屋里顿时暗沉沉、乌压压的，如同到了夜间一般，雷鸣声也不绝于耳。

王干心想，不好，这是一团带着霹雳的云气。他要把它赶出屋去，但整个屋子几乎被这团黑色的云气充满了，有一些还弥散到了屋外。王干想，它会变得越来越巨大。索性，他迅疾地关上了门窗，操起身边的锄头，在屋子里不停地扑打起来。

他一边打，一边声嘶力竭地呼喊，想盖住雷鸣声，用

威力吓退这团云气。

王干这里挥舞几下，那里拍打几下，完全没有章法，但就因为他这样乱打一通，乱喊一气，使得云气无处逃遁。渐渐地，雷声小了起来，渐渐地，这团黑乎乎的云气也在收敛，屋子里慢慢地开始明朗起来。王干却不敢大意，仍使出浑身解数扑打着逐渐缩小的云团。

只见这团云气小如眠床了，又依次小如桌子，小如椅子，小如一只盘子了。突然，"哐当"一声响，"盘子"坠落到地上。王干停下挥舞的锄头一看，发现云气不见了，地上出现了一把折弯的刀，一只缺了把手的锅，一只小勺，还有一个缺了一角的碗……

这时候，雨霁天晴，王干捡起地上的小物件，回家吃午饭去了。

徐智通

原文

唐徐智通，楚州医士也。夏夜乘月，于柳堤闲步。忽有二客，笑语于河桥，不虞智通之在阴翳也。相谓曰："明晨何以为乐？"一曰："无如南海赤岩山弄珠耳。"答曰："赤岩主人嗜酒，留客必醉。仆来日未后，有事于西海，去恐复为萦滞也。不如只于此郡龙兴寺前，与吾子较技耳。"曰："君将何戏？"曰："寺前古槐，仅百株。我霆震一声，剖为纤茎，长短粗细，悉如食箸。君何以敌？"答曰："寺前素为郡之戏场，每日中，聚观之徒，通计不下三万人。我霆震一声，尽散其发，每缕仍为七结。"二人因大笑，约诺而去。（节选）

——《集异记》

一个夏天的晚上，满月皎皎如银盘，挂在河畔柳梢头。楚州医生徐智通吃完晚餐后在河堤散步。

前面有两个正在说笑的人。徐智通本想快走几步赶过他俩，却听得他们在说一些奇奇怪怪的事情，便慢下脚步，躲在他们的影子里，不徐不疾地跟着。

只听高一点的那个人说："去南海赤岩山弄些珠子来玩，于我来说是最有趣的事了。"矮一点的人接过话茬："去赤岩山好是好，可我每次都会被山神灌醉酒。不如我们到本郡的龙兴寺附近，去比试一下各自的本事。"高个子说："那我们比试什么呢？除非就是下点雷阵雨啊！"矮个子说："你记不记得，龙兴寺的前面长着一百多棵枝繁叶茂的老槐树？我想肆无忌惮地咆哮一声，把这些树都劈成像筷子一样细的木条子。"

"龙兴寺的前面有一个开阔的空地，每天都会有从各地赶来的人，聚集于空地上看戏、玩乐。明天，我想用一声霹雳，把他们的辫子劈成散发，再让他们每一缕的头发都打上七个结。"高个子说。

"头发可怎么打结呀，很快就会散开的。"徐智通正暗自称奇呢，只见两人约定好时间后互相告别了。

徐智通回去后，便把这件奇事说与朋友们听，大家都很兴奋，相约明天也去龙兴寺，见证一下奇迹。

第二天，徐智通和六七个友人一大早就来到了龙兴寺。因是晴天，太阳很晒，他们便歇息在寺庙不远处的浓荫处。

等到中午时分，徐智通和友人忽然看见天边飘来两朵如车轮般大小的灰云，到了龙兴寺上空，云忽尔就静止不动了。转瞬间，刚才还明晃晃的晴朗天，忽尔就如夜幕时分变得昏暗。接着两声响雷同时炸响在寺庙上空。只见寺庙前的老槐树果真像矮个子说的那样，树干纷纷碎裂开来，变成了一根根如竹筷状的小木棍。而正在寺院空地里唱戏、玩乐、做买卖的人，无论男女，辫子都散开，且每一缕头发梢，都神奇地打着七个结。

"老兄，你昨天晚上遇到的是两个雷公啊。"徐智通的朋友们见证了这一幕，都啧啧称奇。

王忠政

原文

唐泗州门监王忠政云，开城中，曾死十二日却活。始见一人，碧衣赤帻，引臂登云曰："天召汝行，汝隶于左落队。"其左右落队，各有五万甲马，簇于云头。偏向下，重楼深室，囊柜之内，纤细悉见。更异者，见米粒长数尺。凡两队，一队于小项瓶子，贮人间水。一队所贮如马牙硝，谓之乾雨。皆在前，风车为殿。每雷震，多为捉龙。龙有过者，谪作蛇鱼，数满千，则能沦山。行雨时，先下一黄旗，次下四方旗，乃随龙所在。或霆或雷，或雨或雹，若吾伤一物，则刑以铁杖。忠政役十一日，始服汤三瓯，不复饥困。以母老哀求，得归。

——《唐年小录》

唐朝开成年间，泗州城有个叫王忠政的守门官。突然在一天凌晨，他被一个包着红色头巾，身着绿衣的人拽向了天空，飞到云深处。

绿衣人对他说："你在人间的寿命已完结，今天是你升天的日子。在天帝的召唤和指示下，我会把你带给左落队。"

王忠政向远处望去，只见云间左右两处各聚集着无数匹马，这些马均披着一身金光闪闪的铠甲。再向远望，他看见一架架正转得飞快的风车。

"左右落队各有五万匹马，你且向左边。"绿衣人把王忠政带到左落队，"你的任务是，在最前面的那个短瓶中装入人间的水，水就在马鞍处挂着。瓶中的水是用来向人间行雨的。"

原来这是向人间刮风行雨的地方。王忠政不禁向下望了望，却清晰地看见了人间的景象。每一个院落，每一户人家的屋瓦，每一条山间小道、河流都看得清清楚楚，甚至屋子内的木柜衣帽、木桶饭勺也能看得到。

"这米粒，在天上望下去，怎么反而会有数尺长呀。"王忠政忽然望见一户人家米桶里装着的米，不禁问道。

"人间天上，自然不同。"绿衣人回复后，转身就不见了。

王忠政便开始不停地在短瓶里倒入人间的水。而在右落队的短瓶里，放入的是马牙硝，被称作干雨。

第二天，王忠政便听说了行雨的一些规则。比如说，打雷大都是为了捉拿犯了错误的龙，这些龙被抓来，即刻贬为鱼或者蛇。当犯错的龙达到一千条时，就能淹没一座高山。往往在天上行雨的时候，要根据龙的所在地先降下一面黄色的三角旗，再降下一面方形旗，那个地方不久之后便会下起雨来。若是下雷雨或者暴雨，也要看龙的所居之地在哪里。

王忠政在天上一连干了十一天的活，到了第十二天，他突然挂念起母亲来，便向正送人来服役的绿衣人痛哭，说母亲孤单一人在人间，没有人侍候实在是不放心。绿衣人见他如此孝顺，动了恻隐之心，便向天帝禀告。天帝答应了王忠政的请求，让他重返人间孝敬母亲。

就这样，死了十二天的王忠政突然复活，又和老母亲过上了相依为命的日子，清苦却幸福。

　　唐叶迁韶，信州人也。幼岁樵牧，避雨于大树下。树为雷霹，俄而却合，雷公为树所夹，奋飞不得迁。韶取石楔开枝，然后得去。仍愧谢之，约曰："来日复至此可也。"如其言至彼，雷公亦来，以墨篆一卷与之，曰："依此行之，可以致雷雨，祛疾苦，立功救人。我兄弟五人，要闻雷声，但唤雷大雷二，即相应。然雷五性刚躁，无危急之事，不可唤之。"自是行符致雨，咸有殊效。尝于吉州市大醉，太守擒而责之，欲加楚辱。迁韶于庭下大呼雷五。时郡中方旱，日光猛炽，霹震一声，人皆颠沛。太守下阶礼接之，请为致雨。信宿大霈，田原遂足，因为远近所传。（节选）

——《神仙感遇传》

唐朝信州人叶迁韶，十多岁的时候经常去山野里、丛林间放牧或者砍柴。夏天时，雷雨频繁，很多次他都会逢到突变的天，淋雨便也成了家常便饭。

　　有一天，又下起了雷雨。豆大的雨点使得叶迁韶不得不去大树下避雨。当他正跑到树下时，突地一声响雷也跟到了，只见粗壮的树干被劈成两半，但很快又合拢了。

　　"哎哟——"树干里传来一个声音，叶迁韶看见一团云气被挤在树干里了。

　　"我是雷公，快救我出来。"那团云气向叶迁韶求救。

　　刚好叶迁韶手中举着一把柴刀，他忙从地上捡了一快小石头当作楔，放进树干缝隙中，然后用柴刀敲打。没过多久，树干被掰开，挤在里面的雷公也得救了。

　　"明天这个时候你再到这里来，我有事和你说。"雷公向叶迁韶道谢后，直奔向云霄。

　　第二天，叶迁韶来到老地方，远远地看见雷公等在那里。

　　"我把这卷书送给你。"雷公递给叶迁韶一卷书，"你只要照着书上写的去做，便可在干旱天求到雨，同时也会给你带来一生富贵和平安。但你要记住，雷公除了我，还有另外四个，他们都是我的兄弟。要行雨打雷时，你可以叫雷大雷二雷三雷四中的任意一个，雷五脾气特别暴躁，不到万不得已时，你可千万别叫他。"

叶迁韶接过那书卷，并连连道谢。

书卷里记载着怎样在不同的境地、不同的季节和不同

的时辰画符招雨的方法，还记录着一些常见病的救治方法。叶迁韶反反复复地看，已把书卷里的文字记得滚瓜烂熟。每有干旱的天，叶迁韶都会画符求雨，召唤雷公兄弟们来帮忙（当然雷五除外），每一次，他都会成功求到雨。

有一次，叶迁韶在吉州大街的酒馆里和朋友小聚，因兴致高涨喝多了酒，被太守抓走。太守派手下的士卒鞭打叶迁韶，叶迁韶痛得忍不住喊了声"雷五"，只听得空中炸开一声震耳般的霹雳，吓得众人纷纷抱头鼠窜。

太守这时已听说了叶迁韶能招雷求雨，便急忙叫手下的人停止对他施刑，恳请道："老朽有眼不识泰山，现在正值干旱天，还望您能帮老百姓们求求雨。"叶迁韶自然同意了。那天晚上，本是明月高照的天突然漆黑一片，紧接着，风声雨声大作，雨一直下了一天一夜才停止。田间晒蔫的秧苗们都恢复了生气，老百姓们本是愁眉不展，现又恢复了生气，他们都特别感谢叶迁韶。至此，叶迁韶能招雨治病的事情也一传十，十传百，他在当地变得像神一样有本事。

叶迁韶有一年在滑州游玩，正逢黄河水灾，老百姓叫苦连天。他不由分说地在长二尺的铁片上画了符，放在河岸上。顿时，一直在向村庄里奔泻的洪水突然都被铁片挡住，顺着河床直接流泻，再也侵害不了庄稼和村民们的居所了。不仅如此，只要经叶迁韶的手画的符，能医治所有的病痛。

但没过几年，叶迁韶在当地突然失去了踪迹，也不知他去了哪里。

至今，这仍是一个谜。

百丈泓

原文

　　唐河东郡东南百余里，有积水，谓之百丈泓。清澈，纤毫必鉴。在驿路之左，槐柳环拥，烟影如束，途出于此者，乃为憩驾之所。大和五年夏，有徐生自洛阳抵河东，至此水。困殆既甚，因而暂息，且吟且望。将午，忽闻水中有细声，若蝇蚋之噪。俄而纤光发，其音稍响，轰若击毂，其光如索而曳焉。生始异之。声久益繁，遂有雷自波间起，震光为电，接云气。至旅次，遽话其事。答曰："此百丈泓也。岁旱，未尝不指期而雨。今旱且甚，吾师命属官祷焉。"巫者曰："某日当有甚雨。"果是日矣。

——《宣室志》

唐朝唐文宗太和五年的一个夏天，书生徐生从洛阳到河东郡去办事。当他来到河东郡向南二百里的地方时，发现了一处美丽的水泽。水泽边长满了槐树和柳树，枝叶繁茂，树影婆娑，烟波浩渺，景色秀丽。很多路过的人都会驻足停留，也有一些人会从远处赶来，专门欣赏美景。这处水泽叫百丈泓。

当徐生来到这里时，正因赶路又累又饿，于是便择一僻静之地坐下来歇息。放眼望去，处处都是美好的景象，他不禁吟咏起诗词来。不知不觉到了中午时分，徐生正要离开，忽听水里传来一阵"嗡嗡嘤嘤"的声音，起先很微弱，像飞蚊的声音，渐渐地，声音响亮了些，如蜜蜂的"嗡嗡"声。徐生便循着声音找去，水面波纹轻漾，并没有什么异常。徐生正要转身时，突然看见水泽中间像是涌起一根光柱来，打着旋，扶摇直上，那嗡嗡声也变成了隆隆声，犹如车轮滚滚而来。

徐生惊呆了。他站在原地一动不动地望着那根越旋越高的光柱像一条银色的巨龙腾空而起，接着从水底处传来一阵震耳欲聋的雷鸣。顿时，闪电和雷声不绝于耳，眼看一场大雨就要落下来了。

徐生这才惊慌失措地奔跑起来。

当他来到客栈时，一场大雨也落了下来。

"我……我刚才在那边水池里，看到了从水底下蹿出来的雷电，闪闪的光柱和震耳的雷声，怪吓人的呢。"徐生对一个陌生的游人说道。

那人说："你说的那个水池名为百丈泓，是法师们用来求雨的地方。今年此地干旱少雨，池水枯竭，庄稼萎谢，但若来百丈泓祈雨，很是灵验。今天你看到的雷电，便是我和我的师傅向百丈泓求来的。"

原来如此，徐生望向窗外，只见电闪雷鸣，大雨如注。

"真是一场及时雨啊，田地里的庄稼有救了。"徐生不禁安下心来。

夏世隆

 原文

　　故越王无诸旧宫上，有大杉树，空中，可坐十余人。越人夏世隆，高尚不仕，常之故宫。因雨霁欲暮，断虹饮于宫池，渐渐缩小，化为男子，著黄赤紫之间衣而入树，良久不出。世隆怪异，乃召邻之年少十数人，往视之，见男子为大赤蛇盘绕。众惧不敢逼，而少年遥掷瓦砾。闻树中有声极异，如妇人之哭。须臾，云雾不相见，又闻隐隐如远雷之响。俄有一彩龙，与赤鹄飞去。及晓，世隆往观之。见树中紫蛇皮及五色蛟皮，欲取以归，有火生树中，树焚荡尽。吴景帝永安三年七月也。

——《东瓯后记》

古越人夏世隆是个仁义贤良的人，他无意做官，但常常会到已故越王无诸的旧宫殿里去闲逛。

那儿已没有了先前的热闹，几株古树，几棵藤蔓，几条小径构建出一个幽然之境。夏世隆每天都会在日落之前去庭院里散步。临近西边的围墙处，长着一株古老的杉树。这棵杉树树干粗壮，但里面是空的，能容纳十多个人。

有一天日暮时分，刚下过雨，但将落的太阳仍然很耀眼。夏世隆照旧来到宫殿里散步。当他走到杉树边时，突然发现一道美丽非凡的彩虹。他驻足仰望，猛然看见彩虹的一头向前延伸，然后直接伸入宫殿里的大池塘里饮起水来，发出轻微的"咕嘟"声。渐渐地，彩虹变小了，当它变得和人的个子差不多大小时，摇身一变，变成了一个男子。男子穿着黄红紫三色相间的衣裳，看上去有点怪异。夏世隆躲在一处树影下偷偷张望，只见男子疾步走到杉树下，又一脚跨入树洞中，便不见了身影。夏世隆越来越好奇，就去附近叫来十多个小孩，靠近树洞看个究竟。

"那个人身上缠着一条红红的大蛇！"靠树洞最近的小孩悄悄地告诉大家。就在这时，从树丛中传来一阵如女人般哭泣的声音，接着云雾四起，眼前的一切都变得模糊不清，滚滚雷声也由远及近。渐渐地，云雾散去，雷声也小了下去。忽然，大家听到一阵"扑啦啦"的声音，随即看见一条五彩的龙和一只火红色的天鹅，从树洞里飞出来，飞向西边的天空，一会儿就不见了。

第二天早上，夏世隆又来到杉树下。当他向树洞里张望的时候，发现了一张五彩的蛟龙皮和一张紫色的蛇皮。这些可都是稀奇之物啊，夏世隆想要把它们带回家收藏起来，不料手刚接触到皮，便有火星子溅射开来。夏世隆吓得赶紧逃开，但杉树却被火点着了，越烧越烈，一会儿工夫，整棵树被烧成了灰烬。旧宫殿里古老的杉树就此消失。

韦皋

原文

　　唐宰相韦皋，镇蜀。尝与宾客从事十余人，宴郡西亭。暴风雨，俄顷而霁。方就食，忽虹霓自空而下，直入庭，垂首于筵。韦与宾偕悸而退，吸其食饮且尽。首似驴，霏然若晴霞状，红碧相霭。虚空五色，四视左右，久而方去。公惧且恶之，遂罢宴。时故河南少尹豆卢署，客于蜀，亦列坐。因起曰："公何为色忧乎？"曰："吾闻虹霓者，妖沴之气。今宴方酣而沴气止吾筵，岂非怪之甚者乎？吾窃惧此。"署曰："真天下祥符也，固不为人之怪耳。夫虹霓天使也，降于邪则为沴，降于正则为祥。理宜然矣。公正人也，是宜为庆为祥。敢以前贺。"于是具以帛书其语而献，公览而喜。后旬余，有诏就拜中书令。

——《祥验集》

唐朝宰相韦皋镇守四川时，有一天在郡西亭请客摆宴。当客人快到齐的时候，天边突然乌云翻滚，很快就下起大雨来。但不一会儿，又雨霁天晴，太阳露出脸来。

丰盛的菜肴摆满了一大桌子，韦皋忙招呼客人们坐下来用餐。

"真是不错呀，彩虹当头，宾朋满座。"一位客人指了指天空。

大家纷纷仰头去看，果然看见一道美丽的七色彩虹在蔚蓝的天空下，璀璨闪亮。但就在这时，彩虹突然从空中滑下来，把一头探入酒席中，吓得韦皋和客人们都纷纷往后退。彩虹咕嘟咕嘟喝着汤水，吧唧吧唧吃着饭菜，就如一条五光十色的蛇，很快就把满桌酒席吃了个精光。彩虹没有随即离开，而是围绕着厅堂飘了一圈之后，才慢悠悠地向天空中飘去。

"没想到会发生这样的事情，真是对不住大家。"韦皋愁容满面地说。

"大人，您为什么如此发愁？"客居四川的河南人豆卢署问道。

韦皋回答道："很多人都说彩虹充满了邪气，像今日我们正举杯畅饮的时候，它突然出现并飘落，甚至来到我的厅堂里。我担心怕是会有什么不测的事情发生。"

豆卢署说："彩虹于你怎么会有邪气呢，它反而是吉祥的好兆头呀。据我所知，彩虹如果飘落到恶人头上，那这个恶人便会受到灾祸，但落到善良仁义之人的身上，便会获得好运啊。而您是一位令人尊敬的正直仁义之士，有彩虹来光临厅堂，必得好报呀。"

豆卢署说完，便叫韦皋的仆人去拿来一匹白布，在上面题字：韦皋是一位令人尊敬的正直仁义之士，今有彩虹降临，应是好兆头。

豆卢署把提上字的布帛送给韦皋。韦皋很高兴地收下了，并把它挂在厅堂中央。

十多天之后，正当韦皋要淡忘彩虹之事时，忽然接到任命他为中书令的诏书。

看来，豆卢署的想法是正确的，彩虹确实能给仁义贤明之士带来好运。

夸父山

原文

　　辰州东有三山，鼎足直上，各数千丈。古老传曰：邓夸父与日竞走，至此煮饭，此三山者，夸父支鼎之石也。

——《朝野佥载》

　　北方的高山上，住着一个巨人部落，他们一脚能跨山，一手能举山，力大无比。

　　有一年，巨人们发现天亮没多久，太阳就下山了，接着便是漫漫长夜。这样的日子怎么干活，又怎么会有收成呢？

于是，一个叫夸父的巨人决定去追赶太阳。

一天，太阳刚升起来，他便挑着一筐粮食、一口大锅、一个水壶上路了。

太阳就在头顶上，夸父觉得自己很快就会追上它的。确实，夸父的脚步很大，他每走一步，地面就会震动，路上留下如一个个小池塘般的脚印。

但他跨过了无数座山，趟过了无数条河，看似一伸手就能摸着太阳了，但往往跳起来一抓，两手空空如也。

到了沅陵酉水边时，太阳就快要下山了——那里就是太阳歇息的地方。夸父觉得希望就在眼前，不禁松了口气。但这时候，他又累又饿，实在撑不下去了，便在酉水岸边停下来，准备烧水煮饭，填饱了肚子再说。

夸父取出大锅，但没有支锅的架子，这可怎么起炉灶燃火呢。

夸父看见附近有三块大石头，就把它们拿过来，摆成三角状，锅架上去稳稳的。夸父又去找了一些木材，在三块石头形成的"石肚"里点起了火，烧水煮饭。

饭虽然吃饱了，但夸父仍然渴得厉害。他来到黄河边，先是喝完了黄河水，然后又到了渭河边，俯下身子喝完了渭河的水。可是这么多的河水也解决不了夸父的口干舌燥，他随即又动身前往有大泽的地方去饮水。怎奈行到半路，夸父又累又渴的身体再也支撑不下去了，便一头倒地而亡。

夸父用来煮饭支锅的三块石头，多年以后便成为三座高耸入云的山，他的身体也化成了一座大山，后人把它们称为"夸父山"。据说夸父赶路时用的手杖扁担，形成了一片桃林，桃花盛开时，如五彩祥云，璀璨美丽。

钟乳石像

原文

　　有人游终南山一乳洞，洞深数里，乳旋滴历，成飞仙状。洞中已有数十，眉目衣服，形制精巧。一处滴至腰已上，其人因手承漱之。经年再往，见所承滴象已成矣，乳不复滴，当手承处，衣缺二寸不就。

——《酉阳杂俎》

　　陕西秦岭有座终南山，山巅常年云雾缭绕，如入仙境，很多游人喜欢来此登高游览。

　　有一年初夏，一位游人游览终南山时，感觉酷热难耐，口干舌燥，便寻了一处幽静之地歇息。当他坐在山岩上环顾四周时，发现不远处有个山洞，洞口长满了青绿的藤蔓，看上去神秘怡人。游人不禁站起来，向洞口走去。

还没进洞呢，只觉得一股清凉从山洞里直逼过来，冲淡了游人满身的热气。

"真是爽快呀！"他小心地走入洞中，只见眼前开阔一片，望不到尽头。

游人往前走，不时听到一阵阵滴水声，水声不大，但在幽深的洞里听起来，清脆又灵动。他借着从洞口投射进来的光线，看到了石壁上一些形状各异的乳白色石柱。这些石柱倒挂下来，就像洞顶上倒长着的植物。石柱上有水在滴落，想必刚才听到的滴水声，便是从这里传来的。

游人不禁踮起脚仔细看起来。这时候，他发现有一根倒挂的石柱看上去就像一个飞天的仙女，衣袂飘飘，那手，也纤纤袅袅，灵动妩媚。再向上看，五官也变得清晰起来，特别是那双眼，顾盼流转间，仿佛活了一样。

游人又仔细看了旁边的几根石柱，很快又发现几处如仙人模样的石柱来。有的仙人绾着发髻，有的长发飘飘，有的白眉白胡，有的似乎还骑着异兽、擎着净瓶……游人数了数，石柱中藏着的仙人竟有数十个，每一个都不一样，

每一个却都慈眉善目，好不奇妙。

游人这才感到口渴难耐，他抬眼看见头顶上的一根石柱正在滴水，便接了几滴来润嘴唇。当他喝完后，才发现滴水的这个石柱，其实是一个还没完全成型的仙人，水正滴到她的腰部。

"不知道过一年再来看，这个仙人是否就完整了呢？"

游人带着这样的疑问走出石洞。之后，他也一直惦记着这件事。所以第二年初夏，游人又踏上了去终南山的旅程。他找到山洞，又找到旧年喝水漱口的地方，只见那个仙人腰部以下的身体也已成型。但仔细一看，去年游人接水的地方，即仙人腰部的衣襟处，缺了两寸，可也不碍事，看着反而有种残缺之美。

　　之后的每年初夏，游人都会来终南山上的钟乳石洞里，看望这位仙人。

历山

原文

　　齐郡接历山，上有古铁锁。大如臂，绕其峰再浃。相传本海中山，山神好移，故海神锁之。挽锁断，飞于此。

——《酉阳杂俎》

　　远古时候，在南方的一个大海里，有座山。这座山的山神像个孩子一样好动，经常外出游逛。但他又舍不得他的山孤零零地待在海中，所以每次外出，都会把山也一起带走。

　　山神和山离开大海时，天空中就会乌云密布，然后浪涛翻滚，搅得海面如同发生了海啸一般隆隆作响。有时候海神正睡得香呢，被山神这么一闹腾，睡意全跑了。

有一天，海神对山神嚷嚷："你要玩自己玩去，不要再把山带走了，如再搅了我的觉，我一定把你的山捆起来。"

山神连连答应。

以后的几次外出，山神果然把山留在海中，独自一人外出。

但每一次，他都会想他的山，是否又长出小树苗了，是否来了一群小兔子，是否有松鼠偷走了鸟蛋，是否那株杜鹃花又开出美丽的花朵来……

没有和山在一起，总会让山神心有牵挂，不能痛痛快快地玩乐。

有一年冬天，山神想去北方看雪，也想让他的山体验一下雪花飘在身上的感觉，但同时，他又担心海神不满。于是，他对海神说，想把山一同带到北方去待一周。

海神说什么都不同意。

山神没办法，只好趁海神

睡着的时候，偷偷把山一起带走了。

但就因为这一次的出走，令海神大怒。当山回到海里的时候，他命令蟹将们找来一根胳膊般粗的铁链子，把山捆起来，并用符咒牢牢地镇压住，使得它再也不能离开一步。这让山神也无能为力。

从此，山就固定在了海中，一步都不能离开。可山是跟着山神游历过的山，它不像其他山能完全静下心来，几年之后，它便使出浑身解数，挣断了铁链，自行飞走了。大山一直往前飞，直到飞至齐郡地界才降落下来。从此，它便安心坐镇于此，一步都没离开过。

崖山

原文

　　太原郡东有崖山，天旱，土人常烧此山以求雨。俗传崖山神娶河伯女，故河伯见火，必降雨救之。今山上多生水草。

——《酉阳杂俎》

　　在太原郡的东边有一座崖山。崖山脚下有一条大河。

　　崖山山神是个壮小伙，河神的女儿是个俏姑娘。虽然两人一个在山中，一个在水里，但因住得近，常常能见面。有一天，山神去河神家提亲，想要娶河神女儿为妻。河神很爱自己的女儿，他见女儿也喜欢山神，便答应了他们的婚事。

山神与河神的女儿成亲那天，乡里百姓都来看热闹。

"这是一件天大的好事啊！"一个老翁捋着雪白的胡子说。

人群中有人问："老伯为何这么说？"

老翁不急着答话，过了一会才说："等遇到干旱天，你就明白了。"

再说山神与河伯的女儿，彼此都是意中人，婚后就更加恩爱了。河神和妻子也为女儿有了好归宿而安下心来。

有一年，崖山附近遭遇干旱，快一个月不下雨了，眼看庄稼要颗粒无收，老百姓们急得不知该怎么办。

山神结婚那天，说过"这是一件天大的好事啊"的白胡子老翁对乡亲们说："我倒有一个办法，大家不妨去崖山放一把火，宠爱女儿的河伯看见了，必定会去求龙降雨，救他的女儿女婿。"

"老伯说得是啊，我们去试试看吧。"

乡亲们觉得老翁说得有道理，不由分说就跑到崖山上，点着了后山上的荒草地。

干燥的天气令火很快就燃烧起来，不一会儿，熊熊大

火就蔓延了半个山头。

"着火了，着火了，崖山着火了，快来救火呀！"乡亲们的呼救声传到了河伯那里，他一看山头上的火势，焦急万分，赶紧召唤龙用自己河里的水来降雨。

顷刻间，雷鸣闪电，大雨滂沱。

雨下了一天一夜后，火才熄灭。

而老百姓的庄稼被雨水滋润后，又都鲜活过来。

"老伯，怪不得那天您说，山神与河神的女儿结婚，是件天大的好事，现在想想，果然如此！"乡亲们不得不佩服老翁的远见。

从此之后，只要一遇到干旱天，崖山附近的百姓都会去山头放火。而每一次，河伯都会倾尽全力去降雨救火，保护女儿女婿。

据说，崖山因为经常用大河里的水救火，许多地方长满了水草，至今还有呢。

山台

原文

虔州赣台县东南三百六十三里。《南康记》云：山上有台，方广数丈，有自然霞，如屋形。风雨之后，景气明净，颇闻山上有鼓吹声，即山都木客，为其舞唱。

——《十道记》

　　虔州赣台县向东南三百六十里的地方，有一座高山。这座山上常年充盈着雾气，如梦幻一般。但每当风雨过后，阳光一出来，雾气就会散去，整个山峰便洁净如洗，清晰可辨。

　　有一年夏天，山脚下的小村民看见一只浑身雪白的狐狸，便上去追逐。白狐走走停停，并不时回望，小村民也亦趋亦步，紧跟着它。

不知不觉中，小村民随着白狐来到山上。

只见白狐看见一个像石屋那般大的亭子，便跑了进去。

小村民追上去，也走入了亭子。

但是白狐不见了，只看见一个浑身白色的小怪物。

小村民吓了一跳，转身要跑，但是小怪物叫住了他："不要怕，我是住在这里的小山妖，一起玩呀。"

小村民停下脚步，回头看见亭子里顿时多了好几个小山妖。它们有的长着驴脑袋；有的长着一双猫头鹰的大眼睛，忽闪忽闪的；有的全身粉红色；有的没有手，但有一对小翅膀。

"来呀，一起玩。"它们叫着。

长着猫头鹰眼睛的小山妖伸手从附近的一棵树上摘下来一个果子，呼地吹一口气，只见果子顿时变成了一个铜铃，小山妖一摇晃，铜铃便发出清脆的叮吟声。

长着驴脑袋的小山妖从身上拔下一根毛，往上一扬，毛就变成了一

根小竹笛，它"呜呜"吹了起来。

小白狐变成的山妖纵身一跃，抓了一片叶子握在手心里，当它摊开手掌的时候，叶子已经变成了一面锣，它咚咚敲了两下。

其他的小山妖也纷纷变法，变出小鼓小钹。

接着，它们欢快地敲敲打打，手舞足蹈起来。高高低低，长长短短，快快慢慢的乐音合着欢笑声此起彼伏地回荡在山间。小村民也不禁蹦跳起来，加入了小山妖们的队伍中。

这是多么欢乐的时光啊！但当小村民停下脚步时，发现自己已经回到了山脚下的家中。

自此以后，每当雨霁之时，山上便会传来欢快的吹打声和隐约的歌唱声。

那是小山妖们在唱歌跳舞了呢。

麦积山

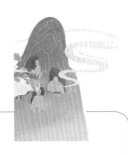

原文

　　麦积山者，北跨清渭，南渐两当，五百里冈峦，麦积处其半。崛起一石块，高百万寻，望之团团，如民间积麦之状，故有此名。其青云之半，峭壁之间，镌石成佛，万龛千室。虽自人力，疑其鬼功。隋文帝分葬神尼舍利函于东阁之下，石室之中，有庾信铭记，刊于岩中。古记云："六国共修。自平地积薪，至于岩巅，从上镌凿其龛室佛像。功毕，旋旋折薪而下，然后梯空架险而上。其上有散花楼，七佛阁，金蹄银角犊儿。由西阁悬梯而上，其间千房万屋，缘空蹑虚，登之者不敢回顾。将及绝顶，有万菩萨堂，凿石而成。"（节选）

——《玉堂闲话》

唐朝时期的麦积山，向北跨渭水和清水，向南和两当县毗邻。那儿有连绵五百里的山岗，山岗中间凸起一座陡峭无比的山峰，远看山腰处，几乎没有坡度，就像一面直立的巨壁，但山峰顶部的弧度却又很圆润，这让整座山看起来像一巨型的麦垛，故名麦积山。

麦积山地势险峻，但它的半山腰处凌空凿有千个石窟，石窟中立着形态各异的泥佛，大的有十五米之高，小的才不到半米。每个佛像姿态万千，栩栩如生。崖壁上的画也精彩纷呈，描摹得惟妙惟肖，令人置于幻境之中。这些人工凿出的石窟、塑成的泥佛、绘成的壁画，简直像是借助了神力才得以完成，其中有散花楼、七佛阁、金蹄银角犊儿等有名的佛龛和泥塑。

麦积山分东崖和西崖。西崖的崖壁上，凿有千房万屋，这些石窟如悬空一般。游人们往往要爬悬梯才上得去，若胆小的人，半途中往下望，是会吓到腿抖的。麦积山顶部，就更少有人敢攀爬了，那里尽管有人人称绝的一万尊石雕菩萨，个个精细绝妙，但实在是太过险峻。万菩萨堂之上还有一个佛龛，称为天堂。据说当时，只有王仁裕有胆量攀登上去。他曾经在天堂西侧墙壁上题有"登到悬空万仞高梯的尽头，已经身于白云同高。在檐前向下望去，群山变得矮小，天堂和落下的太阳一样高低……"的诗句。

崇山峻岭中这么多巧夺天工的佛龛和塑像，又是怎么凿出来的呢？史料中是这么记载的：石窟工程开始时，工匠们先搭起和洞窟高度一样的柴堆，然后拾级登上柴堆顶端，开始于峭壁间开凿。凿好最上面的一层石窟后，匠人们撤掉一部分柴，再依次往下凿……有些地势险要的地方，还要先铺设栈道，可见麦积山石窟工程的艰险，也体现出劳动人民的智慧和不屈精神。

黄石老人

原文

帝尧时，有五星自天而陨。一是土之精，坠于谷城山下。其精化为圯桥老人，以兵书授张子房。云："读此当为帝王师，后求我于谷城山下，黄石是也。"子房佐汉功成，求于谷城山下，果得黄石焉。子房隐于商山，从四皓学道。其家葬其衣冠黄石焉。古者常见墓上黄气高数十丈。后赤眉所发，不见其尸，黄石亦失，其气自绝。

——《录异记》

相传在远古帝尧时期，一个布满星星的晚上，突然从西边的天空掉落下来五颗星星，其中有一颗星落在谷城山的山脚下。

许多年之后，这颗星突然化成一缕青烟，青烟飘然直上，瞬间又幻化成一位白须老翁，老翁在江苏一座圯桥边住了下来。

那时，正被秦始皇搜捕的张良躲到了圯桥所在的一个叫下邳的地方。

有一天，张良路过圯桥，遇见由星星变成的那位白须老翁。只见老翁脱下两只鞋子，把它们扔到桥下。张良正诧异间，忽听老翁说："小伙子，去帮我把鞋捡回来。"

"为什么丢掉鞋子，却又要让我去捡回来？"张良有点生气地想，但转而他又认为，也许老人年纪大了，有点糊涂。于是张良也不和他计较，连忙走到桥下，帮老人把鞋子捡了回来。

"捡回来就算啦？还不快帮我穿上？"张良转身要离开时，老翁嚷嚷着。

不和你这个糊涂的老人一般见识。张良一边嘀咕一边蹲下去，帮老人穿上了鞋子。

老人也不道谢，顾自离开了圯桥。

张良却愣在了那儿。他望着老人远去的背影，似乎感觉到了什么异样，但又说不上来。

"喂，小子！"大约过了五分钟，老人突然折了回来，"五天之后，你要在这里等我。"

张良本不想赴约，但冥冥中总觉得像有什么奇妙的事情会发生那样，所以五天后天刚亮，他就赶到了圯桥，老翁已经在那里等着他了。

"你迟到了呀，一个年轻人怎么可以让老人等。五天后再来见我。"老翁说完拂袖而去。

五天后，张良拂晓时分就来到了圯桥，但老翁又比他早到。

"你又迟到了呀。五天后再见。"

张良气得只想骂人，但这一次的五天后，他半夜时分就到了圯桥上。总算，他比老翁早到了。天将亮时，老翁从桥那边走来，他从怀里取出一本书递给张良，并告知："你可要认真读这一本书，将来可以当皇帝的老师，可以升官发财。十三年后，你如果来谷城山下，见到一块黄色石头，那便是老朽了。"

从那以后，张良再也没有见到过老翁。但他自己正如老翁说的那样，归附了刘邦，做了一名厩将。十三年后，张良路经古城山，果然看到一块黄石。他把黄石带回家，虔诚地供奉起来。

石鼓

原文

　　吴郡临江半岸崩，出一石鼓，槌之无声。武帝以问张华，华曰："可取蜀中桐材，刻为鱼形，扣之则鸣矣。"于是如其言，果声闻数里。

——《录异记》

　　东汉时期，吴郡有条大江。江边的堤岸一直以来都非常坚固。但是有一年，一连下了好几场大雨，这条江的堤岸有一半垮塌了。就在石块崩塌的地方，村民们发现了一面石鼓。石鼓很大，很厚，看上去就像一个石磨。

"好大的一面鼓呀，敲击声一定也很响吧。"

"不妨试着敲一下。"

有人捡来一根小树枝，在石鼓上叩击起来。

但石鼓像是一面哑鼓，一点回响都没有。

"看我的。"有人找来一根碗口粗的竹子，使劲地敲打起鼓来。

但它仍然是哑的。

这就奇怪了，就算敲击泥地，也会发出轻微的"梆梆"声呀，可这石鼓，无声无息地静默着。

"用铁棒试试吧。"

"用石块试试看。"

于是，大家又拿来了铁棒和石块，分别敲打着石鼓。

但无论怎么用力敲打，石鼓仍然寂静无声。

这件怪异的事情很快就传到了皇宫里。

武帝问中书令张华，用什么东西才能让石鼓发声？

张华博古通今，天上地下之事似乎没有什么不知道的。他对武帝说："这面石鼓，要用桐木做成的棒槌敲打才会发出声音。"

桐树长得挺拔，是一种名贵的树木。古时传说，凤凰最喜欢栖息的树便是桐树。

武帝便让张华带上兵卒，去找上好的桐木。

一个星期后，张华带回来两段桐木，并请来木匠做棒槌。

木匠用刨子把树皮一层层地刨下来，只见木材的质地细腻光亮，纹理清晰，形成一个个精美的小图案。

当木头刨成棒槌大小时，木匠开始反反复复地修理棒槌两头的弧度。

直到张华说"可以敲鼓试试了"时，木匠才停止操作。

石鼓已经被武帝派人从吴郡抬了过来，张华亲自操起桐木槌，用力地击向石鼓。只听得"咚——咚——"两声巨响，传到了数里之外。

采石

原文

　　石季龙立河桥于云昌津，采石为中济。石无大小，下辄随流，用工五百余万，不成。季龙遣使致祭，沉璧于河，俄而所沉璧流于渚上。地震，水波腾上津所，楼殿倾坏，压死者百余人。

——《录异记》

　　十六国时期，云昌有一条大江，江面宽阔，波浪滔滔。

　　但整条江上，没有一座桥，若要渡河到对岸，必定要坐船才能过去。但这条江不知道为什么，总不时地掀起滔天巨浪，往往船翻人落水，甚至常有溺亡事件发生。

大江上造桥，便成了百姓们一个迫切的愿望，但很多年过去，也没有人来关注这件事。

直到有一年，太尉石季龙因有要事居于大江附近，为了便于渡河，就命令石匠们造桥。

古时候造规模比较大的桥梁，大都用山上采来的石块。

石匠们辛苦劳作了一个月后，造桥的石块才被运送到江畔。

但当石块被投到水中时，不是往下沉，而是如云朵一样漂浮起来。

"把最大的那块石头搬过来。"石季龙吩咐。

这块最大的石头，约有一吨重，几十个人一起抬才能搬动。

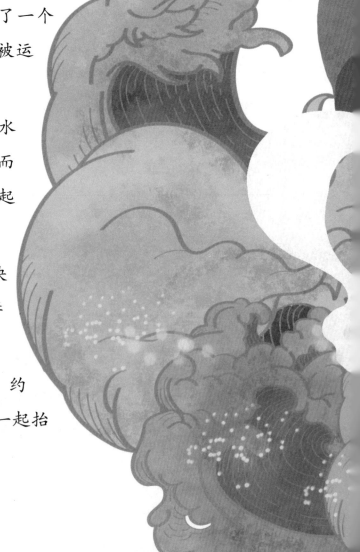

但就算是这样一块巨石，一放入水中，也轻飘起来，不一会儿就被湍急的水流给冲走了。

石匠们不甘心，日日夜夜反反复复地采石投石，均不能留住一块石头。石季龙甚至动用了五百多万工匠，去往不同的山里采来大大小小不同质地的石块投到水里，却仍然不成功。

"也许是河神在作怪。"石匠们纷纷说道，"不如先拜一下河神再开工。"

石季龙觉得有道理，就选择了一个晴日，派使者来到江边，和工匠们一起奉上供品祭祀河神。

祭祀完毕，使者打开一个木匣子，取出一块乳白色的玉璧放入江水中。

只见玉璧随着水流向江中漂去，当它漂到水中央时，空中突然乌云密布，接着江水翻起一丈多高的巨浪。巨浪奔腾，一直流泻到河边渡口处。大地震动起来，江畔的楼宇殿阁和一些民宅纷纷崩塌，躲不及的人们被压在下面，死伤一百多人。

从那以后，这条大江一直笼罩着恐怖气息，再也没有人来渡河造桥了。

原文

　　宝历元年乙巳岁，资州资阳县清弓村山，有大石，可三间屋大，从此山下。忽然吼踊，下山越涧，却上坡，可百步。其石走时，有锄禾人见之。各手执锄，赶至止所，其石高二丈。

——《朝野佥载》

　　唐宝历元年，在资州资阳县的青弓村，有一座高山，高山顶上矗立着一块巨大的石头，看上去有三间房屋那么大。

　　爬上过山顶的人看到这块石头，都觉得奇怪，因为石头周围寸草不生，更不要说长树了，这让石头看起来很孤独。

渐渐地，连山民们也很少去山顶上了，他们说："本以为山顶上会有些珍奇的植物草药，可除了那块大石头，什么都不长，还是不要费那么大的劲去攀登了。"

有一天，山民在山脚下的田地里劳作，突然觉得地像是摇晃了一下。

大家都趔趔趄趄着往前跑了几步。

"是山要塌了吗，赶紧逃啊。"有个山民大声叫起来。

于是大家纷纷到空旷的地方，远远地观望着高山。

"哎呀，你们看那块大石头。"一个眼尖的山民指着山巅说，"它滚下来了。"

伴随着一阵轰隆声，大家看到石头真的从山巅滚落下来。尽管山腰处有参天大树、岩石和灌木丛等障碍，但石头滚落的速度却很有节律，大约过了五分钟左右，这块巨石终于滚落到了山脚下。

"幸亏旁边没有人家，不然要遭殃了。"山民

们的好奇心掩盖了小惊吓，他们索性站在那里观望。

　　"哎呀，它怎么躺下不动了呢，那块田是我家的呀。"一位穿灰色袍子的山民忽然意识到巨石滚落的地方就是自家的田地，便着急地跳起脚来。

石头像是听到了山民说的话，突然翻身直立，大吼一声向前蹦跳起来。

"砰——砰——砰——"石头跳一跳，地就震一下。

山民们被惊得目瞪口呆，胆子最大的那个人说："咱们跟过去看看呀。"

那就去看看呗。

巨石在田间蹦跶，又在山间蹦跶。

"它上山坡去了。"山民们在距离石头二十米左右的地方跟着。

但石头一跳上山坡，他们就不敢跟着了，怕什么时候石头又滚下来，压着自己。

最后，巨石在山坡顶上停下来，岿然不动了。

自那以后，巨石再也没有挪过地方。大概有花草树木和鸟鸣的山坡，是巨石喜欢安家的地方吧。

赵州桥

原文

　　赵州石桥甚工，磨垅密致，如削焉。望之如初月出云，长虹饮涧。上有勾栏，皆石也，勾栏并为石狮子。龙朔年中，高丽谍者盗二狮子去，后复募匠修之，莫能相类者。至天后大足年，默啜破赵定州，贼欲南过。至石桥，马跪地不进，但见一青龙卧桥上，奋迅而怒，贼乃遁去。

——《朝野佥载》

　　河北省赵县有条洨河，河上有座赵州桥。

　　赵州桥建于隋朝年间，是一座坚固精巧的石桥，桥身全部用石头砌成，石头与石头之间严丝合缝，如刀磨过一样平整。赵州桥安静地卧于洨河上，远望弧形的大石桥，就如天边一轮初升的晓月或雨霁之后的一道长虹。除了桥体的造型美观，赵州桥的石栏也很古朴精致，两侧的栏杆上雕刻着石狮子，它们两两相望，栩栩如生。

唐龙朔年间，高丽国有个侦探情报的官员路过赵州桥时，被石栏上的狮子吸引了。他下马来，围着石狮子左看右看，喜爱得不得了。

回到客栈后，高丽人还在惦记着石狮子。

"真想带回去两只石狮子，让它们守院门。"晚上，他辗转反侧，谋划着怎么才能拥有石狮子。

终于在半夜里，他起床带上撬石的工具，驾着马车偷偷地来到了赵州桥上。

高丽人看中了其中的两个石狮子，用工具把它们凿了下来。

第二天，过桥的人们发现，赵州桥的石栏上少了一对石狮子。

官府的人请来最好的石匠修复石栏，塑造狮子，但无论怎么修复，都不能和之前的相比。

唐朝大足年间，高丽国默啜可汗攻克赵州定州时，当时偷石狮子的高丽人再次来到了赵州桥。那天，他骑马来到赵州桥上，想起当年深夜的偷盗之事，不经意地朝石栏上望去。正在这时，他的马突然像中了邪似的嘶鸣起来，长叫两声后，马猛地跪在桥上，不肯起身行走。原来当年盗走石狮子的地方，趴着一条浑身青色的龙，这条龙张牙舞爪，怒目瞪着偷盗狮子的高丽人，发出低沉的吼叫。眼看着青龙就要扑过来了，高丽人惨叫一声后，迅疾逃走了。但谁也不知道，他此后的人生，又会是怎样的……

石鱼

原文

　　衡阳相乡县，有石鱼山，山石黑，色理若生雌黄。开发一重，辄有鱼形，鳞鳍首尾，有若画焉，长数寸，烧之作鱼腥。

——《酉阳杂俎》

　　在衡阳湘乡市向西十里左右的湖山乡境内，有一座石鱼山。

　　石鱼山延绵十里，有数十丈高。

　　有游人去石鱼山玩，发现一种奇怪的石头。

　　这些石头浑身黑色，但仔细看，能发现石块中镶嵌着图案精美的柠檬色纹理，就像黑琉璃般。

如此奇特的石头，总会令人徒生好奇心。游人握着它，感觉像有什么灵动的东西藏在里面似的，于是找来一块尖石，凿开黑石的表层。

"有条鱼啊！"游人很惊讶，他翻来覆去地看嵌在石头里面的鱼。它像真的一样，有清晰的轮廓，鱼鳍和鱼鳞也依稀可辨，鱼尾更是灵动，微微翘着，似乎还在游动一般。游人把它放入怀中，准备带回家珍藏起来。

下山的时候，他又看见了一块黑石。

"不知道这块石头，是否也会嵌着一条鱼呢？"游人把石头又放进怀里，准备回家再看个究竟。

日暮时分，游人终于回到了家，他从怀里掏出石头，招呼邻人们来看。

"另一块里面有什么呢，凿开看看啊。"

于是，有人拿来一根小铁棒，凿开那块完好的石块。

只见那块石头里面，也有一条鱼，比之前的那条略小，但是游动的样子更生动。

"是冻住的真鱼吧，不妨用锅煮一下。"有一位邻人提议道。

那就煮一下呗。

大锅支起来，烧开水，放入黑石。

不一会儿，从锅里飘出一股鱼腥味。

"熟了熟了。"大家打开锅一看，但见石块仍然是那个石块，鱼也依然嵌在老地方。只是在水的滋润下，黑石更加黑了，鱼形也越发生动起来。

其实这石鱼，就是我们现在所说的鱼化石。

几百万年以前，石鱼山附近有个很大的湖泊，湖畔环境优美，湖水清澈，很适合浮游生物和鱼类生存。但时光流转间，山水因地壳的剧烈运动，已发生了翻天覆地的变化——高山崩塌，湖泊被埋，生活在水里的鱼也被裹挟在泥沙中。几百几千年后，在地心热力的作用下，泥沙形成岩石，而裹挟在里面的鱼经过炭化，胶着在岩石层中了。这就是游人看到的石鱼。

石人

　　胶东半岛最北端，有一座蓬莱山。蓬莱山上有金雕玉琢的亭台楼阁，葱翠挺拔的仙树，一直以来都被人冠以"仙山"的美誉。据说山上住着各路神仙，他们在熬制长生不老药。而仙树上的累累红果，直接摘来吃，也能包治百病，使人青春永驻。

秦始皇在统一六国后，为求得江山不倒，自身也能延年益寿，便慕名前往蓬莱山拜访仙人，以求灵药。当他登临大海时，远远地就看到了传说中的蓬莱山，只见山巅泛着红色的霞光，如仙人散发出的光芒，神秘地闪烁着。

但海水茫茫，仙踪怎能如此轻易觅得，所以秦始皇只能望洋兴叹。

一天，道长告诉秦始皇，在蓬莱不远的地方有一座崂山，只要把崂山驱逐到海中，用来填海造桥，就可以登上蓬莱，求得仙药。

崂山巍然屹立，海拔高达一千多米，如此险峻的高山，怎么能随意驱使呢。

道长告诉秦始皇，崂山附近有一个石人，高一丈五尺，身围有一米之宽，用石人来驱赶崂山，最合适不过。

"我可以去试试！"道长对秦始皇，"前几日，我刚获得一个法术，能施法于山石花木。"

秦始皇于是派使者和道长一起去找石人。

据说，石人平常都在固有的地方静立不动，但若有人朝他作揖请求并作法，它就会像巨人一样走动、说话。

使者和道长找到石人，说明来意，接着道长念起一串咒语，并朝石人身上挥洒着净水。

果然没多久，石人慢慢转动起眼睛来，然后听着道长的指令，向崂山走去。

使者和道长跟在它身后。道长手中扬着一根神鞭，这根神鞭也叫赶山鞭，能赶石上路，是秦始皇的宝物。每当石人停下脚步歇息的时候，道长就会扬鞭抽打它，经鞭子抽过的石人，身上留下血痕，好多天才会消失。

但这一次，石人还是没能完成驱山的任务，它走到莱子国的海中时，无论鞭子怎么抽打，都无法迈出脚步了。自此，海中便有了一块巨人模样的石头。

会长大的石头

原文

于季有为和州刺史时，临江有一寺，寺前鱼钓所聚。有渔子，下网，举之觉重，坏网，视之乃一石，如拳。因乞寺僧，置于佛殿中。石遂长不已，经年重四十斤。张司封员外入蜀时，亲睹其事。

——《酉阳杂俎》

在安徽马鞍山和州，有一条江。江边有座寺庙，但并不幽静——因为临江，寺庙周围除了香客，还常常会有渔夫来来往往。

有一天，一位渔夫撒下渔网时，看见一条大鱼跳入网中，便赶紧收网。鱼网里果然有一条活蹦乱跳的大鲤鱼，渔夫赶紧把它捞出来，放进了水桶里。

当渔夫再次撒网收网时，忽觉网很重，像是网到了一条更大的鱼。

"今天运气可真好。"渔夫很是高兴，他用力收网，可网中兜着的只是一块石头。石头有拳头般大小，质地坚硬，把网都撑破了。

"这块石头有点奇怪啊，看上去不大，但掂量起来却很重呢。"渔夫的右手要使劲才能把石头从网中取出来。

石头灰白色，呈扁圆形，粗糙笨拙，但仔细看，却觉得有灵气。

渔夫越看越觉得这块石头非同寻常，便带着它来到寺庙里，对僧人说："师傅，这块石头看上去奇奇怪怪的，不妨把它供在寺庙殿堂里。"僧人拿起石头，掂量起来，觉得正如渔夫所说的那样，石头看似普通，但总觉得和其他石头又不太一样，就连它体积和重量也不相符啊，便答应把它当作奇石放置在寺院佛殿中。

半个月后，渔夫到佛殿里来看这块石头。

"师父，你是否觉得这块石头长大了一些呢。"渔夫手中握着石头，对僧人说，"那天我的一只手握住石头的时候，手指不用张得这么开。"

僧人回答道："听你这么一说，我似乎也觉得它大了点。不如把它放到碗中，看它会不会再大起来，甚至把碗撑破呢。"

这是个好主意啊。

一周后的中午，渔夫正在河边收网，寺庙里的僧人匆匆赶来对他说："那块石头确实会长大呀，昨天晚上，它把碗给撑破了。我找来大小一样的碗，想把它放进去，但怎么也放不下了。"

渔夫来到寺庙抓取石头，这回，他的手已经握不住石头了。

"寺庙里有块会长大的石头。"很快，附近的人都听说了这件事，纷纷来看稀奇。

据说一年后，石头已有四十斤重。

卵石

原文

　　常侍崔元亮，在洛中，尝闲步涉岸，得一石子，大如鸡卵，
黑润可爱。玩之，行一里，划然而破，有鸟大如巧妇，飞去。

——《酉阳杂俎》

　　崔元亮是一名常侍，当年他在洛中的时候，常常到家附近的河岸边散步。

　　秋天的一个午后，空气清朗，徐徐小风吹来，很是惬意。

　　"出去走走，吹吹风吧。"刚刚午睡醒来的崔元亮推开门，像往常一样来到河岸边。阳光正好，河面上像撒着半江的碎银子，熠熠闪着光。

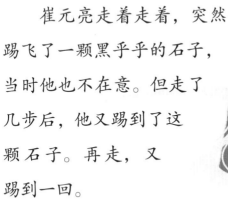

崔元亮走着走着，突然踢飞了一颗黑乎乎的石子，当时他也不在意。但走了几步后，他又踢到了这颗石子。再走，又踢到一回。

"难不成，我与这颗石子有缘？"

崔元亮觉得事情太过巧妙，于是就把石头捡了起来。

只见这块小石头浑身漆黑，如鸡蛋般大，样子也像鸡蛋，椭圆光滑，握在手中似乎还是温热的呢。

"这石头还挺可爱的。"崔元亮一边散步，一边玩把起石头来。

走着走着，他觉得石头像是有了心跳，虽然微弱，但很有节律。

崔元亮便摊开手掌去看石头。正在这时，石头突然崩开来，裂成了四瓣，他的手掌心中站着一只小雏鸟。

雏鸟长得像巧妇鸟，短脖，浅咖色，小巧玲珑。崔元亮还没反应过来呢，小鸟就拍拍翅膀飞走了。

"这到底是一块石头呢还是一个蛋呀？"崔元亮翻来覆去地看着手中裂成四瓣的硬壳，"明明就是石头呀。这倒是稀奇。"

崔元亮想把裂成四瓣的石块带回家珍藏起来，但不知不觉中，他的手已是空空的了，那些石块不知什么时候已经离开了他的手掌。

自那以后，崔元亮每次去河岸边散步，总会不经意地想起那块黑色的卵石来，也总会不经意地用脚踢踢石子，想着是否还能再有巧遇，捡到一枚能孵出小鸟来的石头。

响石

　　南岳岣嵝峰，有响石，呼唤则应，如人共语，而不可解也。南州南河县东南三十里，丹溪之曲，有响石，高三丈五尺，阔二丈，状如卧兽。人呼之应，笑亦应之，块然独处，亦号曰独石也。

——《酉阳杂俎》

　　南岳岣嵝峰层峦叠嶂，古木参天，不仅长有黑楠、栎树、桫椤树等珍稀树种，还有很多千姿百态的奇石。

　　有一年仲夏，一个游人在半山腰歇息，山风吹过，虽然带起一阵凉意，但远远抵消不了他的疲累和燥热。当游人放眼四望时，看见一间小草房。

"草房里应该凉快点。"他疾步走去。但远望中的"小草房"其实只是个大草垛。

"不是草房子呀！"游人失望地靠在一块石头上。

这是一块如人般高的石头，倚靠着，倒也舒服。

游人摸了摸它，不禁说道："你这块石头呀，长得和我一般高呢。"

说来也奇怪，游人话音刚落，忽听得有声音传来："是啊，和你一般高呢。"

游人以为是石头后面躲着人呢，便走过去瞧。但明明连人影都没有。

"难道是石头在说话？"

"是呀，石头在说话。"

游人摇了摇头，扯了扯耳朵，又眨了眨眼睛，证实自己不是在做梦后，心剧烈地跳个不停。

等镇静下来后，他又试探性地问道："为什么你会说话呢？你向来就待在这里吗？你会走动吗？"

"为什么你会说话？你向来就待在这里吗？你会走动

吗？"石头也问道。

游人觉得好玩，就你说一句，我说一句地玩了起来，直到太阳落山才回去。

后来，游人把遇到会说话的石头这件事告诉了认识的人，大家都纷纷前来试着和石头讲话。果然，每个人都得到了石头的回应。

在南州南和县之东南角，有条丹溪。相传丹溪拐角的地方，也有一块会说话的石头。它有三丈五尺高，宽两丈，远望之，就如一头卧着的大野兽。

当你说"石头"，它会回答"哎——"当你哈哈地笑，它也会笑起来，虽然声音听起来嗡嗡嗡的，但确实是在笑呢。

这些奇异的石头，被人们称为响石。但究竟它们为什么会说话，至今也没人能解答。

藏珠石

原文

　　江州南五十里，有店名七里店，在沱江之南。小山下有十余枚，如流星往来，或聚或散，石上常有光景。相传云，珠藏于此，乃无价宝也。或有见者，密认其处，寻求不得。

——《录异记》

　　古时候，在江州沱江的南边，有个风景秀丽的小村庄，村里有座小山丘，不大，却满目青翠，非常可人。村里的百姓空闲的时候都喜欢去山丘上转转。

在小山丘的附近，有一家店，名为七里店。

一天，有个村民在店里小酌，喝着喝着，他问店家："你有没有发现小山丘山脚下的那些石子，自己会挪动呢？"

店家笑话他："石头怎么会自己挪动呀？还不是有人在那里踢来踢去，它们就今天在这儿，明天在那儿了。我看你是酒喝多了，说胡话呢。"

"我清醒着呢，那些石头，真的有点蹊跷，不信的话，你可以去留意看看。"喝酒的村民说。

店家才不信他的鬼话呢。

这时候，又来了一个村民，他一进店就说："我看小山丘下的那些石头，会发光呢，今天我去那里走了一遭，发现那上面一闪一闪的，真是奇怪。"

店家听到又有人说起山脚下的小石子，这才有点疑心起来。

"那我们去看看如何？"他问。

于是，店家和两个客人一起出发，向小山丘走去。

果然，他们远远地就看见十多粒有趣的一模一样大小的石子，一会儿蹦到这里，一会儿又跳到那里，像游鱼一样穿梭来往，聚拢又分散。

这时，有个老翁走过，他将着胡须说道："这些小石子中，有的藏有珠宝，但是它们来来回回地动，总是让你分不清到底是哪块石头中藏着宝哟。"

　　店家听他这么一说，便天天来小山丘下看石子。有一天，他看到有一颗小石子亮得特别，仔细观望，能清晰地看到一颗宝石。但只一瞬间，这颗石子又不知蹦跶到哪儿去了。

　　如果硬要把它们抓起来，也是不行的。只要手一触到石子，它立马就会像扎了根一样，怎么都拿不起来。

　　可望而不可及，说的就是这些藏宝石吧。

石镇纸

原文

　　会稽进士李眺，偶拾得小石，青黑平正，温滑可玩，用为书镇焉。偶有蛇集其上，驱之不去，视以化为石。求它虫试之，随亦化焉。壳落坚重，与石无异。

——《录异记》

　　会稽进士李眺，去山中游玩的时候，发现清澈的山涧中，躺着一块青黑色的石头。他把石头捞起来，一下子就喜欢上了。石头呈长条形，四边规整得像用墨斗量过一般，质地光滑，色泽也很纯。

"这块石头用来做镇纸最好不过了呀。"李眺左看右看，越发喜欢这石头了，于是把它揣入怀里，带回家，放在书桌上当镇纸。

这石镇纸用着也很方便，拿起时轻巧，放下压纸时却又显得有分量。

一天晚上，李眺在灯下写信。在暖黄色的烛光下，他看见书桌上有条小蛇，沿着桌边慢慢地爬行，爬到石镇纸上后，它忽然蜷缩起来，静止不动了。

"走开，走开！"李眺朝小蛇挥了挥手，但它保持着原来的样子，一动也不动。

"走开，走开！"李眺拿来一根小木根，去赶小蛇，但蛇仍然一动都不动。

李眺便伸出手去捕捉它，但小蛇也不逃。

"怎么变成这样啦，我刚才明明看见它沿着桌子在爬动呢。"李眺握在手中的，居然是一条小石蛇。

"是不是这石镇纸不一般哪。"李眺想，"今天太晚了，等明天我要找些小虫子来试试看。"

第二天天刚亮，李眺就去菜地里捉虫子了，他一共捉了五条两寸左右长的小青虫。

李眺把小青虫一条一条地放到石镇纸上，说也奇怪，五条小青虫一爬上石镇纸，就马上一动也不动，变成了石头虫子。

李眺的一个仆人也知道了这件事。有一天，他趁主人外出时，偷偷地从树上抓了一只知了。仆人走进主人的书房，把知了放到了石镇纸上。当然，知了一碰石镇纸，就是一只石知了了。仆人很是喜欢，就把知了藏了起来。

后来，李眺还是发现了这只知了，他马上就猜出是怎么回事，但也不说破，只觉得这块石镇纸给生活平添了许多乐趣。

沙鸣

原文

灵州鸣沙县有沙，人马践之，辄纷然有声。持至他处，信宿之后，无复有声。

——《国史异纂》

灵州鸣沙县境内，有多处沙滩和沙丘。这些地段，常年晴空万里，且风力强劲，如此干旱之地，很少有草木生存。

相传有一处沙滩，只要有人马踏上去，就会发出如金属相互摩擦般的声音，像是细碎的沙子在鸣唱一样。曾经有个路过的行人觉得沙鸣声很特别，就带了些回家让家人们也听听。但这些沙子无论放在泥地里还是石板上，踩踏的时候都不会发出声音来。

由此看来，沙鸣并不自鸣，它只有在特定的环境下才能发声。其实世界上，有多处沙漠里的沙会有响声。这些沙响并不相同，有的如犬吠，有的如打雷，有的则细碎……

比如，在新疆维吾尔自治区昌吉州木垒县哈衣纳尔向北五公里处，有座名为木垒的鸣沙山，人们也称它"有声音的沙漠"。这里的沙响声，随风向、风力的变化时而如雷贯耳，时而细若弦音，时而雄浑，时而低沉，时而延绵不绝，时而又戛然而止。"雷送余音声袅袅，风声细响语喁喁"，这是清代一诗人对木垒鸣沙山中沙响声的描述。

当沙响时，沙子也随之流动。但木垒鸣沙山的沙子据说是由下而上流淌的，看上去就像被风吹皱的湖面，荡起一圈圈若隐若现、柔美迷人的涟漪。

古代的人并不知道沙响的由来，当鸣沙山中发出如金鼓齐鸣、万马奔腾、雷鸣号角般的战场厮杀声时，他们会猜想，沙漠中曾经发生过战争。如此就有了一个传说——汉代的一位将军率兵西征，途径鸣沙山时，被敌军偷袭。两队人马就此开战，扬起漫天飞沙。突然又遇风暴来袭，战士和马匹都被埋进了沙场。从此，鸣沙山才时不时地就会发出战乱时的厮杀声。

但其实，沙鸣音乃"天地间的奇响，自然中的美妙乐章"。

海市蜃楼

　　益阳县在长沙郡界，益水在其阳。县治东望，时见长沙城隍。人马形色，悉可审辨。或停览瞩，移晷乃渐散灭。县去长沙尚三百里，跨越重山，里绝表显，将是山岳炳灵，冥像所传者乎！昔光武中元元年，封太山，禅梁父。是日，山灵炳象，构成宫室。昔汉武帝遣方士徐宣浮海采药，于波中，见汉家楼观参差，宛然备瞩，公侯弟宅皆满目。班超在浑耶国，平旦，云霞鲜明，见天际宫阙，馆宇严列，侍臣左右，悉汉家也。如斯之类，难可审论。

——《录异记》

湖南益阳虽地处长沙郡边界，但两地相隔三百里的高山峻岭。一天，一游人站在益阳县的一座高山上向东观望，突然看见长沙的护城壕。

"怎么可能呢，长沙离这儿有三百里远呢。"这个人使劲地揉了揉眼睛。没错，确实是长沙的护城壕，而且能看到店铺林立的街市和川流不息的人群马车。但当游人再次向东观望时，眼前的景象突然渐渐地消散，直至不见。这种现象，已不止一人看到，他们认为，在长沙城中不能看见的全貌居然能在离城这么远的益阳县看见，是因为山岳有灵，把远处的景象反射过来的吧。

不止在益阳能看到长沙城的幻景。相传当初光武帝中元元年，光武帝在祭太山和梁父山的这一天，也神奇地看见空中出现了宫殿和一排气势非凡的屋宇，看上去诡异又神秘，令人如置身于梦中。

汉武帝时期，汉武帝派徐宣去采药。当时要渡过一片海，徐宣坐于船上时，忽然看见海浪中显现出一座楼台，这座楼台高低错落，像是公侯的宅院府邸，全景都如映在了海面中一般，直让徐宣惊讶不已。

一个朝霞粲然的早晨，住在浑耶国的班超忽然看见天边出现了一排整齐的屋宇，屋宇轮廓清晰，甚至能看到大门口一左一右恭候着的侍卫。

这些其实都是幻景，就像沙漠中长途跋涉的人，正口渴难耐中，突然看见不远处出现了一片绿洲，水边树影摇曳，令人兴奋，觉得找到了水源，但大风过后，眼前的景象又突然消失了——这种现象是因光线的折射而形成的，也称海市蜃楼。

石脂水

原文

　　高奴县石脂水，水腻，浮水上如漆。采以膏车及燃灯，极明。

——《酉阳杂俎》

　　生活在陕西境内高奴县的人，有一次偶然发现当地的洧水忽然起火了。他们觉得很奇怪，明明"水火不相容"，但为何火棍跌入水中，火势却越来越猛了呢，像要把江水烧着了一样。

　　渐渐地，大家发现，洧水中有时候会浮着一层油脂，看上去像浓郁的肉汁，也像黑乎乎的油漆，肥嘟嘟，黏腻

腻的。水遇火，会着起来，就是因为这些油腻腻的水。

后来，他们把这些水叫作"石脂水"。石脂水往往和砂石、泉水混在一起，慢慢地流泻出来。

因水能燃烧，这给了当地人们一种启示。他们会取来野鸡尾巴上的羽毛，蘸上石脂水，再滴落到瓦罐中。村民们把石脂水拿回家后，用来晚上照明，像是点着了麻秆一样，特别明亮。只是这水燃烧的时候，会散发出一股臭味，但闻惯了，也慢慢能接受了。

后来，人们也把它当作润滑剂，涂在车轴上，让车轮转动起来更加灵活、快速。

古人眼中的石脂水，其实就是石油。据说，石油这名称，是宋代政治家和科学家沈括提出来的。当时，沈括看《酉阳杂俎》，当读到"高奴县石脂水，水腻，浮水上如漆。采以膏车及燃灯，极明"时，觉得非常惊讶——为什么水能燃烧呢？为了解开这个谜团，沈括动身前往陕西高奴县实地考察，果然在洧水中发现了混在砂石间，浮于水中的一层深褐色油脂。他取来用它照明、煮饭，觉得石脂水经得起燃烧，不像松木很快就会燃尽。沈括便把这种水称为石油。他觉得石油会源源不断地从地上涌出来，是一种取之不尽的燃料。石油的利用，会避免人们乱砍滥伐树木。沈括还利用石油燃烧时产生出的黑色烟煤，做成了墨，用起来比松墨强多了。

石油从最初的照明，到运用于医药和军事，长达两千多年，这也是我国劳动人民智慧的结晶。

绿珠井

原文

　　绿珠井在白州双角山下。昔梁氏之女有容貌，石季伦为交趾采访使，以圆珠三斛买之。梁氏之居，旧井存焉。耆老传云，汲饮此水者，诞女必多美丽。里闾有识者，以美色无益于时，遂以巨石填之。迩后虽时有产女端严，则七窍四肢多不完全。异哉（州界有一流水，双角山，合容州畔为绿珠江。亦犹归州有昭君村，村盖取美人生当名矣）！

　　　　　　　　　　　　　　　　——《岭表录异》

　　白州有座双角山，在双角山下有个绿萝村，村里有户梁姓人家，他们家有一口石砌的井，梁家媳妇天天都用井水沏茶、煮饭。

　　有一年，梁家生了个女儿，叫绿珠。绿珠自幼长得眉清目秀，长大后，更是貌美如花，有非凡的容颜。

　　西晋大康年间，在交趾做采访使的石季伦见到绿珠，惊为天人，并喜欢上了她，便不惜用三十斗珍珠把她买了下来。

附近的人说，绿珠长得这么美丽，是因为她的妈妈梁夫人在怀她的时候，经常饮用井水沏茶喝、煮饭吃的缘故。从那以后，乡里有女人怀孕了，都会到梁家来打些井水沏茶喝。说也奇怪，喝了井水的孕妇，生下的女儿，果真十有八九出落得貌美迷人。但也有乡人认为，女子美丽并不是什么好事，她可能会给人带来厄运。渐渐地，但凡乡里出现一桩由女子长得美而引起的坏事，大家便会和梁家的这口井联系起来。于是，几年后，村里人把梁家的这口井填平了。

之后，绿萝村的女孩儿出生，虽不像从前般个个貌美如花，但也时不时有端庄漂亮的。不过，人们发现，这些女孩往往不是四肢有残缺，就是耳聋目盲的，总是有缺憾。

另有一则传说，绿珠被石季伦娶回后，居住在洛阳金谷园，绿珠的美貌在当地人人皆知。赵王司马伦的党羽孙秀听说后，命令石季伦把绿珠送给他。石季伦当然不肯答应，孙秀就把他给抓了起来，强行要带走绿珠。绿珠不从，但反抗无效后，她选择了跳楼自尽。

绿萝村的百姓很是悲愤，为了纪念绿珠，他们把村里的井命名为"绿珠井"。孕妇喝了绿珠井的水，生下的女儿也会像绿珠一样美丽。

驱山铎

原文

宜春界钟山，有峡数十里，其水即宜春江也，回环澄澈，深不可测。曾有渔人垂钓，得一金锁。引之数百尺，而获一钟，又如铎形。渔人举之，有声如霹雳，天昼晦，山川振动。钟山一面，崩摧五百余丈，渔人皆沉舟落水。其山摧处如削，至今存焉。或有识者云，此即秦始皇驱山之铎也。

——《玉堂闲话》

宜春临界处，有一座山，叫钟山。钟山上有一条长达几十里的山峡，也称宜春江。

宜春江景色秀丽，水流清澈，江鱼肥美，常常引来垂钓者。

有人钓上来一把金光闪闪的锁，这锁非同一般，是用金子铸成的，看上去高贵又精致。钓鱼人想把金锁取下来，却发现它是串在一根锁链上的。锁链沉在水中，好像很长，拉起来有点费力。钓鱼人索性沿着岸，一边拉锁链一边往前走。走了大概几百尺远，钓鱼人觉得锁链处好像有一个比金锁还要大的物品。他赶紧提上来一看，原来是一只大铃铛。

这只大铃铛像一口钟，用铜铸就，边上还有绿色的铜锈，看上去很有些年头了。

"今天真是不寻常啊，总是捞上来一些奇奇怪怪的东西。"钓鱼人反反复复地看着铃铛，竟然觉得有点诡异，"金锁和铜铃一定很值钱，我是要把它们收起来卖掉呢，还是把它们放回江中去？今天钓到它们，是我走了好运呢还是有倒霉的事情要发生？"

钓鱼人犹豫了好久，决定试着摇一下铃铛再说。

只见他把铃铛高高地举起，使劲挥动起手臂。

铃铛发出清脆的声响，很是悦耳。

但突然间，太阳不见了，天空霎时黯淡如黑夜。

钓鱼人吓得停止了摇铃，但是铃声却不歇，而且越来越响，如雷贯耳，响彻天际。随着铃声的震动，山川好像也在摇晃。不久，就听见如天崩地裂似的一声巨响，似乎有什么崩塌了。宜春江水也在不停地晃动，江上的舟船纷纷翻转、沉落，所有的打鱼人都落入水中，有的溺水而亡，有的侥幸逃生。

"快看，钟山崩塌了！"果然，钟山的侧面，本来长满荒草的岩壁，此刻却如刀削一样，露出玉白色的陡峭切面，那一崩塌处，有五百多丈之高。

"快逃呀，说不定什么时候整座山都会垮塌呢。"大家纷纷逃离了钟山。

相传，那金锁和大铃铛，是当年秦始皇用来驱山造桥的，有很大的威力。

燕原山天池

原文

　　燕原山天池，与桑乾泉通。后魏孝文帝，以金珠穿鱼七头，于此池放之。后与桑乾原得穿鱼，犹为不信。又以金缕拖羊箭射着此大鱼，久之，又与桑乾河得射箭所。山在岚州静乐县东北百四十里，俗名天池，曰祁连洳。

　　　　　　　　　　　　　　　　——《洽闻记》

　　燕原山处于岚州静乐县东北一百四十里处，天池是燕原山上的一处湖群，草色连天，一碧万顷，既有绿树成荫的静谧，也有山高气清的壮丽。

在《水经注》中，有这样一个记载：北魏时期一个炎热的夏天，曾经有人驾车前往天池去避暑，但在到达目的地时，突然刮起一阵大风，把马车卷入了天池水中。驾车的人倒是幸运地爬上了岸，但是车马却不知漂到了哪里。过了几天，有人在朔州洪涛山下的桑乾河源头处发现一个车轮，便把它打捞了上来。正好，去天池避暑的那个人看见了，认出车轮是自己乘坐的那辆车上的，并把那天刮大风车子掉进天池的事告诉了大家。

难不成，这天池与桑乾河是相通的？大家都觉得很奇怪。

于是，桑乾河中的车轮来自天池的说法一传十、十传百，传到了皇宫里。孝文帝觉得，有必要自己亲自验证一下这件事。有一天，天气晴朗，孝文帝带着几个随从一起来到天池，站在天池边极目远眺，但见群山延绵，池水澄清如镜，游鱼随处可见。

孝文帝吩咐随从们下水捞鱼，没多久，就捞上来七条鱼。孝文帝取出金色的珠子，让人用金珠把七条鱼的鱼头穿起来，然后一并放入天池中。

从这以后，孝文帝派人天天去桑乾河看动静。很多天

过去，终于有人发现了七条金珠穿的鱼，浮起在桑乾河上。

但孝文帝仍然有点不相信，择一日，他又和随从来到了天池。当时，孝文帝带了一把金丝穗拖羊箭，当池水中有大鱼游来时，便瞄准射入。

鱼带着箭游走了。

孝文帝又派人到桑乾河边看动静。

又过了好长时间，被箭射中的鱼也出现在桑乾河中，孝文帝这才相信燕原山天池是和桑乾河相通的。

桑乾河的源头就在天池。

盐井

陵州盐井，后汉仙者沛国张道陵之所开凿。周回四丈，深五百四十尺。置灶煮盐，一分入官，二分入百姓家。因利所以聚人，因人所以成邑。万岁通天二年，右补阙郭文简奏卖水，一日一夜，得四十五万贯。百姓贪其利，人用失业。井上又有玉女庙。古老传云，比十二玉女，尝与张道陵指地开井，遂奉以为神。又俗称井底有灵，不得以火投及秽污。曾有汲水，误以火坠，即吼沸涌，烟气冲上，溅泥漂石，甚为可畏。或云，泉脉通东海，时有败船木浮出。

——《陵州图经》

140

东汉沛国有个叫张道陵的仙人，在陵州凿了一口井。这口井的井围有四丈之大，井深有五百四十尺，看上去非常大。

井里的水直接饮用的时候，会感觉有点咸，当地的人们便想了一个办法。在晴朗的白天，他们在井旁放置炉灶，把井水倒进炉灶中煮。等水煮干，锅里就剩下白花花的盐了。所以这口井也成了"盐井"。用井水煮成的盐，有三分之一送进了官府，三分之二村民们自己留着。

当时的盐比较珍贵，许多外乡人听说后，也都纷纷赶来，想分得一点盐，有的甚至在陵州安家落户了。从此，陵州这个"产盐"之地，人越聚越多，几十年后，便形成了一座小城镇。在武则天万岁通天二年间，"盐井"里的水成为商品，论斤出售，每天卖水的钱就有四五十万贯左右。

盐井为何能成为这样的一块宝地？人们猜想，这可能和当地的十二个姑娘有关。相传仙人张道陵在凿井之前，走遍了很多地方，也找不到一个可以凿井的地方。正在他愁闷的时候，遇到十二个美貌的姑娘。姑娘们告诉张道陵："仙人凿井是为了给人类谋福，我们这儿人口众多，在干旱时期，要是有一口大水井，就能解决很多问题。"

张道陵听后，决定就照姑娘们的意愿，在陵州凿了这口水井。当地的人们因盐井得利，都非常敬重十二位姑娘，并建了一座玉女庙，把姑娘们供奉起来，当神膜拜。

　　盐井除了实用，还会显灵。据说有一天晚上，有人来打井水，因天黑看不清，他就点着了火把，但他不小心，火把掉进了井里。突然，从井底下发出震聋的轰响，随即井水沸腾起来，井口烟雾弥漫，接着石头、泥土也从井里迸射出来，打井水的人大惊失色，慌忙逃窜。

　　从此，再也没有人往井里丢脏东西了。但有时候，人们还是会看到井里有浮木等物品。大家猜想，这井水和东海相通，所以能晒盐煮盐，还能看见从海里漂过来的一些浮木。

陆鸿渐

　　元和九年春，张又新始成名，与同恩生期于荐福寺。又新与李德裕先至，憩西廊僧玄鉴室。会才有楚僧至，置囊而息，囊有数编书。又新偶抽一通览焉，文细密，皆杂记，卷末又题云《煮水处》。太宗朝，李季卿刺湖州，至维扬，遇陆处士鸿渐。李素熟陆名，有倾盖之欢，因赴郡。抵扬子驿中，将食，李曰："陆君善茶，盖天下闻，扬子江南零水，又殊绝。今者二妙千载一遇，何旷之乎！"命军士信谨者，挈瓶操舟，深诣南零取水，陆洁器以俟。俄水至，陆以杓扬水曰："江则江矣，非南零者，似临岸者。"使曰："某棹舟深入，见者累百人，敢绐乎？"陆不言，既而倾诸盆，至半，陆遽止。又以杓扬之曰："自此南零者矣。"（节选）

——《水经》

唐元和九年的一个春日，诗人张又新和友人相约在荐福寺小聚。那天，他和李德裕先来到了寺庙中，见时候还早，便来到和尚玄鉴的卧房休息。

没多久，进来一位和尚，自称是从遥远的南方而来。

他把手中的布袋朝桌上一放，就躺倒在了床上："走了很多路，累坏了，我先歇息一会儿。"

没多久，他就打起了呼噜，看来确实是累坏了。

张又新看到布袋里有几册书，便随手拿了一本看起来。

原来是《煮水记》。书中写着，唐太宗时期，湖州刺史李季卿在上任的途中，经过江苏扬州维扬，遇见了陆鸿渐。李季卿虽然不曾见过陆鸿渐，但对他精通茶道之事早有耳闻，所以亲自见到陆鸿渐，很是开心，便约陆鸿渐一同前往郡城。中午时分，他们的船到了扬子江停靠站。李季卿对陆鸿渐说："很早就听闻您精通茶道，今日来到扬子江，不妨去取来此地的好水'南零水'泡茶喝。好水好茶再加上您的好功夫，真是千年一遇的好日子好时机呀。"

说完，便吩咐一位军士去南零打水。陆鸿渐则在桌子上备好了茶具，等着好水来倾注。但是，当军士取来水，陆鸿渐尝了一口后说："这只是普通的江水，并不是南零水。"

军士说："很多人都看见我驶船到了南零，取了深水处的水回来。这可是真的南零水呀。"

陆鸿渐听了，默不作声地把军士拿来的水倒入桌上的一只空盆中，但他只到了一半就收住了："剩下的这一半水才是真正的南零水。"军士听了大吃一惊，他赶紧跪在地上，对陆鸿渐说："确实如您所说的那样，这水瓶里的水不全都是南零水。当时，我是灌了整整一瓶南零水的，没想到在回程的时候，起风了，船摇晃得厉害，瓶中的水不小心就洒了出来。我怕你们嫌水少，回到岸上时，舀了些江水注入瓶里。陆处士品水的能力真的好比神仙，我又怎能瞒过您的眼睛呢。"

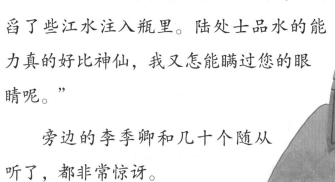

旁边的李季卿和几十个随从听了，都非常惊讶。

"陆兄有这等本事，各处的水您应该都能区分出来吧。"李季卿问。

"还行吧，我品尝过的水中，楚水是最好的，而晋水只能排在最后了。"

陆鸿渐后来罗列了他所知道的一些江水，并从高到低依次给水质的好坏排了名次，这让李季卿很是受益。

李德裕

　　李德裕在中书，常饮常州惠山井泉，自毗陵至京，致递铺。有僧人诣谒，德裕好奇，凡有游其门，虽布素，皆引接。僧谒德裕，曰："相公在位，昆虫遂性，万汇得所。水递事亦日月之薄蚀，微僧窃有感也。敢以上谒，欲沮此可乎？"德裕颔颐之曰："大凡为人，未有无嗜欲者。至于烧汞，亦是所短。况三惑博塞弈之事，弟子悉无所染。而和尚有不许弟子饮水，无乃虐乎？为上人停之，即三惑驰骋，怠慢必生焉。"僧人曰："贫道所谒相公者，为足下通常州水脉，京都一眼井，与惠山寺泉脉相通。"（节选）

　　　　　　　　　　　　　　　　——《芝田录》

唐朝宰相李德裕平日里与人为善，若有人去府上拜访，都会欣然接见。

　　一天上午，有位穿着僧服的和尚去拜见他，李德裕很热情地迎他进了门。

　　和尚作揖谢过后，对李德裕说："大人在位的这些年，世间太平安然，就连虫鸟都通达人性，江河山川也有了归处，百姓们甚是感激。但听闻大人饮用的是常州惠山井里的清泉，每每都得请人从常州运至京城，路途遥遥，很是辛苦。今天小僧来，就是想规劝大人，放弃饮用惠山泉。"

　　李德裕听了有点不悦，说："我做人从来都坦坦荡荡，既没有不良的嗜好，也没有不当的欲望，用水银来烧制灵丹妙药以求长生不老更不是我这样的人做得出来的。但饮水这样的小事情，您也来和我计较，岂不是让我愤而去沾染那些酒、色、赌等放纵的事吗？"和尚连连道歉，并说："小僧不是这个意思，今日前来只是想提醒一下大人，在京都也有一口井，井里的水和惠山泉是一脉相通的，它们的口感味道都一模一样，大人到这么远的地方去运水，还不如就地取水方便。"

　　李德裕不相信，但他还是向和尚问清楚了井在寺庙中

的位置。

第二天，李德裕便派人找到昊天观里的井，并让他从井里打了一桶水回来。

李德裕吩咐仆人准备好十个相同的瓶子，分别装上一瓶惠山井中的泉水和一瓶从昊天观打来的井水，其余八个空瓶里，则倒入了同一种河水。

李德裕派人去叫来和尚，让他依次品尝十瓶水。和尚喝完后，指着惠山泉水和昊天井水说："这两瓶的水是一样的，如果我猜得没错的话，应该是惠山泉或者昊天水。"然后又说："其余八瓶是普通的河水，口味一模一样。"

李德裕见和尚如此回答，很是惊讶，他说："师傅果然不凡，从此以后，我不会再派人去常州运泉水了，我就喝昊天观里的井水，谢谢师傅的指点。"

就这样，李德裕再也没有让人去运过常州的惠山泉。

柴都

原文

　　东方有柴都焉，在齐国之山。山有泉水，如井状，深不测。至春夏时，雹从井中出，出则败五谷。人常以柴塞之，不塞则雹为患。故号柴都。

——《郭氏玄中记》

　　齐国的一座高山上，有一处如井状的泉眼。泉眼地处山的东面，经常有人路过那儿，却不知泉的深度。

　　这口泉水质清澈，饮之有回甘，人们每次路过，都会接来漱口或饮用。

有一年暮春，天气晴好，村民们都在田间地头劳作。上午十点左右，突然变了天，空中乌压压的一片，不到一分钟，便噼里啪啦地下起冰雹来。

村民们纷纷抱着脑袋到附近的茅屋里去避雨。

"冰雹下得这么密，这么大，怎么却一点也没打到我呢。"

"我也是。"

"我也是。"

每个村民都说没有被冰雹打到头。

但明明在田里的时候，它下得很大，像弹珠一样"啪啪"地往田里打。

一个时辰后，天开始晴朗起来。

"天晴了天晴了。"村民们纷纷从茅草屋里跑出来，奔向自己的田地。

但大家都傻了眼。只见地里一片狼藉，冰雹把原本长势挺好的麦苗砸得面目全非，有的断了茎，有的掉了叶，有的甚至被连根拔起。

"到了秋后，怕是要颗粒无收了。这场冰雹，是要毁了我们呀。"

这时候，从山上跑下来一个人，他气喘吁吁地对村民说："今天的冰雹，不是从天上掉下来的。我刚才路过山东面的那个泉眼，看见它在喷射冰雹，速度很快，一下子能喷出来很多，我都快被它吓坏了。"

谁会相信冰雹是从泉眼中喷出来的呢，大家都摇头。

山上跑下来的人说："千真万确，我亲眼看见的呀。"

但大家仍然不相信他说的。

直到一个月后，有人正在山泉边采草药，突然听到一阵怪异的隆隆声，转身看时，便发现泉眼正喷射出冰雹来。

原来这是真的呀。

那人赶紧跑下山，告诉正在茅屋里躲避冰雹袭击的村民们。

大家都上山去看个究竟，他们跑到了泉眼旁的一个小山头上，远远地看到泉眼处不断喷射出冰雹来。

"必须把泉眼封住了。不然冰雹时不时地喷射出来砸坏庄稼，一年的收成就没了，到时我们拿什么来生活呀。"

于是，当泉眼不再喷射冰雹的时候，村民们拿来土块、石头、泥沙填到泉眼处，直到把泉眼填塞得结结实实，没有缝隙为止。后来，再没有冰雹向外喷射了。

井底世界

原文

　　建州有魏使君宅，兵后焚毁，以为军营，有大井淀塞。壬子岁，军士浚之，入者二人，皆卒，尸亦不获。有一人请复入，曰："以绳缒我，我急引绳，即亟出之。"既入久之，忽引绳甚急，即出之，已如痴矣。良久乃能言云："既入井，但见城郭井邑，人物甚众。其主曰李将军，机务鞅掌，府署甚盛。惧而遽出，竟不获二尸。"建州留后朱斥业，使填此井。

——《稽神录》

建州魏使君的一处住宅，在一次战乱中被烧成了废墟，后来经过修建，成为一个军营。

军营里驻扎着许多士兵。有一天，他们发现枯叶堆下有一口大井，井中填满了石渣土块。"这么大的一口井，荒废了实在有点可惜，我们不妨把填在里面的脏东西取出来，疏通一下。"有个士兵提议道。大家都表示赞同。

说干就干，第二天，两个年轻的士兵一大早就下到井里去搬运石渣和土块，井边守候着的士兵负责把脏东西接力提上来。

当接力了两次后，下到井里的士兵像是失去了音讯，一点声息都没有了。大家纷纷到井边呼喊他俩的名字，但好久也没有回音。

"我下到井里去看看，究竟发生了什么事。"平时非常胆大的一个士兵自告奋勇道，"你们用绳子拴住我，如果我在井里遇到了不测，会急促地拉动绳子，这时候你们一定要把我拉上来呀。"

绳子绑好后，这个胆大的士兵就下到井里去了。起先，大家叫他，他还会应声，但之后再呼唤他，就没有了回音。

"当时应该劝他别下去的。"有人说。

但就在这时,绳子突然猛烈地抖动起来。

负责拉绳子的士兵以最快的速度把井里的人拉了上来。

只见他神色紧张,像是受到了什么刺激,好一会儿才缓过劲来。

他对大家说:"我下到井底时,竟然发现那里有个小城镇,官府建得很是气派,有个姓李的将军守护在那儿。街道上人来人往,很是热闹。但我害怕极了,就请你们把我拉了上来。只是没有看到我们的两个士兵,估计已经死了。"

士兵们听他这么一说,都唏嘘起来。

后来,代理节度使的朱斥业吩咐下人填平了这口井。

图书在版编目（CIP）数据

讲不够的中国神怪故事：套装全5册／许萍萍，俞亮编著；庞坤等绘. — 北京：北京理工大学出版社，2023.5

ISBN 978 - 7 - 5763 - 2254 - 5

Ⅰ.①讲… Ⅱ.①许… ②俞… ③庞… Ⅲ.①儿童故事 - 作品集 - 中国 - 当代 Ⅳ.①I287.5

中国国家版本馆CIP数据核字（2023）第061643号

出版发行／北京理工大学出版社有限责任公司
社　　　址／北京市海淀区中关村南大街 5 号
邮　　　编／100081
电　　　话／（010）68914775（总编室）
　　　　　　（010）82562903（教材售后服务热线）
　　　　　　（010）68944723（其他图书服务热线）
网　　　址／http://www.bitpress.com.cn
经　　　销／全国各地新华书店
印　　　刷／保定市铭泰达印刷有限公司
开　　　本／710毫米×1000毫米　1/16
印　　　张／59　　　　　　　　　　　　　　　责任编辑／徐艳君
字　　　数／440千字　　　　　　　　　　　　文案编辑／徐艳君
版　　　次／2023年5月第1版　　2023年5月第1次印刷　　责任校对／刘亚男
定　　　价／228.00元（全5册）　　　　　　　责任印制／李志强

讲不够的中国神怪故事

未知奇幻的异城国度

俞　亮——编著

梁慧怡——绘

北京理工大学出版社
BEIJING INSTITUTE OF TECHNOLOGY PRESS

目录

无启民

原文

　　无启民居穴食土。其人死，埋之，其心不朽，百年化为人。录民膝不朽，埋之百二十年化为人。细民肝不朽，八年化为人。

——《酉阳杂俎》

　　人人都畏惧死亡，因此对长生有着强烈的向往就不足为奇了。从前，有个姓李的道士便是如此。他少年时曾生过一场大病，可以说是死里逃生。病愈后，他觉得生死才是大事，其他都是凡尘中不值一提的俗事，于是毅然开始了求仙问道之旅。

1

转眼，李道士已经年过半百，他云游过许多地方，可是，对于不死之术却是一无所获。但是他仍然坚信，在这个世界上的某个角落有长生的法门。

有天，李道士偶然得到了一张地图，上面记载了一个叫"无启"的永生族居住的地方。抱着"宁可信其有，不可信其无"的想法，他独自一人踏上了旅程。

他按照地图长途跋涉走了半个月，可还是没有找到地方。这天，他不知怎么的进入了一片密林之中。忽然，他看到不远处有只老虎在懒洋洋地晒太阳，他大惊，不自觉地想要跑掉。

就在这时，李道士耳边有一个温和的男声对他说："别乱动，免得惊动了老虎。"说着，那陌生男子拉着李道士，小心翼翼地走了。

"多谢兄台相助！"见远离了老虎，李道士一拱手，感谢道。那男子一摆手，表示不必谢。接着，李道士便拿出了地图向他打听。只见那人哈哈一笑，说道："你可是问对人了，我便是无启族的人。"

"传言说你们民族的人可以永生？这是真的吗？"闻

言，李道士大喜过望，激动地问道。那男子却严肃地回答道："其实我们不是永生，只是可以复活罢了。我们无启族的族人死后，人心却不死。将心脏埋在土地里，过一百年之后，就可以再变化为人。"顿了顿，他仿佛看穿了李道士的目的，又继续说道："复活的人，只能是我们的族人，外人是学不来的。"

李道士有些失望，但他掩饰不住自己的好奇心，便提出想去他们的村落看一看，那无启族人爽快地答应了。

李道士跟着他在密林里走来走去，过了一会儿，他的眼前出现了一个冒着炊烟的大型村落。到了村子里，那男子向李道士介绍道："那些脸上涂着黄色颜料的，便是我们无启族了。这里除了无启族，还居住着录族和细族两个民族的人，他们也具备复活的能力。"

然后，无启族男人指着一群脸上涂着蓝色颜料的人说："那是录族人，死后膝盖不朽，他们复活的周期比我们要长一些，埋在土里一百二十年后，才可以复活。"

接着，他又指了指一群脸上涂着白色颜料的人说："那是细族人，死后肝脏不朽。他们复活的周期最短，只需要八年。因此，他们的人数是最多的。"

李道士听完后，啧啧称奇，心想："我虽然不能复活，但今生能遇到这些奇异的民族，也算是不枉此生了啊！"于是，自此他就在这个村落住了下来。其间，他目睹了无启族、细族和录族人复活的奇妙经历，三十年后，他安然逝去。

轩辕国

原文

　　轩辕之国，在穷山之际，其不寿者八百岁。诸夭之野，和鸾鸟舞。民食凤卵，饮甘露。

——《博物志》

　　"那山真高啊！我都看不到它的尽头！"山脚下，一个八九岁的孩子看着一座高耸入云的山峰，兴奋地对自己的父亲说道。

　　"这山啊，我们都叫他穷山，取的是'山峰穷极高远'的意思。"父亲慈爱地摸了摸儿子的头，解释道。

"那山顶有什么呢？有仙人吗？"孩子又好奇地问。

父亲笑着回答："哈哈，你这孩子还真说对了。传说啊，在穷山的山顶，有一个名叫轩辕的仙国，那里都是仙人，里面还有各种奇异的动物！不过，那里很危险的！你可不要乱跑呀！"小孩子对父亲的话，似懂非懂，默默将这个传说记在了心里。

过了些年，那孩子长成了少年。他们家世代都居住在穷山脚下的村子里，关于穷山的传说一直在村子里流传着，可谁也没到过轩辕国。

那少年最近每天都去山中砍柴，每次他都会望着山顶好一会儿，对轩辕国满怀好奇，可他始终谨记父亲的劝告，一直不敢攀登高山。

这天，少年又如往常一样到山里砍柴。砍着砍着，他忽然听到一阵清脆美妙的鸟鸣声，音调时而高、时而低，仿佛在唱歌一般。他抬头一看，只见一只奇异的大鸟正在林间自由自在地嬉戏、唱歌。

那鸟头上有着大大的鸟冠，毛色鲜艳，尾羽极长，在地上拖行，仔细看，那羽毛竟然还闪着微光。少年从未见过这样美丽的鸟，忍不住偷偷地观察着它，心想，这也许是那轩辕国中的神鸟吧。

大鸟玩了一会儿，蹦蹦跳跳地向山上前进了。少年的好奇心占了上风，他忍不住偷偷跟着那大鸟，向山上走去。

爬了许久，终于，他的视野中出现了一些高大的房屋，矗立在山顶。他伏在草丛中，仔细地观察着，只见那些房子建造得豪华且精美，先前他见到的那只大鸟，此时正在和一个人跳舞，那人舞姿轻盈，大鸟随着人的舞步和姿势翩飞。此外，少年还发现，那个人穿着奇特，身上的衣服是用鸟的羽毛织成的！

而那人玩着玩着，忽然警觉地一回头，发现了少年。少年十分窘迫，憋红了脸，从草丛中走了出来，说："不好意思，我不是故意窥探的，只是有些好奇。请问阁下是轩辕国的仙人吗？"

那人并没有半点生气的样子，反而笑着说："哎呀，我们这里已经有很多很多年没有外人来过啦！见到你是缘分啊！不过，我可不是什么仙人，只不过，我们这里的人非常长寿，最短命的人也能活到八百岁吧！"

少年惊讶得睁大了双眼，又好奇地问道："我见这山顶没什么粮食，也没有水，那你们吃什么呢？"

那人指了指一旁的大鸟，解释道："这种鸟名为鸾鸟，吃一颗它们的蛋，很长时间都不会感到饥饿。"说罢，指了指草丛树木，说："水源嘛，我们依靠枝叶上的露水就可以了。"

少年不由得听得入了神，那人又对他说，"孩子，这里不是你应该来的地方，看够了就快回家去吧！"少年闻言，怕惹怒眼前的人，就赶紧下山去了。

此后，他将这段奇遇讲给别人听，其他人也跃跃欲试去寻访轩辕国，可都没有找到。

原文

　　贞元八年，吴明国贡常燃鼎鸾蜂蜜。云，其国去东海数万里，经揖娄沃沮等国。其土宜五谷，多珍玉，礼乐仁义，无剽劫，人寿二百岁。俗尚神仙术，一岁之内，乘云驾鹤者，往往有之。常望黄气如车盖，知中国土德王，遂愿贡奉。常燃鼎，量容三斗，光洁似玉，其色紫，每修饮馔，不炽火而俄顷自熟，香洁异于常等。久而食之，令人返老为少，百疾不生也。鸾蜂蜜，云其蜂之声，有如鸾凤，而身被五彩。大者可重十余斤，为窠于深岩峻岭间，大者占地二三亩。国人采其蜜，不逾三二合，如过度，即有风雷之异。若螫人生疮，以石上菖蒲根傅之，即愈。其色碧，贮之于白玉碗，表里莹彻，如碧琉璃。久食令人长寿，颜如童子，发白者应时而黑。逮及沉疴眇跛，无不疗焉。

——《杜阳杂编》

唐朝贞元年间，有一日，一人站在宫门外，手捧一个木匣，自称是吴明国的人，高喊要向皇上进献宝物。宫内管事的官员刚开始不以为意，叫了侍卫打发他走。可是，那人却怎么也不肯离去，反而一屁股坐在了地上，把木匣打开，从里面取出了一只紫色的鼎，表面光洁得如同玉石一般。

只见，他随手从地上拔了一些野草，然后放进了鼎内，不一会儿，鼎内竟然冒出了热气，并且还香气四溢。周围的人闻了，都觉得垂涎欲滴，好奇地问他鼎内煮的是什么食物。这时，他们还惊讶地发现，这鼎的地下竟然没有燃火，可食物却是熟的！

后来，这件事惊动了唐德宗，他传召这人进来，问道："听说你要进献宝物？是那只不用火便能烹饪食物的鼎吗？"

吴明国人回答："正是！这鼎名为常燃鼎，吃了由常燃鼎做出来的食物，可以延年益寿，防治百病！"说着，将常燃鼎拿了出来。

唐德宗一看那鼎的外观，心想，果然与寻常的鼎不一样。然后，他唤人取来一些食材，放入了鼎内，没多久，食物果然无火自熟，且异香扑鼻。唐德宗心情大好，马上要赏赐财宝给吴明国人。

没想到，那人却拒绝了，并认真地说道："陛下，我向您进献宝物，并不是奢求财富。从我的国家吴明国望向唐朝，常常能看到升腾起的黄气，这是金木水火土五德之中，土德的祥瑞之兆，因此，我才要献宝，是为了顺应上天的旨意。除了常燃鼎，我还有一宝要进献。"说到这儿，他从怀里掏出一个玻璃瓶，只见瓶子里装了一些碧绿色的液体。

"这物名为鸾蜂蜜，为鸾蜂所产。鸾蜂与普通蜜蜂不同，它的体型巨大，大的重达十多斤，它身披五彩，叫声如同鸾凤。采集它的蜂蜜，要适量而行，否则会引来上天的震怒，能听到巨大的风声和雷声。长期食用这种蜂蜜可以驻颜益寿，头发也不会变白，各种疑难杂症，吃了它，都可痊愈。"吴明国人解释道。

唐德宗听了，更加高兴了，他对这人的国家也愈发感兴趣，问道："不知你的国家吴明国在哪里呢？有什么特点吗？我唐朝包容万方，我们两国日后可以互相派遣使者，建立良好的外交关系呀！"

那人自豪地说："我的国家十分遥远，距离东海都还有数万里呢。从吴明国到达中原，中间要经过好几个小国。我国的土地十分适宜种植五谷，而且盛产美玉。我国国民都讲究礼乐仁义，路不拾遗，夜不闭户。而且，我们那里还十分崇尚神仙之术，每年都有乘云驾鹤成仙的人呢！"

听到成仙，唐德宗惊讶得瞪大了双眼，心中蠢蠢欲动，便极力邀请吴明国人在皇宫内多留些时日。没想到，第二天，吴明国人却不告而别，并且此后再也没有任何关于吴明国的消息了。

"真是个神秘的国度啊！"唐德宗无可奈何地感叹道。

女蛮国

原文

　　大中初，女蛮国贡双龙犀，有二龙，鳞鬣爪角悉备。明霞锦，云炼水香麻以为色，光浑映耀，芬馥著人，五色相间，而美于中华锦。其国人危髻金冠，缨络被体，故谓之菩萨蛮。当时倡优，遂制《菩萨蛮》曲，文士亦往往声其词。更女王国贡龙油绫鱼油锦，文采多异，入水不濡，云有龙油鱼油也。优者更作《女王国》曲，音调宛畅，传于乐部矣。

——《杜阳杂编》

夜晚，唐朝宫廷大殿内，灯火通明。大殿中央，十几位演奏者手持各种乐器，神情专注地弹奏乐曲，节奏舒缓，舞者身姿曼妙，衣袂翩翩，一场瑰丽的乐舞表演正在上演。

随着乐曲渐进入高潮，歌者轻启朱唇，婉转唱道：

小山重叠金明灭，鬓云欲度香腮雪。

懒起画蛾眉，弄妆梳洗迟。

照花前后镜，花面交相映。

新帖绣罗襦，双双金鹧鸪。

大殿外，有两个侍女，仙儿和蕙儿，正偷偷地看着这场精彩的宫廷乐舞。

"仙儿姐姐，你知道正在表演的这首乐曲叫什么吗？"蕙儿小声问道。

"当然！我进宫比你早一些，知道的也比你多。这曲子名叫《菩萨蛮》，我还知道这曲子的由来呢！"仙儿低声回答道。

"难道，这曲子背后还有一段故事吗？"蕙儿好奇地问。

仙儿看了看四周，说道："是的。正好此时无事，我就给你讲一讲吧！"然后她压低了声音说："话说前些年，

有个女蛮国，来我大唐朝贡。谁都没想到，这样一个名不见经传的国家，竟然进献了三件奇珍异宝，你猜是什么？"讲到这里，仙儿卖了个关子。

蕙儿眼睛滴溜溜地转了几圈，试探着猜道："金银珠宝？绫罗绸缎？"

仙儿轻声一笑，说："前两件确实是绫罗绸缎，但可不一般呢！第一件名为明霞锦，它的颜色光辉灿烂，如朝霞一般，泛着柔和的金光，还散发着芬芳的香气，十米之外都可以闻到呢！第二件名为龙油绫鱼油锦，这种锦的花纹与中原的纹样不一样，它最厉害的地方在于，放进水里并不会变湿，这是因为编织它时，使用了龙和鱼的脂肪提炼出来的油。"

"这可真是神奇啊！"蕙儿不禁感叹道。

"哈哈，要说神奇，最神奇的可是这第三件。第三件贡品是一头奇异的动物，名为双龙犀，这种动物样貌奇特，有些像犀牛，可身上还长着两条小龙。"仙儿说。

"啊！"蕙儿低呼一声。

仙儿连忙捂住她的嘴，说："妹妹，你可小点声，被发现了我们肯定要受罚的！"然后她顿了顿，又说，"一连献上这三件宝贝，皇上自然十分欣喜，决定设宴款待女蛮国的使者。当时，大家对这个国家都很好奇，我也悄悄地去看了一眼，那些使者打扮得好像寺庙里的菩萨，他们都梳着高高的发髻，头上戴着金光闪闪的宝冠，全身披着宝石连缀而成的项链！后来，在场的艺人便即兴谱了这首《菩萨蛮》，乐曲名字就取自女蛮国，意思就是穿得像菩萨一样的女蛮国人。"

"原来如此！多谢姐姐告诉我这么精彩的故事！"蕙儿十分兴奋。

这时，不远处传来了脚步声，她们二人便连忙离开了。

突厥

原文

突厥之先曰射摩。舍利海有神，在阿史得蜜西。射摩有神异，海神女每日暮，以白鹿迎射摩入海，至明送出，经数十年。后部落将大猎，至夜中，海神谓射摩曰："明日猎时，尔上代所生之窟，当有金角白鹿出。尔若射中此鹿，毕形与吾来往；或射不中，即缘绝矣。"至明入围，果所生窟中，有白鹿金角起。射摩遣其左右固其围，将跳出围，遂杀之。射摩怒，遂手斩阿咏首领，仍誓之曰："自此之后，须人祭天。常取阿咏。"即取部落子孙斩之以祭也。至今突厥以人祭纛，部落用之。射摩既斩阿映，至暮还。海神女执射摩曰："尔手斩人，血气腥秽，因缘绝矣！"

——《酉阳杂俎》

"哇！爷爷，您快看！那棵树下有一只银白色的鹿！它可真漂亮啊！"草原上，一个正跟随爷爷放羊的突厥族孩子，兴奋地指着前方说道。

此时晨光透洒大地，给一切都蒙上了一层柔和清淡的光晕。光线笼罩在白鹿的身上，浅黄色的鹿角就像泛着金光一般，美丽极了。

"是神鹿！快，孩子，快跪拜它！"突厥老人眯着眼睛，看清楚后，急忙拉着孩子向那白鹿俯首叩拜。孩子虽然不明就里，但还是跟随着老人的指示行了叩首礼。

那白鹿此时仍在悠闲地吃草，丝毫没有注意到这边的动静。"爷爷，为什么我们要跪拜它呢？"孩子好奇地问。

"你有所不知，这金角白鹿，乃是我突厥族所崇拜的神兽！"老人回答道。

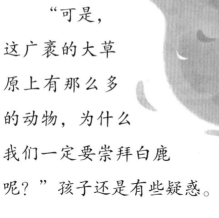

"可是，这广袤的大草原上有那么多的动物，为什么我们一定要崇拜白鹿呢？"孩子还是有些疑惑。

老人解释道："这是因为，白鹿与我突厥祖先的传说有关。"

一听有故事，孩子的眼神瞬间亮了起来，他摇着老人的衣袖央求道："爷爷，快给我讲讲吧！"

老人赶着羊群，娓娓道来："我

们突厥族的祖先名为射摩，他天生神力，勇猛威武，赢得了舍利海中一个神女的青睐，两人结为了夫妻。因为海神女不能上岸，所以二人常常在海中相聚。每次，神女都会派遣白鹿将射摩接进海中，天亮时，再由白鹿将他原路送回，两人就这样相伴了数十年。后来有一年，突厥部落将举行盛大的围猎活动，活动开始前一天时，海神女变得忧愁起来，一副心事重重的样子。

"于是，射摩忍不住问她："爱妻，你是有什么心事吗？怎么愁眉不展的？是担心我在围猎中受伤吗？'

"海神女叹了口气，回答道："的确与这围猎有关。前几天，我接到神谕，你我的缘分是否能继续，全都要看明天的围猎了。在你的前辈诞生的洞穴里，明天会出现一只金角白鹿。你如果能射中这只鹿，就能一直和我来往，如果射不中，我们的缘分就要尽了……'

"射摩听了，觉得不是难事，安慰她道："别担心，我的射箭技术你也了解，我肯定能射中它！'

"第二天围猎的时候，果然有一只金角白鹿跑了出来。射摩一看，连忙命令手下的人将白鹿围起来。大家步步紧逼，将白鹿团团包围。可是，百密一疏，那白鹿颇有灵性，它瞅准一个空档，纵身一跳。

"就在这时，有一个猎手担心它跑掉，一时心急，用长矛刺向了白鹿。白鹿倒地，血流不止，不一会就死去了。射摩一看，十分恼怒，一气之下就亲手斩杀了那个猎手。"

讲到这儿，孩子忍不住问道："白鹿死了，但不是射摩杀的，那他们两个有没有分开啊？"

老人叹息一声，继续讲道："到了晚上，射摩回到海中，忐忑不安地与海神女说了经过。海神女听完，留下两行泪水，神情悲戚地与他告别：'你的手上沾染了他人的鲜血，血气腥秽，我们的缘分要因此而断绝了！'

"射摩听了也十分悲痛，可他也无可奈何，只好回到了地面上，从此两人再也没有相见。不久后，射摩郁郁而终。"

"这真是个有些让人难过的故事啊。"孩子撇了撇嘴说，继而望向不远处的白鹿，可不知什么时候起，那只白鹿已经不见了。

新罗国 1

原文

新罗国有第一贵族金哥，其远祖名旁㐌，有弟一人，甚有家财。其兄旁㐌，因分居，乞衣食。国人有与其隙地一亩，乃求蚕谷种于弟，弟蒸而与之，旁㐌不知也。至蚕时，止一生焉，日长寸余，居旬大如牛，食数树叶不足。其弟知之，伺间，杀其蚕。经日，四方百里内蚕，悉飞集其家。国人谓之巨蚕，意其蚕之王也。四邻共缲之，不供。谷唯一茎植焉，其穗长尺余。旁㐌常守之。忽为鸟所折，衔去。旁㐌逐之，上山五六里，鸟入一石罅，日没径黑，旁㐌因止石侧。至夜半月明，见群小儿，赤衣共戏。一小儿曰："汝要何物？"一曰："要酒。"小儿出一金锥子，击石，酒及樽悉具。一曰："要食。"又击之，饼饵羹炙，罗于石上。良久，饮食而去，以金锥插于石罅。（节选）

——《酉阳杂俎》

古时，有个新罗国。新罗国内有一对兄弟，哥哥名叫旁乇，他与弟弟很早就分了家。分家后不久，旁乇因为经商失败，变得穷困潦倒，需要上街乞讨度日，而他的弟弟此时依然很富有。

后来，旁乇有一位旧友，实在于心不忍，就赠予了他一亩田地，让他耕种粮食，自给自足。有了土地，可还缺少作物的种子，旁乇便想到了自己的弟弟，"弟弟家财万贯，一点种子对于他来说，实在是算不上什么啊！"于是，旁乇厚着脸皮找到自己的弟弟，向他讨要蚕种和五谷种子。

旁乇的弟弟是个嫌贫爱富的人，在分家产时与旁乇产生了一些争执，因此怀恨在心。这下，他见哥哥落魄，其实内心不情愿帮他，但又担心落人口舌，就故意使坏，将蒸熟的蚕种和粮食种子给了旁乇，心想："反正在别人看来，我已经给了种子，种不出来粮食，就得怪你自己咯！"

这边，什么也不知道的旁乇兴冲冲地回了家，将种子种在地里，并细心照料蚕种。过了几天，有两件令旁乇感到惊奇的事情发生了。

第一件事，是只孵出了一只蚕，地里只长出了一株谷穗。第二件事，则是这蚕十分特殊，蚕孵出来之后，生长

的速度极快，每天能长一寸多长，十多天之后，竟然长得如同牛犊一样大，每天要吃掉好几棵大树的叶子。

很快，旁訑家有巨蚕的消息便传开了，国人从没见过这样巨大的蚕，以为是神异之物。更神奇的是，方圆百里的蚕，竟然不约而同地来到了巨蚕的身边，而且争先恐后地向外吐丝。人们猜测可能是蚕王显灵，于是争先恐后地帮旁訑缫丝。

旁訑的弟弟也得知了这个消息，他见旁訑不但没倒霉，还有许多人去帮他，心中就又生出一计。有一天夜里，他悄悄地潜进了旁訑家，趁他熟睡时杀死了那只巨蚕。

旁訑一觉醒来，见巨蚕已经死去，心中十分难过，但他也未多想，单纯地认为是蚕的寿命到了。失去了巨蚕，旁訑手中只剩下了田里的那一株谷穗，于是他每日勤加护理谷穗，并时常看守，以防它被飞鸟吃掉。

一天，旁訑提着水桶走在田地里，正准备去给谷穗浇水，忽然听到一声鸟叫，只见一只大鸟从他头顶"唰"地飞过，然后猛地一个俯冲，衔走了那株谷穗。目睹了这一切，旁龟气得哇哇直叫，"该死的鸟！看我捉住你之后不把你烤了吃！"说着丢下水桶，奋力追赶那只飞鸟。

旁龟一路追着那只鸟上了山，那只鸟忽然钻到了一条石缝中，旁龟累得气喘吁吁，便坐在石头边，打算守株待兔，等飞鸟自己出来。这一等，就等到了半夜。月亮高悬在空中，在皎洁的月光下，忽然不知道从哪冒出来了一群身穿红衣的小孩子，在林间嬉戏玩闹。

"你想要什么东西？"一个小孩问道。

"我想要酒！"另一个小孩回答。

接着，先前提问的小孩便从怀里掏出了一把金锥，敲击了两下石头，眨眼间，只见一个酒壶和几只酒杯出现在了石头上。

"我想要吃的！"又有一个小孩喊道。拿着金锥的小孩便又在石头上敲了两下，果然，丰盛的菜肴又出现了。这几个小孩便就地坐下，大快朵颐了一番。

旁龟目不转睛地看着这一切，心中大为震撼。待小孩吃饱喝足离去之后，他悄悄地上前察看，只见那金锥子被放在石头旁。旁龟大喜，看四下无人，便连忙将金锥揣在怀里下山了。

此后，旁㐲凭借这把金锥，要什么有什么，很快就变得富可敌国。发达之后，旁㐲不忘亲朋旧友，常常馈赠他们财物。一次，他送了一些珠宝给自己的弟弟，顺便向他展示了金锥的神奇之处。

没想到，旁㐲的弟弟却不领情，对他说："这经历听起来也没什么了不起的，哼，我也能像兄长你一样得到金锥的！"旁㐲听了，觉得他莫名其妙，不可理喻，便由着他去做了。

旁㐲的弟弟依葫芦画瓢，也养蚕种谷穗。他养的蚕长大后和普通的蚕并无两样，种的谷穗在快要成熟时，被鸟衔走了，他见状大喜，追着鸟儿进了山。可是，到了石缝处时，他却碰到了一群青面獠牙的鬼。

群鬼一见到他，愤怒地说："他就是偷了金锥之人！"然后将他抓了起来。旁㐲的弟弟苦命求饶，其中一个鬼便说："让我们放了你也可以，现在，给你两个选择，一是你为我们盖一间房子，二是将你的鼻子变长一丈。"

旁㐲的弟弟选择了盖房子，没日没夜地忙碌了三天，可还是没有筑成，他又累又饿，便又去哀求群鬼。群鬼说：

"我们给过你机会，是你自己没有完成啊！"说完，狠狠一拔他的鼻子，竟然拔得像象鼻一样长，然后放了他。

旁笸的弟弟捂着鼻子，跑回了家，沿途的人们看到他，都觉得十分惊奇。消息传开后，有许多好事的人来围观他的长鼻子，他又羞又愤，此后闭门不出，再也不见人了。

又过了许多年，旁笸已经当了爷爷，享受着天伦之乐。一次，他的孙子用金锥做游戏，锤了两下，要求变出狼的粪便，可是，只听到一声惊雷，雷声过后，不仅没有狼粪，金锥也不见了！

新罗国 2

原文

　　登州贾者马行余转海,拟取昆山路适桐庐,时遇西风,而吹到新罗国。新罗国君闻行余中国而至,接以宾礼。乃曰:"吾虽夷狄之邦,岁有习儒者,举于天阙。登第荣归,吾必禄之甚厚。乃知孔子之道,被于华夏乎。"因与行余论及经籍,行余避位曰:"庸陋贾竖,长养虽在中华,但闻土地所宜,不读诗书之义。熟诗书,明礼义者,其唯士大夫乎!非小人之事也。"乃辞之。新罗君讶曰:"吾以中国之人,尽闻典教。不谓尚有无知之俗欤!"行余还至乡井,自惭以贪吝衣食,愚昧不知学道,为夷狄所嗤,况哲英乎。

　　　　　　　　　　　　　　　　——《云溪友议》

话说，古时登州有个名叫马行余的商人，他自幼家境贫寒，没读过书，只能勉强识字。好在他口齿伶俐，能说会道，于是长大了些，便跟随一个远方亲戚做生意，往来于南方和北方之间，以贩卖布匹为生。

一次，马行余接了一单大生意，货物数量非常多。他和亲戚一合计，决定租一条大船，走水路北上。路途一开始时，十分顺利，可快抵达的时候，海上忽然刮起了大风，吹得商船偏离了方向。剧烈的颠簸使得马行余晕头转向。他也顾不上掌舵了。待风暴平息后，他定睛一看，才发现自己和船停泊在一个陌生的口岸上，来往的人穿着打扮十分特别，不像是中原人士。

这时，一个官员模样的人上前说道："阁下是从何而来呢？"

"我姓马名行余，从中国来，是贩卖货物的商人，海上遇到了大风才到此处。这是哪里呢？"马行余回答。

"哎呀，原来是从中国来的贵客！这里是新罗国，与中国接壤。"官员十分激动地说道，然后派人将此事报告给了新罗国国君。

新罗国国君素来仰慕华夏礼仪文化，一听有人从中国

来，便以隆重的礼节接待了马行余。新罗国国君拍着马行余的肩膀，热情地对他说："我新罗国虽然是夷狄之邦，但我们每年都会向中国朝贡，而且我们会派遣使者学习儒学，等他们学成而归，我都会给他们高官厚禄。马公子，不知道华夏人民是否都熟习孔孟之道呢？"说着，又与他谈论起了经籍里的问题。

马行余由于没有读过书，十分不好意思，便有些尴尬地说："其实不然，我只是一介商贩，虽然生长在中国，但我并不熟悉孔孟之道，只有士大夫之类的大人物，才饱读诗书。"说完，便要向新罗国国君辞行。

新罗国国君听了，十分惊讶，看着马行余的目光中还透露出了几分嫌弃，说道："我原以为中国的人士，全都懂得诗书典籍，没想到竟然还有你这样无知的人！"接着，扫兴地一摆手，再也不搭理马行余了。

马行余回到家乡后，又羞又恼，他心想："我只贪图物质享乐，但愚昧不知进取，为此竟然还被夷狄耻笑！不仅我面上无光，无形之中还失了我泱泱大国的颜面啊！"此后，他奋发图强，开始学习诗书礼乐，昼夜苦读，几年过去后，竟然也能写出不错的文章了。

新罗国 3

原文

　　天宝初，使赞善大夫魏曜使新罗，策立幼主。曜年老，深惮之。有客曾到新罗，因访其行路。客曰："永徽中，新罗日本皆通好，遣使兼报之。使人既达新罗，将赴日本国，海中遇风，波涛大起，数十日不止。随波漂流，不知所届，忽风止波静，至海岸边。日方欲暮，时同志数船，乃维舟登岸，约百有余人。岸高二三十丈，望见屋宇，争往趋之。有长人出，长二丈，身具衣服，言语不通。见唐人至，大喜，于是遮拥令入宅中，以石填门，而皆出去。俄有种类百余，相随而到，乃简阅唐人肤体肥充者，得五十余人，尽烹之，相与食啖。兼出醇酒，同为宴乐，夜深皆醉。"（节选）

——《纪闻》

天宝初年时，新罗国的老国君因病去世，幼主将要继承王位，此时的新罗与唐朝关系十分融洽，于是唐朝打算派大臣魏曜出使新罗国，出席新罗国新君的继位典礼。

此时魏曜已年过五旬，而且之前他从未出过远门，这一下子还要漂洋过海到新罗，于是接到命令后，便一直惴惴不安。距离出发的日期越来越近，魏曜忽然听闻他有位朋友曾去过新罗，便立马前去拜访，想提前了解相关情况，以备不时之需。

魏曜的朋友得知他的来意后，露出了恐惧的表情，然后对他讲道："我在唐朝永徽年间曾去过新罗国，这个国家无甚特别之处，只是啊，新罗国附近有一个巨人国，十分可怕！你可要当心啊！"

听到这话，魏曜顿时眼前一黑，急忙问道："这巨人国是个什么情况？兄台，你快与我细细说来吧！"

那朋友叹了口气，说道："哎，事情是这样的——当时我们计划要去新罗和日本两国，先抵达了新罗，随后乘船准备去往日本，没想到在海上遇到了大风暴，波浪滔天，我们一连在海上漂泊了数日。后来，忽然风平浪静，此时船漂到了一个不知名的小岛旁。我们狼狈极了，食物早已

吃光，于是连忙拴好了船，登岛想找些吃的。"

讲到这里，他露出了后悔的表情，然后继续说道："哎，我们真的不应该随意就上去的。我们上岛后，看到不远处有一些屋子，还冒着炊烟，便争先恐后地跑了过去。到了房屋前，发现屋内走出了一些巨人，身高足有八尺！他们说着我们听不懂的语言，但是十分高兴的样子，我们一开始以为这是他们好客的缘故，没想到啊！他们将我们迎进屋子后，转身就将门锁上了，这时我们才知道上当了！"

魏曜不禁问："之后呢？发生了什么？"

那友人一拍大腿，说："我们进屋后发现里面有一些女子，她们告诉我们，他们是时常劫掠平民的巨人族，时常抓人来做苦力，而且只留下能干活儿的人，老弱病残都会被杀掉，她们因为会纺织，才逃过一劫。而我们一行人，都是精壮的男子，是被奴役的好对象，所以那些巨人才如此开心！"

听到这儿，魏曜也十分惊惧，又问道："那你是如何逃出来的呢？"

友人拍了拍胸脯，一副劫后余生的表情，说："哎，也是我们运气好。捉到我们后，那些巨人高兴地喝起了酒，很快便都喝醉了。我们在屋内看着这一切，有个女子忽然说：'趁他们喝醉，正是我们逃脱的好时机啊！'接着，她用针打开了门锁，带着我们溜了出去。当时，有个巨人发现我们逃跑了，东倒西歪地追了过来，这时我们几个男子便齐心协力将他绊倒，然后打晕了他。我们拼了命地逃到岸边，以最快的速度登上了船，扬帆起航。这时，我们听到了巨人的喊叫，扭头一看，有许多巨人络绎不绝地朝岸边跑来，一边跑一边发出怒吼，可此时我们的船已经驶入了海中，他们到了岸边也只能望洋兴叹！哎！你说，我们这趟路程惊不惊险？"

魏曜听着叙述，脸都吓白了。听了这段遭遇，魏曜对出使新罗一事更加恐惧了。回到家后，他左思右想，最终给皇帝上了份奏章，称自己病重无法远行，从而避免了出使新罗。

廪君

原文

　　李时，字玄休，廪君之后，昔武落钟离山崩，有石穴，一赤如丹，一黑如漆。有人出于丹穴者，名务相，姓巴氏；有出于黑穴者，凡四姓：暶氏，樊氏，柏氏，郑氏。五姓出而争焉，于是务相以矛刺穴。能著者为廪君，四姓莫著，而务相之剑悬。又以土为船，雕画之，而浮水中。曰："若其船浮者为廪君。"务相船又独浮，于是遂称廪君。乘其土船，将其徒卒，当夷水而下，至于盐阳。水神女子止廪君曰："此鱼盐所有，地又广大，与君俱生，可无行。"廪君曰："我当为君，求廪地，不能止也。"盐神夜从廪君宿，旦辄去为飞虫，诸神皆从，其飞蔽日。廪君欲杀之，不可别，又不知天地东西。（节选）

——《录异记》

古时，有个叫李时的人。有天夜里，他准备哄自己的儿子入睡，可孩子一直缠着他要听故事，李时想来想去，也没想出什么故事。孩子有些失望，噘着嘴说道："父亲，你儿时的时候，你的父亲没有给你讲故事吗？"

听到这话，李时忽然灵光一闪，想到了关于自己祖先的传说，便说："哈哈，那今天我就给你讲一个关于我们祖先的故事吧！"

从前，武落钟离山有一天忽然崩塌，形成了两个岩洞。一个是红色的，赤如朱砂，另一个是黑色的，黑如油漆。后来，在红色岩洞中，有一个姓巴、名务相的人在此生活；黑色岩洞中，共有婚氏、樊氏、柏氏、郑氏四姓的人生活着。

后来，这五姓的人因为谁当首领的问题发生了矛盾，争执不休。务相想了个解决办法，他用长矛在石壁上刺了一个小孔，然后提议，谁能用剑掷中这个小孔，谁就当首领。众人都同意了，结果，只有务相刺中了小孔，而且剑钉在了岩壁上。

但是，有人不服，提出要再比一次。于是又加试一次，内容是以土来做船，谁做的船能在水中浮起来，谁就当首领。结果，又是只有务相做的土船能在水中漂浮，其他人

的土船都沉没了。就这样，众人心服口服，推举务相做了
首领，并尊称他为廪君。

不久，廪君为了扩大领地，便率领族人乘着夷水顺流
而下，准备去往盐阳。船刚行驶了一半路程，忽然出现了
一个水神拦路，对廪君说："这里地大物博，鱼、盐丰富，
你和你的部族就留在此处，别再往前走了！"

廪君不以为意，霸气地说："我志不在此，要寻求更广阔的土地，你快快让开吧！"

可水神并不退让，他忽然变身为飞虫，并引来了大量的飞虫，遮天蔽日，挡住了廪君的去路。

廪君见状，觉得硬碰硬并不是办法，便想擒贼先擒王。于是，他假意同意，高喊道："我同意你的要求，不过你我要立下和平条约。"

水神听到后，便又化作了人形与廪君交涉，此时廪君趁机将自己的一缕头发放在了水神身上。之后，廪君又说，'我反悔了！'水神闻言大怒，又变成了飞虫，此时廪君的一缕头发也随着在空中飘荡。

廪君弯弓搭箭，瞄准头发，一箭射了出去，正中水神变身的那只飞虫。水神中箭死去，其他飞虫也随着散尽，天空变得明朗起来，廪君的船也得以继续航行。

之后，廪君坐着船到达了夷城，并在此地建立了城邑，就此定居在了这里。后来，廪君的部族越来越繁盛，其子孙后代逐渐遍及全国，我们，便是廪君的后代！

故事讲完，孩子也已经入睡，看着孩子熟睡的脸庞，李时松了一口气，他披了披被角，也去睡觉了。

私阿修国

　　古时候，有一年气候十分反常，天下大旱，粮食收成锐减，尤其是河西地区，更是一整年都没有下过雨，田地开裂，禾苗枯死，甚至颗粒无收。很多农民饿得吃不上饭，纷纷外出逃荒。

　　逃荒的河西农民里，有一对兄弟，哥哥十分机灵，且心思细腻，他心想："这会儿，全国上下应该都处在饥荒

之中，去了别处照样吃不饱，我们应该往更西边的地方跑，听说那里有许多的小国。"

于是，他将想法和弟弟一说，兄弟二人便带上所有能吃的东西，一路西行，与逃荒大部队相反而行。

他们走了很久。最后，食物已经全部吃完了，可还是不见任何国家的影子。

弟弟十分绝望，哭着抱怨说："都怪你出的这个馊主意！我们一路走来，连个人影都没见到！还不如跟着大家往中原地区走呢！"

哥哥也有些后悔，可还是咬着牙安慰他。兄弟二人又走了一天一夜，终于支撑不住了，都昏倒在了路边。

天无绝人之路，等他们再醒来时，发现自己身处在一间朴素的屋子内，空气中弥漫着淡淡的檀香的味道。

"这是有好心人救了我们啊！"哥哥惊喜地对弟弟说道。

话音刚落，一个人推门而入。那人穿着灰色的长袍，头顶光溜溜的。

"这应该是个僧人，我们应该在寺庙中吧！"哥哥心想。接着，他看到那僧人手中提着一个食盒，不禁眼放绿光！

"哎呀，二位施主终于醒啦！你们怕是饿坏了吧！这里有一些清粥小菜，快吃些吧！"僧人和善地说，然后将食物给了这兄弟二人。

他们一接过吃的，立马狼吞虎咽地吃了起来，很快便吃了个精光。

填饱了肚子，哥哥才反应过来还没有道谢，于是他起身向那僧人行了一个跪拜大礼，说道："多谢方丈大师救我们二人一命！我们愿意当牛做马报答您！"弟弟也模仿他跪了下来。

那僧人连忙扶他们起来，说道："出家人以慈悲为怀，我们能相遇都是缘分，二位施主不必如此客气！"

弟弟懵懂地问："大师，这是哪里呀？"

僧人回答道："我看二位应该是中土人士吧，这里是私阿修国的地界，本寺名为金辽山寺。"

哥哥闻言，说道："我兄弟二人都是农民，我们那里今年收成不好，所以逃出来寻一条出路。"然后他指了指空碗，说："看来贵国今年是个丰收年啊！这米粥可真是又浓稠又好喝啊！"

没想到，僧人摇了摇头，说道："哎，其实不然，我们私阿修国今年也是荒年，我们这里之所以有足够的食物吃，是因为我们寺中有一神物！"

弟弟好奇地问："神物？这是什么意思呀！"

那僧人回答道："本寺建立之初，忽然有一天，山崩地裂，寺内的地面也裂开了，土中露出来一个石头雕像，雕刻的是一种类似于鳄鱼的动物，名为鼍。主持认为这是祥瑞的征兆，就将它供奉了起来。后来，有人发现，如果有人向这石鼍行礼，不一会儿，石鼍面前就会出现五谷杂粮等食物，等到食物吃完后，再行礼，又会出现食物。因此就这样，本寺的饮食一直很充足。"

兄弟二人听了，不由得瞪大了眼睛。哥哥心里一盘算，心想，当下留在寺庙中才是最好的选择，至少有东西吃，不至于饿死！于是，他便央求僧人让他们兄弟二人留下，为寺庙做些苦力活儿。

那僧人十分良善，见他二人实在是走投无路，便答应了。之后，那兄弟二人在金辽山寺住了好几年才返回故乡。

俱振提国

原文

俱振提国尚鬼神，城北隔真珠江二十里，有神。春秋之时，国王所须什物金银器，神厨中自然而出，祠毕亦灭。天后使人验之，不妄。

——《酉阳杂俎》

唐代，联系东西方的贸易通道——丝绸之路空前兴盛，中西方的文化交往也格外密切。有一天，唐朝派遣使团出使阿拉伯，由于路途遥远，而且水土不服，行至半途，使团中有将近一半的人都病倒了。无奈之下，有人建议立刻返回中国，找一个最近的边镇，休整好再出发。可是这样一来二去，必然会耽误时间，使团中有人又担心误了时机，遭到朝廷的责怪。就这样，使团内部意见出现了分歧，双方僵持不下。

这时，有个一直没说话的年轻官吏提议："诸位大人，再这样吵下去不仅耽误病情，更耽误时间。我这里有个折中的法子，我知道前方有一个名为俱振提的小国，许多往来奔波于丝绸之路上的商人都喜欢在此国落脚歇息。我看，不如我们先去俱振提国休息一下，再继续赶路，这样便省去了一些重复的路程。不知诸位意见如何呢？"

使团众人听了，都觉得这是个好主意，一致赞同，于是他们就前往俱振提国。

到了俱振提国，他们发现俱振提国内人烟稀少，碰到一位老人，一打听，使团才知，俱振提国正在举行一场盛大的祭祀天神的典礼，地点在城北二十里外的一座神庙中，国中的人大部分都去围观典礼了。于是他们先寻了一处客栈安顿下来。

第二天，祭祀完毕，俱振提国国王听闻有唐朝的使团来访，便设下宴席，请他们进宫，打算好好款待一番。晚宴时，使团中的人问起祭祀天神之事。

俱振提国国王回答说："我们国家每年都会举行两次祭祀仪式，一次在春天，一次在秋天，昨天的便是春祭啦。"

俱振提国人所信奉的天神，与唐朝的佛教、道教的神祇都不同，使团众人都没有听说过。又有人好奇地问起了祭祀所用的物品有何特别之处。

俱振提国国王神秘一笑，说："我们所供奉的神灵，不需要我们准备祭祀用品和金银器物，每当祭祀要开始时，那些物品会自动出现在神庙的厨房中，而等到祭祀仪式结束，这些东西又会自动消失。"

使团众人听了，十分诧异，有些人将信将疑。于是国王又说："我听闻你们此行是去往阿拉伯的，等你们返回时，大约就是在秋季吧，到时若你们再来，可以赶上秋祭，如果不相信的话，不妨到时亲自来看看吧！"

后来，使团在俱振提国休整好再度出发。从阿拉伯返回后，途径俱振提国时，正好赶上秋祭。使团众人怀揣着好奇心去围观了祭祀典礼，发现果真如国王说的一般，神庙厨房内会自动出现各种食物和金银器，等祭祀完毕后又消失不见了。

回到长安后，使团向当时的则天皇帝报告了在俱振提国的见闻，武则天听了，也很诧异，便派了心腹前去查验，之后发现果真如此。

龟兹国 1

原文

古龟兹国主阿主儿者，有神异力，能降伏毒蛇龙。时有人买市人金银宝货，至夜中，钱并化为炭。境内数百家，皆失金宝。王有男先出家，成阿罗汉果。王问之，罗汉曰："此龙所为，居北山，其头若虎，今在某处眠耳。"王乃易衣持剑，默至龙所，见龙卧，将斩之。思曰："吾斩寐龙，谁知吾有神力。"遂叱龙，龙惊起，化为狮子，王即乘其上。龙怒，作雷声，腾空，至城北二十里。王谓龙曰："尔不降，当断尔头。"龙惧王神力，人语曰："勿杀我，我当与王为乘。欲有所向，随心即至。"王许之，后遂乘龙而行。

——《酉阳杂俎》

古时，在丝绸之路的要道上，有个龟兹国。龟兹国有一任国王名叫阿主儿，他自幼便天赋异禀，天生神力。阿主儿尚未成年时，他的父母担心他身上强大的力量会对旁人造成危害，便对他严加管束，不让他轻易展示，所以王宫上下几乎没有人知道他身负神力。

阿主儿长大后继承了王位，此时的龟兹国王权衰落，朝廷中有许多怀有异心的人，正蠢蠢欲动，试图趁着国王刚即位、政权还不稳固时谋权篡位。阿主儿深感危机四伏，便想寻个机会，展示自己的神力，以此来威慑各方势力。

恰好最近王城中怪事频发。最初，一个商人做生意发了财，便到市场上买了一些金银财宝，兴冲冲地抱着宝贝回了家。可到了晚上，商人想拿出来赏玩一番时，却赫然发现那些财宝全部变成了黑不溜秋的煤炭！商人欲哭无泪，报了官后，官府也查不出个所以然，就这样成了悬案。

可没过多久，全国有数百户人家竟然也都出现了类似的情况，藏得严严实实的金银财宝全都不翼而飞，只剩下一堆煤炭。这下，全国上上下下都提心吊胆，一时间人人自危，造成了不小的混乱。

阿主儿得知这个情况后，觉得如果能为百姓找回财宝，

便可为自己树立威信，是一举两得的好事，
于是他便去拜访自己一个已经出家的兄弟，
想搞清楚到底是怎么回事。

阿主儿的兄弟原本也是王室成员，出家后潜心悟道，
如今已修得正果，成为一代高僧，知晓天下事。

"这是恶龙所为。这条恶龙居住在北山山巅的一个山
洞中，现在应该在睡觉，正是除掉它的好时机！"高僧说道。
阿主儿听罢，连忙拿起宝剑，打算去除掉恶龙。

到了山洞口，阿主儿就听到了巨大的呼噜声，想来是
恶龙正在熟睡。他蹑手蹑脚地走了进去，果然，看到一条
巨大的龙盘卧在山洞深处。他拿起宝剑，正准备刺下时，
忽然想到："如果我趁这恶龙熟睡时杀了他，又有谁知道

我身怀神力呢？我应该在大庭广众之下斩杀它，才能树立威信啊！"

于是，阿主儿大喝一声，将恶龙惊醒。那恶龙醒来后，看到一个拿着剑的人，立马就变身成了狮子，朝阿主儿扑了过去。阿主儿很轻易地就挡住了恶龙的攻击，并趁机骑在了它的身上。

此时，恶龙更加生气了，它又变回了龙身，怒吼着飞向了空中。同时它还翻滚、扭动，试图将阿主儿甩下去，可阿主儿紧紧地拽住了它的角，怎么也甩不下去。

就这样，恶龙载着阿主儿飞到了王城上空，城中的人都目击了这一神奇的情景。时机已经成熟，阿主儿便对恶龙说道："你如果还不归还财宝并降服于我，我就除掉你！"说着，将宝剑抵在了恶龙的脖颈处。

那恶龙见状，不得不服了软，便哀求道："您只要不杀我，一切都好商量！财宝我必定归还，今后我还愿意做您的坐骑！您想去何处，有我载着您，很快便能到达，日行千里不在话下！"

于是，阿主儿就与恶龙达成了协议。此后，他总是乘龙出行。全国上下见他有如此大的本领，再也没有人敢反对他，都对他心悦诚服。

 原文

　　龟兹，元日斗羊马驼，为戏七日，观胜负，以占一年羊马减耗繁息也。婆逻遮，并服狗头猴面，男女无昼夜歌舞。八月十五日，行像及透索为戏。焉耆，元日二月八日婆摩遮。三日野祀，四月十五日游林。五月五日弥勒下生。七月七日祀生祖。九月九日麻撒。十月十日，王为厌法，王领家出宫，首领代王焉，一日一夜，处分王事。十月十四日，每日作乐，至岁穷，拔汗那。十二月及元日，王及首领，分为两朋，各出一人，著甲。众人执瓦石棒棍，东西互击，甲人先死即止，以占当年丰俭。

——《酉阳杂俎》

东晋，有一个名为莲华的僧人，他无父无母，在佛教寺庙中长大。当时，西域的佛教十分发达，涌现出了不少高僧。有一天，莲华听人讲，有个龟兹国是西域佛教的中心，有位名叫道安的高僧，更是位精研佛学的大德，听他讲经，不少人都豁然开朗，得到了顿悟。莲华心中十分向往，便收拾好行囊，动身前往龟兹国。

莲华中途历经千辛万苦，凭借坚韧的毅力，终于抵达了龟兹国。此时，恰好是正月初一，"这时，大家应该在一起热热闹闹地庆祝春节吧！"莲华心想。而此时的龟兹国，却是另一派景象，城内正在举行一场盛大的比赛，人头攒动，莲华定睛一看，却发现参赛者并不是人，而是羊、马、骆驼等动物。

围观者中有一个老者也是僧人打扮，莲华便好奇地问他这是什么比赛，那人慈眉善目地看了看他，耐心地解答道："这是我国正月初一的传统占卜习俗，让羊马和骆驼

进行决斗，观其胜负，来占卜未来一年羊和马的损耗及繁殖数量。这样的比赛，要一连举行七天呢！"

莲华十分惊讶，说道："贵国的风俗还真是奇特啊，小僧自中原来，初来乍到，可真是长了见识啊！"

老僧人呵呵一笑，对他说道："我曾有幸去过中原，我们西域的节日与你们那里，可以说是大为不同呀！而且西域各国间的节日也都各不相同，各有特色。你若有兴趣，一会儿比赛结束后，可随我前去寺庙中喝杯茶，我正好给你好好讲讲！"

莲华见他如此热情，也十分高兴，说道："太好啦，我十分感兴趣！您可真是热心肠！"

于是，比赛结束后，莲华便随老僧人去了龟兹寺庙中。

僧人为莲华倒了一杯茶水，说道："在龟兹国不远处，有个婆逻遮国，每逢正月，他们全国上下，不论男女还是老幼，都会戴上狗和猴的假面具，不分昼夜地歌舞；八月十五中秋节时，他们则会把佛像放置在花车上，众人随花车游行、膜拜，中间还伴有舞蹈、跳绳的玩乐演出！"

莲华听了，说："果真与中原相差万里！"

老僧人喝了口茶，继续说道："还有一个焉耆国，他们会在正月初一和初八，戴上假面在街头模仿野兽和鬼神的各种动作，还会相互泼水，以此来祈福。焉耆国十分看重占卜和巫术，每年十月十日，焉耆国王会亲自出宫进行占卜，这天便会由一个部落首领来代替国王处理国事。"

僧人的讲述让莲华大开眼界，这时，那老僧人问他："你不远万里来龟兹国做什么呢？"

莲华严肃地回答道："我前来龟兹，是为了向高僧道安学习佛法的。"

没想到，那僧人哈哈大笑，然后说："看来你我果真有缘！贫僧正是道安！"

"真是踏破铁鞋无觅处啊！"莲华也乐不可支。

后来，莲华就留在寺中，每日听道安讲授佛教经籍。道安倾囊相授，莲华不懈地修持佛法，过了十年，莲华返回中原后，也成为一代高僧。

苗民国

原文

　　西荒中有人焉，面目手足皆人形，而腋下有翼，不能飞，名曰苗民。书曰："窜三苗于三危，四裔，为人饕餮，淫佚无理，舜窜之于此。"

——《神异经》

　　西北荒原中，有一列士兵正在巡逻。

　　"啊！天呐！那些人的腋下竟然长了翅膀！"有个新兵看到前方的人群，忍不住低呼一声。

　　而队伍中其他人都无动于衷，一副见怪不怪的样子。

"嘘！巡逻中不准出声！"领头的军官严肃地说道。

闻言，那个新兵连忙将视线收了回来，目不斜视地看着前面那人的后脑勺，可他心里还是充满了好奇与疑惑。

到了晚上，众士兵回到了军营中，准备吃晚饭。在餐桌上，其他人都在大口吃饭，新兵虽然巡逻了一整天也很疲惫，可他现在满心想的都是那些长了翅膀的人，眼前的饭菜一口都没吃。有个老兵注意到了他的情况，便对他说："赶紧吃饭，吃完了，我将那些人的事情讲给你听。"

听罢，新兵连忙将饭菜吃了个精光，然后眼巴巴地看着老兵。

那老兵喝了口水，讲了起来："你看到的那些人，被称作三苗人。据说是帝鸿氏的后代浑敦、少昊氏的后代穷奇、缙云氏的后代饕餮这三族人的后代。他们的面目手足都和我们平常人一样，最特别的地方就是你看到的翅膀了，可他们虽然腋下长着翅膀，但是那翅膀根本飞不起来！"

接着，他问新兵道："你知道尧舜吧？"

新兵连忙说："知道！他们是上古时期的部落首领，在家时，听私塾里的夫子讲过。"

老兵又说："这三苗人，便是被舜放逐到此地的。"

新兵问："这是为什么呢？"

老兵说："这要从尧的禅位说起。尧是一位贤明的首领，他在晚年时，计划将部落首领的位置传给一个可靠的人。尧听说部落中有个叫舜的年轻人，为人善良有担当，对部落中的各种事务都十分尽心，便暗中观察了他很久，发现他果然名副其实。尧认为舜的确既有品德又有才能，适合做首领，于是就开始培养舜做接班人。

"可是，有一个人得知了这件事，却十分不愉快，那就是尧的儿子丹朱。

"丹朱认为应当父死子继，自己才应该继承首领之位，于是便暗中联合了三苗人，待尧去世后，发动了叛乱。

"但舜十分聪明，其实他早已经发现了丹朱的计划，于是便将计就计，提前做好了防备，最后一举击溃了丹朱和三苗人的部队。

"后来，舜便将丹朱和三苗人放逐到了此地。"

故事讲完了，军营中也要熄灯休息了。第二天，新兵仔细地观察了三苗人一番，发现果然他们的翅膀无法飞起来，只能垂在腋下罢了。

奇肱国

原文

　　奇肱国，其民善为机巧，以杀百禽，能为飞车，从风远行。汤时，西风久下，奇肱人车至于豫州界中。汤破其车，不以示民。后十年，东风复至，乃使乘车遣归。其国去玉门西万里。

——《博物志》

　　北宋时，有一年的夏天，日光猛烈，天气炎热，两个书生打扮的年轻人正顶着烈日赶路，背上还背着重重的行囊和书本。

这二人乃是私塾中的同窗，他们二人通过了乡试，此行是结伴前去京城汴梁参加会试。他们的家乡远在西南巴蜀边陲地区，距离汴梁城路途遥远，二人囊中羞涩，雇不起马车，只能徒步而行。为以防万一，他们提前两月便从家中出发了。

蜀道难，难于上青天，这不是虚言。这一路上，二人翻越高山，跨过峡谷，蹚过溪流，可以说是障碍重重。

"赵兄，我们还要走多久才能到呢？"其中一个书生问道。

那姓赵的书生擦了擦头上的汗，喘着粗气说："李兄，咱们应该已经走了大半路程了，依我看，再走个五六日，应该就能到达汴梁城附近了。"

"哎！这赶考之路，可真是让人精疲力尽啊。前面有片树荫，我们过去歇歇脚吧！"李书生提议道。

"好啊！我也正有此意。"赵书生回答道。

二人便走到树荫下坐了下来，用树叶扇着风，想去一去暑气。

"哎，若是有朝一日，人类可以乘风而行就好了！一

日千里，翻山越岭，想来很快就能到达汴梁，路上也不用遭这罪啦！"李书生半玩笑，半是抱怨地说。

"哈哈，这种事情，我还真听说过呢！"赵书生说道。

"哦？这怎么讲？正好此时无事，赵兄不如说来听听解闷吧！"李书生好奇地探听着。

于是，赵书生打开了话匣子："据说，古时，出了玉门关，再往西走一万里，有个奇肱国。

这个国家的人心灵手巧，特别擅长制作各种精巧的工具和器物，他们制作的弓箭和陷阱，能捕捉到各种飞禽鸟兽。不仅如此，他们还掌握一项特别的技术，那就是制作飞车，这种车可以借助风力飞到天上去，只要有风，人便可乘风万里而行。"

"哇！这也太神奇了！这个国家现在还存在吗？"李书生问。

"据我所知，这个国家存在于商朝时期，当时商朝的君王是成汤。有一次，天刮起了猛烈的西风，这怪风将乘着飞车的奇肱国人带到了商朝的国都豫州，那里的人从来没见过如此奇特的飞车，成汤得知后，觉得飞车甚为怪异，是不祥之兆，于是就将奇肱国人和飞车扣留了下来，这一关就是十年。

"十年后，天又刮起了东风，奇肱国人看准风向，便趁着东风，乘着飞车逃走了。经过此事后，天下就再也没有奇肱国的消息了，想来，他们应该是躲了起来。"赵书生感慨地说道。

"这已经是千年前的事了，斗转星移，商朝早已消亡，奇肱国应该也不复存在了吧！"李书生也十分唏嘘。

话音刚落，刮起了风，给他们二人带来了阵阵凉意。而在他们看不见的高空中，正有一架飞车乘风驶过。

西北荒小人

原文

西北荒中有小人长一寸，其君朱衣玄冠，乘辂车，马引，为威仪居处。人遇其乘车，抵而食之，其味辛。终年不为物所咋，并识万物名字。又杀腹中三虫，三虫死，便可食仙药也。

——《博物志》

古时，有个姓孙的官员，被朝廷派去西北管理边疆事务。

孙大人刚上任，就碰到了一件十分令他头疼的事。附近的农田中总发生怪事，稻谷蔬菜时常一夜之间少了很多，农民们束手无策，无可奈何之下，只能来报官。

孙大人派人去查验，可在田中并没有见到任何野兽或者人类的足迹，他也摸不着头脑。

"农业生产是经济基础，长此以往下去必然会生出更大的事端，得想个法子啊！"孙大人愁眉不展地说道。

孙大人有个姓赵的师爷，赵师爷建议道："孙大人，依小人看，这怪事总发生在夜间，我们不妨夜里去守株待兔！看是人还是鬼搞得这一出！"

孙大人觉得十分有道理，便叫了几个士兵夜间同他一起去田间蹲守。

可是，一连三晚，什么事也没发生。众人熬了三天，都有些撑不住了。到了第四天夜里，大家都是哈欠连连，上眼皮快要和下眼皮粘在一起了。

就在此时，田间传来了一阵窸窸窣窣的声响，众人一听，立马打起了精神，蹑手蹑脚地走了过去。

皎洁的月光下，只见地上有好几个高约一寸的小人，正在采摘田间的果蔬。

众人都没见过这么小的人，惊讶得一时间都没敢动，最后还是孙大人发号施令，"管他是什么东西，先给我拿下！"

于是，几个士兵轻而易举地擒获了那些小人。

孙大人点起火把细细一看，发现这些小人竟然有主有仆，主人模样的小人穿着红色的衣服，戴着黑色的冠冕，而且身旁车马仪仗俱全，和如今的贵族出行时一模一样。

孙大人开口道："尔等是何人？竟敢连连行窃！"

身穿红衣的小人颤颤巍巍地说道："我们来自西北荒原中的小人国，我乃是小人国的国王。但是，这位大人，我们并没有偷东西啊！我们留下了珍贵的肉灵芝作为交换，这肉灵芝吃了后可以使人终身不受毒虫侵害，还可延年益寿，比你们这田里的蔬菜可珍贵多了啊！"

孙大人一听也愣了，这时有一个士兵开口说道："小人家世代居住于此，曾听过小人国和肉灵芝的传说，没想到这竟然是真的。"

孙大人听完，心想这其中必然有误会，便令人去喊丢失蔬菜的农民。不一会儿，便来了几个农民。

孙大人问道："你们都曾丢失了果蔬谷物，那么在田中你们可发现了什么特别的东西吗？"

几个农民面面相觑，有一个农民似乎想到了什么，迟疑地说道："似乎有一些褐色的像蘑菇一样的东西，我也不知道那是什么，就喂给家畜了。"说完，其他农民也附和道。

"哈哈，原来是这么回事啊！"孙大人恍然大悟，然后又对小人国国王说道，"虽然是以物易物，可你事前并没有征得主人的同意，怕是也不太妥当吧！以后不要再做这种事了，若是你们想要果蔬，我可以赠予你们一些种子，回去好好种植必有收获！"

小人国国王连忙应道："明白，多谢这位慷慨的大人！我这里还有一些肉灵芝，那就送给您吧！"说着，拿出了一些褐色的大蘑菇。

于是，这件事就这样解决了。后来，孙大人将肉灵芝煮了吃了，味道和寻常的蘑菇不同，有些辣，而且之后他果然不再受毒虫的侵扰了。

乌苌国

原文

乌苌国，四熟之稻，苗高没骆驼，米大如小儿指。

——《洽闻记》

乌苌国民，有死罪，不立杀刑。唯徙空山，任其饮啄。
事涉疑似，以药服之，清浊则验，随事轻重，则当时即决。

——《洛阳伽蓝记》

在中亚地区，有一个名为乌苌的国家。这个国家领土
不算大，可是却非常富庶，那里的人民都衣食无忧，从没
有过吃不饱饭的情况。

乌苌国周边的小国都十分羡慕，于是常有来学习经验的人。这些人到了才发现，秘诀不在于人，而在于农作物。

原来，乌苌国中生长着一种特殊的稻子。平常的水稻一般都是一年成熟一次或者两次，但是乌苌国的稻子一年竟然能成熟四次！因此，每年的产量都可翻倍，自然也就比其他地区富足了。

不仅如此，这里的水稻长得还非常高，高高的骆驼走在田间，水稻苗都可以把骆驼挡个严严实实。而且，这里成熟的稻米也比寻常的稻米要大，能有小孩子的手指那么大。稻米蒸熟后非常软糯可口。

有外国人非常眼馋，把稻米带回自己的国家种植，可不知怎么的，到了别的地方水稻苗却总也种不活，每次都是颗粒无收。

乌苌国全国上下都信仰佛教，尤其是乌苌国王，更是一个虔诚的佛教徒。一次，一个天竺僧人游历到此国，见乌苌国如此富足殷实，十分羡慕，他对旁人感叹道："如此富饶之国，堪比极乐世界呀！"

这话不知怎么的，传到了乌苌国国王耳中，他得知有天竺僧人到访本国，热情地召他进宫，与他研讨佛法。

二人聊到佛教中因果报应论和量刑处罚的问题，天竺僧人问："既然您笃信佛教，那么您对于罪犯是怎么看待的呢？您会再给他们一次机会吗？"

乌苌国王回答说："国中，如果一个人犯了死罪，我不会判处他死刑，只是会将犯人流放到一座无人的深山中，然后就不管他了，之后那犯人是生是死，都要看他自己的缘法和造化了。"

天竺僧人又说："那如果遇到拿不准的案件，您又会如何处理呢？"

乌苌国王神秘一笑，说："在我们乌苌国，有一种神奇的药。如果碰到拿不准的情况，就会给被怀疑者喝下这种药，如果有罪，那个人就会腹中疼痛，但若他无罪，

则什么反应都没有。最后,便会根据罪行的轻重给予判决。"

天竺僧人啧啧称奇,说道:"竟有如此神奇的药水,这样的话,便不会有冤假错案了吧!"

后来,天竺僧人离开了乌苌国,将在乌苌国的见闻讲给其他人听,众人听了都一致认为生活在乌苌国非常幸福。

汉槃陀国

 原文

　　汉槃陀国正在山顶。自葱岭已西，水皆西流。世人云，是天地之中，其土人民，决水以种。闻中国待雨而种，笑曰："天何由可期也？"

——《洛阳伽蓝记》

　　在古代，农业生产基本是要"靠天吃饭"，这是说农业收成的好坏很大程度上是由自然界决定的，人对于自然界的风霜雨雪无能为力，只能听之任之。因此若风调雨顺，便是丰年，否则，便是荒年。也由此，人们将雨水灌溉看得非常重要，祈雨仪式更是一项常见的活动。

李天师便是一位以主持祈雨仪式为生的法师。这天，他刚主持完一场祈雨仪式，收到了较为丰厚的酬金。他掂了掂手中的银子，喜笑颜开，决定去酒楼里饱餐一顿。

席间，他喝了酒，便在酒楼中吹嘘起了自己的本领，十分得意。

这时，忽然有一个商人打扮的人，冷冷地说："天下之大，无奇不有，有的地方，根本不需要靠天吃饭呢！"

李天师眉头一皱，有些不快地说："这位兄台，我活到这么大，还从未听说过不靠天吃饭的地方呢，你有话不妨直说！"众人也七嘴八舌地附和着李天师。

那商人见状，轻哼一声，说道："我是往来于西域经商的商人，在那边，有一个神奇的国家——盘陀国，这个国度从未有过缺水的时候。

"这是因为，在盘陀国中有一座高山，高山山顶有一处永不枯竭的天池，盘陀国的人便引天池中的水下山来灌溉农田，因而也就不在意雨水的多寡了。"

众人听了，啧啧称奇，李天师也十分吃惊，可他还是有些不相信，说："竟有这样的国度？兄台你莫不是在说故事吧？"

那商人见他不信，硬气地说："正好我明日又要启程前往西域，你若不信，可与我一同前往，食宿我都包了！"

李天师被他一激，有些下来不台，但他转念一想，食宿全包，我去这一趟不妨就当旅游了！于是，他就痛快地应答了下来。

第二天，李天师便随那商人去了西域，走了大约一月有余，终于抵达了盘陀国。

李天师发现，这个国家果然如那商人所说，有着源源不断的水从高山顶蜿蜒流下，清澈见底。二人攀登到山顶一看，只见一个巨大的水池横亘在山顶中央，深不见底，汩汩的水流从池中不断涌出。

"我做生意讲信誉，说话也从不骗人！"那商人说道。

"兄台，是贫道见识短浅了啊！你别见怪啊！"李天师不好意思地说。

后来，商人做完生意后，二人又一同返回了中原。经过此事后，两人竟成了无话不谈的好友。

泥杂国

原文

　　成王即位三年，有泥杂之国来朝。其人称自发其国，常从云里而行，闻雷震之击在下。或入潜穴，又闻波澜之声在上。或泛巨水，视日月，以知方面所向。计寒暑，以知年月。考以中国正朔，则序历相符。王接以外宾之礼也。

——《拾遗录》

　　西周时期，有个周成王，他名叫姬诵，是大名鼎鼎的周武王姬发的儿子。周成王亲政后，全面继承了他父亲武王姬发的遗志，在洛阳营建了新的首都，以此来更

方便地管理东方广大的领土，巩固周王朝的统治。一时间，周朝统御四方，不断有小国前来归附、朝贡。

新都城建好不久，一天，周成王接到朝臣的报告，有一个名叫泥杂的国家派了使者要来朝见周王。周成王心想，这又是一个不知名的小国，不过，既然使者已经到了，那还是应该以礼相待。于是，他便安排了一个宴会，招待泥杂国的使者。

宴会上，美食美酒摆满了桌子，歌舞弦声不绝于耳，充分展示了周王朝的富裕与诚意。周成王举起了酒杯，向泥杂国的使者表示欢迎。那使者也许是从未见过如此盛大的宴会，喜悦之情溢于言表，他激动地对成王说道："大王，小人只不过是一个卑微的使者，您竟然准备了这么大的宴会来招待我，小人万分感谢！不枉我千里迢迢来这一趟，实在是不虚此行啊！"说完，将杯中的美酒一饮而尽。

周成王听了，便好奇地问起了泥杂国的方位，可是，那使者却支支吾吾，说不出个所以然。听到这儿，周成王觉得那使者的反应有些不对劲，似乎有事隐瞒，他越想越觉得奇怪，有些生气地质问道："你既然是外国来

的使者，如何能不知道本国所在？而且，既然都不知道方位，如何能一路顺利抵达洛阳呢？你是不是有事故意隐瞒于我？”

泥杂国使者一见周成王发怒，吓得跪了下来，连连摇头。只见他脸上露出为难的神色，欲言又止，过了一会儿，终于开口解释道：“大王，不是小人有意欺瞒，只是在我的国家，没有方位一说，我们都是用日月星辰的位置与变化以及四季交替来测算方位、计算年月。”

“那如果天气不好，看不到太阳和月亮，该怎么办呢？如果遇到大海，又该如何跨过去呢？”周成王接着追问道。

“实不相瞒，在我们泥杂国，人人都有些特殊的本领。比如说我吧，我出发之后，阴天时，我常常在云彩上行走，一抬头就是日月星辰，偶尔还能听见雷霆的声音呢！”顿了顿，他又继续说：“遇上大海，我有时潜入水底，有时在水上走进，放眼望去是波澜壮阔的水面，满耳尽是波涛的声音。”

周成王听到这里，已经目瞪口呆，他平生从未听过如此离奇的事。为了验证真伪，他又用中国的日历来考验那使者，发现分毫不差，都能一一对应上！他不禁对那使者刮目相看，又让仆从上了一些珍贵的美酒佳肴，与那使者一起尽兴畅饮。

后来，周成王又挽留泥杂国使者多留了一段时日，每天都设宴款待他。

然丘国

原文

　　成王六年，然丘之国，献比翅鸟，雌雄各一，以玉为樊。其国使者，皆拳头夯鼻，衣云霞之布，如今霞布也。经历百余国，方至京师。越铁岘，泛沸海，有蛇州蜂岑。铁岘峭厉，车轮各金刚为辋，比至京师，皆讹说几尽。沸海皆涌起，如剪鱼也鱼鳖皮骨，坚强如石，可以为铠。泛沸海之时，以铜薄舟底，龙蛇蛟不得近也。经蛇州度，则豹皮为屋，于屋内推车。经蜂岑，燃胡苏之木末，以此木烟能杀百虫。经途五十余年，乃至洛邑。成王封太山，禅社首。使发其国之时，人并童稚，乃至京师，鬓发皆白。及还至然丘，容貌还复壮。比翼鸟多力，状似鹊，衔南海之丹泥，巢昆岑之玄木，而至其中，遇圣则来翔集，以表周公辅圣之神力也。

　　　　　　　　　　　　——《王子年拾遗记》

周成王年幼时便登上了王位。这时，周朝才刚刚建立，要做的事情太多了，可新王年幼，于是由周成王的叔叔周公来暂时代理政事，辅佐周成王。转眼，六年过去了，周成王已长大，周公便将权力交还给了他。这六年间，周公尽心尽力地辅佐周成王，不仅周成王对他心怀感激，周公还赢得了天下人的赞美。

　　这天，周成王在处理政事时，有人禀报说有个叫然丘的国家，进献了两只稀见的神鸟，是上苍感念周公辅佐成王的功绩，所降下的祥瑞。成王一听，十分好奇，马上召见了然丘国使者。

　　很快，一高一矮两名然丘国使者便到了大殿内。周成王一看他们的相貌，不禁"咦"了一声。原来，这两名使者年纪很大，而且长相古怪：他们的头发不像周朝人一样是挽起来的直发，而是有一头波浪似卷发，披散在肩膀上；眉目深刻，鼻子非常尖。此外，他们的穿着也引起了成王的注意，

只见他们衣服的颜色像是天上的云霞一般，泛着微微的光泽，十分独特。

"阁下远道而来，想必一定舟车劳顿了，今晚本王将设宴款待二位，这些天，你们就在洛阳好好休息！"周成王寒暄道。

没想到，他这一客套，却打开了使者的话匣子。个子比较高的那位使者答道："多谢大王体恤！我们这一路的确艰辛，从本国出发后，途径了一百多个国家才到达了洛阳。中间，还经历了四个困难重重的关卡！说来，这途中奇异的经历想必您听了也不会相信的！"使者这么一说，反倒是激起了成王的好奇心，便问究竟有何奇异之处。

于是，使者一一道来："第一处地方名为铁岘，那里又高又陡，道路艰难，我们使用了坚硬金刚石（钻石）作为车轮，才得以通过，等我们到了洛阳一看，几乎快磨光了！"接着，他请成王去看他们的马车，果然如他所说。

使者接着说道："第二处地方名为沸海，那里的海水汹涌得如同烧沸的水，海里鱼鳖的皮和骨头，坚硬得如石头一般，可以用来制作铠甲。我们横渡沸海时，用薄铜皮包住船底，为的是不让龙蛇等海兽破坏船底。"然后又接着说道："第三处地方名为蛇州，那里野兽横行，我们用豹子皮包在车马外面，人在里面推着车走，才得以通过；最后一处地方名为蜂岑，那里毒虫遍地，让人无法下脚，我们点燃了胡苏树的木头，这种木头燃烧的烟雾可以杀死毒虫，我们靠着这烟雾才顺利通过。"说完，他捋了捋自己的胡子，感慨地说："我们历经了五十多年，才到达洛阳。出发时，我们都还是孩子，现在您看，我们已经老态龙钟、须发皆白了！不过，等我们返回然丘国，就又能变回年轻的样子啦。"

成王听了啧啧称奇。这时，他又想起进献的比翼鸟，便又问有何神奇之处。矮个子使者指了指马车上的笼子，说："大王，这比翼鸟乃是难得一见的祥瑞之鸟，很多人终其一生也见不到。想来，是上苍感念周公辅佐您的功绩与德行，才降下的神鸟。寻常的笼子配不上这神鸟，所以我们用了玉石来做鸟笼。"

周成王听了，不禁抚掌大笑，"见此祥瑞，我周朝必定兴盛！"周成王喜气洋洋地说道。后来，周朝在他的统治下，果然天下太平，百姓安乐。

卢扶国

　　卢扶国，燕昭王时来朝。渡玉河万里，方至其国。国无恶禽兽，水不扬波，风不折枝。人皆寿三百岁，结草为衣，是谓之卉服。至死不老，咸和孝让。寿登百岁已上，拜敬如至亲之礼。葬于野外，以香木灵草，翳掩于尸。闾里吊送，号泣之声，动于林谷。溪原为之止流，春木为之改色。居丧，水浆不入口，至死者骨为埃尘，然后乃食。昔大禹随山导川，乃表其地为无老纯孝之国。

——《王子年拾遗记》

战国时期，燕国的国君燕昭王十分尊重有才能和德行的人，各国的贤者志士争先恐后地来效忠燕昭王，燕国也随之声名大振、国力大增，因此，一些小国也想与燕国建立友好的外交关系。

有一次，卢扶国派遣了使者来朝见燕昭王。燕昭王从没听过这个国家的名字，便让手下的门客去查阅典籍。不一会儿那门客就回来了，恭敬地说道："回禀大王，的确有一个小国名为卢扶，这个国家历史悠久，而且神秘奇特，距离我燕国有万里之远。夏代的开国君主大禹在治理水患时曾到访过，他将这个国家称为'无老纯孝之国'。"

燕昭王听了，继续问道："爱卿，这'无老纯孝之国'究竟是什么意思呢？"那门客被问得十分尴尬，表示自己也不清楚，不过他马上又说："大王，既然使者已到，何不直接问他呢？"

于是，燕昭王马上接见了卢扶国的使者。那使者身姿挺拔，气度非凡，与众不同。燕昭王接受了使者的朝拜和礼物，表示很愿意同卢扶国保持良好的关系。然后，他又问道："听人说，你们卢扶国是'无老纯孝之国'，这是什么意思呢？快为本王解解惑吧！"

那使者听了，礼貌地笑了笑，说道："我们国家的人平时很少出来走动，因此外人对我们了解甚少，好奇是难免的。我们那里与中原非常不同，国中的山林里没有凶恶的野兽；河水永远是平静的，无风也无浪；天气也总是风和日丽的。"

燕昭王聚精会神地听着，不自觉坐直了身子，他注视着那使者，像是期待他再继续说下去。那使者注意到了燕昭王的目光，顿了顿，又继续说："至于称我们是'无老纯孝之国'，这是因为我们那里的人寿命都很长，可以活到三百岁，而且，我们成年后容貌就会保持不变，一直到死去也都还是年轻时的样子。大王，您别看我是这幅年轻的样子，其实，我已经有两百岁了！"闻言，燕昭王不禁露出了吃惊的神色。

那使者继续说："我们那里，人人都懂得礼让他人，从不吵架，也更无暴力。我们对于孝道，更是十分重视。若是有人去世，我们会用香木和灵草将他埋葬在野外，来送葬的人都会哭号悲泣，哭泣的声音回荡在山谷里，溪水会为之断流，草木也会为之改变颜色。守丧期间，家属水米不进，直到死者的肉体化为尘埃，才会开始吃饭。"

听完后，燕昭王大喜，心想："这真是一个有德行的国家啊！这样的国家来朝拜我燕国，真是一件喜事呀！"于是，他下令用最高的礼节设宴款待了卢扶国的使者，以此来表达自己对贤能的敬重。

浮折国

元封元年，浮折岁贡兰金之泥。此金汤渊，盛夏之时，水常沸涌，有若汤火，飞鸟不能过。国人行者，常见水边有人，冶此金为器。混若泥，如紫磨之色，百铸，其色变白，有光如银，名曰银烛。常以为泥，封诸函匣及诸宫门，鬼魅不敢干。当汉世，上将出征，及使绝国，多以泥为印封。卫青、张骞、苏武、傅介子之使，皆受金泥之玺封也。帝崩后乃绝。

——《王子年拾遗记》

雄才大略的汉武
帝，痴迷于求仙问道，不仅如此，
他还对"祥瑞"十分热衷。所谓"祥瑞"，
就是指吉祥的征兆，汉武帝认为它们传递了上苍的
旨意，是太平盛世、政治清明的标志。因此，许多人为了
讨汉武帝的欢心，争相献上祥瑞之物。

　　这天，汉武帝又接到禀报，有一个名为浮折的小国派
使者前来朝见，要进献祥瑞之物。由于天下许久没有出现
吉兆了，汉武帝正为此烦忧，一听，不禁喜上眉梢，连忙
召见浮折国使者。

　　浮折国使者恭谨地献上一个盒子，汉武帝迫不及待地
打开一看，里面盛放的物品令他勃然大怒：竟然是一块紫
黑色的泥巴！

　　汉武帝大发脾气，怒斥道："大胆！你竟然用泥巴来
糊弄朕！该罚！"然后，他马上唤了人来，要处罚这浮折
国使者。

　　浮折国使者吓得趴在地上连连磕头，同时大声求饶：
"陛下息怒，且听小人解释，这泥大有来头！"

　　汉武帝听了，想了想，便又说："那你且说说，这泥

巴能有什么来头？如果真如你所说，朕便赐你黄金百两！"

那使者松了一口气，连忙解释道："陛下，这泥名为兰金，我浮折国的一处泉水中。这泉水十分奇异，每到夏天，泉水常常沸腾，就好像烧开的水一样，飞鸟都无法飞过。而到了冬天，泉水便恢复正常。这兰金泥就泉底，只能在冬天开采。"

汉武帝听到这儿，来了兴趣，又问道："那这兰金泥有何特别之处呢？"

使者回答道："这兰金泥经过百次的锤炼，颜色会从紫黑色变成银白色，而且会泛着银色的光辉，因此，我们叫它银烛，它具有守护和吉祥的力量。如果用银烛泥来作封泥，所封之物或者地区，可以令诸邪回避。"

汉武帝听完后兴奋不已，履行了他的承诺，对使者大加赏赐。后来，汉武帝将此祥瑞大加宣扬、昭告于天下，并且还将银烛泥用在了虎符和玺印上。每当将士出征或使者出使他国时，他总会赐给他们银烛泥，期望他们此行百无禁忌。名将卫青、开拓西域的张骞、出使匈奴的苏武，都曾用过这种封泥。结果是，即使过程艰辛，他们也总能顺利完成自己的使命与任务。

但是，可惜的是，汉武帝驾崩后，这种泥便绝迹了。

频斯国

原文

　　魏帝为陈留王之岁，有频斯国人来朝，以五色玉为衣，如今之铠。不食中国滋味，自有金壶，中有神浆，凝如脂，尝一滴则寿千年。其国有大风木为林，高六七十里，善算者以里计之，雷电常出树之半。其枝交阴上蔽，不见日月之光。其下平净扫洒，雨雾不能入焉。树东有大石室，可容万人坐。壁上刻有三皇之像，天皇十二头，地皇十一头，人皇九头，皆龙身。亦有膏烛之处。缉石为床，床上有膝痕二三寸，床前有竹简长二寸，如大篆之文，皆言开辟已来事，人莫能识。言是伏羲画卦之时有此书，或言苍颉造书之处。旁有丹石井，非人工所凿，下及漏泉，水常沸涌。诸仙欲饮之时，以长绠引汲。（节选）

——《拾遗录》

西晋刚刚建立时，有频斯国派了使者前来祝贺，晋武帝司马炎下令让大臣张华负责接待使者。

张华学识渊博，最近，他想仿照古时的《山海经》，写一部包罗万象的博物书籍，正在搜集素材。他心想，趁此机会，正好可以了解一下这个频斯国的情况！于是，他欣然领命，预备了一大桌酒菜来款待频斯国的使者。

宴会上，频斯国的使者十分好辨认，这是因为他的穿着打扮十分特别，衣衫上缝缀着五色玉片，好像一副铠甲一样，很引人注目。

张华向频斯国使者举杯致意，说道："阁下远道而来，车马劳顿，我特意预备了这些酒菜为您接风洗尘！今夜，就让我们一起喝个痛快吧！"

没想到的是，那频斯国的使者却无动于衷，一直没动筷子，而是从怀中掏出一个金色的水壶，打开喝了一口。张华有些不快，觉得自己的精心准备都白费了，便问："阁下为何不饮不食呢？是我准备的不够周到吗？"

那使者解释道："张大人请谅解，并非如此，而是我吃不惯中原的食物。在我们频斯国，人们不需要吃寻常的食物，我们只需喝这金壶中的神浆，就可以维持生命，延年益寿。"说罢，他将金壶递给了张华。张华打开一看，里面的液体异香扑鼻，颜色白润。张华心想："这国家果然奇特，我要好好打听清楚，回头写进书里！"

于是，张华又问："我对您的国家十分好奇，不知可否讲一些国中的异闻、新鲜事给我听呢？"

那使者爽朗一笑，说道："哈哈，在我的国家，奇特的事物非常多，比如说我们的神树。"张华一听，急切地问道："那这树有何神奇之处呢？"

使者继续说道："那棵枫树高达六七十里，人们都看不到树的顶端，树枝繁茂，若是站在树下，抬头看不见日月天空，只能看到树的枝叶，甚至连雨水都落不下来！"

顿了顿，他又说道："在神树东边，有一个能容纳万人的石室，石室内的墙壁上，刻着我们信奉的三皇——天皇、地皇、人皇——的画像，其中，天皇有十二个头，地皇有十个头，人皇有九个头，他们都是人首龙身的样子。石室内还存放着年代久远的竹简，上面的文字都是用篆体书写的，讲述的是开天辟地的故事。有人说伏羲在创造八卦时就有此竹简了，还有人说这石室是仓颉造字的地方呢！在石室旁，有一口天然的井，井极深，井水经常沸腾。"

张华听得津津有味，又说："今天，我可真是长了见识啦！那频斯国的居民，有什么特别之处吗？"

使者回答说："确实有一些特别的地方，比如我们频斯人力气都很大，在太阳下，我们都没有影子。此外，就像我先前所说的，我们不吃五谷杂粮，只饮这金壶中的琼浆。而这琼浆，便是从那口井中汲取出的。从井中打水非常不易，需得用我们国民的头发做成的长绳才能打捞出一点点。所以我们频斯人都留着长长的头发，而且我们的头发又粗又硬，坚韧如筋。"

说完，那使者用纸笔将频斯国的山川地形及神异之物画了出来，拿给张华看。张华则是十分感慨，心里默默地想：听起来，这真是一个神奇的国家啊，但是，也很难验证这是否属实啊！

都播国

原文

　　都播国，铁勒之别种也，分为三部，自相统摄。其俗结草为庐，无牛羊，不知耕稼。多百合，取以为粮。衣貂鹿之皮，贫者亦缉鸟羽为服。国无刑罚，偷盗者倍征其赃。

——《神异录》

　　唐太宗统治时期，中外交流达到了一个顶峰，究竟到了什么地步呢？这么说吧，走在长安城的街头，碰到异域长相的人也不是什么新鲜事。不仅如此，穿外来样式的衣服、吃外来的食物、学外来的音乐，成了长安城中最时髦也最火热的事。

这不，平康坊内，便有一家卖胡饼的铺子，生意非常兴隆，从早到晚，来买胡饼的人络绎不绝。胡饼，就是来自西域的一种圆形的饼。

店主是个姓李的大娘，她早年曾随丈夫去往西域经商，在那边学了这做胡饼的手艺，丈夫去世后，她便开了这间铺子谋生。

这天清晨，李大娘像往日一样，早早起了床，为营业做准备。她一打开铺子的门，就有一个高鼻深目的少年走了进来。因为她做的胡饼味道正宗，不仅长安人爱吃，平日里也会有不少胡人光顾，以解思乡之情。

"客官，您来得可真早，我这饼还没出炉呢，得麻烦您稍等一会儿！"李大娘热情地招呼道。可她没想到，那少年却不是来买胡饼的。

"您好，我想问您这里招不招伙计？我很能干，想来做工。"少年开口说道，语调奇怪，汉语还不是很熟练的样子。

李大娘一愣，她还是第一次遇到这种情况。但是，少年的话却正合她的心意，因为胡饼铺生意越来越好，她一个人确实有些应付不来，最近正在琢磨招工的事情。

于是，李大娘问道："你从哪里来？都会做什么呢？我这胡饼铺的活儿可是很累的，每天都要起早贪黑呢！"

"我是都潘国人，名为阿史那。我们是铁勒族的部落之一。没问题的！我在家，什么活儿都会干！"少年神情认真，一字一句地说道。

李大娘打量了他一会儿，见他眼神清澈且真诚，不像坏人，思索了一会儿说道："好吧，那你留下试试，试用期一个月。"

就这样，都潘少年阿史那留了下来。后来，的确如他自己所说的那样，他手脚麻利，又能吃苦，学什么都很快。因此李大娘对他十分满意。

一日，胡饼铺打烊后，二人闲聊了起来。李大娘问起他都潘国的事，"阿史那，你的家乡在什么地方呢？"

"都潘国在贝加尔湖附近，我们国内又分了三个部族，彼此之间互不干涉。"阿史那回答道。

李大娘在西域时曾听说过贝加尔湖这个地方，她说："我知道那里，离我们长安可是很远呢！你一个半大小子，

能来到长安可真是不容易啊！"

"确实很远，贞观十一年，我是跟随朝贡的队伍来到长安的。一到长安城，我就惊呆了，我从未见过这么繁华的地方，而且，这的人都很友善，不会因为我的外貌和他们不同就歧视我。所以，我想留在这里，就去求了我们领队的使者。因为我只是个打杂的小厮，无足轻重，那使者就爽快同意了。"阿史那流利地说道。他每日与客人打交道，此时他的汉语有了很大进步，只是语调还是有些生硬。

李大娘哈哈一笑，自豪地说："的确，我唐朝兼容并包，国力强盛，这长安城，可以说是世界文明交汇的中心呢！"

接着，她话锋一转，好奇地问："那都潘国是什么样子呢？与我们这里有什么不同呢？"

"我的国家的风貌与习俗，与这里差得很多。就拿房子来说吧，这里的房子都用砖石和木头建造，但我们那里都是用茅草来搭建房子，一遇到大风雨，就会漏雨。"阿史那苦笑着说。

然后，他拿起一个胡饼，继续说道："吃的食物也不同。我们那里没有牛羊，人们也从不耕种，我们的食物来源是漫山遍野开放的百合花，饿了，就摘一朵花来吃。"

"呀，竟然差得这么多！孩子，你受苦了啊。"李大娘心疼地看着他。

"不碍事，我都习惯了。不止如此，穿着打扮也不同，我们穿的都是野兽的皮毛，或者是用鸟羽编织成的衣服。此外，在我的国家，是没有刑罚这一说的，比如说我偷了你一个胡饼被抓到了，我不用受刑，只需要加倍赔偿给你两个胡饼就可以了。"阿史那眨眨眼，调皮地说。

李大娘听他这么说，也乐了起来。

后来，阿史那一直在胡饼铺做事，李大娘一生无儿无女，二人情同母子。李大娘临去世前，便将铺子留给了阿史那。阿史那终其一生，再也没有回过都潘国。

西北荒

原文

　　西北荒中，有玉馈之酒，酒泉注焉。广一丈，深三丈，酒美如肉，清澄如镜。有玉樽玉笾，取一樽，复生焉，与天同休，无干时。石边有脯焉，味如獐脯。饮此酒，人不生死。此井间人，与天同生，虽男女不夫妇，故言不生死。

——《神异录》

　　古时，在西北边陲地区，有一个少数民族部落，部落里的人都以放牧为生，一年四季都在追寻有水和草的地方。因此他们没有固定的住所，可移动的帐篷和蒙古包就是他们的房子。

有一年，气候十分反常，骄阳似火，一连数月都没有下雨。部落里的人四处寻觅水源，可还是一无所获。就在所有人都一筹莫展、快要绝望的时候，天色忽变，大风呼啸，雷声阵阵。

"这是大雨的预兆啊！"部落中的一个长老又惊又喜。

可是，这喜悦还没保持多久，就变成了恐惧，因为风雨越来越大，以摧枯拉朽之势席卷了整个草原。风雨交加，刮得长老都睁不开眼睛，他只能闭着眼睛，像个瞎子似的在风中摸索着。

不知道过了多久，这场暴风雨终于结束了，草原上一片狼藉。长老长舒了一口气，可他抬头看了看四周，却发现自己迷失了方向，周遭也不见族人的身影。

"哎，真是屋漏偏逢连夜雨啊！"长老嘟囔着，凭着感觉开始找路。

走着走着，他的视野中出现了一个巨大的水池。走近了些，他才发现，这是一个酒池，宽约一丈，深约三丈，酒水澄清得如同湖水一般，酒香扑鼻而来，令人陶醉。

"草原中为何会有一个酒池呢？"长老脑海中这个问题一闪而过。但是，此时的他十分疲惫，已经顾不得那么多了，只想停下来歇息一下。

正好，酒池旁有一个石桌和一个石椅，他喘着粗气，一屁股坐了下来。坐下后，长老擦了擦额头的汗，发现石桌上有一个玉石做的食盘，盘中放置了一只盛满了酒的酒杯和一些肉脯。这时，他的肚子也发出了"咕噜咕噜"的叫声。

长老犹豫了一下，但实在难忍饥渴，便拿起肉脯，大快朵颐。他从未吃过如此美味的肉脯，不禁感叹道："这世间竟有如此美味！"很快，他就将桌上的肉脯一扫而空。正当他拿起酒杯准备喝酒时，一个男声冷不丁地在他耳边响起，"这酒名为玉馈，取自这永不枯竭的酒泉中。"长老一惊，扭头一看，两个容貌出众的男女不知何时突然出现在了他旁边。

他连忙放下酒杯，起身对那两人说道："实在抱歉，我不是故意叨扰的，只是迷路了，又实在饥饿，才吃了你们的食物！"

那男子说道："肉脯无妨，只是这酒，不可随意喝下。一旦喝了，你便回不去了。"

长老心中疑窦丛生，问道："这是为何呢？"

"这玉馈酒一旦喝下，便可超脱于生死，与天同生，只是，喝了这酒的人只能留在这酒泉附近，再也不能离开。"
女子开口解释道。

"原来如此！那您二位可曾喝过这酒呢？"长老又问。

"喝过，距此不远处有个酒泉村，村中都是我们这样
的人。你要考虑清楚了，是否要饮下玉馈酒。"男子说道。

没想到，长老不假思索地说道："不必。如果长生的
代价是永远不能离开此地，那与囚牢有何区别呢？于我而
言，自在畅快地在草原上活这一世就够了！"

那对男女相视一笑，也未再多言，只是给他指了一个
方向。长老依着他们给出的方向，走了一阵子，果然找到
了自己的族人。

后来，他将这段经历讲给他人听，别人都说他错失了
良机。可长老自己却是不以为意，因为在他心中，自由才
是最可贵的。

鹤民国

原文

　　西北海戌亥之地，有鹤民国。人长三寸，日行千里，而步疾如飞，每为海鹤所吞。其人亦有君子小人。如君子，性能机巧，每为鹤患，常刻木为己状，或数百，聚于荒野水际，以为小人，吞之而有患。凡百千度，后见真者过去，亦不能食。人多在山涧溪岸之旁，穿穴为国，或三十步五十步为一国，如此不啻千万。春夏则食路草实，秋冬食草根，值暑则裸形，遇寒则编细草为衣。亦解服气。

——《穷神秘苑》

茫茫西北荒原中，一个商队正在水源处歇脚，"据说啊，在这西北海附近，有一个名为鹤民的小国，这个国家的国民体型十分矮小，只有三寸高。"趁着闲暇，商队首领对手下的伙计讲起了此地的传说。

"竟然有这么小的人？这只是个传说，信不得！"一个伙计笑嘻嘻地说道。

商队首领听了，也笑了，说："谁知道呢，说不定我们此行就能碰上呢！"有时候，这世上的事就是这么奇妙，还真被他说中了！不久后，商队在途中迷了路，不知怎么的，便误入了鹤民国。

他们低着头，惊奇地看着那些矮小的鹤民国人，一时间鸦雀无声。接着，有一个戴着王冠的小人，向他们走来，警觉地说道："你们是何人？"

首领连忙解释道："我们不是故意闯入此地的，只是在路上迷路的人。这里就是传说中的鹤民国吧？"

那个小人听了，放松下来，笑着说道："原来如此！没错，这里正是鹤民国，我乃是鹤民国的国王。"

首领听了，恭敬地行了个礼，然后说："多谢您！其实，我们早就听说过关于贵国的传说，只不过我们都没

当真。"说着，欲言又止，表现出十分好奇的样子，商队里的伙计更是好奇地东张西望着。

鹤民国国王见状，便邀请他们进来看一看。沿途中，首领发现鹤民国的人步速飞快，他还看到有许多小人在山涧溪岸挖着洞穴，便问这是何故。

"我们鹤民国是由许多的小国组成的，他们挖的洞穴就是一个个的小国所在，能有千万个之多呢！"鹤民国国王解释道。

一个伙计好奇地问："那您的国家为什么叫作鹤民呢？我们走了半天，也没有看到鹤的影子呀！"

鹤民国国王哈哈一笑，说："如果有鹤，那就麻烦了！我们虽然走得飞快，但因为我们身躯矮小，曾经常常被鹤当作食物所吞食。后来，我们国中有一位才智出众的国民想出了一个法子，那就是用木头雕出人形，放在野外，故意让鹤吞食。吞下木头后，鹤便会不舒服，这样经过了千百次后，鹤再见到小人，便不敢吞食了！就这样，我们解决了鹤患，为了纪念这一事件，我们便自称鹤民国了。"

"哎呀，真是机智呢！"商队中连连发出称赞之声。

"对了，那你们平时吃的食物，和我们有什么不一样吗？"商队首领又问道。

鹤民国国王回答道："我们春夏时以草籽为食，秋冬时则吃草根。我们还懂得养生之道，因此寿命都很长！"接着，他看了看四周，又说："时间过得可真快啊，不知不觉，阁下已经走遍了我们鹤民国啦！朝那个方向一直走，便可以到达最近的城镇了！"

于是，商队首领便与鹤民国国王告别后离去了。后来，他们将这段经历讲给了许多人听，可那些人就如同他们最初的反应一样，都不相信。

东女国

　　东女国，西羌别种，俗以女为王。与茂州邻，有八十余城。以所居名康延州。中有弱水，南流，用牛皮为船以渡。户口兵万人，散山谷，号曰宾就。有女官，号曰高霸，平议国事。在外官僚，并男夫为之，五日一听政。王侍左右女数百人。王死，国中多敛物，至数万。更于王族中，求令女二人而立之，大者为大王，小者为小王。大王死，则小王位之，或姑死妇继。无墓。所居皆重屋，王至九重，国人至六层。其王服青毛裙，平领衫，其袖委地。以文锦为小髻，饰以金耳垂珰。足履素靴。重妇人而轻丈夫，文字同于天竺。（节选）

——《神异录》

唐朝时，有一个僧人名为法聪，他本姓李，出身名门望族。幼时家境十分富裕，然而世事难料，他十多岁时，忽然家道中落，一时间连生计都成了问题。无奈之下，他便决定出家为僧，寺庙的方丈觉得他天资聪慧，便给他起了法号为法聪。

法聪遁入空门后，潜心修行佛法，对各种佛经都能很快领悟。到他三十多岁时，他逐渐感到各种版本的佛经之间不尽相同，甚至还有自相矛盾的地方，因此，他决定远赴佛教的诞生地——天竺，亲自取经求法。

法聪从都城长安出发，一路西行，行至中途，法聪走错了路，不知怎么地走到了东女国的地界中。

这东女国之前法聪也有所耳闻，只知道它坐落于山谷中，人口有数万人，由八十几座城池组成，国王居住的都城名为康延州，而法聪正是走到了康延州中。

进入康延州后，法聪惊讶地发现，这个国家的风俗与唐朝大为不同。东女国重女子而轻男子，以女子为国王。此外，法聪还发现，这里的建筑十分高，几乎全部是高楼，寻常百姓所居的房屋有六层，女王所住的屋子更是高达九层。

　　东女国的女王听闻有位唐朝的僧人来了，马上在宫中
设下宴席，邀请法聪进宫。那东女国女王的服饰十分别致，
她穿着由青色羽毛编织成的长裙，袖子极长，都拖到了地
上，耳上戴着金饰，脚上穿着一双素色的靴子，气质高雅
出尘，她的左右还有数百位女子侍奉着。

　　东女国女王对唐朝十分感兴趣，便极力邀请法聪小住
些时日，想多了解唐朝的风土人情。法聪盛情难却，便答
应了下来，在东女国待了半个月。

　　在这期间，法聪也了解了东女国的一些特别的风俗。比如，东女国女王称为宾就；女王之下还有女官，称为高霸，平日与女王共同商议国事，职位相当于唐朝的宰相；除此之外，在外的官僚则都由男子担任。如果女王去世，便再从王族中挑选出两名女子，年岁大的为大王，年岁小的为小王，若大王去世，则由小王继位。

　　东女国还有十分奇特的祭祀与占卜仪式。每年十月，巫师都会带着美酒佳肴前往山中祭祀，巫师会将小麦抛洒于地上，并大声念咒语呼唤雉鸟，不一会儿就有雉鸟飞入巫师的怀中。这时，巫师会剖开鸟腹查看一番，如果鸟胃中有谷子，那么来年必定会丰收；如果里面是霜雪，那么必然会有灾害。这种占卜方式名为"鸟卜"。

　　半月后，法聪与东女国女王道别，继续踏上了去天竺取经之路。

蹄羌

原文

　　蹄羌之国，其人自膝已下，有毛，如马蹄。常自鞭其胫，日行百里。

——《博物志》

　　"来瞧一瞧看一看喽，这里有来自江南的丝绸！"

　　"刚到货的新鲜茶叶！数量不多，先到先得啊！"

　　"上好的瓷器，色彩美丽，物美价廉啊！"

　　西北边陲的一座小镇中，一场热闹的集市正在进行，此起彼伏的叫卖声不断，往往是"先声夺人"，还没走到

摊位边，耳朵里已经听到了叫卖声。神通广大的小贩们从各地贩运来各种各样的货物，汇聚于此。

集市上的人熙熙攘攘，仔细看，会发现这里面有些人面目及装束均十分奇特，与汉族迥然不同。

这是因为，这个小镇地处边关，特殊的地理位置使得这里汇聚了中西各国的人民，一些西域人便会来此购买产自中国的商品，与此相对应的，其中不少小贩也是一副高鼻深目的西域长相。

"呀！我平生第一次见到西域人，他们长得可真奇怪，眼睛还是蓝色的呢！"小张是第一次来这边做生意，看到此情此景，不由得感叹道。小张来自江南，此次他带来了不少刚采摘的新茶。

在他旁边是卖盐巴的摊位，摊主是一个消瘦的老人。老人看他这副惊奇的样子，不禁说："他们是康国来的人。年轻人，在这地方，最不缺的就是模样奇怪的人啦！"

小张听了这话，被勾起了好奇心，问道："老人家，这话怎么说呢？难道还有比那些康国人长得更奇怪的人吗？"

那老人捋了捋胡子，慢悠悠地说："要说起最奇怪，那还得数蹄羌国的人呢。"

"蹄羌国？这个国家的名字好奇怪呀，该不会他们国家的人都长着马蹄吧？"小张笑嘻嘻地说。

"还真是如此。这个国家的人，上半身和我们一模一样，奇怪就奇怪在他们的下半身。蹄羌国人自膝盖以下都长着如马一样的毛，脚的样子和马蹄非常像。"

"啊！"小张惊呼一声，又说"半人半马？我还以为这是只会出现在志怪故事里的生物呢，没想到还真有啊！"

"老夫在此生活了大半辈子，也只见过他们一次，这个国家的人不常来我们这边活动，据说他们每次来都会采购大批的货物，是大客户哩！"那老人说。

"哈哈，我运气一向不错，希望这次能碰到他们啊！"小张嘀咕着，继而又开始高声叫卖茶叶。

没过多久，有一个个子很高的人来到了小张的摊位前，拿起茶叶闻了闻。

"客官，这是今年春天刚采的新茶，正宗的明前茶呢！"小张殷勤地介绍。

"闻起来不错，价格如何？"那人开口问道，声音十分低沉。

小张给出了一个价格，这时他的余光看到旁边的老人在向他使眼色，手指向那高个男子的腿部。

小张低头一瞧，那人并未穿鞋子，露出来的双足竟然是马蹄的样子！

"这就是蹄羌国的人啊！"小张吃了一惊，在心里暗暗说道。

他不由得打量起那男人，却发现他除了腿部的异常，其他地方都和寻常人一样，甚至连长相也是汉族人的样貌。

那男子注意到了小张的目光，然后说道："老板，你这里还有多少茶叶？我都要了。"

小张喜出望外，麻利地将茶叶包装好，递给了那蹄羌国人，然后从他手中接过了钱。

蹄羌国人买完茶叶后，接着又转身去了别的摊位。小张望着他的背影，不禁出了神，自言自语道："还真是个大客户啊！"

于阗国

原文

后魏，宋云使西域，行至于阗国。国王头著金冠，以鸡帻，头垂二尺生绢，广五寸，以为饰。威仪有鼓角金钲，弓箭一具，戟二枚，槊五张。左右带刀，不过百人。其俗妇人袴衫束带，乘马驰走，与丈夫无异。死者以火焚烧，收骨葬之，上起浮图。居丧者剪发，长四寸，即就平常。唯王死不烧，置之棺中，远葬于野。

——《洛阳伽蓝记》

北魏时，佛教兴盛，皇室贵族中大半人都笃信佛教，魏明帝的母亲胡太后更是非常虔诚的佛教徒。有一次，她听闻西域有个于阗国，佛法昌盛，译经说法活动十分活跃，便动了心思，派遣自己的心腹宋云前去求佛经。

宋云虽然是胡太后身边的亲信，但他本人其实并不信佛，对佛法更是一窍不通。他接到命令后担心出什么岔子，思来想去，便邀请了崇立寺的一位僧人惠生与自己同行。

这僧人惠生接到邀请后喜出望外，认为这是一次难得的学习机会，便又请求宋云再带上寺中另外几位好学的僧人一同前往，宋云欣然答应了。于是，神龟元年（公元518年），宋云和惠生等一行人浩浩荡荡自洛阳出发，踏上了西行的道路。

他们渡江河，翻山岭，终于到达了于阗国。于阗国国王得知从北魏来了使者，便在宫中设下宴席为他们接风洗尘。

宫殿中，仪仗队和侍卫队俱全，约有一百人，只见于阗国国王端坐于大殿正中，头上戴着沉甸甸的金冠，金冠上插满了许多鸡毛，头发后面垂着长二尺、宽五寸的生绢。"这于阗国国王的装束还真是奇特啊。"宋云在心里暗念道。然后他上前一鞠躬，说："我名为宋云，是魏皇的使者，这是我朝带给您的一些礼物。"说着，令人将准备好的礼物呈了上去。

于阗国国王见宋云一行人十分有礼节，也十分欢喜，招呼他们吃喝观赏乐舞。酒过三巡，宋云觉得时机已经成熟，便向于阗国国王说明了来意，"我朝的胡太后信奉佛教，听闻于阗国乃是西域佛教的中心，便想向您求取佛经，带回中原。"

于阗国国王听了，爽快地应承了下来，又说："这是弘扬佛法的善事啊，对我也算是功德一件了。"之后，便赠予了宋云一行人许多卷佛经。

宋云他们在于阗国又逗留了些许时日，感受了一番异国风情，然后才返回。

回到洛阳后，胡太后看到宋云带回的佛经，十分满意。接着，她又好奇地问起了于阗国的情况，"那于阗国，有何奇闻逸事吗？与本宫说来解解闷吧！"

宋云回道："于阗国女性装束很特别，她们不穿裙子，而是如男子一般着裤装，还常常骑马奔驰，十分飒爽。"

胡太后听得兴趣盎然，说："听起来好像都是女中豪杰呢。还有什么？接着讲讲！"

宋云回想了一下，又说："于阗国的葬俗也十分特殊。

他们那里的人去世后，除了国王，其他人都实行火葬。经火烧过后，捡拾出残留的骨头，再埋入土中，最后还会在埋骨地上面建一座小型的佛塔。此外，守丧的人还需要剪下四寸长的头发。如果是国王去世了，葬俗就如我们这里一样，将尸体放入棺材中，葬到郊外。"

胡太后听得津津有味，对宋云大加赏赐。后来，宋云将他在西域的所见所闻翔实地记录了下来，写成了一本书。

扶楼国

原文

　　周成王七年，南垂有扶楼之国，其人能机巧变化，易
形改服。大则兴云起雾，小则入于纤毫之里。缀金玉毛羽
为衣裳。能吐云喷火，鼓腹则如雷霆之声。或化为巨象狮
子龙蛇犬马之状，或变虎，或口中吐人于掌中，备百兽之乐，
旋转屈曲于指间。见人形，或长数分，或复数寸。神怪欻忽，
炫于时，乐府皆传此伎，代代不绝。故俗谓婆侯伎，则扶
楼之音讹替也。

——《王子年拾遗记》

　　西周时期的周成王是一位英明的君王。他年少继位，
刚即位时才十多岁，还是少年心性，好奇心很重，喜爱各
种新奇的东西。

　　有一年，周成王的生辰将至，准备在王宫中举办一场盛大的宴会。朝中有位大臣，想着投其所好，预备一些新鲜的事物作为贺礼进献给周成王，可他思来想去，也没有找到合适的新奇的礼品。

　　就在一筹莫展时，他手下有个谋士向他建议道："大人，我知道在西南边陲有个扶楼国，那里的人通晓各种变化多端的幻术表演，您不妨邀请他们在宴会上表演幻术节目，这样也算是独辟蹊径了！一定能博得大王的欢心！"

　　大臣听了觉得很特别，便派人去请来了扶楼国的幻术表演者。

　　宴会当天，出席者向成王献上了各种礼物，唯有这位

大臣两手空空，成王面色有些不悦。那大臣看了看成王的脸色，出列解释道："大王，我为您准备的礼物较为特别，是一场别开生面的表演，他们的绝技肯定会让您惊艳！请您允准他们进献表演！"

周成王被勾起了好奇心，说："哦？那快让那些表演者进来吧！"

于是，三个扶楼国人鱼贯而入，对周成王跪拜行礼，然后开始了他们的表演。

只见，一个青年人浑身一抖，身体蓦地缩小了一半，衣服都垂到了地上，他的身体变小后，样貌也发生了变化，变成了孩童的样子。

接着，一个中年男子解开了衣衫，拍了拍自己的肚子，只听他的腹中传来雷鸣般的声音。他含了一口随身携带的酒壶中的酒，向空中一喷，喷出来的竟然是云雾，而不是液体。他又含了一口酒，这次竟然从口中吐出了火焰，火焰熄灭后，那人毫发无伤。

周成王心悸神骇，眼中放光，大声说道："还有什么表演？继续啊！"

一个女子走到大殿中央，身姿婀娜，她先是环顾一周，然后面对周成王，伸出了一只手，掌心朝上。

周成王凝神屏气，目光聚焦在那女子的手心上。只见，那女子朱唇轻启，吐了一个什么东西在手心中，周成王身体向前倾了倾，定睛一看，发现那竟然是一个高五六厘米的小人！

那个小人伸展手脚，立在掌心上盘旋起舞，异常灵巧。

周成王看得津津有味，拊掌大笑，说："妙啊！甚妙！"

过了一会儿，三人向地上撒了一些东西，只见地上升腾起一团白雾包裹住了他们。过后，所有人又恢复了正常的样子，这场令人瞠目结舌的幻术表演结束了。

果然，周成王对这场演出十分满意，他不仅对那位大臣和扶楼国的人大加赏赐，还下令让宫中的乐府机构学习扶楼幻术。

可惜的是，乐府中的艺人都只能学到粗浅的皮毛，远比不上扶楼国的人。不过即使是这样，呈现出的表演效果也十分精彩了。于是就这样，历代的乐府中都保留着扶楼幻术，代代流传，学习此术的人则被称为扶楼伎。时间久了，由于音调的变化，"扶楼伎"渐渐被叫成了"婆侯伎"。

木客

原文

　　郭仲产《湘州记》云，平乐县西七十里，有荣山，上多有木客。形似小儿，歌哭衣裳，不异于人。而伏状隐现不测。宿至精巧。时市易作器，与人无别。就人换物亦不计其值。今昭州平乐县。

——《洽闻记》

　　古时，在平乐县，有个十分勤劳的农夫，每日他都早出晚归去田间耕种，因此收成尚可，足够一家人吃饱饭，渐渐也有了积蓄，娶了妻。成婚后不久，他便喜添贵子，孩子白白胖胖，看着十分可爱。

可是，天有不测风云，孩子长到三岁时，得了一场怪病，高烧不退，眼看就要不行了。这时，正好有一个云游到县中的白胡子老道，看上去仙风道骨，农夫得知后，急忙请来道士为孩子诊治。

老道士看了看孩子的眼睑和舌苔，又把了脉，说："这病寻常的药草没有用处，在平乐县往西七十里的地方，有一座山，名为荣山，那山上产有一种灵芝，将那灵芝煎服给孩子喝下，便可痊愈。"

农夫一听有救，千恩万谢送走了道士，然后就立刻动身去了荣山。

荣山高峻雄浑，山上密林丛生，攀爬十分不易。那农夫手脚并用，好不容易才到了半山腰。这时，他见前方的树丛中有个孩童的身影一闪而过，他担心是山上哪家的孩子乱跑了出来，便喊道："孩子，这山上十分危险，你别乱跑啊！快些回家去吧！"

没想到，回答他的却是一个成年男子的声音，"你是何人？为何来我荣山？"但是，却是一个八九岁的孩童从树丛中走了出来。

农夫十分讶异，问："孩子，你为何有着成年人的嗓音呢？"

那小孩笑了两声，说："我本来就是成年人，当然是成年人的嗓音了！"

农夫听闻，露出了疑惑的神情。于是，那小孩又说："我是木客族的人，我们族人到死都是这副孩童模样，不会长高。"

农夫这才明白，一拱手，说："兄台，我不知你们族里的情况，刚刚闹笑话了，你别介意啊！"然后，他犹豫了一下，将来荣山的缘由和盘托出。

"原来如此，这山上确有这种灵芝，还很多呢，我家中便有不少，不如你随我去取吧！"那木客人说。

农夫大喜过望，连声道谢，然后跟随他去了住处。

这木客人虽身形矮小，十分怪异，但他们的房屋却建得十分精致，和大户人家的房子一样。走近一看，农夫还发现墙上挂着各种精巧的工具。

"看，这就是灵芝了。"木客人拿来了一个巨大的蘑菇给农夫。他注意到农夫的视线，便说，"这墙上都是我自己做的工具。我有时候会拿自己做的物件器具到集市上和人交换物品。"

"你们真是厉害啊！我看这些工具都十分精巧。"农夫赞美道。

"哈哈，我们木客人都是能工巧匠，这也是我族的特点之一呢。"木客人笑着说。

之后，农夫向他辞别，赶紧拿着灵芝回家救自己的儿子了。

后来有一天，农夫在集市上又碰到了这个木客人，他热情地赠送给了木客人许多自己种的瓜果蔬菜作为礼物，那木客人也回赠了他一把锄头，农夫回家后试了试，果然比一般的锄头要省力。

原文

顿逊国，梁武朝，时贡方物。其国在海岛上，地方千里，属扶南北三千里。其俗，人死后鸟葬。将死，亲宾歌舞送于郭外，有鸟如鹅而色红，飞来万万，家人避之，鸟啄肉尽，乃去。即烧骨而沉海中也。

——《穷神秘苑》

南朝时，在东南亚一带的海上，有一个名叫顿逊的海岛国家，国土不大，只有千余平方公里。此时海上交通贸易已经十分发达了，而这个顿逊国恰好位于东西海上航线交汇之地，因此也成了东来西往的商船的最佳落脚处，同时也是重要的商业中心。

　　一次，一个运输瓷器的南梁商船行驶到顿逊国，预备在此落脚歇息，顺带也清点一下货物。一行人刚进城门，便听到了吹吹打打、锣鼓喧天、鞭炮齐鸣的声音——原来是一支队伍正敲锣打鼓地向城门口走来，队伍中还有正在歌舞的女子，整支队伍十分欢快。

　　船长好奇地问门口的士兵："这是有人家要成亲吗？可我怎么没有看到新娘的花轿或骑着马的新郎官呢？"

　　那士兵露出了奇怪的表情，却说："你们不是本地人，不了解也是难免的，这哪是婚礼啊，这是出殡的队伍！"

"啊？"船长惊呼一声，目光又转向那支队伍，此刻那队伍正好从他们面前经过。果然，船长在队伍的中间看到一辆马车，上面有一口漆黑的棺材。

"这明明是白事，怎么一点都不凄惨呢？反而还有歌舞。"船长大惑不解。

"这是我们顿逊国特殊的葬俗。我们不实行土葬，而是实行鸟葬。我们这里的人去世后，会有亲朋好友将棺材载歌载舞地送到城外一处野地上，那里常有红色的大鸟聚集。所谓的鸟葬，就是由这些红鸟啄食死者的遗体，待鸟将肉体啄光后，家属们会敛拾好骸骨，将骸骨焚烧后撒入大海。"

一众船员听得目瞪口呆，毕竟在中原，人去世后最讲究的便是遗体的完整和入土为安，还会在地下营建豪华的墓穴，放置随葬品。而这样奇特的葬俗，他们都是头一次听闻。

那士兵看他们十分震惊，便解释说："我们对死亡的认识是，死亡不是终点也不是结束，人的躯体虽然消亡了，可灵魂不灭，是归于海天，重返自然了，所以我们不会过分悲痛。而用躯体来喂食鸟类，是一种舍身布施。"

听罢，众人似懂非懂地点了点头。

后来，那船长听说，顿逊国人还去了南梁朝贡，向梁武帝献上了一种特产美酒。这酒是来自顿逊国中一种特殊的酒树，那酒树开的花形如石榴花，挤出的汁液成暗红色，将汁液盛放在容器中，不必加酿酒的材料，过些日子会自动产生变化，成为醉人的美酒。梁武帝十分喜爱这种酒，因而赏赐了顿逊国使者不少财物。

番禺

原文

广州番禺县常有部民谍诉云，前夜亡失蔬圃，今认得在于某处，请县宰判状往取之。有北客骇其说，因诘之。民云，海之浅水中有藻荇之属，被风吹，沙与藻荇相杂。其根既浮，其沙或厚三五尺处，可以耕垦，或灌或圃故也。夜则被盗者盗之百余里外，若桴筏之乘流也。以是植蔬者，海上往往有之。

——《玉堂闲话》

古时，有个叫王仁裕的人，自小便十分聪明，写得一手好文章，一路顺风顺水地考中了功名，在京城当了一个不大不小的官。王仁裕为人正直，遇事直言不讳，不会虚与委蛇。一次，他上奏时言语由于太过耿直，触怒了皇帝，

于是被贬到了位于东南边陲的广州番禺县当县令。

从京城到广州，路途遥远。一路上，王仁裕虽然有悔、有失落，但他心中仍有不屈的意志，立志即使一生只能当个地方小官，也要为民请命。

到了番禺县后，王仁裕感到这里的气候与京城大相径庭，又湿又热。烈日凌空，他又疲于赶路，刺激之下，便中了暑，全身发软地晕倒在了路边。

等王仁裕再次醒来时，他发现自己身在一间简陋的房屋中。他挣扎着想起身，因此发出了一些声响。这时，一

个农夫模样的人从屋外走了进来，手中还端着一个碗。

那农夫见他醒了，将碗递给他，说："年轻人，我见你晕倒在了路边，便将你带回来了。天气太热，这是解暑的汤药，你快些喝下去吧！喝下去就好了！"

王仁裕十分感动，向那农夫道了谢，喝了药后身体果然渐渐好了过来。他又坐了一会儿，便起身向农夫告辞离去了。

经过此事，王仁裕对番禺县的印象好了很多，他心想，这里的民风可真是淳朴啊！心中郁结的烦闷也消散了不少，整个人轻松不少。

抵达县衙后，王仁裕举行了一些上任仪式，然后就正式就任番禺县令一职。上任第二天，便有百姓击鼓鸣冤。

王仁裕心道，"这是我上任后遇到的第一个案子，我一定得处理得漂漂亮亮的！"然后，他令人将击鼓的人带上堂来。

说来也巧，这击鼓之人，恰好是昨天救了王仁裕的那位农夫。那农夫也认出了王仁裕，一时间愣在了那里。

这次，王仁裕先开了口，问道："你击鼓所为何事？——与本官说来吧！"

那农夫回过神来，说："事情是这样的，前天夜里，我丢失了一个菜园子，而今天白天，我在别的地方认出了它，请大人您作出判决，帮我把菜园子带回来吧！"

王仁裕听得云里雾里，有些生气地问："你在说些什么？菜园子是一块土地，人怎么能将一大块土地偷走呢？还不如实陈述！"

农夫有些尴尬地说："大人，您有所不知啊！我们这里的海水中有许多浮游植物，浮在水面，根生在水底。海中常常刮风，风将岸上的沙土和藻荇等浮游植物混杂到了一起，渐渐地，植物的根便从水底浮了上来，沙子也越积越厚。沙土和植物累积的地方如果厚度达到了三五尺，便可以开垦种植蔬菜了，这就是我所说的菜园子。海上有许多乘着小船在菜园子里种菜的人，想来，是夜间有小偷将我的菜园子顺水移动到了其他地方。可我不止种了蔬菜，还种了一些草药，因此我一眼便辨认了出来！大人，请您为我做主啊！"

王仁裕恍然大悟，说："番禺竟有如此奇异的事，本官初来乍到，此前从未听过，刚刚错怪你了。这样，一会儿我带几个官兵，随你乘船去海上看看，找出偷你菜园子的人，然后带回来审问。"

果然，偷菜园子的人一见到官兵就慌了，如实讲了偷盗的经过。

留仇国

原文

炀帝令朱宽征留仇国，还，获男女口千余人并杂物产，与中国多不同。缉木皮为布，甚细白，幅阔三尺二三寸。亦有细斑布，幅阔一尺许。又得金荆榴数十斤，木色如真金，密致，而文采盘蹙有如美锦，甚香极精。可以为枕及案面，虽沉檀不能及。彼土无铁。朱宽还至南海郡，留仇中男夫壮者，多加以铁钳锁，恐其道逃叛。还至江都，将见，为解脱之。皆手把钳，叩头惜脱，甚于中土贵金。人形短小，似昆仑。

——《朝野佥载》

隋代，在东南一带有个国家叫留仇国。这个国家的人十分猖狂，时不时地就去骚扰边境人，对边境的人民造成了不小的困扰。后来他们愈发放肆，蠢蠢欲动准备出兵进犯中原。

当时正是隋炀帝当政，他得知了留仇国的意图，勃然大怒道："无耻蛮夷，犯我华夏者，虽远必诛！"于是，他派遣了一个名叫朱宽的将领去讨伐留仇国。

朱宽骁勇善战，再加上留仇国的军队很弱，士兵又很矮小，不堪一击，因此朱宽迅速结束了这场战斗，一举攻破了留仇国，并活捉了留仇国国王，那留仇国国王吓得瑟瑟发抖，跪在地上连连求饶。

战争结束后，朱宽骑车高头大马，在留仇国中巡视。他此前从未到过这么远的地方，目之所及，所见与中原风貌甚为不同。他见留仇国人身上所穿的衣服布料十分特别，便叫来一个被俘的士兵，问："你们这里所用的是什么布？怎么如此白？是染过吗？"

那士兵颤颤巍巍地回答道："将军，我们国中所用的布并不是丝或麻织成的，我们所用的是一种树的树皮，那树皮很有韧性，制成的衣服料子又细又白。这种树只有我国有，因此您之前从未见过。"

朱宽点了点头，又问他："你们这里可还有什么珍贵的特产吗？一五一十说与我听！如果你敢欺骗我，后果可是很严重的！"

那士兵连忙说："小人不敢！若说特产的话，我们这里有一种名叫金荆木的树木，十分珍贵。这种树木的颜色就如同金子一般，闪耀有光泽，树纹致密，树身上的花纹好似美丽的织锦图案。金荆木十分坚实，我们这里的皇室贵族，都喜欢用它做桌椅。此外，金荆木闻起来异香扑鼻，沁人心脾，什么沉香木、檀香木都比不上它呢！"

朱宽听罢，觉得此物很新奇，便令人砍伐了许多金荆木，打算作为战利品带回去。

过了几日，朱宽带着俘虏的士兵和大量金荆木，班师回朝。路程中，朱宽担心俘虏逃脱，便给他们戴上了铁枷锁和镣铐。

到了都城，朱宽命人为他们解下镣铐，要将他们押入大牢。可这时，令人意想不到的事情发生了，就在士兵给他们解下枷锁时，那些留仇国俘虏竟然全都痛哭流涕，跪下磕头请求不要解下。

朱宽十分奇怪，说："我又不是要杀掉你们，为何反应这么大啊？"

其中有一个俘虏回道："在我们留仇国，铁比黄金还要稀有，因此我们十分珍爱这些铁镣铐，所以，即使是被它锁着，我们也甘之如饴啊！"

朱宽恍然大悟，有些哭笑不得，想了想，最后没有解下他们的枷锁。

孝忆国

　　孝忆国，界周三千余里。在平川中，以木为栅，周十余里。栅内百姓二千余家，周围木栅五百余所。气候常暖，冬不凋落。宜羊马，无驼牛。俗性质直，好客侣。躯貌长大，褰鼻，黄发绿睛，赤髭被发，面如血色。战具唯稍一色。宜五谷，出金铁，衣麻布。举俗事妖，不识佛法，有妖祠三百余所。马步兵一万。不尚商贩，自称孝忆人。丈夫妇人俱佩带。每一日造食，一月食之，常吃宿食。仍通国无井及河涧，所有种植，待雨而生。以纩铺地，承雨水用之。穿井即苦，海水又咸。土俗伺海潮落之后，平地收鱼以为食。

——《酉阳杂俎》

　　唐代，有个名为段成式的志怪小说家。他自小便酷爱读书，长大后常常是手不释卷，因此十分博学。不仅如此，他还有着强烈的好奇心和求知欲，对五花八门的新鲜事都很感兴趣。他平时会随身带着一个本子，遇到什么有趣的故事或事情，便会记录下来，因此，他积攒了大量庞杂的笔记。

一次，段成式在外吃饭，酒楼中有一个说书先生正在滔滔不绝地讲故事，段成式侧耳倾听，发现他讲的是西域的一个小国。

"这孝忆国中，不筑城墙，而是砍伐树木做成木栅栏，作为城墙，那城便称为木栅城。孝忆国有五百多所木栅城，每座城中有两千多户百姓。"说书先生侃侃而谈。

他将手中的扇子一合，继续说道："说到这孝忆国的人，他们的样貌非常特殊，外形高大，高鼻深目，黄发碧眼，胡须是红色的，男女皆不束发，皆披头散发，身穿麻衣麻布，十分原始。"

"嚯！竟然这么落后。"众人都很惊讶。

"接下来再说说孝忆国的气候和生产方式。那里气候温暖湿润，草木四季常青，十分适宜种植五谷及羊马生存。这些都是常见的，可怪就怪在他们的国中没有溪流和水井，获取水源的方式只有一个，那就是降雨。他们会将丝织品铺在地上，以此来吸收雨水，待织物吸满水后，将它们拧干，得到的水再用来农业灌溉和日常生活。

"诸位肯定都觉得这十分怪异，但这都是不得已而为之！因为孝忆国的井水是苦涩的，而海水又是咸的，都无法食用。此外，他们那里还有一个重要的食物来源，那就是海鱼。他们会等潮水退去后，去海边捡拾鱼类，做成咸鱼干。"

段成式听得津津有味，连饭也顾不上吃了，他又问那说书先生："那么，孝忆国的信仰是什么呢？"

"这位公子，好问题啊，孝忆人的信仰也与我们大相径庭，不信佛法，举国信仰妖教，他们认为火是光明之源，可以净化万物，所以崇拜火。孝忆国国中有三百多所妖祠，用以供奉妖神，每每举行宗教仪式时，他们都会准备巨大的火坛，并在火坛中点燃熊熊烈焰。"说书先生娓娓道来。

"这顿饭吃得可真值！"段成式在心里感慨道。他所获良多，赶紧掏出本子将孝忆国的信息记了下来。

拨拔力国

拨拔力国在西南海中，略不识五谷，食肉而已。常针牛畜脉取血，和乳生饮。无衣，唯腰下用羊皮掩之。其妇人洁白端正，国人自掠卖与外国商人，其价数倍。土地唯有象牙及阿未香。波斯商人欲入此国，团集数千人，赍缲布，没老幼共刺血立誓，乃市其物。自古不属外国。战用象牙排，野牛角稍，衣甲弓矢之器，步兵二十万。大食频讨袭之。

——《酉阳杂俎》

"张大人，您拿的这是什么呀？怎么这么香！我从未闻过这种香味呢。"皇帝的贴身内侍陈公公见到张大人捧着一个盒子走过殿前，问道。

他问的这位张大人乃是鸿胪寺卿，主要负责外事接待事宜。"陈公公，您的鼻子可真灵，这是拔拔力国进献的香料，名为阿末香。"张大人回道。

"拔拔力国？这个国家的名字还真特别哟，我还是头一次听说。"陈公公说。

"也难怪您没听过，我也是最近才知道这个国家。拔拔力国是西海中的一个岛国，风俗奇特得很呢！"张大人说。

听他这么一说，陈公公愈发好奇，问："怎么个奇特法呢？"

"先说说饮食吧，那里的人不食五谷，也不种五谷，他们以肉食为生，喝牛奶和牛血的混合物；他们的衣着打扮非常粗犷，不穿布做的衣服，而是简单地用羊皮遮蔽身体。打仗的话，他们用的兵器也很原始，用的是象牙、牛

角做的矛。"张大人说道。

"哎哟，听起来可真是有伤风化啊！"陈公公眉头紧锁地说。

"哈哈，他们的确是有些野蛮，还未开化。"张大人也尴尬一笑，说道。

"对咯，张大人，看您如数家珍，您是怎么了解这些情况的呀？"陈公公开玩笑似的说。

"哈哈，这还得从这阿未香说起喽！这阿未香是拨拨力国的特产，取自海中的一种巨兽——抹香鲸。阿未香的香味独特，产量很少，十分稀有。怀璧其罪，这种香料便引来了大食国的觊觎，大食国便派出军队进攻了拨拨力国。拨拨力国的男子虽然骁勇善战，但奈何武器较为落后，于是吃了败仗，情势十分危急。拨拨力国的国王忧心如焚，便试着向周边的邻国求援，可除了我国之外，都无回应。皇上知道后，便派兵去援助了拨拨力国，真可以说是雪中送炭了。于是，待战事平息后，拨拨力国便派遣使者来我朝进贡，还送来了这阿未香。我知道的这些信息便是那拨拨力国使者告知我的。"张大人将原委娓娓道来。

"原来如此啊！哎呀，真不好意思，耽误您这么长时间，您快去给皇上献这阿末香吧！"陈公公说。张大人点了点头，快步向殿中走去。

后来，阿末香果然很受皇帝的喜爱，皇帝睡前总会点燃这种香。久而久之，这种香便成了皇帝专用的香料，为历代皇帝所沿用，它的名字也发生了变化，人们也称其为"龙涎香"。

南州

原文

　　王蜀有刘隐者善于篇章，尝说。少年赍益部监军使书，索于黔巫之南，谓之南州。州多山险，路细不通乘骑，贵贱皆策杖而行，其囊橐悉皆差夫背负。夫役不到处，便遣县令主簿自荷而行。将至南州，州牧差人致书迓之。至则有一二人背笼而前，将隐入笼内，掉手而行。凡登山入谷，皆绝高绝深者，日至百所，皆用指爪攀缘，寸寸而进。在于笼中，必与负荷者相背而坐，此即彼中车马也。洎至近州，州牧亦坐笼而迓于郊。其郡在桑林之间，茅屋数间而已。牧守皆华人，甚有心义。翌日牧曰："须略谒诸大将乎。"遂差人引之衙院，衙各相去十里，亦在林木之下。一茅斋，大校三五人，逢迎极至。（节选）

——《玉堂闲话》

五代十国时，前蜀有个名为刘隐的官员，文采出众，皇帝十分倚重他。前阵子，他奉命去四川南州监军，但没有按期返回，迟了数日，而且回来就生了一场大病，一连半月都没有上朝。皇帝有些忧虑，很担心他的病情，便派了宫中御医前去为刘隐诊断。

　　御医刚到门口，就看到刘隐在家人的搀扶下，颤颤巍巍地从屋中走了出来，要对他行跪拜大礼，叩谢皇恩。那御医见状，连忙上前扶起刘隐，道："刘大人身体尚未痊愈，不宜下床走动啊，我们去屋子里再说吧！"

　　刘隐重新躺回床上，虚弱地说："我告病几日，皇上竟派了您来，我实在是诚惶诚恐啊！"

　　御医说："皇上爱民如子，体恤臣子，您也要赶快好起来继续为皇上分忧呀！"说着，伸出手为刘隐诊脉。

　　接着，他又让刘隐张口，看了看他的舌苔，细思了一会儿，问道："大人最近可是出了远门？"

　　刘隐回答："确有此事，因为公务，我两月前去了四川一带的山中。"

　　御医又问："您的脾胃是否一直不大好呢？"

　　刘隐说："是的，我平日都不敢吃太多东西。一旦吃

得多，腹中就会隐隐作痛，有时还会腹泻。"

御医点了点头，拿起笔写了一个方子，然后说："刘大人，您的身体并无大碍，只是到了一个新地方，不太适应当地的气候环境，有些水土不服，又舟车劳顿，加之您可能吃了些不好消化的食物，回来后才会病倒。"

刘隐一听，激动地说："您说的可真是太准了！的确如此，四川南州那地方，我这辈子都不想再去了！"

御医听到"南州"这个地名，问："南州？我似乎也有耳闻，听说那个地方交通十分闭塞不便，而且那里的人吃的东西与我们相差甚远，不知是否属实呢？"

听御医这么一问，刘隐苦笑一声，滔滔不绝地倒起了苦水："四川一带多山岭，而且都是陡峭的山崖，道路狭窄，根本无法骑马，像我这样一介书生，只好让差夫背着我的行李，我自己拄着拐杖，手脚并用地攀登。但是，这还不是最险要的地方，就快到达南州时，南州的州牧派人来迎接我们，同时还有一个背着竹笼子的人。一开始我以为是出于礼节，没想到啊，其实那人是来背我翻山的，因为南州的山谷更为险峻，凭我自己根本无法独自翻越。于是州牧就派了背竹笼子的人来，那人将笼子放在地上，示意我钻进去，然后对我说：'大人，此物名为背笼，是南州独有的交通物件，您可以将它看作是我们这儿的车马，这里的路着实不好走，要委屈您一下了。'

"于是，我只好无可奈何地钻了进去。那背夫背着我，一路穿越了极高的山峰和极深的峡谷，我看着都胆战心惊，虽然不用亲身跋山涉水，可背笼里的滋味也不好受，一路颠簸，令我头晕得很。"

御医很惊讶，说："南州竟然还有这样的交通方式，真是独特啊！"

刘隐一声叹息，说："就这样，好不容易到了南州，见到了州牧。那位州牧大人十分热情，我在那里的公务结束后，他极力邀请我去品尝当地的特色饮食。盛情难却，最后一天晚上，我便随他去品了品。"

说到这儿，他露出了十分后悔的表情，又说："他带我去了一间位于树林中的屋子，我们到了门口，便看到三个厨子正在宰牛。入座后，不一会儿，煮熟的牛肉便端了上来，我尝了尝，并未觉得有什么特别之处。那州牧察言观色，说'刘大人，这只是开胃菜，特色菜名是圣齑和裹蒸，马上就来！'说着，就上了两道菜。一道看起来像腌菜，我尝了尝，口感很独特，有椒盐和肉桂的味道，但又有种说不出的怪味，我便问州牧这是何物，没想到，州牧回答说这是用牛胃中还未消化的细草，加上各种调料烹制而成的；另一道菜被清香荷叶裹着，吃起来像是肉类，味道还算鲜美，可吃不出是什么肉，我就又问了州牧，答案更让我震惊，那竟然是生长在麻蕨蔓上的一种虫子的肉，我登时就变了脸色，胃中止不住地恶心，再未吃一口。"

御医露出了同情的表情，说："刘大人，您本就脾虚，又吃了这些，肠胃不适也可以理解了。"

之后，刘隐按照御医给的方子喝了两天药，身体好了大半。而且自病好以后，刘隐就改吃素了。

狗国

原文

　　陵州刺史周遇不茹荤血。尝语刘恂云，顷年自青杜之海，归闽，遭恶风，飘五日夜，不知行几千里也，凡历六国。第一狗国，同船有新罗，云是狗国。逡巡，果见如人裸形，抱狗而出，见船惊走。又经毛人国，形小，皆被发蔽面，身有毛如狁。又到野叉国，船抵暗石而损，遂般人物上岸。伺潮落，阁船而修之。初不知在此国，有数人同入深林采野蔬，忽为野叉所逐，一人被擒，余人惊走。回顾，见数辈野叉，同食所得之人，同舟者惊怖无计。顷刻，有百余野叉，皆赤发裸形，呀口怒目而至。有执木枪者，有雌而挟子者。篙工贾客五十余人，遂齐将弓弩枪剑以敌之，果射倒二野叉，即异拽明啸而遁。（节选）

——《岭表录异》

唐朝时，陵州有位刺史名为周遇。有一年，他乘船去往福建，可路上遇到了风暴，九死一生才捡回一条命，回到家后，他大病一场。

他有一位旧友，名叫刘恂。刘恂听说此事后十分担心，便拎着一些草药上门探望周遇。

只见周遇脸色苍白，看上去还有些虚弱的样子，饭桌上，周遇没吃几口就放下了筷子，而且他不沾荤腥，吃的都是素食。

刘恂心里觉得奇怪，觉得这当中肯定有隐情，便问："周兄，你怎么吃得如此少？而且为什么不吃荤腥呢？我记得从前你最喜肉食了。"

周遇放下手中的筷子，叹了口气，说："我从海上回来之后，脾胃就变差了，吃什么东西都没胃口，也不食荤腥了。"

刘恂试探着说："周兄，你到底在海上经历了什么啊？"

周遇叹息着说："哎，那经历憋在我心里很久了，这次，就说与你听吧。"他喝了口酒，将他在海上的见闻娓娓道来："我们的船在海上遇到了风暴，于海面上漂浮了整整五天五夜，等到风停雨止之时，我们的视线中出现了一个小岛。于是，我们就将船行驶到这个小岛边上，准备歇歇脚找些食物。刚登上岛，我们就看到一个赤身裸体的人，怀抱着一只狗，他一看到我们就惊惧地逃走了。我们船上有一个新罗人，他的航海经验丰富，他告诉我们这里应该是狗国，他说这里的人平时与狗同吃同住，寸步不离，因此才得名狗国。我们找了些野果吃了后，继续前行。

航行了一天后，我们的船忽然巨震了一下，有经验的船员看了，说应该是撞到了暗礁受损了，需要修补。我们又坚持了一会儿，看到前面有一个小岛，就连忙停泊在那里，准备等候落潮后船体露出水面时修补。我们中有几个人去树林中找食物，没过多久，他们都尖叫着跑了回来。我一看，有几个长着尖嘴獠牙的怪人正在追赶他们。新罗人看了，大喊了一声不好，说这里是夜叉国，住的都是凶狠的怪物——夜叉。于是，我们赶紧拿起了船上的弓弩来抵抗夜叉，射倒了几个夜叉，就这样吓退了他们。接下来，我们一刻也不敢松懈，一部分人防御，一部分人修船，经过了一天，船修好后，我们赶紧乘船走了。

这之后，我们又经过了三个小岛国，新罗人说是毛人国、大人国和流虬国。毛人国的居民都十分矮小，身上如猿猴一般长着长毛；大人国的居民身材都十分高大，可他们胆子却很小，他们见到我们后，连忙藏了起来；流虬国的居民个子不高，都穿着麻布，待人彬彬有礼，要用食物和我们交换钉子等铁器。等我们完成交易后，他们却让我们赶快走，原来，在他们国家，认为漂流到这里的人会给他们带来灾祸。"

刘恂听得津津有味，不禁问："周兄，你的这次经历还真是精彩啊，然后呢？你的胃是怎么出问题的呢？"

周遇轻叹一声，说："现在你听来觉得精彩，可当时我们实在是进退维谷啊！这问题就出在我们遇到的最后一个国家——小人国上。小人国的人，个头就好像五六岁的孩子，而且衣不蔽体。我们到了之后，饥肠辘辘，想找些食物，可岛上

却没有什么可以果腹的东西。正当我们一筹莫展时，不知从哪冒出来一群山羊，呆头呆脑的，看到人也不知道闪避，于是我们就捉来几只山羊烤着吃了。在岛上，也没有调味品，山羊肉又硬又膻，那滋味可真是不好受啊！我吃了那山羊肉没多久，胃里就如翻江倒海一般，疼得不行，吐了个干净。万幸，没过多久我们就上岸到了福建，我这才捡回一条命，可胃也出了毛病。"

刘怏也摇头喟叹，安慰他道："福兮祸所伏，祸兮福所倚，听人说吃素可以养生呢。"

周遇无奈一笑，回道："也只能如此想了啊！"

拘弥国

原文

顺宗即位年，拘弥之国贡却火雀，一雌一雄，履水珠，常坚冰，变昼草。其却火雀，纯黑，大小类燕，其声清亮，不并寻常禽鸟，置于烈火中，而火自散。上嘉其异，遂盛于火精笼，悬于寝殿，夜则宫人并蜡炬烧之，终不能损其毛羽。履水珠，色黑类铁，大如鸡卵。其上鳞皴，其中有窍。云将入江海，可长行洪波之上下。上始不谓之实，遂命善游者，以五色丝贯之，系之于左臂。毒龙畏之，遣入龙池，其人则步骤于波上，若在平地，亦潜于水中，良久复出，而遍体略无沾湿。上奇之，因以御馔赐使人。至长庆中，嫔御试弄于海池上，遂化为异龙，入于池内。俄而云烟暴起，不复追讨矣。（节选）

——《杜阳编》

189

话说唐顺宗即位那年，周边的小国家得知后，为了讨新君欢喜，都变着法子地进贡礼品。其中，有个拘弥国，这个国家地寮人稀，实力不算强大，因

而时常被其他小国打压，这次，拘弥国王下定决心，拿出了传国之宝——一对却火雀、履水珠和常坚冰，想要与唐朝交好，以期将来有所依仗。

于是，拘弥国使者带着这些宝物到了长安。

看到那一对黑色的、大小如燕子一样的雀鸟，唐顺宗有些不快，问："你们国家对我大唐竟如此怠慢吗？"

拘弥国使者连忙解释道："陛下，这对鸟名为却火雀，乃是神鸟，凤凰之后，因此烈火不侵，将它放于火中，火焰会自动消散。"

唐顺宗很讶异，想要一试真假，说："哦？来人！端火盆来！"

果然，那对却火雀在燃烧得正旺的火盆中毫发无伤，而火焰闪烁了几下就熄灭了。

"甚奇！甚妙！还有什么？快拿出来给朕瞧瞧！"唐顺宗龙颜大悦，拊掌大笑道。

接着，拘弥国使者拿出了一颗鸡蛋大小的黑色珠子，珠子上面布满了鱼鳞般的纹路，说："此珠名为履水珠，佩戴着它，可以在江海上如履平地地行走。"然后，使者又从怀中掏出一块寒冰说："此冰名为常坚冰，千年不化，产自我国的大凝山中。"

唐顺宗听完，对这两件宝贝的功能有些怀疑，便叫人来试验。他令一个水性很好的侍卫佩戴者履水珠，进入了御花园内的水池中，那侍卫一入水，竟然真的站立在了水面上，像在平地上一样。他在水面上走了几步，然后又潜入了水下，待他出来后，只见他的衣衫都是干爽的。唐顺宗又让人将常坚冰放在烈日下，过了一会儿，只见那冰坚硬如故，丝毫没有融化的迹象。

试验过后，唐顺宗这才相信了拘弥国使者的话，龙颜大悦，赏赐了拘弥国不少财宝，还与之建立了外交关系。后来，由于唐朝的威慑，其他小国再也不敢随便招惹拘弥国了。

关于那履水珠，后来还有一段奇事。话说到了唐穆宗长庆年间，唐穆宗将这珠子赐给了他的一个宠妃，那个妃嫔就拿着珠子在水池上嬉戏玩耍。忽然，那履水珠竟化成了一条龙，一下子钻入了水池中，不一会水中升腾起一片云烟，云烟过后，履水珠和龙都不见了踪影。

堕雨儿

原文

　　魏时，河间王子充家，雨中有小儿八九枚，堕于庭，长五六寸许。自云，家在海东南，因有风雨，所飘至此。与之言，甚有所知，皆如史传所述。

——《述异记》

　　三国时，在魏国有个叫王子充的书生。他读过些书，但没有考取功名，便在家乡的私塾当了个教书先生，平时就教乡间的孩子们读《论语》《三字经》《千字文》等启蒙典籍，闲暇时就自己看看书，日子过得十分逍遥自在。

有一天，他在私塾中上完课回家，搬了个凳子在院中看书。没看几页，天上忽然乌云密布，不一会儿就落下了黄豆大的雨点。王子充连忙将椅子和书籍搬回屋内，他愣愣地看着这突如其来的雨，发起了呆。

忽然，王子充发现，有什么东西随着雨滴落下，落在了他的院中。他撑起伞，走到院中，定睛一看，吓了一大跳：那竟然是八九个身高约二十厘米的小人！他第一次见到这种"怪物"，吓得一把将手里的伞扔了，然后一屁股摔在了地上。

那几个小人见他摔了一跤，赶紧围了上去，想扶他起来。可那王子充还以为是要攻击自己，连忙捂住了自己的脑袋，大喊："求求你们，莫害我！"

其中一个小人见状，连忙解释道："先生，你莫怕，我们不是害人的妖怪。我们来自鹄国，是被大风暴刮到此地的！"

王子充听罢，从地上慢慢起身，他惊疑不定地盯着眼前的小人，迟了一会儿，然后说："那你们先随我进屋避避雨吧！"

进屋后，王子充先是为这些鹄国的小人倒了热茶，然后进屋换了一身干净的衣服。出来后，他发现那几个小人个个都正襟危坐，虽然个子矮小，但都很有气度。见王子充出来，他们全都立刻站了起来，为首的小人开口道："先生，给您添麻烦了，我们实在是无意打扰您！"然后，全都向王子充躬身行了礼。

王子充见他们文质彬彬，十分有礼节的样子，就放下了防备之心，与他们攀谈起来。

"您刚才所说的鹄国，我还是第一次听说呢，不知道所在何处？是什么样子呢？"王子充好奇地问。

"鹄国在东南海的一座岛上，我们那里的人身高都不高，都只有二三十厘米高。"一个小人答道。

"我看你们都十分有礼节，而且礼仪和我华夏相差无几，你们是特意学习的吗？"王子充又问。

"是的，在我们的国家中，收藏了许多华夏的典籍，比如《礼记》《孔子》《诗经》《史记》等。这些书，不论男女老少，都要学习。"另一个小人回答道。

"哈哈，我其实是一个教书先生，你们说的这些书，也是我们这里孩童的必学之书！反正这雨也还没停，趁这时间，让我来考考你们如何？"王子充跃跃欲试。

"没问题，您尽管问！"一个小人爽快地说。

"那我问问你们，这《史记》的作者是何人？"王子充问。

"是汉代的司马迁，他生活在汉武帝统治时期。这个问题太简单了！"一个小人抢答道。

接着，王子充又问了他们几个略有难度的问题，没想到，他们竟然都能一一答上来，这不禁令王子充肃然起敬。

不知不觉，外面的雨也停了，那几个小人向王子充辞行，说："我们该走了，多谢您的热茶！"

王子充一拱手，回应道："今日得见各位，也是我的荣幸呢！希望你们路途顺利！"

后来，王子充常常与别人说起这桩奇遇。

图书在版编目（CIP）数据

讲不够的中国神怪故事：套装全5册／许萍萍, 俞亮编著；庞坤等绘. — 北京：北京理工大学出版社，2023.5

ISBN 978 - 7 - 5763 - 2254 - 5

Ⅰ.①讲… Ⅱ.①许… ②俞… ③庞… Ⅲ.①儿童故事-作品集-中国-当代 Ⅳ.①I287.5

中国国家版本馆CIP数据核字（2023）第061643号

出版发行／北京理工大学出版社有限责任公司
社　　　址／北京市海淀区中关村南大街 5 号
邮　　　编／100081
电　　　话／（010）68914775（总编室）
　　　　　　（010）82562903（教材售后服务热线）
　　　　　　（010）68944723（其他图书服务热线）
网　　　址／http://www.bitpress.com.cn
经　　　销／全国各地新华书店
印　　　刷／保定市铭泰达印刷有限公司
开　　　本／710毫米×1000毫米　1/16
印　　　张／59　　　　　　　　　　　　　　　　　　　责任编辑／徐艳君
字　　　数／440千字　　　　　　　　　　　　　　　　文案编辑／徐艳君
版　　　次／2023年5月第1版　2023年5月第1次印刷　责任校对／刘亚男
定　　　价／228.00元（全5册）　　　　　　　　　　　责任印制／李志强